1781

Alice Ekert-Rotholz

Furcht und Mitleid

Roman

Hoffmann und Campe

CIP-Kurztitelaufnahme der Deutschen Bibliothek

Ekert-Rotholz, Alice:
Furcht und Mitleid / Roman / Alice Ekert-Rotholz. –
1. Aufl. – Hamburg: Hoffmann und Campe, 1987
ISBN 3-455-01888-2

Schutzumschlag- und Einbandgestaltung Werner Rebhuhn
Gesetzt aus der Korpus Aldus Antiqua
Satzherstellung Fotosatz Otto Gutfreund, Darmstadt
Druck- und Bindearbeiten May & Co., Darmstadt
Printed in Germany

Für Gerda in Hohenhaus
und Heinz in Oldwicks

Inhalt

Erstes Buch

Geh nie zurück

Erstes Kapitel

Versprich mir nichts

Die Zeit zernagt alles.

Ovid, Metamorphosen

»Warum gehst du nach London?«

»Wir haben alles besprochen, mein Lieber!«

»Nicht, daß ich wüßte.«

»Laß mich in Ruhe, Francis! Ich habe einen langen Flug vor mir.«

»Du hast es so gewollt, meine Liebe! Soll ich dich bedauern?«

»Du weißt nicht, was Mitleid ist. Das vereinfacht dein Leben natürlich.«

»Natürlich! Die weise Margaret.«

»Mach dich ruhig lustig über mich! Ich weiß trotzdem, was ich weiß. Um Himmels willen, wo ist mein Handkoffer? Mein Paß mein Geld – alles ist drin. Die Handtasche reißen sie einem aus der Hand in diesem wilden Land.«

»Der Handkoffer steht neben dir.« Francis Norton beobachtete seine aufgeregte Ehefrau wie eine hysterische Angeklagte vor Gericht. Normalerweise war Margaret ruhig, sogar träge. War das Klima daran schuld? Unsinn. Ihm machten die Tropen nicht zu schaffen. Ob der Abschied ihr doch im Magen lag? Frauen! Als ob sie jemals wissen, was sie wirklich wollen! Trennte Margaret sich gegen jede Erwartung ungern von ihm? Ausgeschlossen! Seit Jahren lebten sie nur noch nebeneinander auf dieser bezaubernden kleinen Insel zwischen Trinidad und Grenada. Zwischen dem Atlantik und dem Karibischen Meer . . . Gab es etwas Besseres? Aber Norton war der letzte, der auf dem Flugplatz von Trinidad mit seiner starrsinnigen Frau ihre Flucht nach London diskutieren würde. Er hatte versucht, sie umzustimmen. Also dann nicht, liebe Tante! – Sie würde sehr viel schneller, als sie jetzt annahm, nach Comfort Island zurückfliegen. Verstohlen betrachtete er ihr feines, aber blasses Gesicht. Hatte die Ehe sie erschöpft? Norton fragte sich, ob er verrückt sei. Jeder beneidete Margaret um ihn. Was war eigentlich zwischen ihnen geschehen? Es mußte etwas sein, wofür es keinen Namen gab. Eine unsichtbare, böswillige Kraft war da am Werk gewesen. Oder die afrikanischen Geister und Dämonen der Gegend hatten sich einen Scherz erlaubt. Sie waren bedeutend länger auf den karibischen Inseln als die Nortons oder die Drurys oder die Bartletts und wie die kolonialen Größen alle hießen. Die Geister und Dämonen waren mit den afrikanischen Sklaven auf die Inseln gekommen, und Norton wollte nicht gerade jetzt darüber nachdenken, wie viele Jahrhunderte darüber vergangen waren. Nein! Es war einfach die Zeit, die alles zernagt. Die Zeit hatte die Liebe, den Frohsinn, die Hoffnung dieser Ehe zerstört. Wo immer die Ursache auch lag – er, Norton, hatte keine Schuld. Er konnte sich nichts vorwerfen. Wer hatte vor sechs Jahren getrennte Schlafzimmer vorgeschlagen? Er oder Margaret? Wer fand die idyllische Insel »wild«? Wer konnte keinen Kontakt mit den Afrikanern, Chinesen, Indern und den Insulanern aufnehmen? Er oder Margaret? Und wenn ihr seine Freunde und Freundinnen nicht paßten – auch an der eisigen Kühle in der Tropenhitze, die zwischen Lady Norton und seinen Freunden bestand, war sie ganz allein schuld. Alle waren seiner Londoner Braut freundlich entgegengekommen. Selbst Drury, der ja etwas komisch war – aber nichts gegen Drury! Er hatte sich ausnahmsweise bemüht, liebenswürdig und gefällig gegen Margaret zu sein – nur weil sein lieber Norton sie geheiratet hatte! War das nichts? Wer Drury auch nur aus der Ferne kannte, der mußte zugeben, daß er sein Bestes mit Nortons Frau versucht hatte.

Norton gab sich einen Ruck. Vielleicht noch eine Viertelstunde, und Margarets Flugzeug würde aufgerufen werden.

Was sagt man in einer letzten Viertelstunde? Norton, der als Jurist auf alles drei bis sechs Antworten hatte, wußte es nicht. Es gab einfach nichts zu sagen. Direkt unheimlich!

Selbstverständlich machte Margaret nicht den leisesten Versuch, eine nette, kleine Abschiedsrede zu halten. Sie hatte nie zur Behebung einer Panne beigetragen und würde nicht in zwölfter Stunde damit beginnen. Weiß der Himmel. Norton hatte es nicht leicht mit ihr gehabt! Er sollte sich freuen, daß er eine Zeitlang seine Freunde ohne Margaret einladen konnte. Drury lud nur Leute ein, wenn Mary Ann verreist war. Entweder in Trinidad oder bei ihrer unmöglichen Familie in London. Wenigstens fand Norton die Familie Brown unmöglich. Was Drury über diese Herrschaften dachte, falls er jemals darüber nachdachte, welche soziale Kluft zwischen den Browns und den Drurys bestand, wußte nicht einmal Norton. »Tante Vera ist ein lustiges altes Haus«, hatte Drury gesagt. Schluß der Debatte. Tante Vera war uneingeladen zur Hochzeit in Camden Town erschienen, denn Mary Anns Mutter ignorierte diese Schwester. Drury und Tante Vera hatten nicht ganz stubenreine Witze ausgetauscht. Er hatte sich selten so amüsiert. Schade, daß Mary Ann nicht etwas von Tante Veras Londoner essigsaurem Witz abbekommen hatte! Bildschön, aber ernst; oder wenigstens nicht lustig. Wie Mutter Brown – die mausgesichtige und sittenstrenge Gastgeberin. In der kurzen Londoner Zeit hatte Drury nicht herausgefunden, ob Mary Ann auch eine puritanische Maus war. Heute wußte er alles über seine Frau, mehr jedenfalls, als Norton über Margaret wußte. Vor unendlich vielen Jahren mußten sie sich wohl geliebt haben.

Die Flitterwochen hatten die Nortons auf der Nachbarinsel Grenada verlebt. Margaret war wie ein Stück vom Mond gewesen. Damals hatte ihre Scheu ihn entzückt. Sollte man es glauben, und Norton glaubte es nicht mehr, damals hatte Margaret nichts am karibischen Inselreich auszusetzen gehabt. Die »Kleinen Antillen« hatten sie in ihren Bann geschlagen. Das silberne Meer, die Palmen am Abend, der violette Himmel mit einem rosa Streifen am Horizont. Uralte Erde, afrikanisches Blut, afrikanischer Gesang. Keine Ahnung von tödlichen Wirbelstürmen in der träumerischen Luft! Und die Gewürzinsel duftete nach fremdem Ambrosia. Die Inseln waren erloschene Vulkane, auf denen die Völker beim Karneval tanzten. Auch Norton und Margaret. Drury hatte recht, obwohl er es langweilig fand, im Recht zu sein. Warum zernagten die Jahre alles, was Norton geliebt hatte? Margaret war herb wie eine Zitrusfrucht geworden. Keine Kleinigkeit, was er im Laufe der Jahre mit ihr durchgemacht hatte! Angefangen mit der Fehlgeburt und der vergeblichen Hoffnung auf Nachwuchs. Nicht Margarets Schuld. Aber immerhin. Er hatte sich zur Heirat entschlossen, weil dieses solide gebaute Mädchen mit den klassischen Hüften ihm kleine Nortons schenken würde. Natürlich nie ein Vorwurf! Norton war ein strenger, aber sehr gerechter Richter und hütete sich, im Privatleben ein ungerechtes Urteil zu fällen. Er hatte Margaret getröstet oder es ehrlich versucht. Nach diesem Fehlschlag war es mit der Ehe bergab gegangen. Er hatte seinen Beruf, der ihn gelegentlich nach London brachte, und sie hatte nichts. Sie hatte immer gearbeitet. »Sozial-Fürsorgerin« hieß das. Margaret hatte Soziologie studiert »oder so was Ähnliches«, wie Drury Sozialarbeit nannte. Er selbst war Bankier. »Drury & Sohn« in London und auf Comfort Island, wo die Drurys seit Adam und Eva die bekannte Privatbank leiteten und die Nortons Recht sprachen. Die Bartletts hatten »immer« auf der Insel operiert. Clives Vorfahren hatten schon eine halbwegs moderne Klinik aufgebaut, obwohl ein Teil der Insulaner weiter zu seinen Kräuter- und Geisterdoktoren pilgerte. Eine Musterkolonie in den Antillen, ob es den Inselbewohnern gefiel oder nicht. Es schien ihnen nicht so zu behagen wie den Nortons, den Drurys oder den Bartletts in diesen goldenen fünfziger Jahren, wo daheim alles grau und nüchtern war. Und obwohl die englische Herrschaft zahlenmäßig abnahm, lebte und dachte die Kolonie, zumindest nach außen hin, englisch. Die reichen Ostinder und Chinesen und Afrikaner schickten ihre Söhne nicht selten ins englische Mutterland, um auf den Universitäten alles zu lernen, was man zum Selbstregieren eines fernen Tages wissen mußte. Selbst auf dieser kleinen, idyllischen Antillen-Siedlung brodelte heimlich ein Freiheitsvulkan. Aber wer beachtet einen ruhenden Feuerspeier, bis er ausbricht? Auch Jahre später, als die Insel ihre Unabhängigkeit proklamiert hatte, hielt Norton die heimgekehrten Kolonialherrscher von El Caribe nicht für besonders kurzsichtige Narren, was sie auch nicht gewesen waren. Sie hatten nur angenommen, daß das Regime den Insulanern genauso gefallen hätte wie ihnen. Das war, menschlich betrachtet, die übliche Illusion von Machthabern. Sie hatten die Macht maßvoll ausgeübt, wenngleich sie von den vielrassigen Inselbewohnern abgrundtief getrennt waren.

Abgründe sind unangenehm. Und an diesem Morgen, auf dem Flughafen von Trinidad, fühlte Norton zum ersten Mal den Abgrund, der ihn von seiner Frau trennte. Trotzdem mußte Margaret ihm besser gefallen als er ihr. Ihre Schattenseiten als Gattin eines prominenten Regierungsbeamten waren wirklich nicht zu übersehen. Norton hatte das Beste aus dem Fiasko gemacht und immer gehofft, Margaret werde sich einleben. Aber sie blieb eine Außenseiterin, weil sie keinen Kontakt zu den afrikanischen Einwohnern und den Würdenträgern anderer Inseln fand. Nicht finden wollte? Wer konnte das wissen? In keinem Fall wußte Norton, was Margaret sich dachte, wenn sie »die Schwarzen« falsch anredete, verwechselte und so tödlich beleidigte. Welche Afrikanerin aus einer großen und bekannten Familie wird gern mit einer Marktfrau verwechselt? Was immer man über Mrs. Drury tuschelte und an ihr beanstandete, Mary Ann konnte gut mit den Schwarzen umgehen. Alle hatten sie gern. Alle gingen Margaret tänzerisch aus dem Weg. »Eine richtige Kolonialfrau! Hochnäsig und überlegen.« Arme Margaret! In Wahrheit war sie schüchtern, freundlich und unsicher. Sie hing an dem, was sie kannte: London, ihre Freundin Beth Hopkins, die Norton Abneigung einflößte und entgegenbrachte, ihre Arbeit als Fürsorgerin, ihren Winkel in »Little Venice« im Westen der Riesenstadt. Sie hing an Paddington Station und an Frognal, dem ältesten Teil von Hampstead, wo ihr Elternhaus gestanden hatte. Liebes Frognal! Es wurde schon 1372 in Berichten über Farmen und Farmhäuser erwähnt. Wenn Margaret sich so für historische Ursprünge interessierte, warum studierte sie nicht die Geschichte der Antillen? Norton konnte es einfach nicht verstehen, daß die spanisch-französische Herkunft der europäischen Kolonien ohne Interesse für Margaret war. Diese Perioden gehörten zu den großen Abenteuer-Epen der westlichen Welt. Auch Kolumbus war hier gewesen, wenn auch nicht im alten Frognal. Aber das war nicht Nortons Sache. Ihm paßten Margarets Abenteuer auf Comfort Island nicht. Er hatte immer noch nicht ihren Fehltritt auf einer offiziellen Party vergessen, wo Margaret Madame Morand, die aus einer alten afrikanischen Familie auf Haiti stammte und ihren afrikanischen Stammnamen nur für Eingeweihte benutzte, für eine Fischhändlerin vom Markt auf Comfort Island gehalten hatte. Zum Erstaunen der großen, stattlichen Afrikanerin, die echten Familienschmuck und Brokate zu jenem Empfang trug, unterhielt Margaret sich über Fische und Fischpreise mit ihr, bis Norton, der wieder einmal nichts Gutes ahnte, herbeistürzte und Madame in aller Form mit seiner Frau bekannt machte. Nicht, daß Angélique Morand, die ihren Engelsnamen zu Unrecht trug, den Braten, vielmehr den Fisch nicht gerochen hätte! Wer aus Haiti stammte und sein Voodoo genauso gründlich kannte wie Norton seinen Shakespeare und Lady Norton ihr Frognal, der witterte eine tödliche Beleidigung, bevor sie ausgesprochen war. Sir Francis war entzückend zu der Dame aus Haiti, und er wußte, warum Madame lächelte, wobei sie ein beneidenswertes Gebiß zeigte. Monsieur Morand war auch entzückend gewesen, bevor er nach Paris verschwunden war. Norton unterhielt sich mit dem Gast aus Haiti über Kolumbus, der Martinique und Guadeloupe um 1493 entdeckt hatte. Ein sicheres Thema. Wo wären Madame und die Familie Marumba ohne Kolumbus? Madame hatte nichts gegen die Franzosen – außer etwa gegen M. Morand! Sie war französische Staatsbürgerin, genau wie ihr Sohn Beauregard, der einen afrikanischen Vater hatte und zwei Jahre nach Morands Verschwinden auf Martinique geboren worden war. Sein Vater war ebenfalls verschollen. Keine Frage, daß Madame die »Ehemänner« entweder nicht halten konnte oder sie von der Insel vertrieben hatte. Übrigens war ihr Gedächtnis für Kränkungen so empfindlich wie das Nortons. Als auch dieser

Empfang aus der Kolonialzeit längst Staub und Asche war, erinnerte Madame sich weiter an Margarets Fische. Einige Jahre nach dieser Szene warnte Norton den jungen Beauregard Morand davor, sich am Drogenschmuggel der Insel zu beteiligen. Sonst! Solange Norton auf dieser Insel zu Gericht saß, hatten Drogenschmuggler nichts zu lachen. Madame vergaß nicht, daß Norton ihrem Bobo, wie er auf der Insel genannt wurde, mit Gefängnis gedroht hatte. Es ging ihr gegen den Strich und die Familienehre. Sie fand Sir Francis nie mehr entzückend. Er meinte, er könne das aushalten. Oder täuschte er sich? Viel später, als er längst wieder in London lebte, dachte er darüber nach. Wieso wurden bestimmte Menschen auf dieser sonnendurchglühten Insel beinahe undurchsichtig? Die Morands, Drury, Margaret. Rätsel waren seinem klaren, methodischen Geist zuwider. Welche Klippen umschifften Madame und der junge Bobo? In welcher Meeresbucht verbarg sich Drury vor dem forschenden Blick des Freundes? An welchem schaumumspülten Ufer würde Margaret ohne ihn ihre trüben Träume träumen? Er war verstimmt, obwohl er sich auf die Eheferien freute. Plötzlich, als er stumm neben ihr auf den Abschied wartete, war seine Stimmung trüb. Hätte er zur Furcht geneigt, dann hätte er in diesen Minuten Furcht vor der Zukunft empfunden. Aber die Furcht war ein schlechter Schiedsrichter und hatte so viele Verkleidungen wie der Mut.

»Was habe ich getan, Margaret?«

»Nichts.«

Sie hatte recht. Seine Ehesünden waren Sünden der Unterlassung. Er hatte Margaret aus seinem Wirkungskreis verbannt. Vor einigen Monaten hatte er ihren Geburtstag vergessen. Sie hatte kein Wort gesagt. Erst als er die Tropenblumen und die Geschenke aus London sah, fiel ihm das Datum ein. Er war rot geworden, was ihm seit seiner Schulzeit in Eton nicht passiert war. Da es nichts zu sagen gab, wenigstens nichts anderes als eine Entschuldigung, hatte er sich entschuldigt. Am nächsten Tag hatte Margaret sein Schmuckstück mit steinerner Miene und beinahe unhörbarem Dank beiseite gelegt. Gräßliche Sache! Er hatte tatsächlich gewünscht, Margaret würde eine ihrer feindseligen Debatten vom Stapel lassen. Warum mußte er jetzt daran denken? Oder daß er viele Abende im Hotel oder im Klub verbrachte und nicht einmal daheim absagte. Aber Margaret hatte damals gesagt, er könne sich die Mühe sparen. Sie speise auf der Veranda. Sie warte schon lange nicht mehr auf ihn. Das hatte sie gesagt, und er hatte es geglaubt. Jetzt gab sie ihm ihre Antwort.

»Bist du böse auf mich, Margaret?«

»Nein. Aber du hättest nicht heiraten sollen. Und wenn, nicht mich.«

Wieder schwieg er, denn sie hatte den Nagel auf den Kopf getroffen. Wie Drury war er der geborene Junggeselle. Chirurg Bartlett war glücklich verheiratet. Weiß der Himmel, wie er das anstellte! Lag wohl an seiner Frau, an der, außer Bartlett, niemand etwas zum Bewundern fand. Norton dachte, Ehepaare sind eine merkwürdige Sache. Sie waren nur zusammen komplett, sonst verloren zwischen den Paaren der Kolonie. Wie Walker, der nirgendwo hingehörte. Nicht Walkers Schuld. Gott bewahre! Aber ein englischer Vater – und eine afrikanische Mutter, die sich aus ihrer Siedlung in der Nähe der Hauptstadt nicht fortbewegte, und Walker père daheim in Nottingham – der junge Mann war in einer blöden Situation. Wenn auch die Kolonialgesellschaft tonangebend war, die Ostinder und Chinesen der Insel hatten ihre eigenen festgefügten Gemeinschaften, Sitten und Traditionen. Sie wollten Walker genausowenig akzeptieren wie die englischen Bewohner oder Gäste der Inseln. Gewiß, Walker senior schickte Geld für seine Mutter und ihn. Aber was er brauchte, war ein Vater, der ihn mit fester Hand lenkte und beeinflußte und ihm Selbstvertrauen gab. Er war eben ein »Milchkaffeemann« mit glühenden, afrikanischen Augen, schwarzem Kraushaar, Mittelmeerhaut und der »Walker-Nase«, der langen, dünnen, arroganten Nase seines Vaters. Als Schuljunge auf der Insel hatte Walker nur Hohn und Spott wegen seiner Nase eingesteckt. Damals hatte er zu den schwarzen Schulkameraden gehören wollen. Heute wollte Walker englisch sein; sein Denken war in der Tat nicht afrikanisch. Er besaß westliche Logik und Verstandesschärfe. Aber sein Gefühl – ein stürmischer, aufbrausender und dabei demütiger Gegenpol – wurzelte im Boden afrikanischer Magie. Nur Norton und Mrs. Bartlett kümmerten sich um Walker und luden ihn gelegentlich ins Haus, wo er unsicher, aber glücklich war. Margaret war zu scheu, um Walker helfen zu können. Er war ihr vollkommen wesensfremd. Sie war in ihren Reaktionen so insular, daß Norton, der jahrelang in fremden Welten lebte und arbeitete, nur den Kopf schüttelte. Margaret war nicht langsam und schüchtern, weil sie englisch, sondern weil sie Margaret war. War er, Norton, langsam oder schüchtern? Oder Drury? Oder Bartlett? Alles Unsinn. Die Psychoanalytiker konnten ihnen gestohlen bleiben! Harley-Street-Weisheit und koloniale Praxis waren getrennte Disziplinen. Wenn es für Norton eine Autorität im »Weisheitsgeschäft« gab, war sie chinesisch. In mancher Beziehung war sie so weit von Margaret und London entfernt wie Walker. Wenn er, Norton, der in Margarets Augen keinen Funken Mitgefühl besaß, den unseligen Sohn seines Freundes Walker nicht hätte ausbilden lassen und ihn heute als Privatsekretär mit gutem Gehalt beschäftigte, würde Alan Walker mit seiner dicken, ohne jeden Grund vergnügten Mutter vor der Stadt in einer Eingeborenenhütte hocken. Norton hatte von Anfang an das Erziehungsgeld für den Jungen verwaltet. Das wenigstens war immer pünktlich eingetroffen. So hatte Walker natürlich in der »Stadt« ein nettes Zimmer, Bett und Frühstück. Wie Margaret bei Miss Hopkins in London.

Eine unangenehmere Person als Beth Hopkins konnte Norton sich schwer vorstellen; er hatte in seinem Leben einige getroffen. Miss Hopkins war groß und ungelenk, musterte Margarets Zukünftigen mit aufgerissenen, starren Augen und hatte offenbar nie von Kamm und Bürste gehört. Ihre Haare hingen ihr wie graue Schlangen um ihr Medusenhaupt. Was Margaret an dieser Person gefunden hatte, war Norton ein Rätsel. Doch Miss Hopkins' Schlangenlocken und der Blick hatten gesiegt. Margaret ging zu ihr zurück. Sie würde sich wundern, wie es ihr nach dem Leben in Nortons Traumvilla mit dem Ozeanpanorama in »Little

Venice« mit dem Blick auf den trüben Kanal gefallen würde. Norton erheiterte sich bei diesem Gedanken vorübergehend. Margaret würde sich wundern. Die breite Krempe ihres uralten Filzhutes verbarg beinahe den Ausdruck ihrer Augen. Mit diesem Produkt auf ihrem reichen, aschblonden Haar war sie auf der Insel gelandet. Sie ignorierte Moden – auch in dieser eleganten, kleinen Kolonie. Aber damals hatte sie entzückend mit dem Hut ausgesehen. Norton hatte Margaret mit und ohne Filzhut geliebt. »Verbirg dich vor der Liebe! Sonst wird sie dein Tod sein.« Warum fiel ihm dieses alte Hinduwort jetzt ein? Diese Insel hatte ihren Anteil an steinreichen, pessimistischen Indern und an steinreichen, vergnügten Chinesen. Wie Trinidad im Kleinformat. Und die Walkers im karibischen Raum standen überall zwischen Tür und Angel. Aber da war immer das Meer, das sie aufnehmen würde.

Noch zwei Minuten. Norton wußte immer noch nicht, wie er Margaret eine baldige Rückkehr vorschlagen wollte. Verließ sie die Insel oder ihn? Hatte er nicht ein Recht auf Information? Aber er preßte seine schmalen Lippen zusammen. Das tat er sich nicht an.

Er hatte sie zum Mißfallen seiner Eltern geheiratet. *Wer* war Miss Richardson? Nach der Meinung seiner Mutter konnte er jedes Mädchen haben. Kein Zweifel, es war eine Glanzheirat für Miss Richardson gewesen, auch wenn Miss Hopkins diese Meinung wegen persönlicher Abneigung gegen den Bräutigam *nicht* teilte. Nun ging Margaret fort. Das war der Dank. Natürlich erwartete jemand wie Norton keinen Dank. Aber immerhin.

Jemand schlurfte dicht an ihnen vorbei. Er schleppte einen englischen Koffer, der zu Margarets antikem Filzhut paßte. Ein breitrandiger Strohhut mit einem knallroten Band wippte auf seinem Kopf. Einen Augenblick hielt Norton den Mann für Walker. Haltung, Kopfform, Gesichtsausdruck waren identisch. Aber der Fremde war wesentlich älter, und Walker hätte nie einen so auffallenden Strohhut getragen. Walker hatte eine beängstigende Korrektheit am Leib. Nie konnte er sich zwanglos kleiden oder geben! Die afrikanische Erbmasse schien sich mit zunehmendem Alter durchzusetzen, dachte Norton. Wenn Walker nicht aufpaßte, würde er afrikanisch werden. Aber wie sollte er das? Dann paßte Norton auf, ob Margaret nicht doch etwas Nettes zu ihm sagen würde. Aber das war wohl zuviel verlangt. In jedem Fall von Margaret.

Hatte die Entfremdung zwischen ihnen vor oder nach den getrennten Schlafzimmern begonnen? Was lag daran? Wozu einen Kalender des Mißgeschicks entwerfen? Davon bekam man Gallensteine, wenn Norton seinen Freund Bartlett richtig verstanden hatte. Wenn die Bartletts nicht so reservierte Turteltauben gewesen wären, Norton hätte nicht länger an Eheglück in mittleren Jahren geglaubt. Auch Drury hatte seine Illusion verloren – und einen Teil seiner Haare. Einmal hatte er Mary Anns Vorwürfe über seinen Mangel an Mitgefühl mit Horaz beantwortet. »Wenn du mir Tränen entlocken willst, muß du selbst erst Schmerz empfinden.« Mary Ann hatte diesen klassischen Rat mit Tassenwerfen beantwortet. Oxford blieb Oxford, und Miss Brown blieb Miss Brown.

Auch Margaret hatte den Fremden mit dem Strohhut bemerkt. Allerhand für sie, da sie meistens vor sich hinstarrte. Sie murmelte, daß Walker bald so aussehen würde, wenn er nicht aufpaßte. »Übrigens kann er dich nicht ausstehen, Francis!«

»Völliger Unsinn, meine Liebe!« Unwillkürlich dachte er daran, was Walker ihm zu verdanken hatte, auch wenn er es nie geäußert hätte. Wenn Margaret ein unangenehmes Argument aufgriff, spann sie es mit Vergnügen aus. »Wahrscheinlich verabscheut Walker dich, weil er pausenlos ›Danke sehr‹ sagen muß.«

»Das wäre ziemlich unvernünftig von ihm.«

»Nicht jeder hat so viel Vernunft wie du.«

Da Norton derselben Ansicht war, schwieg er bescheiden. Warum mußte Margaret die letzten Minuten mit Feindseligkeit ruinieren? Wenn Norton Eigenlob nicht so verabscheuen würde wie Walker angeblich ihn, dann hätte er seine Geduld mit dieser Ehefrau bewundert. Oder war er »dressiert«, wie sie ihm vorwarf? Bemühte er sich, allerdings ziemlich spät, um ein harmonisches

Lebewohl? Weil man das eben tat, ob man es meinte oder nicht. Aber er, Norton, meinte es, zum Donnerwetter! Er hatte Margaret ihren Löwenanteil am Fiasko dieser Ehe verziehen. Wenn sie sich plötzlich um Walkers Seelenleben kümmerte, warum nicht um seines? Ah! Margaret behauptete, er habe keines. War es ein Wunder, daß er jene Nacht mit einer jungen Dame verbracht hatte, die Leben in seine Bude brachte? Wenn auch nicht ausschließlich Seelenleben. Als die Hähne krähten, fuhr er zum Frühstück nach Haus. Margaret fragte ihn, ob er gut geschlafen habe. Er blickte sie nicht an. Bei den Lahmen lernt man hinken. Sie saß ihm gegenüber, war aber weit entfernt. Es mußte ihr gleichgültig sein, wo, wie, mit wem oder ob er geschlafen hatte. Warum machte sie ihm nie eine Szene deswegen? Ein reinigendes Gewitter hätte wenigstens die Kluft verringert. Sie stritt sich lediglich um die Hitze, die jede Tatkraft erstickte, die Manieren von Drurys Ehefrau, die fröhlichen Analphabeten in den Dörfern, die Monotonie einer Reisdiät, über den Genuß von Rum, die rasche Fäulnis der Tropenflora, die Insekten, ob Walker aufpaßte. Man konnte verrückt werden; aber den Gefallen tat Norton niemandem. Nicht einmal seiner Frau, der zuliebe er einmal allerhand getan hatte.

An ihre Gegenleistungen konnte er sich im Augenblick nicht erinnern. Aber sie mußte einmal ihr Teil getan haben. Es gab keinen Ruf ohne Echo. Oder doch? Norton riß sich zusammen. Wie konnte er auf dem Flugplatz in Trinidad solchen Unsinn denken? Wollte er andere Gedanken im Keim ersticken? Etwa, daß er, er, die lächerlichste Figur zwischen London und den Antillen war: ein verlassener Ehemann? Falls Margaret nicht zurückkehrte, würde er das sein. Niemals, sagte er sich. Ihm würden ein Dutzend einleuchtende Gründe für ihre Abwesenheit einfallen, wozu war er Jurist? Und dazu kamen sein Prestige und seine Beliebtheit in den Kolonien. Niemand würde sein Wort anzweifeln. Höchstens er selbst. Allein mit seinem Gewissen und seinem Rumpunsch.

»Hallo, Sir Francis! Guten Morgen, Lady Norton! Sie verlassen uns doch nicht etwa?« Randolph Scott, der Berichterstatter einer großen Londoner Sonntagszeitung, richtete seinen Blick auf die müde, reglose Margaret.

»Meine Frau will Urlaub daheim machen«, erklärte Norton. »War jahrelang nicht in London.«

»Wird Ihnen nicht mehr gefallen, Lady Norton! Ich finde die Antillen traumhaft. Also guten Flug! Brachte einen Freund auf den Flug nach Südamerika. Seh' ich Sie später auf Comfort Island, Sir Francis?«

»Selbstverständlich. Freue mich schon auf unser Dinner im Klub.«

»Sehr liebenswürdig! Nochmals alles Gute, Lady Norton!«

Der junge Mann war gegangen. Große Veranstaltungen in Trinidad. Alles traumhaft. Alles von der Zeitung bezahlt. Dinner mit Sir Francis auf »seiner« Insel. Wer vergaß diesen Richter, der diskret, aber entschieden ins Verhör eingriff, zwischen Old Bailey und Comfort Island? Ein Buch über juristische Themen war auch fällig. Margaret sagte immer noch kein Wort. Nicht, weil sie Norton kränken wollte, sondern sie hatte am Vormittag ihren alten »Sarg-Traum«. Sie lag in ihrem offenen Sarg und konnte nicht heraus. Norton, oder jemand, der ihm täuschend glich, machte keinerlei Versuche, ihr zu helfen, was nicht der Realität entsprach. Er hätte ihr ins Leben zurückgeholfen. Trotz allem. Aber im Traum, der seine eigene Logik und hinterhältige Tiefe besitzt, schlug Norton den Sargdeckel zu, als sie sekundenlang die Augen schloß. Sie hatte den Sargtraum zum ersten Mal gegen Ende ihrer Flitterwochen geträumt und war empört und verwirrt erwacht. Da schlief Francis – sanft und zufrieden wie ein Lamm –, und sie hatte ihn im Traum als ihren Mörder gesehen! Sie hatte ihn mit einem Kuß und Tränen in den Augen geweckt. Den Traum hatte sie für sich behalten. Was hätte er dazu gesagt? Damals verstand er noch nicht so viel Spaß.

»Ist dir nicht gut, Margaret?«

Norton gab ihr eine von Bartletts Pillen, die das Atmen erleichterten – vor und während des Fluges. Er tat die Pillen in ihre Handtasche zurück. »Du hast Reisefieber.« Er war erstaunt.

Das Flugzeug wurde programmgemäß aufgerufen, und beide zuckten unmerklich zusammen. Es war soweit. Falls Margaret nicht in letzter Minute ihren Entschluß ändern würde. Sie wußte nie genau, was sie wollte.

»Deine Freunde werden sich freuen, daß ich fort bin.«

»Aber Margaret!«

»Du wirst dich trösten, Francis!«

»Das wollen wir hoffen.«

Ein kalter Ärger hatte ihn gepackt, und er atmete mühsam. Es war nicht fair. Er hatte sich immer wieder bemüht, das zerrissene Band zu flicken. Aber – er war zu anderen Zeiten wirklich nicht rücksichtsvoll gewesen. Er hatte den letzten Abend des Jahres mit Drury und dem Rest der Bande im Klub gefeiert. Was Margaret getan hatte, wußte er nicht. Sie war wohl nicht mit Freunden zusammen gewesen. Sie hatte wenig Freunde auf der Insel. Wahrscheinlich hatte sie Silvester in einem Sarg verbracht. Das mußte anders werden. So konnte er sie nicht ziehen lassen.

»Margaret«, murmelte er gehetzt, »ich verspreche dir ...«

Er stockte. Seine Kehle war zugeschnürt.

Sie sah ihn groß an. Dann sagte sie: »Versprich mir nichts!«

Sie war gegangen. Das Letzte, was er von ihr sah, war der grüne, schäbige Londoner Hut, den sie mit der linken Hand an der Krempe festhielt. Ein Wind war aufgekommen.

Sie drehte sich nicht nach ihm und der Insel um.

Draußen wartete Drury mit seinem neuen Wagen. Hochanständig von ihm. Die Fahrt auf der Fähre im Morgengrauen, wo doch Drury ein Langschläfer war! Er hatte seinen zweiten Wagen in Trinidad, wo die Hauptbank von »Drury & Sohn« war. Ein Onkel leitete das Unternehmen. Sie waren alle verwandt, verschwägert oder verbündet, wie Margaret es genannt hatte. Sie sollte ruhig sein mit ihrer Bundesgenossin in »Little Venice«! – Wenn er nicht aufpaßte, stimmte Walker mit seinen schwarzen Verbündeten überein, daß eine weiße »Verschwörung« die Afrikaner der Antillen von der Selbstregierung zurückhielt. In seinen »weißen

Stunden« war er für das Kolonialregime und zählte sich zu den Engländern.

Norton ging langsam zu Drurys Wagen. Drury war erschrokken. Der Mann war fertig. Nie hatte er den Freund so grau im Gesicht und so müde gesehen.

»Du brauchst einen Whisky, Mann!«

»Gute Idee.« Norton sprach heiser und beinahe tonlos.

»Deine Frau gut abgeflogen?«

»Ja.«

»Wann kommt sie wieder?«

»Das wird sich herausstellen.« Norton war eingestiegen.

Also wußte er es nicht, dachte Drury. Norton hatte keinen Schimmer, wann seine Lebensgefährtin wieder auf die Insel zurückkehren würde. Gut so. Sehr gut sogar. Drury hatte die farblosen Augenbrauen zusammengezogen. Er selber wußte niemals, mit wem seine Frau ihn betrog. Und er war nicht neugierig. Je weniger man wußte, desto weniger litt man. Drury wollte seine Ruhe. Mindestens von Zeit zu Zeit. Er hatte nichts von Nortons Vitalität und Aktivität. Aber in seiner Bank hörte er das Dschungelgras wachsen.

»Hast du Hunger, Francis?«

»Nur Durst.«

Auch das war gut. Drury holte seine whiskydichte Lederflasche und eine Thermoskanne mit Eis hervor. Je mehr man trank und je weniger man wußte, desto erträglicher war das Leben. So hatte Norton keine Ahnung, daß er an diesem Morgen, auf dem Flugplatz in Trinidad, seine Frau zum letzten Mal im Leben gesehen hatte.

Zweites Kapitel

Staub

Mein Name ist ›Es hätte sein können‹.
Auch nennt man mich: ›Nie wieder‹,
›Zu spät‹, ›Lebewohl‹.

Dante Gabriel Rossetti

Margaret wanderte in ihrem alten Frognal herum und wollte nicht wie Lots Weib zurückblicken. Sie war beinahe glücklich, aber da war Comfort Island. Und da war Norton. Sie hatte ihm nur ihre Ankunft in London gemeldet, was er ohne Antwort zur Kenntnis genommen hatte. Wenn es nichts zu sagen gab, sagte Norton nichts. Nur ein Affe verstand einen Affen, sagten sie auf den Inseln.

Margaret seufzte. Aus sicherer Entfernung war sie gerechter gegen ihren Mann. Sie hatte allerhand zu der Entfremdung beigetragen. Aber das war nun alles vorbei. Obwohl sie Jahre auf der Insel gelebt hatte, wurde Comfort Island immer mehr zu einem langsam verblassenden Farbfleck – ein wechselndes Muster von greller Sonne und Schatten. Und wer sehnt sich nach einem Farbfleck?

Wie sollte sie Norton ihren Entschluß erklären? Sie hatte ihm viel zu verdanken, was ihr nie gefallen hatte. Keine Wohltaten, wie Norton sie dem unseligen Walker erwies, aber – er hatte gegeben und gegeben, und sie hatte sich ohne Anmut bedankt. Jetzt in Frognal tat es ihr sogar leid. Oder tat Norton ihr leid? Sie schüttelte diesen Verdacht ab. Norton ließ sich nicht bemitleiden. Das wußte sogar Margaret. Sie mußte ihm nun endlich schreiben, und zwar so nett wie möglich. Auch wenn er nie begreifen würde, daß sie lieber in einem winzigen Raum mit verblaßten, fleckigen Tapeten und einer nie geölten Tür in »Little Venice« hauste als in seinem Tropenpalast auf der Insel. Aber bald würde auch ihr Logis bei Miss Hopkins Vergangenheit sein. Auch das mußte sie ihm mitteilen. Was würde er davon halten? Aber selbst die Vision von Nortons hochgezogenen Augenbrauen und seinem kalten Blick konnte ihrer Stimmung nichts anhaben. Norton war am anderen Ende der Welt. Und sie war in ihrem lieben Hampstead. In Frognal war ihr äußeres und inneres Leben verwurzelt.

Es war nun Ende Juni, und überall blühten die Rosen. Teerosen. Auch die »Alten Rosen« in vielen Farben und die »Bourbons«, die eine zweite Blüte am Ende des Sommers erlebten. Das gab es also, ob Norton es glauben würde oder nicht.

Margaret hatte heute ihren freien Tag. Sie war wieder als Sozialarbeiterin tätig. Sie hatte auf der Insel vergessen, wie entnervend ewige Ferien waren. Ihre gesellschaftlichen Pflichten als Gattin eines hohen Kolonialbeamten hatte sie als lästigen Zwang betrachtet. Schließlich hatte Norton es mit ihr aufgegeben. Eigentlich war er erstaunlich freundlich geblieben. Aber er trauerte nie um vergossenen Rum. Oder seine Enttäuschung war zu tief für Vorhaltungen gewesen. Es war merkwürdig. Hier, in ihrem Milieu, begriff Margaret nach vielen Jahren auch Nortons Wesen. Aber es war wohl zu spät. Sie war immer langsam gewesen. Andererseits wuchsen Erkenntnisse nicht im Eiltempo wie jene Tropenblumen, die leuchteten und abstarben, bevor man sich an sie gewöhnt hatte.

Margaret spazierte, tief in Gedanken, in einen Kinderwagen hinein und stammelte eine Entschuldigung. Die junge Mutter lächelte nachsichtig. Woran hatte diese alte Jungfer wohl gedacht? Sie trug einen Strohhut, der wohl vor zehn Jahren Mode gewesen war. Jetzt schrieb man 1958, London hatte sich sehr verändert.

Margaret war vor Verlegenheit rot geworden. Wie oft hatte Francis sich über ihre Geistesabwesenheit geärgert! Und über ihre Lethargie! Und über ihre langweiligen Kleider! Und, und ... Er hatte es nicht leicht mit ihr gehabt. Endlich sah sie es ein. Zu spät, wie immer.

Hätte er sich denn mit dieser Person eingelassen, wenn sie, Margaret, etwas entgegenkommender gewesen wäre? Sie fragte eine Teerose in einem kleinen, stillen Garten, warum alles so gekommen war. Immer die sinnloseste Frage. Und immer drei bis sechs Posttage zu spät. Ob Francis sich darüber klar war, wie unmöglich seine Zeitvertreib-Dame war? Wahrscheinlich. Die Kolonie schwieg, drückte in diesen Fällen sämtliche Augen zu. Das heißt: die Männer.

Heuchlerische Bande, dachte Margaret mit einer durch die Entfernung geborenen Nachsicht. Schön war die junge Person. Da konnte kaum eine andere mit. Aber Margaret hatte sich nie als Konkurrenz betrachtet. Sie war ein Eiszapfen gewesen. Keine geringe Leistung in der tropischen Hitze. Wer hatte das gesagt? Norton natürlich.

Margaret stand vor einem Garten mit spielenden Kindern. Wenn ihr Baby gelebt hätte, wäre manches anders geworden. Margaret gab sich einen Ruck. Sie mußte an ihre Zukunft denken. Sie hatte sich vorige Woche als freiwillige Helferin bei den Samaritern gemeldet. Sie war gegen Miss Hopkins' Einwand nach »Stephen Walbrook« gepilgert. Miss Hopkins fand sie zu zerstreut. Würde sie sich die Namen der Hilfesuchenden merken? Sie verwechselte alles. Sie hätte Beth Hopkins nichts darüber sagen sollen. Aber sie war daheim bereits konzentrierter. Sie hatte sich mühelos gemerkt, daß die Kirche der Samariter aus dem elften Jahrhundert stammte und daß Wren sie nach dem großen Feuer im siebzehnten Jahrhundert wieder aufgebaut hatte. Auch das Zentrum der Samariter hatte die Bomben von 1940 überlebt. Acht Jahre später hatten Francis und sie in London geheiratet. Sie war dankbar gewesen, dem Nachkriegs-London Lebewohl sagen zu können. Ihre Eltern waren in den Bomben umgekommen. Sie, Margaret, hatte den Abend bei Beth Hopkins in »Little Venice« verbracht. Man durfte nicht zurückblicken. Auch nicht zurückgehen? Margaret schloß einen Augenblick die Augen, und Frognal verschwand. Mit aller Willenskraft steuerte sie sich in die Gegenwart zurück. Sie hatte die schreckliche Spannung verspürt, die sie bei jedem Streit mit ihrem Mann überfallen und ihr den Frieden geraubt hatte.

Frognal war friedlich. Ein Ort zum Aufatmen . . . Sie klammerte sich plötzlich an einen Gartenzaun und sagte laut: »Geh nie zurück!« Sofort kam eine ältere Dame, die ihren Tee im Garten trank, an den Zaun und fragte: »Sind Sie *ganz* wohl, dear?« Sie wollte der bleichen Fremden in dem komischen Hut eine Tasse Tee anbieten. Aber Margaret war geflohen. Was hätte Norton zu diesem Schauspiel gesagt? Oder Miss Hopkins, die mit den Jahren noch kritischer und strenger geworden war. »Schlaf nicht!« hatte sie gestern ziemlich ungeduldig gesagt. »Ich rede mit dir.« Eigentlich war Norton ein Muster an Geduld gewesen. Aber da war Herablassung in dieser Geduld. Das hatte aus der Tugend eine läßliche Sünde gemacht. Wenigstens war Margaret dieser Meinung. Hatte sie, überempfindlich und von ihm vernachlässigt, ihm dennoch Unrecht getan? Glücklicherweise erinnerte sie sich in diesem Augenblick daran, daß Norton das Talent besaß, den Gesprächspartner elegant ins Unrecht zu setzen.

Was würde er dazu sagen, daß sie mindestens ein Jahr bei den Samaritern in London arbeiten und helfen wollte? Aber das war nicht alles, was sie ihm mitzuteilen hatte. Sie mußte nun wirklich schreiben. Nur nicht heute. Nächste Woche? Nächsten Monat?

Wieder seufzte Margaret und erhob sich von einer Bank, da zwei junge Leute sich näherten. Sie sprachen laut lachend über Tagespolitik und schenkten Margaret glücklicherweise keinen Blick. Wenn sie an die unersättliche Neugierde der Insulaner zurückdachte! Das war wundervoll an London, daß keiner sich um den anderen kümmerte. Außer wenn man helfen konnte.

Ob noch viele Nachbarn in diesen alten Straßen lebten. Gewiß, Frognal war nur ein winziges Viertel in der riesigen Stadt, aber für sie war es ein Universum gewesen. Der Spiegel ihrer Kindheit und Jugend. Ein Traum, realer als die Realität. Wer kannte den Unterschied? Margaret betrachtete die »University College School«, ohne diese ehrwürdige Lehrhalle zu sehen. Die Chinesen, die alles besser wußten, nahmen Träume ernst. Sie hatten auf der Hauptveranda gesessen und über Palmen und Hecken hinweg das Meer betrachtet. Und Mr. Lü, Nortons gelehrter Freund, hatte die uralte Fabel vom Mann und dem Schmetterling erzählt. Ein Dichter träumte, er wäre ein Schmetterling, und beim Erwachen wußte er nicht, ob er nicht vielleicht ein Schmetterling war, der träumte, er wäre ein Mann. »Sehr hübsch«, hatte Francis nachsichtig gesagt. Mr. Lü erwiderte bescheiden, die Fabel sei außerdem wahr. Margaret hatte geschwiegen; niemand erwartete mehr von ihr. Hatte es sie geschmerzt? Sie wußte nur, sie hatte sich entbehrlich gefühlt wie der Abfall vom süßen Zuckerrohr, den die Feldarbeiter verbrannten. Natürlich behielt sie diesen Vergleich für sich. Um jene Zeit hatte sie beschlossen, für lange nach London zu fliegen. Sie hörte Nortons kalte, präzise Stimme. »Bitte konzentriere dich! Wenn auch nur für eine Minute!« Er hatte ihr etwas Wichtiges mitzuteilen. Wichtig für ihn.

Margaret betrachtete die steinerne Masse des Frognal College, die hohen Gitter, die mächtigen Tore. Wenn die Silberpappeln und Weidenbäume grünten, blickte das Haus nicht so streng und abweisend wie damals, als sie Bräutigam Norton im November hierher geschleppt hatte, weil ihr Vater hier gelehrt hatte. Francis hatte die Hochschule pflichtschuldig bewundert. Er hatte keine innere Beziehung zu London. Er, Drury und Chirurg Bartlett waren von Kent über Eton nach Oxford gezogen. Später auf die Insel.

An der Ecke von Frognal Way stand immer noch Priory Lodge, wo sich Dr. Johnson über die »Eitelkeit menschlicher Wünsche« ausgelassen hatte. Auch Margaret dachte oft darüber nach. Wenn auch nicht so scharf wie Dr. Johnson oder Richter Norton. Die beiden hatten immer recht. Drury fand es langweilig, im Recht zu sein. Es war ihm vollkommen gleichgültig. Das hatte Margaret an Robin Drury gefallen. Aber es war das einzige. Norton meinte, Drurys Ansichten wurden immer komischer, weil er auf Urlaub in seinem Versteck in den Bergen Gedichte las. Da konnte man nichts Besseres von Drury erwarten. Aber Margaret hatte Robin Drury nie wirklich gekannt. Sie wußte, er fand sie »öde«, und das hatte sie gelähmt. Drury tat sein Bestes, um sein Wissen und seine literarischen Extravaganzen vor seinen Freunden zu verbergen. Aber jeder ehemalige Oxforder schüchtere sie ein. Miss Hopkins hätte gern die ganze Gesellschaft zur Hölle geschickt. Trotzdem sah sie sich immer die Bootsrennen zwischen Oxford und Cambridge an. Wer war aus einem Guß?

Miss Hopkins, jetzt eine erfolgreiche Fotografin, wurde auch immer herrischer. Obwohl in greifbarer Nähe, war Beth Hopkins manchmal so entfernt wie Norton, Bartlett, Drury, der glücklose Walker und, Gott sei Dank, Drurys Ehefrau. Abgesehen von anderen Charakterfehlern, trug diese Mary Ann schon früh am Morgen kostbaren Schmuck zu ihrem freigiebigen Strandkleid. Da sah man, woher sie stammte.

Schmuck! Margaret hatte Nortons Ring, den er ihr nach ihrem Geburtstag geschenkt hatte, in London verkauft. Still und leise, wie sie alles tat. Obwohl er ihr sofort bei »Drury's London« ein Konto eingerichtet hatte, wollte sie so schnell wie möglich selbständig werden. Sie lernte bereits fotografieren, und Miss Hopkins war nicht unzufrieden, obwohl sie zweifelte, ob Margaret durchhalten würde. Miss Hopkins war eine schwierige Freundin. War sie überhaupt noch Margarets Freundin? Zehn Jahre waren eine lange Zeit. Margaret war natürlich so treu wie alle »öden« Leute.

Wie konnte man die Vergangenheit auf Comfort Island so erfolgreich begraben, daß sie sich nicht zur Unzeit aus ihrem Glassarg erhob? Gehörte Norton zu den Unvergeßlichen? War tiefe Abneigung so dauerhaft wie tiefe Liebe? Margaret war nun fünfunddreißig. Da sollte sie mehr über das Leben wissen, meinte Miss Hopkins liebenswürdig. Ganz so unrecht hatte Norton vielleicht nicht mit seiner Abneigung gegen diesen Schutzengel in »Little Venice« gehabt. Leider ahnte er nichts von diesem moralischen Triumph. Er ahnte überhaupt nichts.

Nicht nur Beth Hopkins mit ihrem unfrisierten Haar und ihren freudlosen, handgestrickten Bettjacken hatte es in diesen Jahren zu etwas gebracht. Auch ihre Freunde hatten Erfolge. Nur Margaret konnte nichts als eine gescheiterte Ehe vorweisen, wozu man in London zehn Wochen, nicht zehn Jahre brauchte. Und doch war ihr Beth Hopkins auf der Insel die einzige gewesen, die sie mit der

Heimat verband. Ihre Fotos von Frognal hatten Margaret ihr Wohnrecht bewahrt. War Beth eine Person, die auf die Ferne ihre stärksten Seiten zeigte? Aber ihre Bilder waren wohl ihr Bestes. Da war ein Foto von Oak Hill Way, wo die junge Margaret in ihren Träumen Oberon und Titania auf dem Gipfel des Hügels angesiedelt hatte. Damals hatte sie Shakespeare erlebt. Sie hatte Mut zum Ungewissen verspürt. Sie war nie müde gewesen. Wieder fühlte sie die seltsame Gewißheit, daß die Vorsehung ein anderes Leben für sie bestimmt hatte, daß gewisse Schicksale verwechselt worden waren. Wie hätte sie Norton das erklären sollen? Sie sah seine unangenehmste Miene, und er sagte in dem Ton, den er für unehrliche Zeugen benutzte: »Ich habe genug gehört.« Margaret hörte es hier in ihrem stillen, grünen Frognalwinkel. Vielleicht besaß seine kühle Stimme Überzeugungskraft, er schrie niemals.

Sie blickte auf ihre Uhr. Sie konnte das ehemalige Hauptquartier von General de Gaulle heute nicht mehr besuchen. Es war das einzige, was Norton in Frognal interessiert hatte. Er war so animiert gewesen, daß er an dieser historischen Stätte das Hochzeitsdatum vorgeschlagen hatte. Frognal-Staub! Heute wußte sie, daß Norton diesen Impuls bereute. Warum er es trotzdem mit ihr aushalten wollte, wußte sie nicht. Aber wollte er es noch? Nach ihrem monatelangen Schweigen?

Sie lief zur Redington Road. Hier waren keine alten Herrenhäuser und historischen Schatten aus Kunst und Politik. Hier standen solide Familienhäuser aus verschiedenen Frognal-Perioden. Margaret stand vor einem feinen, alten Haus mit großem Garten. Ein kleines Messingschild verriet den Namen eines Arztes. Sie klingelte. Die Haustür wurde vom ersten Stock geöffnet.

Margaret trat ein.

»Ich bin ganz ruhig. Ich werde mich nicht ärgern«, sagte Norton leise und gefährlich sanft, als er den dicken Luftpostbrief wie ein Danaergeschenk betrachtete. Übergewicht hatte der Brief auch, was ihm immer aus tiefster Seele mißfiel. Gab es keine Briefwaage in »Little Venice«? Oder Postämter? Unerhört! Aber typisch Margaret! Gut, daß sie eine Zeitlang verschollen war. Sehr gut. Er war immer zu nachsichtig gewesen. Das würde sich ändern. Ob sie wieder mit dem alten, verbeulten Hut hier ankommen würde? Was ging es ihn an? Nichts, liebe Dame! Schlechter Geschmack war unheilbar. – Was immer man gegen Drurys bessere Hälfte einzuwenden hatte, und das war eine Menge, Mary Ann konnte sich anziehen. Auch das ging ihn, Norton, nichts an.

Dreieinhalb Monate und zehn Tage waren vergangen, bis seine Frau sich zum Schreiben bequemt hatte. Nicht daß er auf Nachrichten scharf war! Er konnte es aushalten. Es würde der übliche Dankbrief für Kost und Logis sein – mit ermüdenden Schilderungen, die ihn zu stummer Raserei bringen würden. Man konnte genausogut das Londoner Telefonbuch durchlesen. Oder hier in Trinidad den Calypso-Sängern lauschen, die immer höhnischer und herausfordernder wurden.

Je länger Norton Margarets teuren Brief anstarrte, desto ärgerlicher wurde er. Trotzdem würde er großmütig sein, wenn sie endlich mit ihrem Hut anrücken würde. »Nett, daß du wieder hier bist, dear! Alle fragten schon, wann du ankommst. Sogar Drury.«

Nur keine Debatten. Wenn Margaret damit anfing, gab es kein Aufhören. Obwohl sie für gewöhnlich wenig mit ihm sprach. Debatten endeten nicht selten mit Vorwürfen und Anklagen. Wenigstens bei seiner Frau. Norton wurde noch etwas ärgerlicher, als er an diese ehelichen Dialoge dachte. Natürlich setzte er Margaret so unmerklich ins Unrecht und so höflich, daß sie davonlief. Keinen Schimmer von Fair play, wie alle Frauen. Trotzdem: Jene Debatten hatten die Totenstille im Haus aufgehoben.

Nicht daß er auf ihre Heimkehr lauerte! Fiel ihm nicht im Traum ein. Wen konnte er zum Flugplatz schicken? Drury? Lachhaft. Drury holte nicht einmal seine eigene Frau ab. Aber Walker war immer zu einer Gefälligkeit bereit. Der arme Hund würde die Zähne zusammenbeißen und Lady Norton abholen. Eine Hand wäscht die andere. Nächste Woche mußte Norton seinen halbjährlichen Besuch bei Walkers Mutter machen. Auch kein Vernügen. Mrs. Walkers Englisch war eine Mischung aus afrikanischer Poesie und englischen Wörterbuchfloskeln. »Wie kannst du das aushalten?« hatte Drury ihn gefragt. Und Norton hatte erwidert, man könnte alles, was man wollte. Da Drury diese Meinung nicht teilte, hatte er geschwiegen. Er wollte ja niemals recht behalten. Übrigens nannte Walkers Mutter ihren Sohn nicht Alan, sondern Abiku, ein Wesen, das von derselben Mutter wiedergeboren wird. Walker konnte sich diese Bezeichnung noch so oft verbitten, besonders in Nortons Gegenwart, aber es nützte nichts. Mum ließ sich nichts vorschreiben – weder von Alans entschwundenem Vater noch von Abiku. Norton überhörte den afrikanischen Namen zu Alans Erleichterung. Mum konnte Norton nicht ausstehen, weshalb sie sich gewissenhafte Vorwürfe machte. »Seine Zähne lächeln, nicht sein Herz«, erklärte sie ihren Verwandten. Norton, der ihr mürrisches Schweigen für ehrfürchtige Scheu hielt, täuschte sich eben manchmal doch. Drury hielt loyal den Mund. Er wußte, wie unbeliebt Freund Francis war. Er selbst erfreute sich einer ihm unbegreiflichen Beliebtheit bei den Afro-Kariben, Chinesen und Indern. Aber wer nun einmal an Norton hing, wie Drury, Chirurg Bartlett oder Professor Lü, der ließ sich durch niemanden beeinflussen. Schon gar nicht von Lady Norton. Aber sie hatte keine Freundinnen auf Comfort Island. Wer hatte sie je nach ihrer Meinung befragt? Schon ihre Abneigung gegen einen netten Gesellschaftsskandal hatte ihre Chancen bei den Damen der Kolonie zunichte gemacht. Aber natürlich »eine hochanständige Person«, wie Mrs. Drury unangenehme Ehefrauen nannte, denen nicht einmal sie etwas nachsagen konnte. »Nimm dir ein Beispiel an ihr«, hatte Drury vorgeschlagen. »Hast du ein Zuckerrohr verschluckt, Mann? Willst du dich zu Tode mit mir langweilen?« Drury hatte nichts dagegen. Nur Ruhe – aber die gab es nicht bei seiner Frau. Norton zwang seine Gedanken zu Margarets ungeöffnetem Brief zurück. Er würde aus Vernunftgründen großzügig sein, nachdem Walker sie abgeliefert hätte. Keine seiner bei Gericht gefürchteten Fragen. Gott bewahre! »Nett, daß du wieder da bist!« Das würde alles sein. Fürs erste. Er würde den Grund ihres empörenden Schweigens in aller Ruhe herausfinden. Er hatte kompliziertere Fälle gemeistert. Jeder Asiate vor Gericht war ein Mysterium, jeder Afrokaribe ein heißes Eisen, jeder Ostinder ein Unschuldslamm. Die Inder gaben persönlichem Ansehen den Vorzug vor Glück und strikten Tatsachen. Sie steckten nicht umsonst in der Zwangsjacke des indischen Kastengeistes – von den Brahmanen in den Wolken zu den Unberührbaren in der Lehmgrube, worüber Margaret in den ersten Monaten auf der Insel Tränen vergossen hatte. Und dabei hatte sie nur einen Film gesehen! Sie war also aufnahmefähig gewesen. Was war in diesen zehn Jahren passiert? Er, Norton, hätte in einer bestimmten Hinsicht ein Ostinder sein können: Er hatte niemals schuld. Die Schuld fiel wie Regen, auf viele Dächer. Wer hatte ihm das gestern ohne Respekt versichert? Chefredakteur Clarke natürlich. Der Vater von der unverschämten »Molly-Tochter«, die neulich in seiner Tageszeitung unter den »Gesellschaftsnachrichten« über den »Dauerurlaub« prominenter Kolonial-Gattinnen eine unverhüllte Anspielung auf Margaret gewagt hatte. Auch Molly Clarke hatte eine afrikanisch-karibische Mutter. Aber wie dreist war die junge Person gegen Walker! Sie war der Liebling ihres Vaters. Clarke ließ ihr alles durchgehen. Er, Norton, würde ein ernstes Wort mit Clarke reden müssen. Im Augenblick war nur Margaret »auf Urlaub« daheim. Aber glücklicherweise kam sie endlich zurück. Seine Freunde im Klub munkelten auch etwas, wurden aber von Drury und Bartlett zurückgewiesen.

Norton gab sich einen Ruck. Er griff nach dem Brief auf dem Bambustisch. Seine Kehle war plötzlich so ausgedörrt, daß er einen Whisky mit wenig Soda brauchte. Er öffnete Margarets Brief so hastig, daß zwei Seiten zu Boden fielen. Er ordnete sie pedantisch ein – wie in eine Akte. Würde der Brief bei Anklageschriften landen?

London, »Little Venice«, 1958

»Lieber Francis,

entschuldige, daß ich erst heute schreibe. Aber es kam immer etwas dazwischen. London ist eine ruhelose Stadt – ich meine, im

Vergleich zur Insel. Leider lebt man jetzt in einem harten London, obwohl Miss Hopkins es ignoriert, und zwar so schroff wie üblich. Die meisten haben die Gemeinsamkeit im Krieg vergessen. Schlimm.«

Norton nickte befriedigt. Er hatte viel eher als Margaret gewußt, wie unangenehm und grob die liebe Beth war. Er würde zu Margarets Ankunft ein besonderes Dinner anordnen. Was aß sie noch so gern? Süß-saures Schweinsragout? Litschifrüchte? Verdammt! Er hatte es vergessen.

»... Miss Hopkins, die Dich grüßen läßt (auch nicht wahr, dachte Norton), ist jetzt eine bekannte Fotografin und hat – aber das interessiert Dich nicht. Ich weiß nicht, was Dir, außer Miss Hopkins so gründlich an ›Little Venice‹ mißfiel. Mein Schlupfwinkel ist auf bescheidene Art idyllisch, ob Du es einsiehst oder nicht. Es ist auch gleichgültig.«

Norton zog die Augenbrauen hoch. Es hatte ihr nicht gleichgültig zu sein. Er würde ihr das klarmachen. Natürlich nicht am ersten Abend.

»... Mir geht es gut. Nur mein Herz führte neulich einen kleinen Tanz auf. Aber meine Pillen halfen – wie immer. Natürlich bin ich weiter im Sozialdienst tätig und –«

Norton überflog die ausführliche Schilderung der Londoner sozialen Dienste mit großer Ungeduld. Wenn Margarets Herz nicht in Ordnung war, sollte sie sich Ruhe gönnen. Närrin! Aber er hatte nichts von ihren Pillen gewußt. Er mußte Bartlett fragen. Und sich in Zukunft mehr um seine Frau kümmern ... Wann kam sie endlich zum Hauptpunkt?

»... Was ich Dir jetzt sagen muß, fällt mir nicht leicht. Du warst gut und großzügig, Francis! Und unsere ständigen Meinungsverschiedenheiten und gegenseitige Erbitterung gehen zum Teil auf mein Schuldkonto. Aber nur zum Teil. Du kannst ein Lamm zur Raserei bringen. Ausnahmsweise sage ich Dir unverblümt meine Meinung – wenn auch aus sicherer Entfernung. Wer bin ich? Die Jungfrau von Orleans?«

Unerhört, dachte Norton. Was für einen Ton erlaubte sie sich plötzlich? Miss Hopkins mußte dahinterstecken. Aber er würde dieser Person nicht schriftlich seine Meinung sagen, da sie für ihn nicht existierte.

»... Wir wissen beide, daß unsere Ehe ein mißlungenes Experiment ist. Wir haben keine Gemeinsamkeiten – weder im Lebensstil noch in unseren Zielen. Ja, ich verfolge wieder mein Ziel, denen zu helfen, die weder ein Heim noch eine Arbeit haben. Das langweilt Dich, ich weiß. Aber wenn ich auf den Londoner Straßen zwischen Charing Cross und Waterloo die mit Bündeln und Pappkartons beladenen ›Reisenden der Straße‹ sehe, finde ich Deinen tropischen Palast so unmoralisch, daß ich weinen könnte. Aber ich weine nicht – ich habe schon lange keine Tränen mehr.«

Norton schüttelte den Kopf. Aus welchem Theaterstück hatte sie die Tränen entliehen? Sie hatte sich nie so ausgedrückt, und es mißfiel ihm genauso wie die »Reisenden der Straße«. Außerdem war er an sozialen Fragen nicht uninteressiert. Walkers Mutter wollte er längst mit ihrer Familie in einem hygienischen, neuen Häuserkomplex ansiedeln; doch stieß er auf starrsinnigen Widerstand. Mum blieb, wo sie war, und Sir Francis sollte bleiben, wo er war. Walker hatte diese Antwort schonend »übersetzt« und Dankesfloskeln hinzugefügt. Mum hatte finster geblickt. Wenn sie wollte, verstand sie Englisch. Er nahm Margarets Brief mit tiefem Widerwillen zur Hand. Ihre Feindseligkeit, die auf dem Flugplatz in Trinidad offenbar wurde, war in Haß übergegangen. Das mußte einen Grund haben.

Plötzlich las er mit lobenswerter Aufmerksamkeit. Witterte er Gefahr? Unannehmlichkeiten? Einen Skandal nach Molly Clarkes Herzen? »Lady Norton, die Gattin des ... und so weiter. Unausdenkbar! Aber er erinnerte sich rechtzeitig, daß Margaret zu langweilig für einen Eheskandal war. Zu träge. Und wohl auch zu anständig? Sie hatte sich auf Seite drei für seine Großzügigkeit bedankt ... Wenn es sich um Mrs. Drury gehandelt hätte! Skandale waren Mary Anns Element. Eigene und fremde Angelegenheiten. Und Drury schwieg dazu. Nun, das würde er, Norton, sich nicht von seiner Ehefrau bieten lassen. Er räusperte sich wie vorm Verhör.

». . . Ich möchte Dir klarmachen, daß Deine augenblickliche, allerdings besonders anfechtbare Dame mich *nicht* nach London getrieben hat. *Du* hast es getan. Deine Gleichgültigkeit, Deine Rücksichtslosigkeit, Deine Verachtung von Schwächeren und wie Du alle Leute, die nicht ›mitzählen‹, übersiehst und beleidigst, ohne ein Wort zu äußern. Auch ich zählte nicht mit. Ich weiß also, wovon ich rede. Ich bin auf Deiner Insel vor meiner Zeit alt geworden – und das Leben ist nicht so lang, wie man in der Jugend denkt, nicht wahr? Hier, in meinem alten Wirkungskreis, erkenne ich es.

Kurz und gut: Ich kehre nicht mehr zu Dir zurück. So, nun weißt Du es, Francis! Es hat nur entfernt mit der Tatsache zu tun, daß ich bei den Samaritern einen Arzt traf, den ich, so sonderbar es klingen mag, lieben gelernt habe. Er hat mich wieder zum Leben gebracht. Und das ist wunderbar. Entschuldige! Es ist schön und etwas erschreckend, und Du wirst es lächerlich und empörend finden. Aber ich wußte nicht, was Liebe ist. Und da ich es nun weiß, gibt es kein Zurück. Weder zu Dir noch zu Deinem Leben auf der Insel. Ich habe ihm erklärt, daß Du aus religiösen Gründen keine Scheidung in Betracht ziehen wirst. Aber wir hoffen, Du wirst in eine legale Trennung einwilligen. Wenn nicht – ich werde ›Little Venice‹ sehr bald verlassen und mit ihm in seinem Haus in Frognal leben. ›In Sünde‹, wie mein Großvater Liebe ohne Ehering nannte. Aber das läßt sich eben nicht ändern. Er ist der einzige Mann, der zu mir paßt. Leider fünf Jahre jünger. Auch das läßt sich nicht ändern.

Versuche, mich zu verstehen, Francis! Ich mußte mich wiederfinden. Das klingt einfach und ist schwer. Man kann mit fünfunddreißig noch einen Anfang machen. Ich weiß es nun. Falls er eines Tages ein Mädchen finden sollte, das eine hellere Flamme für ihn entzündet – dann werde ich dankbar für alles sein, was er mir gab. An Ermutigung, Trost, Hilfe. An Liebe.

Verzeih mir, wenn Du kannst.

Margaret.«

Norton zerriß den Brief in viele kleine Fetzen, die er in seinem Arbeitszimmer im Aschenbecher verbrannte. Er war außerordentlich ärgerlich. Das war eine schöne Bescherung. »Altweibersommer«, sagte er laut. Er würde sofort nach London fliegen und seine Frau »abtransportieren« müssen. Mit dem Liebhaber würde er spielend fertig werden, dachte er grimmig. Hatte der Bursche, der Arzt sein wollte, Margarets Geistesabwesenheit und ihren Mangel an Konzentration nicht bemerkt? Bartlett war immer etwas besorgt um Margaret, obwohl es noch nichts zu operieren gab. Sie schien an vorzeitiger Verkalkung zu leiden, wenn man ihn, Ehemann Norton, fragte. Sollte er Miss Beth Hopkins anrufen? – Niemals. Diese Person würde triumphieren, wenn er angekrochen kam.

Norton atmete schwer und stürzte in den Garten. Nur Luft. Abendliche Kühle. Er lachte. So einfach ließ er sich nicht abschieben. Er würde nicht einmal Drury etwas sagen. Nur Bartlett. Und der schwieg eisern, das wußte Norton. Margarets Herz war nicht sehr stark. Liebesnächte, oder was sie dafür hielt, würden Bartlett nicht gefallen.

Als ob man nicht genug Sorgen hätte! Die afro-karibische Bevölkerung dieser kleinen Insel betete alles nach, was Trinidad, die »Große Insel« proklamierte. Unabhängigkeit. Nieder mit den Kolonien! Selbstverwaltung auf jedem Gebiet. »Das möchte ich sehen!« hatte Norton neulich zu Drury gesagt. »Du wirst es sehen!« »Bist du verrückt, Robin?« Aber Drury hatte ihm versichert, er habe ausnahmsweise einen Anfall von Hellseherei. Und siehe da! Vor einigen Tagen war Mr. Bristow, er war keine Leuchte, aber ein ordentlicher Verwaltungsbeamter, von »Rebellen« in einer Nebenstraße angegriffen worden. Bartlett hatte ihn zusammenflikken müssen. Weswegen der Angriff? Bristow wußte es nicht. »Was hatte er je gewußt?« fragte Norton seinen Freund Bartlett. Und es müsse doch einen Grund geben. Feinde der Kolonie? Richter Norton glaubte es nicht. Bristow war zu unwichtig. Aber die Sache hatte Staub aufgewirbelt. Die unselige Clarke-Tochter hatte auf ihrer Klatschseite »Gesellschaftsnachrichten« ein Festmahl aus der Angelegenheit gemacht. Mrs. Bristow war ohnmächtig geworden, als Fred blutend auf einer Tragbahre ... (Sie war immer geltungssüchtig gewesen). Aber das war erst das Vorgericht. Molly Clarke hatte durch ihre »Spione« in unterschiedlichen Kreisen der Bevölkerung herausgeschnüffelt, daß Fred Bristow sich gelegentlich mit einer »hochgestellten« Kolonialdame amüsierte, wenn die hausbackene Kate bei ihrer Familie in Manchester war. Wer die Dame war, wußte selbst Molly Clarke nicht, oder sie schwieg aus irgendeinem Grund darüber. Kurz und gut: Kate Bristow wollte sich scheiden lassen und hockte daheim bei ihren Leuten.

Norton, der soeben Margarets Brief vernichtet hatte, war nicht erfreut über die Bristow-Affäre. Da kam seine Frau im falschen Augenblick mit ihrem Liebhaber in Frognal an. Norton hörte das hohe, karibische Gelächter. »Und die wollen etwas Besseres sein?« Er mußte nach London fliegen und seine Frau zurückholen. Wie er das machen würde, wußte er im Augenblick noch nicht. Aber sein überraschendes Erscheinen als ein Mann von Autorität würde zumindest auf den jungen Arzt einen gewissen Eindruck machen. Der Mann würde in einem Sumpf von Klatsch und Gerüchten ersticken, was seiner Praxis nicht guttun würde. Norton wußte genau, an welchem Punkt jeder Mann empfindlich zu treffen ist. »Tut mir leid, junger Mann! Auch eine legale Trennung kommt nicht in Frage. Ganz recht. Die katholische Kirche betrachtet eine Eheschließung als bindend. Komm, Margaret!«

So einfach würde es nicht sein. Aber Norton würde vorsichtig vorgehen und die Interessen des Liebhabers diskret zum Mittelpunkt der Kontroverse machen. Er saß über niemanden zu Gericht. Gott bewahre! *Komm*, Margaret!«

Aber er würde sich etwas mehr um sie kümmern. Verdient hatte sie es nicht. Und Norton war Fachmann in der Kunst, ein schlechtes Gewissen zu mobilisieren. Wer hatte die Schlafzimmertür hinter sich verschlossen? Ah! – Aber er würde sich jedes Wort abkaufen lassen. Er wußte, daß die »Episode Frognal« zu Staub zerfallen würde. Alles wurde Staub, wenn man es abwartete. Wer wußte es besser als er? Seine Ehe hatte in einem tropischen Blütenregen begonnen. Nichts zerfiel schneller. Sein Glaube war auch allmählich zu Staub zerfallen. Aber – was er auch persönlich trieb, bei Scheidung zog er den Strich.

Wann hatte er zum letzten Mal gebeichtet? Er hatte es vergessen – wie Margarets Geburtstag.

Der Garten lag im Halbdunkel und gewann dadurch an Poesie. Die Hibiskusblüten brannten wie riesige Blutstropfen. Der giftige Oleanderstrauch mit seinen zarten, weißen Blüten war wie Margaret. Niemand würde da Gift vermuten. Nortons Gesicht war leicht verzerrt, als er die schmalen Blätter, die in scharfe Spitzen ausliefen, betrachtete. Er stand regungslos vor »seinen« tiefroten Poinsettie-Hecken. Im Mondlicht hatten sie einen rosa Schimmer. In jeder Blüte ruhte ein feiner, goldener Kelch in endloser Träumerei. Er wandte den Blick ab. Träumen war für Schwächlinge. Der Gärtner mußte die Oleandersträucher beschneiden. Sonst wuchsen sie in den Himmel. Ein Diener meldete Besuch. Das hatte ihm gefehlt. Aber es war »nur Walker«. Irgend etwas mußte vorgefallen sein, wenn der junge Walker uneingeladen erschien.

Etwas *war* vorgefallen, denn Walker würgte an seinen Worten wie an halbgekochtem Reis.

»Ich muß Ihnen die Wahrheit sagen, Sir Francis. Entschuldigen Sie meinen formlosen Besuch.«

»Was ist vorgefallen?«

»Die Welt geht unter.«

»Ist das alles, Walker?«

Der junge Mann verdrehte die Augäpfel nach afrikanischer Art, was er von seiner Mutter oder seinem Onkel Jason gelernt haben mußte.

»Meine Familie ist mit unauslöschlicher Schande bedeckt, Sir.«

»Warum?« Norton fand, daß Walker zu viele Adjektive verwendete, aber es war nicht der Augenblick, ihn darauf aufmerksam zu machen. Er blickte abwechselnd auf Walker und die leuchtende Hecke und bekämpfte seine Ungeduld. Er fragte milde, ob Walker nicht zur Sache kommen wolle. Walker kam der Aufforderung gehorsam nach. Sie mißfiel Norton so gründlich wie Margarets Brief. Natürlich kam ein Ärgernis nie allein. Aber Nortons Bedarf war für diesen Abend gedeckt. Dennoch hörte er aufmerksam zu, denn das ging nun wirklich zu weit.

Walkers Vetter, der Sohn von »Onkel Jason dem Propheten«, hatte Fred Bristow umgelegt und ihn beinahe abgemurkst.

»Aus welchem Grund, Walker?«

Der junge Mann schwieg störrisch und vorsichtig. Die Flügel seiner feinen, kühn gebogenen »Walker-Nase« bebten, und seine schönen, dunklen Augen füllten sich zu Nortons Entsetzen mit Tränen. Er nahm den Jungen in sein Arbeitszimmer, und nach einem starken Whisky lockte er die Geschichte ganz nebenbei aus ihm heraus. Wer, außer Walker, hätte ihm das verraten? Also, Walkers Cousin, »Jason der Jüngere«, der Teufel sollte ihn holen, dieser Faulpelz hatte sich längere Zeit »kulturell benachteiligt« in der Kolonie gefühlt und einen stummen Haß gegen Bristow, seinen Vorgesetzten im Wirtschaftssektor »Zuckerrohr« genährt. Norton hatte dem jungen Mann den kleinen Posten verschafft, weil Walker so ordentlich und loyal war. Mr. Bristow, der die Weisheit nicht mit Suppenlöffeln gegessen hatte und offenbar nicht wußte, daß man »ganz oben« die karibisch-afrikanische Gesellschaft vorsichtig behandelte, hatte Jason den Jüngeren wegen wiederholter Vergeßlichkeit einen »stupiden Nigger« genannt und war daraufhin beschädigt bei Bartlett gelandet. Wo war Jason der Jüngere, der sich selbstverständlich vor Gericht würde verantworten müssen? Walker wußte es angeblich nicht. Er unterdrückte sein Stöhnen. Familientreue hielt ihn von weiteren Auskünften zurück, und Norton wußte es. Er drängte nicht. Er war kein Anfänger in der Kunst des Verhörs. Denn das war es jetzt, auch wenn Walker es nicht ahnte. Norton bedankte sich für die Information. Er würde es schätzen, wenn Walker den Aufenthalt des Angreifers herausbekommen würde. (Jason der Jüngere war übrigens im Versteck auf der Insel Grenada.)

Walker fuhr zufrieden auf seinem Fahrrad zu seiner Junggesellenwohnung. Drei Tage später würde Norton einen anonymen

Brief mit der Information vorfinden. Er würde wissen, daß Walker die Information geliefert hatte und gleichzeitig im Hintergrund Akten tippte. Alles in Ordnung. Norton fragte sich gähnend, ob auch Walker sich kulturell benachteiligt fühlte, wenn er seine englische Phase hatte. Kein vernünftiger Mann konnte Alan Walker jene Sklavenmentalität vorwerfen, die Dr. Williams von Trinidad abschaffen wollte, sobald die Insel, zusammen mit Tobago, die Unabhängigkeit erreichte und die karibischen Kronkolonien Vergangenheit geworden waren. Norton verfolgte Eric Williams' politischen Werdegang mit Stirnrunzeln. Warum hatte man ihn Geschichte und Philosophie in Oxford studieren lassen? Dort, an der alten Stätte englischer Weisheit, hatte Dr. Williams argumentieren gelernt. Der Kuckuck sollte Williams holen, wie Jason den Jüngeren auf Grenada! Und Jason den Propheten, einen Nachbeter von Eric Williams, dazu.

Norton war Realist. Er unterschätzte in keiner Weise die Bestrebungen der »*Peoples National Movement*« – eine schwarze Welle, die eines Tages die Kronkolonien überfluten konnte. Aber das dachte Norton nur in seinen dunklen Stunden, wenn Margaret idiotische Entschlüsse faßte oder Dr. Williams der »Sklavenmentalität« der anspruchslosen Völker im karibischen Raum den Ideenkrieg erklärte. Margaret hatte Norton wiederholt mit merkwürdigem Lächeln gefragt, wie lange er auf der Insel bleiben wolle und könne. Es hatte an Hochverrat an dieser Musterkolonie gegrenzt. Natürlich war die Kolonialgesellschaft, selbst auf dieser kleinen Insel, ein soziologisches Problem. Natürlich mißfiel es Volkstribun Eric Williams, daß eine kleine Anzahl Engländer über eine große Anzahl von Afrikanern und reichen Mulatten in der Stadt und über eine Unmenge schwarzer Farmer herrschte, und Norton war absolut für gründliche Reformen. Aber immer unter der Bedingung, daß England weiter der entscheidende politische und kulturelle Einfluß blieb. Ihm waren alle Hautfarben recht, und viele Leute auf der Insel wußten es. Fred Bristow mußte verschwinden – das erste Opfer der neuen Farbenpsychologie. Natürlich Gesundheitsgründe. Die Gesundheit der Ehefrau. Kate erwartete das zweite Kind. Bristow würde im richtigen Augenblick zur Taufe erscheinen. Wer in der Kolonie hatte Verbindungen zu Manchester? Man mußte irgendeinen Posten für Bristow finden. Das war nicht so einfach nach dem guten Leben auf Comfort Island; er hatte nicht halb soviel Verstand wie Margarets schwarzer Kater, der sie weiter auf dem Dach suchte. Natürlich Drury! Es gab doch Banken in Manchester. Oder Exit: Fred Bristow.

Auf Nortons Nachttisch lag die Akte des Zuckerrohrpflanzers Henry Fairweather, dessen einziger Sohn am Abend vor seinem Abflug nach Eton (England) von schwarzen Plantagenarbeitern ermordet worden war. Eine große Plantage außerhalb der Hauptstadt – viele Arbeiter, und niemand hatte diesen furchtbaren Mord begangen. Bartlett hatte das Kind nicht retten können und mußte nun den verwitweten Vater an der Galle operieren. Die Negeramme des Kindes war untröstlich. »Mein Jungchen! Mein Jungchen«, hatte sie geschrien. Schlimmer Fall. Die Polizei hatte bis jetzt nichts entdecken können. Kein Arbeiter fehlte beim Morgenappell. Viele hatten den Kleinen geliebt und nach der Arbeit mit ihm gespielt – unter Mammys Aufsicht – und Spielzeug für ihn gebastelt. Der Kleine sang schwarze Lieder wie einer von Bristows »Niggern«.

Norton tat keinen Blick in die Akte. Wo auf der kleinen Insel saßen die Feinde der Kolonie, die sich an einem unschuldigen Kind für die Sünden der Väter rächten? Die Bande hielt fest zusammen. Ob Walker helfen konnte? Er kannte zum Glück eine Menge Leute, die für Norton nicht zählten. Braver Walker.

Trotzdem wußte Norton nicht, mit wem er ihn zum Dinner bitten sollte. Nortons Gäste fühlten sich unbehaglich oder gelangweilt durch die Unsicherheit des jungen Mannes. Er saß eben zwischen allen Stühlen – wie alle afro-karibischen Mischlinge. Molly Clarke war eine Ausnahme. War sie es wirklich? Norton hatte oft über ihre messerscharfe Zunge und ihre ungewöhnliche Dreistigkeit, die vielleicht dunkle Erbitterung markierten, nachgedacht. Ihr Vater schien nichts zu merken und nannte sie »Miss Sunshine«. Mollys Mutter stand im Hintergrund. Hatte sie diesen

Platz freiwillig gewählt, oder hatte Miss Sunshine sie dorthin manövriert? Norton wußte von den Gerüchten, daß Chefredakteur Clarke eventuell in die Fleet Street zurückwollte. In dem Fall würde Molly den Vater begleiten. Wie kompliziert das Leben auf der Insel in den letzten Jahren geworden war! Clarke hatte ihn, Norton, im Klub buchstäblich gefragt, wann *er* heimfliegen würde? Wo doch Lady Norton mit gutem Beispiel vorangegangen wäre. Norton war über diese Unverschämtheit so empört gewesen, daß er besonders liebenswürdig zu Clarke gewesen war. »Man kann nie wissen, mein lieber Clarke.« Und der liebe Clarke hatte es bestätigt.

Norton grübelte weiter darüber nach, wen er mit Walker einladen sollte. Er mußte sich für diese Ergebenheit und Treue erkenntlich zeigen. Es gab nicht viele wie Walker am Ende der fünfziger Jahre. Drury war natürlich richtig, aber da war seine Ehefrau. Mary Ann wurde taktlos, und Walker erstarrte bereits beim Fischgang zur Salzsäule. Und wenn der junge Bursche allein geladen würde, dann wäre er tödlich beleidigt. Nicht gut genug für die anderen Gäste, he?

Norton lag im Dunkel und dachte an Margarets Brief. Es gab tatsächlich unzerreißbare Briefe.

Eine Woche später erhielt Norton, der Margarets empörenden Brief nicht beantwortet hatte, einen zweiten Luftpostbrief aus London. Kein Strafporto. Er hatte bereits seinen Flug gebucht und wunderte sich, was Margaret ihm mitzuteilen hatte. Der Brief kam von »Little Venice«. Also war sie noch nicht zu dem jungen Arzt nach Frognal übergesiedelt. Wahrscheinlich war der junge Mann verlobt oder verheiratet und war endlich mit der Wahrheit herausgerückt. Norton wog den Brief in seiner Hand. Er würde sich nicht wundern, wenn Margarets Traum schon jetzt zu Staub zerfallen war. Er unterdrückte ein Gefühl, das einem unedlen Triumph glich. Sie würde unglücklich sein. Aber nach kurzer Schonzeit würde er mit seiner Frau ins Gericht gehen müssen. »Was hast du dir bei dem Blödsinn gedacht? Hast du vergessen, daß du verheiratet bist? Rede endlich! Ich verlange eine Erklärung. Ja. Jetzt.«

Er zitterte vor Empörung. Er mußte sich sehr viel mehr geärgert haben, als er neulich angenommen hatte. Vielleicht, weil andere Frauen – jünger und hübscher als Margaret – ihn verwöhnten und ihm nicht selten nachliefen. Aber er riß den Brief nicht auf, wie Drury es im Zorn getan hätte, sondern öffnete ihn mit dem silbernen Brieföffner seines verstorbenen Vaters. Der Brief war von Miss Elizabeth Hopkins. Margaret war tot. Sie hatte auf der Finchley Road die Verkehrsampel nicht beachtet und war in ein fahrendes Auto hineingerannt, bevor der Fahrer bremsen konnte. Sie war auf dem Weg zum nächsten Krankenhaus gestorben. Aufrichtige Teilnahme. Sie hatten sie neben ihren Eltern in Frognal begraben.

Norton mußte mit dem Schock allein in seinem Geisterhaus fertig werden. Und er wurde damit fertig. Langsamer, als er angenommen hatte, aber er gab kein Schauspiel. Drury und Bartlett ließen ihn allein, wenn er allein sein mußte. Walker, der Margaret kalt und hochmütig gefunden hatte, hielt sich zartfühlend fern. Sir Francis würde ihn rufen, wenn es an der Zeit war. Walker brannte eine Totenkerze für Lady Norton ab. Eine Luxuskerze.

Norton gestand sich weder im ersten Schock noch später ein, daß er sofort gedacht hatte, daß Margarets Tod die beste Lösung einer unmöglichen Situation war. Zumindest für ihn. Nach einigen Wochen schickte Beth Hopkins Margarets Bücher und Schmuckstücke – die kostbaren Stücke waren verkauft – und eine Reihe von Fotos. Margaret in Frognal. Norton starrte das vergrößerte Bild an. Wer war diese strahlende junge Frau?

Miss Hopkins ließ nie wieder von sich hören, was Nortons Wünschen entsprach. Er hatte andere Sorgen. Sollte er auf der Insel bleiben und Windstille nach den kleinen politischen Gewittern abwarten? Aber seine Erfahrung war zu groß, sein skeptischer Verstand zu scharf, und er las Orakel und Vorzeichen wie Madame Marumba-Morand aus Haiti. Oder ihr Sohn Bobo.

Im August 1960, zwei Jahre nach Margarets Tod, kehrten Norton und Bartlett nach England zurück. Sie hatten nicht gewartet, bis man sie zur Abfahrt ermutigte. Zwei Jahre später, am 31. August 1962, wurde Dr. Eric Williams Premierminister von Trinidad und Tobago. Einige Zeit danach erklärte die Mehrzahl der Kleinen-Antillen-Inseln ihre Unabhängigkeit. Die Musterkolonie von Comfort Island wurde so frei wie die Vögel in der Luft und so arm wie die Kirchenmäuse in der Fabel.

Warum Drury dort blieb, wußte nur er selbst. Und warum Mary Ann auf Comfort Island blieb, wußte nur Norton. Das war eine lange und unerfreuliche Geschichte, die man am besten vergaß. Wenn es nach Norton gegangen wäre, hätte er Drurys Ehefrau nie wiedergesehen. Nun saß er wieder im Old Bailey über große und kleine Sünder zu Gericht.

Nicht nur, daß die ehemalige Miss Brown aus Camden Town sich ungeniert in seine Erinnerungsorgien einschlich! Sie besuchte ihre sauertöpfische Mutter in London. Was war unvermeidlicher als ein Essen mit Norton in einem Westend-Hotel? Schließlich war Drury sein bester Freund – trotz allem. Selbst die Ehefrauen hatten die beiden nicht auseinanderbringen können, und Mary Ann säte Zwietracht, wo immer sie erschien.

Norton wartete verstimmt in der Hotelbar auf sie. Er hatte sie von ihrer Mutter abholen wollen – aber da zog Mrs. Drury die Grenze. Mum war nicht das Richtige für ihre Freunde von der Insel. Und Tante Vera, die humorvolle »Dirne«, wie Mum sie nannte, war verreist. Angeblich oder in Wahrheit. Mrs. Drury hielt auf Dekorum. Obwohl Tante Vera den Abend beträchtlich belebt hätte. Drury hatte ein famoses Geschenk für sie mitgeschickt. Immer ein Gentleman, wenn es nichts weiter als Geld kostete. Die »Island-Bank«, ehemals »Drury & Söhne«, florierte scheinbar trotz der Pleite.

Als Mary Ann endlich erschien, hielt Norton, und er *war* abgebrüht, den Atem an . . . Sie war vollkommen verändert. Aber er hätte nicht sagen können, was er rätselhaft, wenn nicht unheimlich, an der ehemaligen Miss Brown aus Camden Town fand.

Drittes Kapitel

Miss Brown aus Camden Town

Alle menschlichen Angelegenheiten
hängen an einem seidenen Faden.

Ovid

Als ein Meister des Unterhaltungsverhörs erfuhr Norton in der Regel sehr viel mehr als seine Gesprächspartner. Der Abend mit Mrs. Drury war keine Ausnahme. Er wußte nun, warum Robin Drury auf Comfort Island blieb, und es gefiel ihm nicht. Ferner erfuhr er, welche »hochgestellte Kolonialdame« die Ehe von Fred und Kate Bristow, die jetzt im Exil in Manchester war, zerstört hatte.

Mrs. Drury erfuhr nichts von Norton. Weder erzählte er ihr, wie er sich nach den vielen Jahren auf der Insel in Chelsea eingelebt hatte, noch erwähnte er seine verstorbene Frau. Wann immer Mary Ann eine persönliche Frage stellte, konnte er sich nicht erinnern. Kurzum, er reagierte entweder wie ein sehr dummer oder ein sehr gewitzter Zeuge vor Gericht. Mrs. Drury wunderte sich nicht, denn Norton war immer so gewesen. Ein Ekel. Er verdiente es nicht, so auffallend gut auszusehen.

»Fred Bristow war sehr langweilig«, bemerkte Mrs. Drury. »Ich habe Kate gestern am Telefon gesagt, sie kann ihn behalten.« Norton schwieg. Also Mary Ann war das Karnickel gewesen. Erstaunt war er nicht, denn sie stiftete Unheil, wo immer sie auftauchte. Nicht daß sie sich das vornahm, wenigstens nicht bewußt. Aber es dauerte seine Zeit, bis man dahinterkam. Norton betrachtete seinen geräucherten Lachs und sagte, er habe es sich denken können. Der Anblick von Mrs. Drury war ihm zuviel von einer guten Sache. Er haßte auffallende Frauen. In dieser Hinsicht war Margaret ideal gewesen. Und als Mrs. Drury, damals Miss Brown, auf der Insel erschien, hatte sich niemand nach ihr umgedreht. Jetzt war das anders. Ihr Abendkleid war selbst für die jungen sechziger Jahre provokativ, eine Art Bikini aus Brokat. Sie hatte rote Haare statt ihrer ursprünglichen sanften Blondheit. Ihr Haar war das schönste an ihr gewesen. Damals hatte sie die Augen schüchtern niedergeschlagen; jetzt starrte sie ihn unentwegt an, was man sowieso nicht tat. Wenigstens nicht in Nortons Kreisen. Dort blickte man möglichst an allen Leuten vorbei in irgendeine Ecke. Norton ignorierte ihren Blick und auch ihr neues Lächeln – eine Mischung aus Honig und verstecktem Hohn. Er hatte nie so eine Veränderung an einer jungen Person gesehen. Wie unsicher und verängstigt war sie als seine Sekretärin von Camden Town auf die Insel gekommen! Das war auch ewig her. Margaret hatte das kleine Schaf mit Tee und Kuchen gestärkt, denn Miss Brown war tief verstört über Nortons kalten Zorn. Sie suchte Trost bei Margaret und Robin Drury, seinem besten Freund, der immer heiter und freundlich war. »Ich bringe mich um, wenn er so schrecklich zu mir ist, Lady Norton!«

»Das lassen Sie lieber bleiben, Miss Brown.«

Natürlich hatte die Kleine sich nicht umgebracht, sondern Drury geheiratet. Norton hatte ihn gefragt, ob er ganz bei Trost sei. Dann hatte er das Gesetz verkündet: »Man schläft mit einer Miss Brown, wenn es sein muß. Aber man heiratet sie nicht. Was weißt du von ihrer Familie?«

»Nichts.« Genau das hatte Norton sich gedacht. Drei Monate später feierte man Hochzeit in Camden Town. Norton hatte immer noch gehofft, daß Robin zur Vernunft käme. Keine Ahnung hatte der gute Robin von irgend etwas! Kricket und englische Dichter war alles, was er wollte. Nun war Miss Brown dazugekommen. Vor seiner Heirat war Drury der fröhlichste Junggeselle im Klub gewesen. Jetzt saß er da und brütete. Er kam selten genug.

Und nun saß Norton mit Mary Ann in der Bar des Westend-Hotels, und sie trank und trank. Ihre nackten Schultern, der Kleiderfetzen, der ein Vermögen bei Harrods kosten mußte, das flammende Haar. Ein silbriges indisches Seidentuch, Material für einen kostbaren Sari, war zu Boden geglitten. Norton hob es auf und wollte es ihr um die Schultern legen. »Du wirst dich sonst erkälten.« – »Mir ist warm.« Sie warf das Tuch auf einen Hocker. »Du kannst wegsehen, wenn meine Schultern dich stören.«

»Wollen wir essen?«

»Ich muß noch einen Whisky haben, Francis.«

»Du hattest mehr als genug. Soll ich dich in den Speisesaal tragen?«

»Das ist zu anstrengend für dich, mein Lieber! Du bist nun auch nicht mehr der Jüngste.«

Norton überhörte die Freundlichkeit und stapfte mit ihr in den Speisesaal des Hotels. Da er viel größer war als Mary Ann, sah er auf ihr rotes Haar herab. Er konnte sich vieles an der neuen Mrs. Drury nicht erklären, aber er würde es herausfinden. Einen Augenblick dachte er intensiv an Robin, und etwas in ihm zog sich zusammen.

»Du siehst immer noch ziemlich gut aus, Francis! Nicht daß ich mir das Geringste aus einem Adonis mache.«

»Dann war Fred Bristow ja der Richtige für dich.«

»Ich schlief mit ihm, weil er mir leid tat.«

»Schläfst du neuerdings mit allen Männern, die dir leid tun?«

»Du bist die Ausnahme.«

Ihre Augen waren Kristalle – leer und flimmernd. Nahm sie etwa Rauschgift? Was ging es ihn an? Nichts, liebe Tante. Eine winzige Zornflamme brannte in ihren Augen und verlosch. »Ich hasse dich tatsächlich.«

»Was man nicht äußert, braucht man nicht zu widerrufen. Merke es dir, meine Liebe.«

Man servierte einen besonderen Fisch, aber sie ließ ihn stehen. Norton war empört. Er war großzügig, aber er war nie ein Verschwender gewesen. Hätte er ihr *Shepherd's Pie* bestellen sollen? Aber er schämte sich dieses Gedankens und fragte freundlich, wie es Robin gehe.

»Ich habe keine Ahnung.«

»Was soll das heißen?«

»Kannst du es dir nicht denken?«

»Nein.«

»Wir leben nicht mehr unter einem Dach. – Getrennt von Tisch und Bett.«

»Wo lebst du jetzt, Mary Ann?«

»Das ist meine Sache.«

»Selbstverständlich. Ich kann ohne die Information leben, ob du es glaubst oder nicht. Hallo! Ist dir nicht gut?«

Mary Ann hatte die Augen so verdreht, daß er fast nur das Weiße sah, was ihn an Walker in großer Aufregung erinnerte.

»Es geht schon besser«, sagte sie mürrisch. »Mir wurde schwindlig, weil du so lieblos zu mir bist.«

»Das glaubst du wohl selber nicht.«

Sie lachte plötzlich. »Hast du eigentlich gewußt, daß ich dich eine Zeitlang irrsinnig liebte, Francis?«

»Dein Braten wird kalt.«

Mary Ann saß in einer Wolke von Trunkenheit und Feindseligkeit. Dann sagte sie langsam: »Kein Wunder, daß deine Frau Selbstmord begangen hat.«

»Ich rate dir, meine Frau aus dem Spiel zu lassen.«

Etwas in seiner Stimme veranlaßte Mrs. Drury, den Rat zu befolgen. Eine unangenehme Pause war entstanden. Norton schwieg. Er hatte seine Eiscreme nicht angerührt. Da Mary Ann Schweigen schlecht vertrug, machte sie einen Versuch, ihn zu unterhalten. Sie erzählte ihm, mit wem ihr Mann sich seit einiger Zeit eingelassen hatte. Norton verbarg sein Erstaunen und fragte kühl, ob das wieder eine Lüge oder ausnahmsweise die Wahrheit sei.

»Du bist hier im Savoy, Francis, nicht im Gericht. Aber es ist wahr. Ihre Familie weiß es. Robin wollte es geheimhalten. Aber alle wissen es.«

»Wie jedes Geheimnis auf Comfort Island.«

»Du hättest es nie erlaubt, Francis.«

»Ich habe Robin nichts zu erlauben oder zu verbieten. Wollen wir gehen?«

»Eine glänzende Idee! Du weißt natürlich, daß ich dir nie verziehen habe.«

Er brachte sie in seinem Wagen bis zu ihrer Haustür. Er hatte nicht die Absicht einzutreten, und sie ermutigte ihn in keiner Weise. Über Camden Town hatte sich schon die Nacht gesenkt. Die Gleichförmigkeit der engen, altmodischen Steinhäuser deprimierte Norton. Oder war es der Gedanke an Robin mit seiner neuen Geliebten? Norton fand die junge Dame so unpassend für ihn, wie Mary Ann es gewesen war.

»Vielen Dank für den entzückenden Abend, Francis.«

»Es war mir ein Vergnügen.«

Norton atmete auf, als er sein Haus in Chelsea betrat. Man sollte gewisse Erinnerungen auslöschen wie fast abgebrannte Kerzen. Ihr trübes Licht verfälscht die Wirklichkeit und verzerrt die Wahrheit. Die Wahrheit lag immer im eigenen Gewissen. Er mußte sie aus diesem Schacht ans Licht holen, aber nicht heute nacht. Er war so müde, als ob er mit Mrs. Drury eine Dschungelwanderung gemacht hätte. Vielleicht hatte er das getan. Zu seiner Überraschung schien seine Seelenruhe an einem seidenen Faden zu hängen, wie sein ganzes Londoner Leben. Aber seine Vernunft sorgte dafür, daß der Faden nicht riß.

Er saß in seinem grünen, bequemen Ledersessel und starrte in die Dunkelheit. Er hätte Mary Ann mit Freuden erwürgt, aber das tat man nicht. Wie oft hatte er in seiner Schlußrede im Gericht daran erinnert, daß Gewalt noch nie ein Problem oder einen Konflikt gelöst habe. Sie schlage nur tot, was in anderer Form wieder auflebe. Es war seine eingeborene, durch das Studium klassischer Philosophie gestärkte Überzeugung. Trotzdem hätte er die Dame gern erwürgt.

Margaret! Auch wenn damals ihr Tod zur rechten Zeit gekommen war – er trauerte um sie. Und wenn es nur die Trauer um vergeudete Jahre war – *ihre* Jahre! Hatte ihr empfindliches Gewissen sie trotz der neuen Liebeserwartung in den Selbstmord getrieben?

War sie oder war sie nicht absichtlich in das Auto gerannt? Wer konnte das wissen? Aber er war nie auf den Gedanken gekommen, daß Margaret vielleicht freiwillig... Jetzt würde er mit diesem Verdacht leben müssen. Und Mary Ann, die er jahrelang für einfältig gehalten hatte, wußte es.

Sie sollte verdammt sein. Sie sollte eines Tages verloren und vergessen auf einem Stein in Camden Town sitzen. In der Nacht, die sie fürchtete. Ringsum dunkle Häuser mit friedlich schlafenden Leuten. Nur sie wäre allein. Das Schlimmste, was ihr passieren könnte. So sah er sie in dieser Nacht, wo sie ihm seine mühsam erworbene Ruhe genommen hatte. Aber sie saß auf einem Stein – immer und ewig. Und der Regen von Camden Town rauschte und rieselte – tödlich monoton, trostlos und sinnlos wie verspätete Tränen.

Mary Ann ahnte nichts von Nortons Visionen, als sie auf Strümpfen die knarrende Treppe mit dem abgetragenen Belag erklomm. Ihr Zimmer lag unter dem Dach und barg keine glücklichen Kindheitserinnerungen. Sie mußte bei Mum wohnen, da Drury sie knapphielt. Sie machte ihm nur Ärger und Ausgaben. Aber eines Tages würde sie wohl wieder zu ihm zurückkommen, hatte er Norton gesagt, als Mary Ann, noch bei Sonnenuntergang, einmal zwei Monate verschwunden war. Walker hatte sie aufgestöbert. Wo? Schwamm drüber. Aber es war sehr verkehrt von Walker gewesen, hatte Norton gedacht. Ein Fall von blindem Eifer. Was Mary Ann sich bei ihrer Lustreise nach Haiti gedacht hatte, wußte niemand.

Auch wußte niemand in Camden Town um ihre Freunde auf Comfort Island. Sie mußte welche haben, da sie so ungern allein war. Norton hatte sie zu ihrer Enttäuschung heute abend nicht gefragt. Das tat nur Tante Vera bei ihrem wöchentlichen Besuch bei Mary Anns strenger und mürrischer Mutter. Niemand in Camden Town blickte so sauer wie die verwitwete Mrs. Brown. Obwohl sie eigentlich zufriedener blicken sollte, denn sie war zur Witwe geboren und hatte dieses Ziel vor einigen Jahren erreicht.

Die Nachbarn konnten nun nicht mehr sehen, wann Mr. Brown sich von seiner Bardame losriß, um nach Hause zu schwanken. Miss Wattle, Mums langjährige Nachbarin, sehr respektabel und mit einem Buckel, den man nie erwähnen durfte, leistete Mrs. Brown und dem Kind Mary Ann Gesellschaft. Miss Wattle kannte ganz Camden Town, zwischen Regents Park und der Eisenbahnlinie nach St. Pancras, und sie war so geräuschvoll wie der Straßenverkehr in Camden High Street. Miss Wattle hatte nach Mary Anns Heirat mit Drury das möblierte Zimmer nebenan aufgegeben und bewohnte nun ein Dachzimmer bei der Witwe Brown, Vorname Anny, den jeder, einschließlich Mrs. Brown, vergessen hatte. Amy Broom war eine völlig andere Person gewesen, und Mrs. Brown wollte nichts von ihr wissen. Sie hatte alle ihre Jugendbilder zerstört – lauter Lügen. Dieses lächelnde, brillenlose, angenehm gerundete junge Ding hatte, unbegreiflich wie es war, Mr. Brown in Camden Town geheiratet und war sofort nach den Flitterwochen an der See von ihm angeherrscht, vernachlässigt und betrogen worden. Das heißt, nachdem er die junge, schüchterne Amy geschwängert hatte, damit sie »beschäftigt sein würde«. Er war ein geschickter Elektriker und Bastler und arbeitete, wann er wollte. Amys Eltern in Kentish Town hatten Ehe und Haushalt wie ein Uhrwerk reguliert, da Mr. Broom ein Uhrmacher war. Amys Eltern betrachteten Gelegenheitsarbeiter wie ihren Schwiegersohn als Vagabunden und hatten nur klein beigegeben, weil Amy sich in den Kanal stürzen wollte. Auch das war Mrs. Brown, Mutter von Mary Ann, einem schwierigen Balg, und Witwe von William Brown, unbegreiflich. Wegen »Spaßmacher« Brown, wie er in seinem Pub an der Ecke hieß, sollte ein Mädchen in den Regent-Kanal springen? Mrs. Brown glaubte es einfach nicht. Sie flickte mit zusammengepreßten Lippen seine Socken, nähte Knöpfe an seine Jacken und trennte die kleinen Spitzenborten an Mary Anns Sonntagskleid ab. Mr. Brown hatte sich zu Weihnachten an seine kleine Tochter erinnert und ihr das Kleidchen geschenkt. Sie war damals zwölf Jahre und schrie wegen der Spitze wie am Spieß. Tante Vera »sprach ein Wort« mit

Mrs. Brown, und die Spitze wurde wieder angenäht. Wenn man haßte, landete man in der Hölle. Deswegen haßte Mrs. Brown ihre Tochter nicht so, wie Mary Ann es verdiente . . . »Sie wird ein böses Ende nehmen«, sagte Mrs. Brown zu Miss Wattle auf dem Markt. Miss Wattle nickte so begeistert, daß ihr schwarzer, zu großer Filzhut ihr auf die lange, rote Nase fiel. Miss Wattle war offenbar immer in Camden Town gewesen, und alle respektierten ihren Buckel, den sie wie einen zusätzlichen Ellenbogen benutzte, um die reifsten Tomaten und die besten Kirschen zu ergattern. Einmal und nicht wieder hatte Mary Ann heimlich Miss Wattles historischen Filzhut versteckt. Napoleon hätte beim Verschwinden seines Dreispitzes nicht mehr Krach schlagen können. Mr. Brown verprügelte seine Tochter. Er schrieb eine gute Handschrift. Sie bekam eine Woche keinen Pudding. Tante Vera brachte ihr heimlich Pudding ans Bett und erzählte auch noch eine ziemlich gewagte Anekdote aus Sohos Nachtleben, die die Kleine nicht verstand. Tante Veras Scherze und Erzählungen waren, Jahre später, bei der Hochzeit ihrer Nichte mit Mr. Drury von Comfort Island, am richtigen Platz. Robin lachte die ganze Zeit. Miss Wattle und Mrs. Brown waren empört. Eine Hochzeit war nicht zum Lachen. Wer wußte das besser als Mrs. Brown? Erstaunlicherweise hatte sich Mary Ann von einem häßlichen Entlein zu einer blonden, zarten Schönheit entwickelt. Ihre großen, dunkelblauen Augen, die träumerisch statt hysterisch blickten, und ihr langes, glattes Haar ärgerten Miss Wattle bei der Hochzeit. Aber sie wußte, daß Schönheit vergeht und ein Biest gern ein Biest bleibt.

Mary Ann konnte sich nicht mehr erinnern, wann Großmama Broom aus Kentish Town zu ihnen gezogen war. Aber plötzlich war sie da. Strengblickend, mit scharfen Augen und stets einen kleinen schwarzen Witwenhut auf dem Kopf. Mr. Brown war nun noch seltener daheim, da er und seine Schwiegermutter alte Widersacher waren und Großmama Broom ihm ständig widersprach, was seine Frau offenbar nicht wagte. Aber die vielen Frauen in dem engen Haus waren zusammengerechnet weit über hundert

Jahre, und Mr. Brown hatte sie gern jung, vergnügt und knusprig – wie Flossie, in seinem Pub mit den Spiegeln, den Butzenscheiben, der alten, dunkelbraunen Täfelung und dem Rest der Spaßmacher. Wenn Mr. Brown nicht Weib und Kind einschüchterte oder Streitgespräche mit seiner Schwiegermutter veranstaltete, saß er in seiner Werkstatt und dachte nach. Er galt in seiner Straße als Denker, und das genügte selbst Gran. Allerdings sagte sie, vom Denken käme kein Sonntagsbraten mit zwei Gemüsen auf den Tisch. Auch nicht vom Kreuzworträtselraten. Einmal war er drei Wochen ohne Abschied verschwunden. Natürlich nicht nach Haiti, sondern irgendwo am Kanal, wo er nicht »von seinen Weibern« beim Denken gestört wurde. Wenn Mary Ann Jahre später ohne Abschied von Drury nach Haiti verschwand, machte sie es ähnlich wie ihr Dad. Er jagte ihr Schrecken ein.

Auch war Mary Ann so ungefällig wie ihr Dad. Beide halfen nie beim Abwaschen oder liefen zum Krämer. Nicht einmal ein Bücherbord nagelte Mr. Brown für seine Frau fest. Und Camden Town wäre eher vom Erdboden verschwunden, als daß Dad seine kleine Tochter sonntags spazierengefahren hätte. Wenn's noch ein Sohn gewesen wäre, hätte er vielleicht mit sich reden lassen. Trotzdem hungerte Mary Ann nach seiner Beachtung, die er ihr, bis auf plötzliche Sühnegaben zu Weihnachten oder an ihrem Geburtstag, konsequent verweigerte. Er konnte nicht mit kleinen Mädchen umgehen, nur mit großen wie Flossie. »Eine Schande«, krähte Miss Wattle, wenn er außer Hörweite war. Gran hatte ihn trotz allem nicht ungern, und er respektierte sie widerwillig, aber aufrichtig. Als junge Frau mußte sie attraktiv gewesen sein – nicht wie Amy – ein kleines Gerippe im Faltenrock, verwaschenem Pullover und einer Strickjacke, die ihren Mangel an »Balkon«, wie er den weiblichen Vorbau bezeichnete, verdeckte. Als Braut war Amy in Ordnung gewesen. Mary Ann war auch noch ein Flaschenkind, was als oberfaul galt. Miss Wattle erzählte Geschichten über Flaschenkinder, die nicht glücklich endeten. Weder die Geschichten noch die Kinder. Die junge Mrs. Brown zwang dem heulenden Baby die Flasche in den Mund. Das Kind schrie Tag und

Nacht. Mr. Brown schlief bei einem Freund, wie er behauptete. Nichts stört so sehr beim Denken wie ein brüllendes Kind. Ihre Freundinnen und Tante Vera – damals jung, üppig und kurz vorm Sündenfall – rieten ihr, Miss Wattle hinauszuwerfen, da sie dem Flaschenkind Mary Ann schlechte Namen gab. Aber Miss Wattle blieb. Falls sie die junge Mrs. Brown so langweilig fand wie etliche Nachbarn, behielt sie es für sich. Sie aß und trank grundsätzlich im Hause Brown. Da er so gut denken konnte, dachte Mr. Brown sich sein Teil. Da er Miss Wattle nicht am Eßtisch haben wollte, aß er für teures Geld auswärts. Wann immer Mary Ann die elterlichen Dispute an der Tür belauschte, beschloß sie, nie zu heiraten. Tante Vera hatte recht. Diese junge Dame promenierte bereits mit einer gleichgesinnten Freundin auf dem Soho-Strich und sprühte vor Leben. Bis Großmama Broom zu ihnen zog, war Vera die einzige Beschützerin dieses unerwünschten Kindes. Einen zweiten Versuch machte Mr. Brown nicht mehr. Im Pub sagten sie: »Einmal eine Tochter. Immer wieder Töchter. Denkt an die Pastoren!« In der Tat waren englische mittellose Geistliche im ganzen Land mit Scharen von Töchtern gesegnet. Mr. Brown meinte, es käme vom vielen Beten. Er hatte damit längst aufgehört. Kurz nach ihrem vierzehnten Geburtstag geschah eine häusliche Katastrophe nach Miss Wattles Geschmack. Mary Ann kam heulend aus dem Kino nach Hause, stürzte sich in Grans Arme und hatte die Sprache verloren. Das heißt, sie wisperte nur mit der alten Mrs. Broom, die ihre Genugtuung hinter ihrem grimmigsten Gesicht verbarg. Mrs. Brown und Miss Wattle hätten im Regent-Kanal liegen können. Auch Mr. Brown, der von Miss Wattle aus seinem Arbeitsschuppen geholt wurde – er zog die Arbeit seinem Familienleben vor, und Flossie im Pub war auf Urlaub. Selbst Mr. Brown konnte nichts von seiner verstörten Tochter erfahren, da sie ihren Kopf in Grans Strickjacke verbarg und heulte und schrie.

»Ist sie krank?« fragte Mr. Brown. »Warum brüllt sie?«

»Schlimmer.« Die alte Mrs. Broom war immer einsilbig mit ihrem Schwiegersohn.

»Viel schlimmer«, krächzte Miss Wattle, die keine Ahnung hatte, was dem Balg im Kino oder hinterher passiert war.

»Ich koche Tee.« Mum verschwand in der Küche. Mary Ann weinte so oft, daß es einfach albern war.

»Nein«, sagte Gran sehr laut. »Ich glaube es nicht, Baby.«

Mary Ann wimmerte nun zum Steinerweichen. »Ich wünschte, ich wäre tot.«

Da Miss Wattle diesen Wunsch schon lange hegte, murmelte sie: »Schsch ... wer wird so was sagen?«

Mary Ann starrte Miss Wattle aus übergroßen Augen an.

»Gehen Sie nach Haus, Miss Wattle.«

»Nicht doch, Baby«, murmelte Gran gegen ihre Überzeugung.

Gran Broom war aufrecht und ehrlich und ärgerte sich über Miss Wattles vorsichtig verpackte Beleidigungen. Was war passiert?

»Entschuldige dich bei Miss Wattle.« Mrs. Brown füllte die Teetassen.

»Du auch?« fragte sie ihre schluchzende Tochter.

»Natürlich.« Gran zog ihr riesiges Taschentuch hervor. »Husch, Baby! Gleich gibt's schönen, süßen Tee.«

»Oh, Mutter. Sie ist vierzehn Jahre.«

»Sie braucht ein bißchen Spaß«, verkündete Gran, als Mr. Brown zum Tee erschien. Sie meinte »Liebe«, hätte sich aber eher auf die Zunge gebissen, als so etwas auszusprechen.

»Sie braucht eine ordentliche Tracht Prügel, Gran!« Mr. Brown lächelte seine Schwiegermutter nachsichtig an. »Du kennst sie nicht.«

»Er haßt mich«, murmelte Mary Ann in Grans Strickjacke, und Miss Wattle ersuchte die Tochter, sich nicht gegen ihren treusorgenden Vater zu versündigen. Mr. Brown ging mit seinem Tee in seinen Schuppen zurück.

»Sie nehmen sich allerhand gegen den Hausherrn heraus«, sagte Gran scharf zu Miss Wattle, die die Rüge ignorierte. Sie war die älteste Freundin der beklagenswerten Mrs. Brown, die mit dieser Tochter noch ihr blaues Wunder erleben würde. Miss Wattle war der Meinung, daß alte Freunde sich im Gespräch alles auf der Welt leisten könnten.

»Wann gibt es Supper?« fragte sie den Papagei auf der Anrichte. Er erwiderte: »Go home!« Wer hatte ihm das beigebracht? Miss Wattle blieb natürlich. Der Papagei sollte sich um seinen eigenen Schnabel kümmern. Was war Mary Ann passiert? Sie flüsterte mit Gran, die sie zu Bett bringen wollte. »Du brauchst Ruhe, Kleinchen! Hast du Schmerzen?«

Mary Ann wurde halb wahnsinnig vor Schmerzen. Gran telefonierte mit Dr. King von der Oval Road. Ein entfernter Verwandter der Familie Broom, der Mary Ann auf die Welt gebracht hatte. Ja. Er würde kommen, wenn der letzte Patient gegangen war. »Nur Ruhe, Mrs. Broom! Hat sie ihren Tee getrunken? Das ist eine nette Bescherung. Ja, natürlich. Ich werde sie untersuchen. Lassen Sie sie weinen! Das macht müde. Bis nachher, meine Liebe!«

Als Gran ins Wohnzimmer zurückging, war ihre Tochter Vera im Gespräch mit Miss Wattle. Vera trug etwas, was die alte Mrs. Brown als kühnen und ungehörigen Hut bezeichnete. Die richtige Mode für Soho, aber nicht für Camden Town – eine Festung der sexuellen Genügsamkeit. »Schon gut, Mum.«

Vera Broom brachte gehorsam den auffallenden Hut in den engen, dunklen Garderobenschacht. Weshalb ein Elektriker wie ihr Schwager eine so trübe Beleuchtung duldete, war Vera ein Rätsel. Es zog wie die Pest unter der alten Haustür, die schon so in die Jahre gekommen und farblos war wie Veras Schwester Amy. Warum besuchte ein fesches Mädel wie sie ihre trübselige Familie jeden Dienstag? Wegen Mum, die immer älter und scharfblickender wurde? Wegen Mr. Brown, der daheim den Moralprediger spielte? Es mußten Mum und die Krabbe Mary Ann sein. Vera hatte vorige Woche einen Lachanfall unterdrückt, als Miss Wattle über eine Bananenschale stolperte, die die freche Krabbe ihrer Feindin in den Weg gelegt hatte. Vera ging ins Wohnzimmer zurück und vermied Queen Marys strengen Blick, die aus einem Öldruck über der Anrichte die Familie Brown mißbilligend betrachtete. Mr. Brown hatte das Bild auf einer Auktion erstanden. Ein Spottpreis, da niemand geboten hatte. Wohin kam dieses Land?

Vera Broom war auf dem Weg, das lustige alte Haus zu spielen, das, Jahre später, Mr. Drury von der Insel bei seiner Hochzeit so amüsiert hatte. Die Krabbe hatte verdammtes Glück gehabt. Mr. Drury war »obere Schublade«, soff wie ein Loch und war offenbar stinkreich. Vera hätte es nie für möglich gehalten. Sie hatte Mary Ann keine Glanzheirat zugetraut. Schüchtern, angstvoll, mit tief verborgener Dreistigkeit. Wie hatte ihr *das* mit vierzehn Jahren passieren können?

Wann immer Vera Broom an jenen Abend in Camden Town dachte, schüttelte sie ihr knallrot gefärbtes Haar. Amy bereitete den Abendtee in der Küche vor, und Gran war mit Dr. King bei Mary Ann.

War es zu glauben! Das naive Mädel war nach dem Kino ins Auto eines wildfremden Herrn eingestiegen, der sich anbot, Mary Ann nach Hause zu fahren. Der »freundliche Herr«, grauhaarig und nicht aus Camden Town, sondern aus Kensington, war zufällig ein Sadist mit dem Trieb, eine nicht vorhandene junge Tochter zu bestrafen. An einem einsamen Platz zog er ihr die Hosen herunter und vermöbelte sie kunstgerecht. Er hatte ihr vorsorglich einen Knebel in den Mund gesteckt, als ob er ahnte, wie laut Mary Ann schreien konnte. Man hörte es von Camden Town bis Epping Forest. Plötzlich waren sie wieder beim Kino, und er ließ sie laufen. »Wenn du redest, werde ich dich so bestrafen, daß . . .« Mary Ann hatte die Drohung nicht verstanden. Sie nahm ein Taxi, was ihre Mutter ihr jahrelang übelnahm und was sie mehr aufregte als das Erlebnis selbst. Mary Ann war als Jungfrau von dieser nicht ungefährlichen Lustfahrt nach Hause gekommen. Warum das Theater? Warum empfahl der Arzt eine Woche Seeluft allein mit der Großmutter? Auch Vera mit ihrem »freien Beruf« hatte sich gutherzig angeboten, mit ihrer Nichte bei Mr. und Mrs. Monk in Eastbourne Ferien zu machen. Vera war heiter und würde die arme kleine Henne zum Lachen bringen. Übrigens las Vera nach einigen Wochen, daß ein freundlicher älterer Herr ein blutjunges Mädchen aus dem East-End erwürgt hatte. Ob es Mary Anns Autofreund oder ein anderer gewesen war – die Familie zerriß die Zeitung, und Gran schenkte dem »Würmchen« eine preiswerte, bunte Halskette, »vom Inder nebenan«.

Aber Mary Anns Erlebnis – sie hatte blutige Striemen und eine häßliche Wunde an der Hüfte – hatte eine bedeutsame Folge in der Familie. Vera Broom, die alle Kränkungen ihrer ehrpusseligen Schwester Amy mit Humor und Großzügigkeit überhörte, war tief betroffen über Amys scharfe und taktlose Ablehnung. Sie hatte sich ein korrektes Sportkleid kaufen und die rote Farbe aus dem Haar waschen wollen, und sie verzichtete auf lange Wimpern, Schminke etc. Sie wollte also in jeder Weise Mutterstelle an Mary Ann mit ihren vom Weinen geschwollenen Augen vertreten. Vera war eine von der guten Sorte, und die alte Mrs. Broom wußte es. Leider würde Vera fett werden und so lange an Straßenecken lauern, wie die Kunden und die Polizei es duldeten. Sie trank zu viel, sie lachte zu laut, und sonst noch allerhand. Quartalsweise eine Spielratte. Aber ein prima Charakter – furchtlos, unabhängig, warm, mitleidend. Gran Broom liebte diese Tochter mit der stummen, grimmig enttäuschten Liebe, die so oft für das jüngste Kind reserviert wird. Nach Vera machte Mrs. Broom Schluß mit dem Unfug im Bett. Sie hatte ihre Pflicht getan, sie hatte während des Unfugs nach gutem ehelichen Brauch »die Augen geschlossen und an England gedacht«. Sie liebte ihre Vera, auch wenn das Mädel sich wie ein Clown anmalte. Aber als es einige Jahre nach Mary Anns traumatischem Kinobesuch für Gran ans Sterben ging, da war es Vera, die stundenlang im Krankenhaus die Hand ihrer Mutter hielt, ihr Obst und Blumen brachte und nicht wich und wankte. Auch Mr. Brown, von dem es niemand erwartete, besuchte seine Schwiegermutter erstaunlich regelmäßig und brachte Leckerbissen, die sie sich herunterwürgte, weil er zusehen wollte, wie es Gran schmeckte. Nur Amy erschien empörend selten. Am Wochenende, wie ein fremder Besuch. Und Mary Ann hatte Angst – wie immer. Und wenn Vera sie nicht gelegentlich ins Hospital schleppte, weil Gran immer wieder nach ihrem »Hühnchen« fragte – dann wäre Mary Ann weggeblieben. Zu der Zeit hatte sie die Prügel längst vergessen – sie war ein Hasenfuß, sagte ihr Vater zu Vera. Vera traf ihn manchmal mit seinen Blumen und seiner Whiskyflasche in der Rocktasche an Grans Grab. Mr. Brown und Vera Broom waren Freunde geworden. Und er half ihr heimlich, wenn keine Kunden in Sicht waren. Zu fett? Zu reif? Zu humorvoll? Vera Broom war wohl doch nicht zur Dirne geboren, machte aber das Beste aus einem verfehlten Beruf. Sie ließ sich nicht unterkriegen, wie ihre Schwester Amy, die immer mehr einer ausgepreßten Zitrone glich. Oder wie Mary Ann mit ihren Ängsten und kleinen hinterhältigen Streichen und ihrer Panik vor Männern.

Dr. King von der Oval Road bezeichnete diese Angst als eine schöne Bescherung, wie damals die Prügelstrafe des unbekannten Sadisten. Er arrangierte einen Besuch bei einem jungen Psychiater und bezahlte dafür. Es hätte lange Erklärungen mit dem Wohlfahrtsdienst gegeben, und Dr. King war für kurze Erklärungen. Das Mädel war komisch.

Mary Ann, nun siebzehn und angehende Sekretärin, benahm sich so normal, daß der Seelenfachmann den Kopf über Dr. King schüttelte. Sie erklärte, das »Erlebnis« sei längst Staub und Asche, sie fände eben keinen Geschmack an aufdringlichen Burschen. Alles war Geschmackssache. Sie möge auch keine Stachelbeeren und ginge ihrer Mutter möglichst aus dem Weg, weil Mrs. Brown etwas komisch wäre.

Es blieb bei diesem einen erfolglosen Besuch. Sie hatte dem Arzt nicht verraten, daß sie manchmal drohende, körperlose Stimmen hörte, wenn sie in ihrem Bett lag und der Wasserhahn vom Waschbecken tropfte. Um diese Zeit entdeckte sie »Störenfriede« in Camden Town, die ihr bis zur Inverness Street nachschlichen und dann verschwanden. Kurz und gut, der Seelenforscher hatte nur erfahren, daß Miss Brown, mit übergroßen, starrenden Augen und schönem Haar mit siebzehn noch nicht den Richtigen gefunden hatte und keine Stachelbeeren mochte. Vielleicht würde sie beide Artikel eines Tages mögen, sagte er seinem

Freund King. Der Doktor schüttelte den Kopf. Das Mädel gefiel ihm immer weniger, und er verstand den Vater nun etwas besser. No good? Wer konnte das wissen? Mary Ann war ein Spätentwickler und nicht glücklich daheim. Aber Tante Vera kam wieder an ihrem Dienstag. Sie hatte Amy längst verziehen, daß ein »Soho-Girl« als Ferienbegleitung für Mary Ann nicht gut genug gewesen war. Miss Wattle war weiterhin davon überzeugt, daß Tante Vera und ihre liebe Nichte ein böses Ende nehmen würden. Miss Wattle konnte dieses Ereignis kaum abwarten. Sie wurde auch nicht jünger und fühlte ihren Buckel, der bei Regenwetter ein eigenes Leben führte. Sie hatte ihren Papagei »Brutus« überlebt.

Niemand riet ihr nun, das Schlachtfeld zu räumen. Mr. Brown hatte sich, in seinem geräumigen Schuppen, allmählich eine richtige Heimstätte, einen kleinen Eisschrank und eine elektrische Herdplatte zugelegt. Wozu war er Elektriker? Er konnte Amy, Mary Ann und Miss Wattle nur in Abständen aushalten und aß seine Eier mit Speck und seine guten Suppen in Ruhe und Frieden, oder mit Vera, die ihn immer besuchte, wenn ihr Dienstag drohte. Mr. Brown hatte sich auch eine kleine Schlafecke eingebaut, alles solide und eigenhändig, und lebte nun mit seinem Hund, seinen Kochtöpfen und seinen Gedanken. Er ging seltener in den Pub. Er war gern allein, wenn Vera nicht kam. Er hatte sie sehr gern. Warum hatte er sie nicht geheiratet? Sie war noch ein halbes Kind gewesen. Er machte sich wenig Gedanken um seine Tochter. Er sah sie fast nie. Seine Frau nannte ihn einen unnatürlichen Vater – aber nur in seiner Abwesenheit. Mary Ann mußte die Zaghaftigkeit von ihr geerbt haben. Sie war so scheu, daß sie den Leuten nie richtig ins Gesicht blickte. Daher galt sie in Camden als »ungerade Nummer«. Sie würde keinen Mann abbekommen, sagte Miss Wattle auf dem Markt und ignorierte das boshafte Lächeln ihrer Freundinnen. Wen hatte Miss Wattle abbekommen, he?

Mit achtzehn war Mary Ann Privatsekretärin bei einem Mr. Lucky, der ziemlich unglücklich über sie war. Mr. Lucky hatte annonciert, und Miss Brown las den ›Evening Standard‹ wie alle Stellungsuchenden. Sie war so hübsch, beinahe schön, und so bescheiden, daß Lucky sie engagierte. Miss Browns Vorgängerin, von seiner Ehefrau eingestellt, war häßlich und arrogant, aber sehr tüchtig gewesen. Miss Brown war leider auch im Leistungssektor das Gegenteil von Miss Carter. Sie hatte ihm verschwiegen, daß sie den Stenographie-Kursus wegen Kopfschmerzen nicht beendet hatte. Sie baute schon damals auf den angenehmen, wenn nicht entzückenden Eindruck, den ihre Jugend und ihre Bescheidenheit auf Männer jeder Altersklasse machten. Ihre Schönheit war echt und ihre Bescheidenheit falsch. Mrs. Lucky war an der See gewesen, als ihr Mann diese Taschen-Venus aus Camden Town einstellte. Am Anfang hatte Mr. Lucky, ein gutgelaunter Strohwitwer in der Sauregurkenzeit in der Londoner City, die kleine Miss Brown scherzhaft gefragt, ob sie schon einen Boyfriend habe. Sie hatte errötend erwidert, ihr Daddy sei ihr bester Freund. Und gleich nach dem Papa käme »Quick«, sein Labrador. Mr. Lucky hatte die Information mit unbewegter Miene zur Kenntnis genommen. War das Mädel etwas zurückgeblieben? Aber das war nicht seine Sorge. Er hatte zum Trost eine tadellose Dame in Soho – Vera Broom. Die wußte, was es geschlagen hatte. Nicht taufrisch, die gute Vera, aber tadellos. Was hätte er gesagt, wenn er gewußt hätte? Aber Vera wurde in Camden Town oder sonstwo von ihrer Familie totgeschwiegen. Welch ein Spaß.

Miss Brown war stupide und stinkfaul; Mr. Lucky fand es mit bestürzender Schnelligkeit heraus. Ihr fehlte jeder Eifer, jedes Tempo, jedes Pflichtgefühl. Sie blickte nach ihrem Sandwich-Lunch und dem Tee immer wieder auf die Uhr, was den Chef in stumme Wut versetzte. Sie war ihr Gehalt nicht im entferntesten wert. Er dachte beinahe sehnsüchtig an Miss Carter. Wer brauchte Schönheit im Büro? Diese junge Karotte war eine Analphabetin.

Er nannte sie kurzerhand »Ann«, da ein Doppelname zu anspruchsvoll für dieses Schaf war. »*Mary* Ann, Sir.«

»Unterbrechen Sie mich nicht beim Diktat, Ann! Bitte, starren Sie mich nicht an.«

»Entschuldigen Sie, Sir! Ich habe den letzten Satz nicht verstanden.«

»Sie haben *nichts* verstanden.« Sein Gesicht war rot angelaufen, wie der Himmel an schönen Abenden über der Heide von Hampstead. Aber die Abendröte auf Mr. Luckys Antlitz kündete nur von seinem Zorn und seinem erhöhten Blutdruck. Diese Gans war lebensgefährlich. Morgen würde er Sophie Carter anrufen. Dann machte er Ferien. Und wenn »die alberne Saison«, der Sommer, vorbei war, würde eine geschulte Kraft diese unsagbare Niete ersetzen. Wenn nicht Miss Carter, dann jemand von seiner alten Agentur. Nie wieder Annoncen. Nie wieder große Augen, blondes Haar und Schafe ohne Schulung! Mr. Lucky nahm sich vor, keiner Bewerberin auch nur seitwärts in die Augen zu blicken. »Wo haben Sie bis jetzt gearbeitet? Ihre Zeugnisse, bitte! Gesundheitsattest?« Niemals wieder eine Achtzehnjährige! Doppelt hält besser. Miss Carter war sechsunddreißig. Du lieber Himmel! Was hatte das Schaf ihm zur Unterschrift vorgelegt?

»Miss Brown!«

»Haben Sie mich gerufen, Sir? Entschuldigen Sie! Ich telefonierte mit meinem Daddy.«

»Was für einen verdammten Blödsinn haben Sie hier getippt?«

»Ich bitte um Verzeihung, Sir. Ein Fehler kann jedem unterlaufen, nicht wahr?«

»Ein Fehler? Sie ... Sie ... Sie sind fristlos entlassen!«

»Mein Gehalt geht aber bis Ende des Monats, Sir!«

War sie wirklich so dämlich oder frech hinter der Unschuldsmiene? Er hatte genug und zog die Brieftasche. Sie zog ihren Regenmantel mit aufreizender Langsamkeit an. »Es tut mir leid, Sir, daß Sie so unzufrieden sind. Ich tat mein Bestes, aber Sie ...«

»Guten Tag, Miss Brown!«

Mum war nicht entzückt, ihre arbeitslose Tochter im Haus zu haben. Miss Wattle hatte den Hinauswurf erwartet. Mary Ann sagte, der Chef sei ein Choleriker. Sie hatte das Wort im »Oxford Dictionary« herausgesucht und freute sich über Miss Wattles verblüfftes Gesicht. Sie nannte das einen Wüterich. Hatte Mr. Lucky sie tätlich angegriffen? Nur wörtlich? Miss Wattle war enttäuscht. Sie hatte Mißhandlung erhofft. Blut. Dr. King. Ein gerichtliches Nachspiel. In Camden Town passierte nie etwas.

Mary Ann studierte die Anzeigen. Ein Mr. R. Drury von Comfort Island, augenblicklich im Hotel Dorchester, forderte Sekretärinnen zu einer Vorstellung auf. Die Insel lag zwischen dem Karibischen Meer und dem Atlantischen Ozean. Mary Ann sah im Atlas nach. Eine ausreichende Entfernung von Camden Town. Sie stellte ihren Wecker auf die nachtschlafende Zeit von sieben Uhr früh.

Mr. Drury mußte eine Lerche sein, denn er war um neun Uhr früh nach seinem Frühstück in seinem Wohnsalon und rauchte wie ein Schlot. Jung, wenn auch nicht der Allerjüngste, kreuzfidel und jovial nach der Art der Oberklasse. *Sehr* freundlich und eine unbewußte Herablassung. *Wo* zum Kuckuck war Camden Town? Entzückende Person. Tatsächlich. Unsicher, verängstigt, was es in London kaum mehr gab. Phantastisch bescheiden. Tolle Figur. *Süß!* »Der alte Norton« würde sich auch ganz gern so einen reizenden, naturblonden, scheuen Käfer ansehen. Mit seinem Eiszapfen daheim war Francis nicht anspruchsvoll. Wenigstens war das Mr. Drurys Meinung. Der Käfer starrte ihn aus großen, blauen Augen verängstigt an. Der Käfer trank keinen Whisky, was Mr. Drury noch nie erlebt hatte. Limonade bitte! Mr. Drury bestellte schaudernd das unnatürliche Getränk. Aber eine Super-Puppe. Unverdorben wie ein Säugling. Hing wie eine Klette an ihrem Dad. Gut so. Dennoch – der Käfer wollte gern die Welt sehen. Verständlich.

»Lachen Sie mal, Miss Brown! Ich verspeise keine jungen Damen zum Frühstück. So ist's besser. Sie lachen ganz reizend.«

Nein, Mr. Drury war kein geborener Londoner. Er verriet nicht, daß er aus Kent stammte. Es ging die Krabbe nichts an.

»Sind Sie nicht ein bißchen grün für die Tropen, Miss Brown?«

Aber woher denn? Miss Brown behauptete, sie kenne das Leben. Natürlich waren Dad und Mum einverstanden, sie konnten ihr keinen Wunsch abschlagen. Auch das hatte Mr. Drury noch nie von Eltern gehört. Seine Eltern waren meistens unsichtbar gewesen, und ihm hatten sie in Eton keinen Wunsch erfüllt.

Mr. Drury war so an den liebenswürdigen tropischen Schlendrian gewöhnt, der allerdings keinen Einfluß auf Norton hatte, daß er Miss Brown vom Fleck weg engagierte. Aber sie hätte ihm ohnehin keine Empfehlungsbriefe zeigen können, da dies ihre erste Stellung war. Außerdem war Mr. Drury damit beschäftigt, diese Puppe im Geiste in einen kühnen Bikini zu stecken. Der »alte Francis« würde Augen machen. Er machte Augen, wenn auch in einem anderen Sinn. Irgendwo im Dorchester lachte Nemesis, aber Mr. Drury hörte es nicht. Die Tauben schliefen, und die Raben munkelten.

Zum Schluß enthüllte Mr. Drury, daß Miss Browns Arbeitgeber ein Freund von ihm sei. Sir Francis Norton. Miss Browns kleines Gesicht verdunkelte sich. Sie hatte offensichtlich Mr. Drury für ihren zukünftigen Chef gehalten. Drury konnte in Gesichtern lesen, wenn er nicht zu viel getrunken hatte. Er versicherte dem Käfer sofort, Sir Francis sei viel netter als er. Ehrenwort. Es war eine enorme Verschönerung der Wahrheit. Aber es gab keinen Jahrmarkt ohne Diebe und keine Wahrheit ohne Lügen.

Mr. Drury beendete den fröhlichen Dialog bestürzend schnell. Er hätte Miss Brown beinahe zum Dinner in Soho eingeladen, ließ es aber, da Francis niemals seine Sekretärin zu irgend etwas – außer zu stundenlanger Arbeit – einlud. Nortons langjährige Sekretärin ging nach England zurück, um ihre alte Tante zu pflegen. Sir Francis hatte nie etwas so Merkwürdiges gehört. Aber er wünschte Miss Brent gute Reise und sonst gar nichts. Er hatte weder Zeit noch Lust, in London nach einer Sekretärin zu jagen, und hatte Drury beauftragt, da Robin seinen Pflichtbesuch bei Drurys Bank abstattete. »Irgend jemanden, Robin! Ich werde sie einarbeiten.« Drury hatte genickt. Er hätte die Kleine gern eingearbeitet. Als ihm vorm Abflug Zweifel kamen, ob Miss Brown aus Camden

Town die richtige für Francis wäre, war es ein bißchen spät für Zweifel. Die Dame saß neben ihm im Flugzeug. Die schriftliche Erlaubnis ihrer Eltern war in ihrer Handtasche. Für Francis. Drury hatte seine Denkkappe aufgesetzt und korrekt gehandelt. Miss Brown wirkte wie ein Schulmädchen. Hoffentlich hatte sie eine gute Ausbildung. Da verstand Norton keinen Spaß.

Miss Brown hatte die Augen geschlossen und sah im Schlaf wie ein Lamm vorm Schlachtfest aus. Drury fühlte sich immer unbehaglicher. Er mußte Norton etwas vorbereiten. Wenn er nur gewußt hätte, worauf! Miss Brown sagte plötzlich in ihrem Traum: »Die Tauben schlafen, und die Raben munkeln.« Warum nicht? Jeder sagt komische Sachen im Traum. Aber was Robin Drury einen Schock versetzte, war die Stimme. Alt, tief, prophetisch – wie die alte Miss Wattle auf ihrem Sterbebett gesprochen hatte. Da Drury Gran Broom nicht gekannt hatte, war die Sache halb so unheimlich. Er rüttelte die Kleine am Arm. Miss Brown schlug die großen Augen auf. »Sind wir da?«

»Noch lange nicht. Aber ich fürchte, Sie träumten schlecht.«

»Wie nett von Ihnen, Mr. Drury! Aber ich träume *nie*. Ich schlief wundervoll.« Sie sprach mit ihrer üblichen, etwas harten Londoner Stimme. Drury sagte sich, *er* mußte geträumt haben. Bis Trinidad war keine Rede mehr von Tauben und Raben.

Norton war auf dem Flugplatz und verbarg sein Erstaunen über seine neue Hilfskraft. Wie sie ihn anstarrte! Tat man das? Man tat es nicht. »Hatten Sie einen guten Flug nach Trinidad, Miss Brown?« Es klang, als ob es ihm gleichgültig wäre, und das war genau der Fall. Ihre Schönheit beeindruckte ihn kaum. Miss Brown zog sich schlecht an, und die langen Haare würden bei der Arbeit stören.

Mary Ann haßte Norton auf den ersten, zweiten und dritten Blick. Sie haßte ihn auch jetzt. Jahre später – nach dem Dinner im Westend. Was hatte sie veranlaßt, ihn überhaupt anzurufen, wo sie schon lange nicht mehr bei und mit Drury lebte? Sie konnte es mit ihrer Mutter noch schlechter aushalten als früher. Mrs. Brown alterte schnell; Miss Wattle war tot. Mr. Brown briet sich im Jenseits Eier mit Speck ... Tante Vera kam an ihrem Dienstag und besuchte ihre essigsaure Schwester. Sie wußte, man konnte aus einem Papagei keinen Paradiesvogel machen. Sie war immer noch eine gute Seele und vermietete jetzt Zimmer. Ein alter Kunde, den sie bis zum Schluß an seinem Krankenbett besucht und aufgeheitert hatte, hinterließ ihr zum Entsetzen seiner Familie den größten Teil seines Vermögens. Vera war fein heraus und kam mit Geschenken für Amy und Mary Ann. Mary Ann würde die Halskette einer Dienerin auf Comfort Island schenken. Sie sah Drury niemals. In zwei Tagen würde sie Camden Town für immer hinter sich lassen. Hatte sie gegen jede Hoffnung geglaubt, Mum würde sich etwas über ihren Besuch freuen?

Sie starrte die Nachttischlampe mit dem geflickten Schirm an. Die verstorbene Miss Wattle hatte den Schirm auf dem alten Straßenmarkt bei der Inverness Street fast für umsonst gekauft. Er hatte schon vor Jahren danach ausgesehen. Mary Ann hatte, wie immer, geweint und ein Loch in den Schirm gebohrt. Das Loch wurde verklebt. Der Schirm blieb. Mary Ann hatte von ihrem Taschengeld einen neuen Schirm in der Chalk Farm Road gekauft, den Mum zurückbrachte, eine Bratpfanne kaufte und ihr das Geld mit einem Zettel auf den Nachttisch legte. Zu jener Zeit hatte Mum nur brieflich mit Mann und Tochter verkehrt. Mr. Brown hatte mit seinem Mädel im Pub angebändelt. Mum war ungerecht, und Mary Ann spielte ihr eine Menge unentdeckter Streiche. Sie hatte von Gran Broom die Kunst des Ausweichens im richtigen Augenblick gelernt. Nun waren sie fast alle tot. Nur Mum schlich noch wie ein Skelett in langem Rock und Strickjacke herum und wollte niemanden sehen. Tante Vera besuchte sie trotzdem und kochte Tee. Und Norton war nun in London. Er würde ewig leben, ob es Kolonien gab oder nicht. Seine Prozesse hatten weiter große Presse, wie damals auf Comfort Island. Sein Buch über karibische Justiz war ein Bestseller. Seine Frau war tot. Manche Leute hatten alles Glück auf Erden.

Mary Ann starrte den Lampenschirm an. Drury würde die Scheidung von ihr nicht bekommen. Zur Strafe. Sie hätte Norton gern einen Streich gespielt, aber das war nicht zu machen. Mit ihm in Chelsea und sie auf der Insel! Er war der einzige Mann, der intensive Gefühle in ihr geweckt hatte, auch wenn es nur blinder Haß war. Heute abend war er abweisender denn je gewesen. Er war wie »Jack Frost«, der Dämon der Kälte. Tante Vera hatte ihr vor Jahren alles über ihn erzählt, als sie Masern hatte und nicht schlafen konnte. Vera Broom kannte Kinder nicht, sonst hätte sie diesem aufgeregten Hühnchen nichts über Dämonen erzählt. Aber Mary Ann hatte indessen andere Dämonen auf Comfort Island getroffen, und Jack Frost erschien ihr, weil sie jetzt im Elternhaus in ihrem alten Zimmer war. Der Dämon sah aus wie Norton. Er *war* Norton.

Durchschaute er sie? Ein Schauer lief ihr über den Rücken. Das war unmöglich. Er konnte nicht ahnen, wie ihre Gedanken ihn verfolgten, wie Vorahnungen ihn umkreisten, wie sie sich, rein zum Spaß, Strafen für ihn ausdachte. Er hätte gelächelt. Sie zählte nicht mit. Sie war in einem geheimnisvollen Sinn mit ihm verbunden. Und daß er nichts davon ahnte und seinen kalten Blick von ihr abwandte, war lustig.

Erst einmal wünschte sie Jack Frost in Chelsea eine schlaflose Nacht.

Viertes Kapitel

Es geht auch ohne uns

Die Sirenen singen immer im richtigen Augenblick.

Lawrence Durrell

Robin Drury an Francis Norton, Comfort Island, Happy Valley, 1964

Ich hoffe, daß meine Frau Dir in London nicht lästig war. Das versteht sie nämlich großartig. Entweder weiß Mary Ann nicht, wann sie unwillkommen ist, oder sie ignoriert es. Von ihrem Wesen her ist sie eine Klette. Wie Walkers Mutter einmal sagte: »Wenn diese Dinger dein Dach umklammern, mußt du sie vernichten.« Aber das wäre mir zu anstrengend. Im Augenblick sehe ich niemanden. Weder meine Frau noch Walker. Ich bin in meinem Versteck in den Bergen und suche Ruhe nach dem Umsturz auf der Insel zu finden. Erspare mir Einzelheiten! Und ich erhole mich von meiner Frau, die sich ja auch sehr verändert hat. Wie ich jemals diese Person heiraten konnte, ist mir so schleierhaft wie die Wirtschaftslage von Comfort Island. Ich fürchte, mit oder ohne Unabhängigkeit sind sie in absehbarer Zeit pleite.

Glücklicherweise haben wir ja unsere Bank in Bermuda und natürlich auch in Caracas, wo ich wahrscheinlich eine Filiale leiten werde, wenn ich hier schließe. Der alte Richardson in Caracas, der nicht so alt ist, wie er tut, will nach London zurück. Ich denke nicht an Heimkehr. Mein Heim ist immer noch die Welt, obwohl sie täglich kleiner, enger und unerfreulicher wird.

Vielen Dank für das Shakespeare-Buch. Ein Labsal in dieser besonnten Einöde. Ein Satz aus dem »Endimion« geht mir nicht aus dem Kopf: »Wir zeigen weder eine Komödie noch Tragödie noch Geschichte, noch irgend etwas.« Paßt genau auf unsere Show auf der Insel. Nur was bei Shakespeare Prolog ist, ist unser Epilog.

Was mir hier nicht paßt und unbehaglich ist: Ich bin ein Zuschauer geworden. Sehe mir den neuen Zirkus nachdenklich an. Natürlich hast Du recht, mein Alter! Wir können hier nicht mehr leben und arbeiten, weil man sich ausrechnen kann, wann die neuen Herren das Notwendigste von uns gelernt haben. Ziemlich bald, schätze ich.

Ich lebe recht zufrieden mit Molly. Sie ist weiter an unserer Zeitung beschäftigt, die jetzt ›Neue Inselnachrichten‹ heißt. Ich könnte das netteste Mädchen nicht den ganzen Tag aushalten und Molly mich nicht. Ich weiß, daß ihr Vater in London sehr ärgerlich über uns ist. Aber Clarke hat nie begriffen, daß seine Tochter jetzt eine erwachsene junge Frau mit eigenen Entschlüssen ist. Erstaunlich bei so einem klugen Burschen! Siehst Du ihn manchmal?

Gratuliere zu Deiner neuen Haushälterin! Miss Finch scheint ein Juwel zu sein. Fleißig, ehrlich, verblüht und kann kochen. Phantastisch! Wenn sie hier draußen ehrlich sind, können sie nicht kochen. Wenn sie kochen können, sind sie nicht ehrlich. Und wenn sie verblüht sind, schuften sie bei der Zuckerrohrernte. Du hast unverschämtes Glück mit der Dame Finch.

Mach's gut, mein Alter, aber das tust du sowieso.

(Säuft Miss Finch heimlich?) stets Robin

Epilog: Ist die Weltgeschichte wirklich die Summe dessen, was vermeidbar gewesen wäre! Oder irrt Bertrand Russell? Bitte um telegrafische Antwort. R.

Miss Deborah Finch an ihre Schwester Maisie. Eastbourne, 1964
Hier ist es, wie immer, nett und langweilig. Die Nachsaison ist natürlich viel billiger, aber trotzdem war es anständig von Sir Francis, mir diesen Urlaub zu spendieren. Ihr geht natürlich in der Hauptsaison, aber Dein Mann verdient eben viel Geld. Daß Du meinst, Sir Francis wollte mich für einige Wochen loswerden, ist idiotisch. Er hat keine Ahnung, wie er ohne mich fertig werden sollte. Wie könnte er sich um den Haushalt kümmern? Entweder

ist er im Gericht oder er geht aus. Ich nenne es ruhelos. So sind Witwer eben. Nein, Maisie, ich will ihn *nicht* heiraten! Ich dachte am Anfang, es wäre gut für ihn, habe aber meine Ansicht geändert. Er ist ein Eiszapfen; sieht aber immer noch fabelhaft aus. Ich glaube, er ist Anfang Fünfzig. Er ist auch viel zu großartig für mich. Er würde zum Beispiel nie beim Abwaschen helfen – wie Dad es immer getan hat. Wahrscheinlich zwang Mum ihn dazu. Davon abgesehen ist Sir Francis ein Feinschmecker, verlangt aber gelegentlich gräßliche karibische Speisen. Die Gewürze machen mich krank. Aber er war ja Ewigkeiten da unten. Er gab mir ein spezielles Kochbuch – fürchterlich! Alles so scharf, daß einem die Tränen kommen. Sir Francis weint natürlich niemals. Bitte gib mir das Zeitungsbild von seinem letzten Prozeß im Old Bailey zurück! Ja, er sieht wie ein Filmstar aus, aber ich finde es für einen Richter überflüssig, wenn nicht unangebracht. Ihm scheint es egal zu sein, wie er aussieht. Er ist nicht eitel – das ist wirklich sein guter Punkt. Aber der einzige, soweit ich sehen kann. Ich bleibe hier in Chelsea, weil ich in seinem Haus tun und lassen kann, was ich will. Du weißt ja, ich lasse mir nicht reinreden. Und wenn Ihr alle sagt, ich will alles besser wissen, dann müßt Ihr endlich begreifen, daß ich es besser weiß. Ich kann nichts dafür.

Natürlich habe ich keine Angst vor ihm – bist Du in Ordnung, Maisie? Du allerdings würdest Dich vor seiner frostigen Miene in den hintersten Winkel verkriechen, aber Du warst immer ein Angsthase. Wie Mum ... Aber, Dad hilft wenigstens beim Abwaschen. Auch wenn er Mum anbrüllt. Dafür war er Feldwebel im Krieg. Sir Francis brüllt nie – Gott bewahre! Zu hochnäsig für ehrliche Wut.

In meiner Pension hier sind wieder dieselben unangenehmen Gäste wie in früheren Jahren. Sie beneiden mich um meinen Posten in Chelsea – aber sie kennen Sir Francis nicht. Natürlich erzähle ich nur das Beste über ihn, worüber Mr. und Mrs. Philpott sich grün und blau ärgern. Neulich war hier Sturm am Strand, und Mrs. Miller versank im Sand. Glaubst Du, daß Mr. Miller sie ausgegraben hätte? Das überließ er uns Damen. Mrs. Miller weinte, und ich gab ihr mein gutes Taschentuch. Er ging mit seinem Hund spazieren. – Bloß nicht heiraten! Unser Mr. Winter erzählt wieder dieselben verstaubten Witze, und Miss Brandon hat ihre Krampfadern. Gestern half ich ihr mit ihren Strümpfen. Sie scheint sie nie zu stopfen, aber ich sagte nichts.

Du könntest ruhig Mum und Dad gelegentlich besuchen! Du warst doch immer ihr kleiner Liebling, und ich half Mum in der Küche.

Heute gab es einen Fisch, den ich meinem Sir Francis nicht im Traum vorsetzen würde, aber Mr. Miller stürzte sich darauf. Er roch etwas komisch, ich meine: der Fisch. Wie gesagt, Nachsaison.

Beste Grüße, auch an Deinen Mann, der mich niemals grüßen läßt, aber ich weiß wenigstens, was sich gehört.

Deine Schwester Debbie

Miss Deborah Finch (Eastbourne) an Francis Norton (Chelsea, London)

»Die besten Grüße aus Eastbourne, wo ich, dank Ihrer Güte, herrliche Ferien in der Nachsaison verlebe. Die Villa ›Seeblick‹ ist ziemlich dunkel und eng, aber sehr nett für Ferien. Wir sind alle wie eine Familie und essen schöne frische Fische. Die Gäste sind recht unterhaltend, aber leider befinden sich neidische Naturen unter ihnen. Ich nenne keine Namen.«

Norton schüttelte den Kopf. Wer in aller Welt würde Miss Finch beneiden?

»Warum Miss Aston ihr altes Haus ›Seeblick‹ nennt, ist mir ein Rätsel. Man muß ziemlich lange laufen, bis man das Meer zu sehen bekommt. Aber ich bin gut zu Fuß. In jedem Fall ist jeder Aufenthalt an der See ein freudiges Ereignis für uns Londoner, und ich bin wirklich sehr dankbar. Ihr Roquefort ist links im Eisschrank, unteres Fach. In Folie verpackt, damit er nicht riecht.

Ihre ergebene

Deborah Finch«

Norton zerriß den Brief und erinnerte sich, wie Miss Finch ihn aufgefordert hatte, sie »Debbie« zu nennen, weil alle das taten. Er hatte den Wink überhört. Einmal haßte er Abkürzungen. Niemand hatte ihn je »Frank« genannt. Außerdem tat er nie, was alle taten. Miss Finch war ein gutes, altes Haus. Auf ihre Art zufriedenstellend, nachdem er ihre Heiratsabsichten im Keim erstickt hatte. Er hatte keine Ahnung, warum fast alle Frauen fast alle Männer heiraten wollten. Dieser Tage dachte er selten an Margaret. Er sah Miss Finch vor sich, groß, hager, mit einem herrschsüchtigen Kinn und steifen Locken aus einer früheren Periode. Heute trugen die Mädchen sorgfältig unfrisierte Haartürme oder wilde Strähnen, die das Gesicht halb verdeckten, was oft kein Nachteil war. Aber es war nicht sein Geschmack. Er hatte eine sorgfältig frisierte chinesische Freundin in Soho, die keine neue Mode mitmachte. Wenn Norton auf der King's Road war, graute ihm vor den jungen Dingern, denen kein Minirock zu kurz und keine Haarsträhne zu lang war. Er fühlte sich alt, wenn er das Völkchen auf der Sloane Street beobachtete. Miss Finch mußte in ihrer Jugend anziehend gewesen sein. Eine Art von Präraffaelitin, fliegende Haare, lange Gewänder, Halsketten, Poesie usw . . . Das Beste an der heutigen Miss Finch war, daß sie, wie er, das »Swinging London« nicht beachtete. Sie nippte nicht einmal an Rauschgift, las keine pornographischen Zeitschriften und lebte nicht in wilder Ehe mit einem Fensterputzer. Auch umränderte sie ihre Augen nicht mit Kohle wie diese pseudo-dämonischen Kälber, die dachten, Chelsea sei die ganze Welt und gehöre ihnen. Norton schüttelte den Kopf, wenn er den kostspieligen Plunder in den Läden der King's Road sah. Das Zeug kostete übrigens ein Vermögen, trotz der unleugbaren Stoffersparnis. Die *Swinging Sixties* konnten ihm gestohlen bleiben. Jugendliche Verbrechen breiteten sich wie Pilze aus; das Old Bailey war beschäftigt. Autodiebstähle, Mord aus Versehen, betrunkene Söhne im Wagen ihres Vaters, ledige Mütter aus strengen Familien, und der ganze Rest, der jung, arrogant und lasterhaft, von der Zeitschaukel gefallen war. Oder diese Jugend stieg hoch und höher. Norton dachte an das Cockney-Modell Twiggy, das bei allgemeinem Applaus gesundheitsschädliche Schlankheit propagierte. Die neue Aristokratie, die »bürgerlichen jungen Leute«, deren Groll gegen die herrschende Gesellschaft Norton nicht teilen konnte. Übrigens ignorierte er alle einladenden Blicke, die ihm zugeworfen wurden. Ganz London schien ein Schaufenster in der King's Road zu sein. Da lobte er sich seine Chinesin ...

Aber natürlich gab es viele Vordergründe und Hintergründe in dieser Riesenstadt, und sie hatten nichts mit Mode, zuviel Geld und jugendlichem Übermut in Chelsea zu tun. Heute früh hatte Norton wieder einmal einen Fall karibischer Einwanderer gehabt. Eine schäbig gekleidete, zwanzigjährige Mutter, die aus dem Behelfsheim entwichen war. Die moralische Verwirrung, die ständig wechselnden Partner der Jugend aller Hautfarben, die wachsende Gewaltsamkeit in den Straßen, die unglücklichen oder unzufriedenen Einwanderer hielten die Gerichte in Atem. Die junge Frau aus Trinidad hatte nie von Mary Quants Miniröcken gehört. Sie hatte die Lehrerin ihrer kleinen Tochter tätlich angegriffen, weil Miss Anderson ihrer Meinung nach dem Kind wegen seiner Hautfarbe schlechte Zensuren gab.

»Miss Anderson schlechte, schlechte Person, Sir! Sie ihre Nase hoch in die Luft, Sir! Mein Kindlein superklug. Weiß jeder in dies London.«

»Ich habe hier einen Bericht, daß Sie Ihre Tochter vernachlässigt haben, Miss Young«, sagte Norton. »Sie treiben sich herum und sind aus dem Heim weggelaufen. Ihr Kind kommt in die Fürsorge.«

»Is immer dieselbe Sache«, brummte Miss Young. »Weiße Leute frisch gewaschene Engel. Schwarze Leute, Voodoo – Hexe und Obeah-Mann. Weiß jeder. Polizei in dies Land zu parteilich.«

Norton hatte die Belehrungen ohne Kommentar zur Kenntnis genommen. Er wollte sich daheim entspannen, als das Telefon läutete. Miss Finch war längst wieder in Chelsea und versuchte, ihren Willen durchzusetzen. Ein hoffnungsloser Versuch, aber sie wußte es nicht.

»Was möchten Sie heute abend essen, Sir Francis?« Norton hatte den Telefonhörer bereits in der Hand.

»Ein Steak. Das macht Ihnen die wenigste Arbeit.«

»Ich *liebe* die Arbeit«, sagte Miss Finch beleidigt.

Dann sagte er beträchtlich aufgeheitert, daß er heute abend auswärts esse.

»Aber ich habe schon die Pilze vorbereitet, Sir Francis.«

Norton wünschte ihr guten Appetit und verschwand in sein Ankleidezimmer.

Miss Finch preßte ihre schmalen Lippen zusammen. Wer hatte ihren Herrn vom häuslichen Herd weggelockt? Etwa eine Frau? Oder wieder gräßlicher Besuch von den Inseln? Und er beantwortete keine Frage. Kein Wunder, daß Lady Norton Selbstmord begangen hatte! Aber das behielt Miss Finch für sich, während sie wütend ihr Omelett mit Pilzen aß. Sie war Vegetarierin, auch etwas, was Sir Francis nicht mitmachte.

Norton fuhr in bester Laune zu einem bestimmten chinesischen Gasthaus in Soho. Das Restaurant »Lung« lag in einer Seitenstraße der Gerrard Street – klein, halb dunkel und für Kenner. Norton dachte im »Goldenen Hasen« an einen Vers aus der mittleren Tang-Periode, den Professor Lü, sein alter chinesischer Freund auf Comfort Island, ihm zum Abschied auf Seide gemalt hatte: »Wenn du nach Norden ziehst, nimm meinen Traum dorthin.« Nicht, daß der alte Mann jemals England besucht hatte. Im Gegenteil – er wollte Norton zeitlose chinesische Poesie in den »Norden«, vielmehr in den Westen, mitgeben. Er sei ein alter Mann, der »im verschneiten Fluß angelte«, wie Professor Lü sein Heimweh nach dem unbekannten China ausdrückte. Bildersprache war Norton wesensfremd, aber das wußte der alte Herr Lü nicht. Symbole waren so lebenswichtig wie Reis ... Es war eine gute Männerfreundschaft gewesen. Madame Lü war unsichtbar geblieben – nach altmodischem Brauch. Trotz ihrer Bilder und Geheimpoesie waren Chinesen sehr vernünftig, hatte Norton gedacht. Vielleicht hätte Margarets Abwesenheit bei seinen Parties die Ehe gerettet?

Jetzt gab er seine Parties an neutralem Ort, Hotels und Restaurants, wohin Miss Finch ihm nicht folgen konnte. Sie betreute ihn bereits kurz nach seiner Heimkehr. Sie hätte sich nie mit Margaret vertragen. Sie hätte sowieso nie einen Posten angenommen, wo eine Ehefrau vorhanden war. Spielverderberinnen ... Norton hatte sein Wohlbehagen unterdrückt. Miss Finch war nach einem Glas Wein zur Belohnung für den Rehbraten redselig geworden. Seitdem aß Norton edles Wild im Savoy.

Das Restaurant war noch angenehm leer. Ein Rollbild in Nortons Lieblingsecke zeigte den goldenen Hasen in Gesellschaft zweier Elstern, die er aus vorsichtiger Entfernung beäugte. Der mit Wasserflecken und durchsichtigem Heftpflaster verzierte Druck bewahrte im Schein der gelbroten Papierampel einen Rest der mysteriösen Schönheit des klassischen Originals in einer westlichen Kunstgalerie. Der Hase mit den fragenden Augen und den langen Ohren erinnerte Norton regelmäßig an Drury, den er mehr vermißte, als er es für möglich gehalten hätte. Er hatte sich für Robin schon in der Jugend verantwortlich gefühlt. Tiefer als für Margaret. Und schmerzlicher, was er sich nicht eingestand. Er war wohl immer das gewesen, was Frauen ärgerlich oder resigniert einen Mann für Männer nannten. Zum Einzelgänger vorbestimmt und erzogen. Wie Drury ...

Norton war unerbittlich pünktlich und unterhielt sich mit dem Hasen, als Chirurg Bartlett und Chefredakteur Clarke endlich eintrudelten. Ein bißchen komisch für den Gastgeber, aber die beiden waren soeben von einem Besuch auf Comfort Island zurückgekommen und brachten Grüße und Geschenke für Norton mit. Bartlett hatte dort operiert, da Madame Morand-Marumba ihren Gallenstein nicht vom Zauberdoktor und mit Voodoo-Medizinen entfernen lassen wollte ... Clarke hatte Berichte über die »neue Unabhängigkeit« geschrieben und seine Tochter Molly nach London bringen wollen. Die Reportagen waren angekommen, und seine Tochter war auf Comfort Island in der kleinen Residenzstadt Dominica geblieben. Offenbar ging es ohne ihren Vater, aber nicht ohne seine damalige Zeitung. Clarkes afrokaribische Ehefrau hatte die Achseln gezuckt. Sie hatte sich nie in diese Vater-Tochter-

Beziehung eingemischt. Zuviel Liebe bricht das Herz. Clarke hatte diese Warnung mit tiefem Schweigen empfangen. Mrs. Clarke hatte ihn nicht gebeten, etwas länger bei seiner Familie zu bleiben. Daß sie nicht nach London ziehen würde, war John bekannt. Clarkes Ehefrau war ruhig und gelassen geblieben. Sie hatte eine Ökonomie der Kräfte in der Ehe mit John Clarke entwickelt. Er wußte nicht, was seine Frau von der neuen Freiheit hielt. Er hatte Florinda nie nach ihrer Meinung gefragt und konnte nicht plötzlich damit anfangen. Es war keine Übertreibung, daß er Robin Drury, der ihm seine Tochter gestohlen hatte, haßte. Selbstverständlich stillschweigend und ziemlich trostlos. Daß er in Fleet Street so erfolgreich war wie damals auf der Insel, war für ihn selbstverständlich. Er war nicht nur brillant, sondern hatte ein aktuelles Thema: afro-karibische Freiheit. Kolonien waren eine Phase aus der Kinderzeit der Völker. Nicht, daß Norton diese Ansicht teilte, aber natürlich hatte Clarke ein Recht auf seine irrtümliche Meinung. Was würde Clarke heute abend berichten? War die Insel so politisch geworden, daß die neuen Machthaber bereits wirtschaftliche Krisen mit Rhetorik zu lösen versuchten? Wenn sie nichts Besseres vom Westen gelernt hatten, taten sie Norton aufrichtig leid. Aber er schwieg. Clarke war auf Comfort Island gewesen – er, Norton, war ein Zuhörer geworden. Diese Position verführte leicht zu Bitterkeit und Zynismus, aber Norton war auf der Hut. Nichts in seinem langen, blassen Gesicht verriet seine Anteilnahme an den Angelegenheiten der Insel. Er rauchte nicht einmal schneller und trank langsam und mäßig. Vielleicht wußte nur sein Freund Bartlett, was diese äußere Ruhe ihn kostete. Er bewunderte ihn aufrichtig. – Wenn Norton es gestattet hätte, wäre Bartlett an diesem Abend besorgt um ihn gewesen. Wenn er nur besser schlafen würde! Statt eines der harmlosen Beruhigungsmittel zu nehmen, wartete Norton starrsinnig auf den Schlaf, der nicht kommen wollte. In diesem Augenblick berichtete Clarke wenig Erfreuliches über Nortons verlorenes Paradies. Gewiß, die neue Regierung bemühte sich um Ruhe und Frieden, aber da waren, wie stets nach einem Umsturz, neue Rebellen und alte Feinde. Gewalttaten, Tod aus dem Hinterhalt, Guerillas im Versteck in den Bergen. Nicht etwa, daß sie die Kolonie zurückwünschten – so rückständig war kein ehemaliger afro-karibischer Sklave –, Ehrgeiz, Eifersucht, Machtträume – der ganze Zirkus der Unabhängigkeit.

Bartlett erzählte von einem Patienten, der spurlos aus der Klinik verschwunden war. Ein reicher Inder, aber niemand hatte Lösegeld bis jetzt gefordert. Die Familie war ratlos. Ein Verwandter aus Delhi führte im Augenblick die Geschäfte. Bartlett schwieg abrupt. Er wollte Norton nicht von seinem chinesischen Freund berichten – nicht heute abend.

Aber Clarke erzählte natürlich, was dem alten Herrn passiert war. Professor Lü war unversehens verhaftet worden. Die Geheimpolizei war nicht sanft mit ihm umgegangen. Das Mißtrauen gegen Chinesen, die überall ihr eigenes Leben führten, war auf der Insel plötzlich aufgeflammt. Aber eines Tages wurde der alte Herr Lü entlassen. Bartlett besuchte ihn sofort. Natürlich schwieg der alte, zarte Gelehrte über das enorme Lösegeld, das reichen Chinesen und Indern gelegentlich die Freiheit wiedergab, aber Bartlett hatte seine Brandwunden behandelt. Wer sie ihm zugefügt hatte, erfuhr niemand. Herr Lü hatte Bartlett nur gesagt, daß die Zunge einen Mann ins Verderben treibe.

Norton war in ruhiger Weise außer sich. Plötzlich dachte er wieder an den Plantagenbesitzer Nigel Fairweather, dessen kleiner Sohn von den Arbeitern auf den Zuckerrohrfeldern in der Kolonialzeit ermordet worden war. Clarke erzählte immer noch von dem Aufruhr in der chinesischen Gemeinschaft von Dominica und Umgebung. »Ist es zu glauben?« fragte er den Hasen und die Elstern an der Wand.

»Ja«, sagte Norton. Das Essen schmeckte wie Reisstroh. Er fragte weder nach Jason dem Propheten, Walkers Onkel, noch nach Jason dem Jüngeren, der sich wegen Körperverletzung eines »Weißen« gegen Ende der Kolonialzeit in Grenada verstecken mußte. Aber schon damals hatte man den weißen Mann, der Jason einen Nigger genannt hatte, nach Hause geschickt. Wahrscheinlich hatten beide Jasons heute gute Regierungsposten.

Clarke räusperte sich. »Sie haben eben keine Geschichte – außer der Sklavenvergangenheit. Glauben Sie, daß es so einfach für die Burschen ist, jetzt die Geschichte ihrer Insel selbst zu bestimmen?«

»Nein«, sagte Norton unfreundlich. »Aber Terror hilft nicht besonders. Übrigens –« Er brach ab und trank seinen Wein.

»Sie wollen eben ihre eigenen Fehler machen«, meinte Clarke nachsichtig. »Wir machen alle Fehler.«

»Selbstverständlich«, sagte Norton. Bartlett nickte. Der Dialog zwischen den zwei alten Widersachern gefiel ihm nicht besonders. »Glauben Sie mir, Norton, es geht auch ohne uns«, sagte Clarke beinahe mit Schadenfreude. Norton brachte ihn immer auf den Siedepunkt. »Jeder ist entbehrlich«, erwiderte Norton gegen seine Überzeugung. Selbstverständlich ging es ohne die Väter der Kolonie. Es fragte sich nur, wie... Drunter und drüber ging es. Er fragte nach der finanziellen Lage, und Clarke wurde nüchtern wie die Londoner Steuerbehörde. »Schlimm. Anleihen über Anleihen. Aber wo gebaut wird, da regnet es eben Staub«, schloß er beinahe entschuldigend.

»Comfort Island war eine Musterkolonie«, sagte Norton streng.

»Aber die Kariben –« Jetzt brach Clarke ab und widmete sich der Pekingente. Musterkolonie! Nortons Muster. Die Gesellschaft formt einen Mann, dachte Clarke. Die Wechselbeziehung zwischen individuellem Talent und der Umgebung brachte besondere Leistungen oder Fehlschläge ans Licht. Norton hatte zeitlebens glänzende Entwicklungsmöglichkeiten gehabt, die seine unleugbaren Fähigkeiten zur Spitzenleistung gesteigert hatten. Er, Clarke, hatte sich alles mühsam gestalten und erwerben müssen. Aber die Afro-Kariben, oder die »Halben« wie Walker, hatten in der Kolonie nichts zu melden gehabt. Walker war ein Schulbeispiel dafür, daß die Gesellschaft ihre Männer formt.

Als ob Norton Gedanken lesen könnte – vielleicht konnte er es? –, fragte er endlich nach Walker, seinem Schützling in der Schreibstube der Kolonie. Ein Höhlenbewohner aus der Steinzeit der Antillen.

»Er ist mehrere Treppen heraufgefallen«, sagte Clarke. »*Sehr* tüchtig. War ja immer hochbegabt, der Bursche.«

»Das freut mich aufrichtig.« Norton sah wirklich so erfreut aus, als ob er seinem ehemaligen Schützling den Weg nach oben geebnet hätte. Aber Clarke erinnerte sich, daß Norton viel für den jungen verängstigten Mann übrig gehabt hatte, der »seinen Platz« gekannt hatte. Bartlett sagte, Walker hätte ein neues Amt. Tourismus. Er sprach eben gutes Englisch, besaß die Walker-Nase und hatte auf der afrikanischen Seite seiner Familie Jason den Propheten und seine energische Mum.

»Hast du Walker gesprochen«, fragte Norton.

»Leider nicht«, sagte Bartlett.

»So viel zu operieren, Clive? Keine Zeit für Walker?«

»Walker hatte keine Zeit für mich«, sagte der Chirurg ruhig.

»Ich höre wohl nicht recht. Walker keine Zeit für dich?« Er hatte immer so viel Zeit gehabt, daß es manchmal nicht auszuhalten war. Eintönig wie Zuckerrohrfelder. Norton fragte aber wohlwollend, durch welchen Trick der gute Walker mehrere Treppen heraufgefallen wäre.

»Ich höre wohl nicht recht.« Clarke war rot angelaufen. Er sagte sehr laut, daß Walker jetzt endlich die Stellung ausfülle, die seinen Gaben und seinem Fleiß entspreche, und Norton fragte, ob es nicht etwas leiser ginge.

»Sie leben hinter verschlossenen Türen, Norton«, schrie Clarke. »Es war höchste Zeit, daß Leute wie Sie das Feld auf den Inseln räumten.«

Er wischte sich die Schweißtropfen von der Stirn. Seine kleinen blauen Augen waren halb geschlossen. »Ich rate Ihnen, etwas frische Luft in Ihr Mausoleum zu lassen.«

»Wenn ich Ihren Rat wünsche, werde ich Sie darum bitten«, sagte Norton mit eisigem Hochmut. Bartlett schloß einen Augenblick die müden Augen. Das war nicht recht von Francis, daß er es so klarmachte, daß Clarke, der sich aus bescheidensten Anfängen hochgearbeitet hatte, nicht »mitzählte«. Natürlich hatte Norton Respekt vor Clarkes Energie und seinem Können, aber Bartlett hätte nicht gestaunt, wenn er den in Fleet Street berühmten Journalisten »mein guter Mann« tituliert hätte.

In diesem Augenblick wurde Nortons »guter Mann« ans Telefon gerufen, und Clive Bartlett atmete auf. Er blickte Norton nicht ins Gesicht. Er wußte, daß ein gefährliches Licht in diesen kalten, grauen Augen aufblitzte.

Aber Clarke war zu weit gegangen, und Bartlett beklagte es schweigend. Nach dem Gesetz von Ursache und Wirkung hatte Norton dem jungen Walker den Weg nach oben vorbereitet, da er, und er allein, sich um seine Erziehung und Ausbildung gekümmert hatte. Und daß Nortons ungewöhnlicher Scharfsinn entscheidend zu seiner Karriere beigetragen hatte, ignorierte Clarke gegen sein besseres Wissen. Er haßte Norton.

Da die beiden Freunde nun allein waren, fragte Norton endlich nach seinem Haus am Ozean.

»Alles in Ordnung, Francis! Die jetzigen Bewohner haben noch einen Gästeflügel angebaut. Links – bei deiner Hibiskushecke.«

»Warst du dort?«

»Ich mußte hin. Madame Morand, née Marumba, hatte Gallenschmerzen. Bartlett hüstelte. Norton war zur Salzsäule erstarrt. Diese Abenteurer aus Haiti wohnten in seinem Haus! Mit »Bobo«, dem geheimen Rauschgiftschmuggler, den er, Norton, vorm Gefängnis gewarnt hatte. Und wahrscheinlich Madames Zwergin, Tantchen Samedi.

»Irgend jemand muß das Haus ja bewohnen«, sagte Norton ziemlich tonlos, aber ruhig. Und Tantchen Samedi, die Zwergin aus Haiti, von Madame hoch geschätzt, war eine großartige Person, die Norton in einem Verleumdungsprozeß gerettet hatte. Es war eine jener geheimnisvollen, stillen Freundschaften zwischen grundverschiedenen Menschen gewesen. Norton hatte regelmäßig Zeit für diese Afro-Karibin aufgebracht und auf seiner Veranda, mit dem Blick auf den Ozean, ihre Weisheit und ihr gutes Herz erkannt. Margaret hatte sie gräßlich gefunden und war dieser Besucherin aus dem Weg gegangen. Norton war erstaunt gewesen.

»Seine Zwergin« war tadellos. Was kam es auf einige Zentimeter an? Einmal war Tantchen Samedi – Baron Samedi war auf Haiti der Teufel – so müde gewesen, daß Norton sie auf seinen Armen in seinen Wagen getragen und zu Madame zurückgebracht hatte. Wie ging es Tantchen dieser Tage? Ihr Spitzname hatte nie einen boshaften Beigeschmack gehabt. Sie war nur klug wie zehn Teufel.

Oh, sie war in Ordnung. Bobo war Außenminister. Und Tantchen braute weiter ihre Zaubertränke nach Voodoo-Rezept und enthüllte ihren Kunden für allerhand Geld, was die Zukunft für sie auf Lager hätte. Eine geschätzte Hellseherin, die übrigens das Ende der Kolonialherrschaft bis auf wenige Wochen korrekt vorausgesagt hatte. Und zwar drei Jahre vor der Unabhängigkeit. Hatte sie Norton den Rückzug nach London suggeriert? Wer könnte das sagen? Schwere Entschlüsse faßt niemand allein, auch wenn es so aussieht. Aber Norton war kein Medium und schrieb Tantchens Hellseherei ihrem scharfen Verstand und ihrer enormen Menschenkenntnis zu, was eine Teilwahrheit war. Magisches Denken aus Haiti, im Gegensatz zu rationaler Logik, der Glaube an die kontrollierende Macht von Geistern mochten gelegentlich eine dem westlichen Geist unerklärbare Erleuchtung der Zukunft bringen. In jedem Fall hatte Tantchen Samedi Nortons Zweifel gewittert, seinen philosophischen Rationalismus belächelt und die Schnelligkeit und Präzision bewundert, mit der er Probleme erfaßte und oft löste. Wie der alte Herr Lü in seiner chinesischen Villa war Tantchen ihm in ihrer Kokosplantage am Rand der Residenzstadt in echter Freundschaft und Respekt zugetan und ignorierte mit Takt und Verstand den spirituellen Abgrund zwischen ihnen – eine Taktik, die Norton als alter Inselkenner ebenfalls befolgte. Selbstverständlich war er davon überzeugt, unbestrittener Herr seiner Entschlüsse zu sein. Nichts auf der Welt würde ihn veranlassen, Comfort Island zu besuchen. »Geh nie zurück!« war für ihn ein Glaubenssatz, obwohl er Bartletts Hilfsbereitschaft schätzte, da Ärzte dicht hinter Heiligen für ihn rangierten, und Clarke hatte seine Familie dort. Tantchen Samedi oder den alten

Herrn Lü nach London zu bitten, war absurd, und Norton wußte es. Man könnte genauso versuchen, Zuckerrohr mit einer Nagelfeile zu schneiden.

Bartlett zog ein Päckchen hervor.

»Das hat Tantchen für dich mitgeschickt. Vorsicht, Francis! Ein altes französisches Stundenglas. Und die kleine Jade-Dose ist von Professor Lü.«

Norton nahm die kostbaren Geschenke stumm entgegen. Seine Kehle war wie zugeschnürt. Er hatte also doch noch Freunde auf der Insel, ob Clarke es glaubte oder nicht. Er verstaute die Liebesgaben in seiner Ledermappe, nachdem er alles persönlich verpackt hatte. Er dachte zum ersten Mal in seinem Leben, er verdiene diese rührende Treue nicht. Wie selten dachte er an diese Freunde. Und er hatte Bartlett nichts für sie mitgegeben. Er mußte zum nächsten Fest etwas schicken. Das würde Weihnachten oder Karneval sein ... Beide waren zu bescheiden, um auch nur eine Aufmerksamkeit von ihm zu erwarten.

Clarke kam mit düsterem Gesicht vom Telefon zurück. Hatte er gegen jede Hoffnung geglaubt, daß Molly sich ausnahmsweise an ihren Vater erinnern und telefonieren würde? Sie war für die Zeitung in Paris. Das hatte sie ihm auf einer Ansichtskarte mitgeteilt. Er konnte ohne Versailles leben, aber schlecht ohne seine Tochter. War Drury auch in Paris? Was ging es einen verlassenen Vater an, mit wem sein Augapfel sich herumtrieb?

Aber er riß sich zusammen und berichtete über die Calypsosänger, die auf den befreiten Inseln eine große Zeit hatten. Doch er dachte an Sheffield, wo er aufgewachsen war. Dad war Lastwagenfahrer gewesen, Mum hatte die Familie zusammengehalten, Dad, zwei Töchter und ihn, ihren einzigen Sohn, der ihre stummen Hoffnungen nicht enttäuscht hatte. Clarke glaubte fest daran, daß Mums Ermutigungen, eher ihr Glaube an seine Fähigkeiten, ihn hochgeschnellt hatten. Mum hatte ein feines eigenes Cottage, das er gekauft und eingerichtet hatte. Er besuchte sie regelmäßig, da London ihr zu groß war ... Wenn er an sie dachte, besänftigte sich sein Kummer. Er blickte an Norton vorbei und erzählte Bartlett von den neuen politischen Calypsos. Aber Norton lachte so spontan, daß Clarke sich im Geiste für diesen Abend beinahe versöhnte. Wenn er, Clarke, richtig tippte, hatte Norton wenig Kontakt mit seiner Mutter gehabt. Vielleicht mit seiner Kinderfrau. Oder wer sich um den Jungen in dem großartigen Haus gekümmert haben mochte, bis er nach Eton abtransportiert wurde. Manchmal fand Clarke diese Bilderbuch-Vorkriegswelt phantastischer als Comfort Island, Trinidad, Tobago und Grenada zusammen.

Er verdiente nicht soviel Treue und Wohlwollen. Monate vergingen, bevor er den Freunden einen Gedanken schenkte. Aber London war ein Moloch, der Gedanken und Gefühle verschlang. Oder war er, Norton, fragmentarisch, unvollkommen, kalt? Was hatte er außer Selbstachtung?

»Nicht doch, Francis«, murmelte Bartlett in Nortons Dunkelheit hinein.

Witterte er Todeswünsche? Vielleicht bei Drury, nicht bei Norton. Selbstachtung, dachte Norton, ist ein Requisit für den Tag. Für die Biographie. Für das Publikum. Aber jede Nacht stieg man im Schlafen und Wachen ins Unbekannte. Irgendein dunkles Ufer ohne Wegweiser. Und die Reisegenossen waren plötzlich verschwunden . . . Glücklicherweise sorgte seine Selbstachtung dafür, daß er erwachte, bevor er nach Hilfe rief. Und da war Miss Finch mit dem Tee im Morgengrauen. Und ihre Katze in der Küchenschublade. Weiß der Himmel, wo Miss Finch die Messer und Auflegegabeln nun unterbrachte. Aber wenn die Katze lieber in der Schublade als im Körbchen hauste, wurde diesem Bedürfnis selbstverständlich nachgegeben, und selbst der strenge Hausherr fand das in Ordnung. Auch er war viel netter mit Katzen und Hunden als mit zweibeinigen Hausgenossen. Tatsächlich dachte Norton öfter an seinen Hund auf der Insel als an Margaret. Jeden Abend war er mit Boy spazierengegangen. Wo war Boy jetzt? War er dieser Tage unabhängig von seinem Herrn? Norton hätte es gern gewußt, verschluckte aber die Frage nach Boy.

Der Festabend ging so plötzlich zu Ende wie ein Sonnenuntergang auf Comfort Island. Rotgoldenes Strahlen und in der nächsten Sekunde Nacht. Norton verabschiedete sich besonders freundlich von Clarke, weil er ihn nicht wiedersehen wollte. Dieser Wunsch beruhte auf Gegenseitigkeit. Bartlett war mit beiden befreundet und würde es bleiben. Francis brauchte dringend einen Erholungsurlaub, wovon er nichts hören wollte. Sein kantiges Kinn sprang wie der Bug eines Schiffes vor. Norton hatte stets mehr geistige und körperliche Durchhaltekraft als andere gezeigt, aber um die Fünfzig herum begannen die Ermüdungserscheinungen. Bartlett sah es an seinen Patienten. Francis war nie krank und hatte kein Talent dazu. Davon abgesehen würde Bartlett tauben Ohren predigen. Nortons Verteidigung bestand aus Angriff. Als ob Bartlett ihm seine Besorgnis eingeredet hätte, fühlte Norton sich ungewöhnlich müde, konnte aber nach dem Festmahl im »Goldenen Hasen« nicht zur Ruhe kommen. Er lief am Chelsea-Ufer gegen Mitternacht herum und starrte ins schwarze Wasser. Lebte er in einem Mausoleum? Clarkes Bezeichnung seines schönen, ruhigen Hauses hatte ihn schwer verärgert. Er hatte sich plötzlich alt gefühlt, und das verzeiht man niemandem. Als ob er, ein geschätzter Richter mit prominenten Fällen nicht mehr mitspielte! Hastig abgetreten? Lächerlich! Man hatte ihn auf der Insel nicht vergessen. Die Geschenke seiner Freunde waren der beste Beweis dafür. Norton blickte starr vor sich hin. Er war fast allein auf der Uferpromenade, eine der Schönheiten von Chelsea. Aber nicht einmal die große Brücke im Mondlicht hob seine Stimmung. Und wenn auch Clarkes Unverschämtheit ein Milligramm Wahrheit enthielt, er fühlte sich plötzlich als Bewohner einer Gruft mit allen Bequemlichkeiten, von Miss Finch und der Katze zu Tode gepflegt. Noch eine Reihe von Jahren, und er würde pensioniert werden und anschließend Miss Finch erwürgen. Bewährungsfrist für die Katze. Wie gut, daß Margaret seinem Altern nicht zusehen konnte. »Es ist einfach furchtbar mit Francis! Er vergißt alles und erzählt hundertmal dieselben Sachen von der Insel! Kein Wunder, daß kaum jemand ihn jetzt besucht! Nur Bartlett natürlich.« Margaret war viel jünger gewesen. Und keinen Funken Zuneigung oder Verständnis für ihn! Dann erinnerte er sich an Margarets letzten Brief nach Comfort Island. Diese Zeugin wäre ihm in jedem Fall beim Altern erspart geblieben. Dafür mußte er dankbar sein.

Ein Liebespaar ging eng umschlungen an ihm vorbei. Der junge Mann flüsterte: »Mach dir keine Sorgen! Ich bin bei dir.«

»Wirst du bei mir bleiben, wenn . . .« Schluchzen.

»Immer«, sagte der junge Mann. »Freue mich aufs Baby.«

Idiot, dachte Norton. Nichts blieb, wie es gewesen war. Norton blickte dem Paar nach. Nur nicht heiraten . . . Die alte, trübe Geschichte. Das sah er täglich im Gericht. Die Gutgläubigkeit der Mädchen war grenzenlos. Aber Norton fühlte kein Mitleid. Dummheit irritierte ihn. Auch Margaret hatte sich einfältig benommen. Hatte Wunder von einem Ehemann in Frognal erwartet, während er ihr ein Paradies auf der Insel gemietet hatte.

Comfort Island! Dieser Abend hatte Dinge aufgewühlt, die er mit Willenskraft im tiefsten Schacht seines Bewußtseins begraben hatte. Was immer Clarke zu kritisieren hatte, auch er liebte die Insel noch heute. Glaubte er im Ernst, es ginge ohne sie? Bei Clarke war alles möglich. Aber Journalisten redeten und schrieben immer zuviel. Es konnte nicht alles abgestorben sein, was so voller Leben gewesen war. Enthielt nicht die Gegenwart eine Art von lautloser und dämmeriger Vergangenheit? Diese jungen Rebellen auf der Insel waren vom politischen Realismus so weit entfernt wie er von der Insel. Aber wer hatte behauptet, daß die Rebellen von heute die Despoten von morgen werden? Norton hörte Margaret klagen, daß er in seiner Senilität alles vergäße. Sie sollte vor ihrer eigenen Tür kehren. Wenn Norton, der ausnahmsweise den Verfasser eines Sinnspruchs vergessen hatte, und er war heute abend nicht ganz er selbst, wenn Norton etwas vergaß, war es nicht lebenswichtig. Beispielsweise hatte er – im Gegensatz zu Margaret – nie vergessen, daß er verheiratet war und deswegen nicht zu anderen Partnern umsiedeln konnte. Er sah sich nach Margarets sogenanntem Abschiedsbrief in seinem Garten stehen – ein Inselgarten, den jetzt Madame Marumba, verlassene Morand aus Haiti, genoß. Der Garten blühte auch ohne ihn. Er hatte ihn nur anlegen lassen, eine nicht einmal malerische Wildnis. Aber man durfte nicht bitter sein. Also wünschte Norton der jetzigen Nutznießerin seines Gartens viel Vergnügen.

Er stand unbeweglich auf der Uferpromenade – eine hohe, gerade Gestalt. Ohne Furcht vor der Einsamkeit und ohne Mitleid mit sich selbst. Er war jetzt so müde, wie Geist und Körper es nach langer und intensiver Stimulierung sind. Die Rückkehr zu einer früheren und glücklicheren Phase seiner Existenz hatte ihn aufgewühlt wie ein karibischer Wirbelsturm, von dem er zwei erlebt hatte. Jetzt hatte der Wirbelsturm den Speicher seiner Erinnerung umgeworfen, die Tür zerbrochen und unersetzliche Schätze in den Fluß gefegt. Er stand in Chelsea und hatte nichts mehr. Er stand in violetter Dunkelheit. Für einen Augenblick erhob er seinen zusammengerollten Regenschirm wie ein Schwert. War Chelsea das Modell der Welt?

Er spürte Angostura-Bitterkeit, süße Ananas, das Feuer vom Rum und das Gift des Oleanders. Seine Kehle war ausgedörrt, und er schluckte weißen Rum und kostete wieder »Dim sum«, ein kleines bißchen chinesischen Himmel. Und die Wolken über dem Fluß öffneten sich, und es regnete Manna, Honigwasser, Schnekken, Kokosmilch, Sumpfmoskitos, Orchideen, Zuckerrohr und die magischen Kräuter afrikanischer Ekstase: Balsamifera, Anono muriatu und den »Rhabarber der Armen«. Und Norton erblickte in einer Bernsteinwolke das historische Gästebuch des Cavendish-Hotels in der Residenzstadt Dominica auf Comfort Island. Auf der ersten Seite des vergilbten Lederbandes die Väter der Kolonie: Admiral Francis Horatio Norton, Peregrine C. Bartlett, Meisterchirurg und Missionar, Sir Jeremy R. Drury, Königlicher Bankier. Über dem Gästebuch auf einem polierten Tisch sah Norton das alte Ölbild der Königin Victoria, bewundert von ihren karibischen Untertanen. Norton rieb sich die Augen. Hatte er etwa Visionen? Da war keine leuchtende Wolke. Dunkler Londoner Himmel. Gleich würde es regnen. Clarke flüsterte: »Es geht auch ohne uns.«

In diesem Augenblick begannen die Sirenen ihren Gesang.

Norton hielt sich nicht einmal die Ohren zu. Mit Sirenen war er immer spielend fertig geworden.

Einen Monat später flog er nach Comfort Island.

Geh nie zurück? Wer hatte ihm diesen Unsinn einreden wollen?

Zweites Buch

Traum und Trauma

Erstes Kapitel

Schwarze Komödie

Komödie: eine Gesellschaft,
die sich mit Gelächter beschützt.

George Meredith

›Neue Nachrichten‹, Dominica, Comfort Island, Januar 1965
Chefredakteur: James Ibadan Okomabe.

»Sir Francis Norton, bekannter Londoner Richter und Weltreisender, ist soeben von Trinidad auf Comfort Island eingetroffen. Er gewährte uns ein Interview im Hotel Fidel Castro.

Sir Francis ist kein Neuling im karibischen Inselreich. Er hatte vor langer Zeit einige Jahre auf dieser Insel verbracht. Auf unsere Frage, ob er unseren weltberühmten Karneval mitmachen werde, erklärte Sir Francis, er mache nur bis zur nächsten Mahlzeit Pläne.

Unsere Einladung zu einer Touristenfahrt nach Tobago, wo Robinson Crusoes Höhle besichtigt wird, lehnte Sir Francis dankend ab, da er in den Antillen sämtliche Höhlen samt Bewohnern kenne. Er lachte, und wir stimmten etwas verwundert ein.

Da es Vormittag war – Sir Francis ist Frühaufsteher –, bestellte er keinen Rum, sondern Sangaree.

Zum Schluß fragten wir den Gast, was er von der neuen Unabhängigkeit halte. Sir Francis erwiderte, er weile zu seiner Erholung auf Comfort Island, und erzählte uns einige Scherze aus dem fernen London. Wie alle Engländer liebt er den Wassersport, Schwimmen, Segeln, Tiefseetaucherei. Wir wünschten ihm angenehme Ferien an unseren idealen Strandplätzen und Buchten.«

Lily Tamsi Zamba.

(Unsere Reporterin Molly Clarke-Damasi ist in Venezuela. Ihr neuer Bericht auf Seite 8.)

Norton hatte wenig Talent zum Glücklichsein und hatte Nichtstun in den Ferien immer schlecht ertragen. Daß sich Erkenntnisse in Mußestunden bilden können, kam ihm nicht in den Sinn. Und sosehr er die karibische Sonne liebte, er wollte nicht ihr Sklave werden. Ob Liebe und Sklaverei identisch für ihn waren, vertraute er niemandem an.

Nach einer Woche in Dominica fand er es angenehmer, sich in London nach Comfort Island zu sehnen. Es war auch bedeutend billiger. Und er war zuviel allein. Auch Einsiedler brauchen gelegentlich eine Unterhaltung mit anderen Einsiedlern, und Drury war immer noch in Venezuela. Wo Mary Ann steckte, wußte Norton nicht – und das war vielleicht genausogut. Er fühlte sich isoliert, von der Gesellschaft abgelehnt. Das war ihm noch nie im Leben passiert. Er hatte das Interview mit saurem Lächeln gelesen.

Je heißer es draußen war, desto kühler wurden seine Gefühle für die karibische Welt. Aber trotz kleiner Ärgernisse und einiger Mißverständnisse im Hotel bewahrte er Haltung. Er war schließlich nicht wie Margaret oder Drurys unmögliche Ehefrau! Je öfter er über die beiden nachdachte, desto überzeugter war er, daß Frauen sich nicht beherrschen konnten. Übrigens hatte er Margaret und Mary Ann nichts verziehen. Es war nicht eine seiner Gewohnheiten. Wenn er es recht bedachte, hatte er überhaupt nur seiner Mutter verziehen, daß sie sich nie richtig um ihn gekümmert hatte. Ihre schattenhaften Tugenden und sonnenklaren Mängel waren längst mit ihr begraben.

In der karibischen Sonne dachte er mehr und lebhafter an Margaret als in London. Leider war sie hier überall – am Strand, am Hafen, in der Kathedrale. Und am Abend auf den Veranden seines ehemaligen Wohnschlosses, das er selbstverständlich nicht besuchte. Sein Haus und das kleine, rosa getünchte Justizgebäude mit dem säulengeschmückten Portal ließ er auf seinen Spaziergängen und Ausflügen links liegen. Bartlett hätte es vernünftig gefunden, auch wenn er Nortons Ausflug in die tote Vergangenheit beklagte. Wenn er doch hier wäre! Aber Bartlett kam nur nach Comfort Island, wenn er operieren sollte. Und wo Bartlett war, da war natürlich Elizabeth Hawkins, seine tüchtige, treue und mürrische Operationsschwester. Bartlett und Hawkins – ein Gespann! Und dazu seine Ehefrau, die alle seine Wünsche erriet, bevor Bartlett sie äußerte. Ein Glückspilz. Nicht daß Norton mit ihm tauschen wollte! Er hätte keine Ehefrau ertragen, die ihm seine Wünsche vom Gesicht ablas. Sie hätten schwerlich den Beifall einer Ehefrau geerntet.

Bei Anbruch der Dunkelheit verzog Norton sich ins Hotel und registrierte im Geiste seine Eindrücke, die scharf, lebhaft und unverkennbar deprimierend waren. Vielleicht lag es daran, daß er jedem geraten hatte, nie dorthin zurückzugehen, wo man bedrohlich glücklich gewesen war? Und dann war er selbst zurückgekehrt! Wo war die Logik zu Fall gekommen? Denn es *war* ein Fehlschluß, den er nur sich selbst zugeben durfte.

Er hatte mit großen Veränderungen auf der Insel gerechnet, aber ihren politischen und sozialen Einfluß auf die Bewohner unterschätzt. Zu seiner Zeit waren die Afro-Kariben heiter und naiv gewesen. Jetzt waren sie zwar immer noch heiter und naiv, aber sie waren gefährlich und bei aller Liebenswürdigkeit nachtragend und grollend. Er spürte das überall. Aber wo waren ehemalige Machthaber beliebt? Und ob die Burschen es glaubten oder nicht, sie hatten noch viel von den Kolonialvätern zu lernen, dachte Norton auf seiner Hotelveranda. Ihre neue Freiheit war teilweise ein Euphemismus für wilde Unternehmungen, und die neue Gesetzgebung schmeckte nach antikem Groll ... Gegen die Vaterfiguren der Vergangenheit, gegen »Englandmänner«, gegen »Jumbles«, John Bulls – wie Norton. Glücklicherweise ging ihn das alles nichts mehr an. Er stand allein mit seinen Prinzipien. Gesetz war Ordnung für ihn, und Ordnung war Gesetz.

Aber am nächsten Morgen wanderte er wieder ruhelos umher. Auf der Suche nach seinem entschwundenen Paradies? Er vergaß die Augenblicksinteressen, die Widersprüche einer finanziell bedrohten Jubelrepublik, das radikale Afrika im Herzen der friedlichen und genußliebenden »schwarzen Gesellschaft« im karibischen Raum, die leidenschaftliche und totale Ablehnung einer englischen Tradition, deren Vertreter er, Norton, war. Die Schönheit der Insel, das besonnte Meer, die hohen Palmen am Strand, die Blütenmeere auf Schritt und Tritt! Die Natur, der er tief verbunden war, ließ ihn verweilen. Er wollte nur noch Drury wiedersehen, schwimmen, in die tiefe See tauchen ... Er besuchte die alte Festung aus historischer Zeit, betrachtete den Regierungspalast in tiefem Sinnen. Die Rebellen von gestern waren nun die Herren von heute und würden die Despoten von morgen werden. Politik! Es war immer dasselbe, aber trotzdem nie dasselbe. Er verstand wenig von Afrika – er hatte sich nie darum gekümmert. Wie Walkers Mutter hatten viele Afro-Kariben in kolonialer Zeit in Hütten vor der Stadt gehaust. Sie waren Arbeiter auf Plantagen, in kleinen Fabriken, Straßenarbeiter – alles, was die eingewanderten Kariben – mit wenigen Ausnahmen heute – in London taten. Ungeschulte Kräfte, die keinen angemessenen Lohn, kein wohnliches Heim erwarten konnten. Wo war Walker? Da er irgend etwas mit Tourismus zu tun hatte, wobei er die Treppe heraufgefallen war, mußte er von Nortons Anwesenheit im Hotel wissen. Es war skandalös. Tantchen Samedi war auf ihrer Kokosplantage, aber hatte ihn, Norton, schon eingeladen und wartete auf ihn. Walker konnte von ihr lernen, wie er früher alles, was er überhaupt wußte, von »Sir Francis-Allwissend« gelernt hatte. Der Kuckuck sollte diesen undankbaren Burschen holen. Aber er, Norton, konnte es wundervoll ohne Walker aushalten. Er rechnete nicht mit Dankbarkeit. Aber er hatte angenommen, daß Walker seine englischen Manieren, auf die er so stolz gewesen war, nicht so schnell vergessen würde. Es war Walkers verdammte Pflicht und Schuldigkeit, seinen Wohltäter zu begrüßen.

Norton war durch seinen Ärger durstig geworden und suchte eine Bar in der Nähe des Marktes, wo Walker früher Obst und Gemüse für sich gekauft hatte. Er war Vegetarier gewesen, wenn er allein aß. Bei Norton hatte er ein Steak heruntergewürgt – höflich, unsicher und gegen seine Überzeugung. Ob er noch so viel

Süßigkeiten verschlang? Von »Mamma« hatte Walker eine Anlage zur Korpulenz geerbt. Norton betrat die Bar und strich Walker aus seinem Gedächtnis. Morgen wollte er seinen alten chinesischen Freund, Professor Lü, besuchen. Der alte Herr war zu leidend zum Ausgehen. Aber auch er hatte Norton sofort mit einer formellen Blumenbotschaft im »Fidel Castro« begrüßt. Walker konnte wirklich von Chinesen noch allerhand lernen! Da dachte Norton schon wieder an seinen ungeratenen Schützling! Verdammt! – Aber woran er auch dachte, es machte keinen Spaß. Beispielsweise der alte Marine- und Militärfriedhof, den er vorgestern besucht hatte, war jetzt ein Stück Dschungel. Über dem Portal des Justizgebäudes war immer noch die Inschrift aus Kolonialzeiten PAX et JUSTITIA – aber wohin waren der Friede und die Dame Gerechtigkeit geflohen? Vielleicht *waren* sie anwesend, und Norton konnte sie nicht erkennen? Auch das war möglich. Nur der botanische Garten hatte ihm Freude gemacht. Es wäre eine reine Freude gewesen, wenn die Talipatpalme, die nur einmal blüht und dann stirbt, ihn nicht an Margaret und ihre letzten Wochen in London erinnert hätte. Margaret! War sie wirklich überempfindlich und neurotisch gewesen, wie er ihr oft versichert hatte? Oder hatte er sie immer wieder beleidigt? »Ich möchte allein sein, Margaret!« Oder »Du redest Unsinn!« Und dann: »Also du willst wissen, warum ich soviel ausgehe? Du langweilst mich. Tut mir leid, Margaret. Aber du wolltest es durchaus wissen, nicht wahr?«

Die Bar war fast dunkel, weil die Bambusvorhänge geschlossen waren, um die Mittagssonne auszuschließen. Über der elektrisch beleuchteten Theke hing die Skizze eines Fischerdorfes, wie Norton es vor einigen Tagen besucht hatte. Im Hintergrund Felsen und eine halb verborgene Waldhütte. Vor der Hütte Blumen und Sträucher – scharlachrot, sonnengelb, das reinste Blütenweiß unter blauem Himmel. Ein primitives, leuchtendes Bild – von einem hiesigen Maler. Wie würde dieses Bild sich in seiner Wohnung in Chelsea ausnehmen? Plötzlich hatte er das Gefühl, er würde sein Heim, sein Chelsea mit Miss Finch und den schmalen, eleganten

Haustüren, nie wiedersehen. Hatte er einen Sonnenstich um elf Uhr vormittags?

Er trank langsam das gekühlte Bier. Das tat gut. In einer Ecke der Bar saßen drei Afro-Kariben und politisierten, wie es jetzt Mode war. Früher hatten sie gekichert, gesungen und über Mädchen geredet. Natürlich taten sie das immer noch, aber Politik war Gesprächsstoff Nummer eins, wo immer Norton hinhörte. Ob sie in jenem Fischerdorf über der Theke noch die alten Sklavengesänge vor sich hinschluchzten? Ausgeschlossen! Das Dorf, die Farmer, die Palmen und Blumen waren nun auch unabhängig vom Rhythmus der Jahrhunderte. Das »Morgenrosa«, wie man hier das Morgenrot nannte, das Morgenrosa hatte die lange Sklavennacht vertrieben.

War Walker tot? So plötzlich und erschreckend wie Margaret? Norton bestellte sein zweites Bier und dazu einen Angostura-Bitter. Der Angostura brannte und tat ihm wohl.

Das alte Postamt, das Margarets letzten Brief auf die Insel befördert hatte, stand auch an der Ecke der Nelson Street. Und das »Hospital zur heiligen Katharina«, wo so viele Väter und Großväter der Kolonie gestorben waren. Dort hatte Bartlett kürzlich Madame Morand operiert, damit sie weiter in Nortons Villa ihren Voodoo treiben konnte. So war es eben. Warum nicht? Sie und ihr Sohn Bobo! Wenn Norton geahnt hätte, wer außerdem dort wohnte, hätte er sich verschluckt. Aber er ahnte es nicht.

»Guten Tag, Sir Francis!«

Norton erkannte zu seinem Mißfallen einen Rauschgifthändler, den er in London hart verurteilt hatte. Mr. Sonny Jones lächelte strahlend, weil er jeden »Bossman« verabscheute. Außerdem entsprach Norton seiner Vorstellung von hochmütigen, zu strengen Richtern. Selbstverständlich blickte Norton seinem Feind nicht ins Gesicht, sondern beobachtete einige Moskitos, die sich auf der Theke tummelten. Jones war auch so ein Insekt – lästig, aber unbedeutend.

»Ich jetzt berühmter Calypsosänger.«

»Seit wann?«

»Schon sieben Wochen. Alle beneiden mir. Bin erste Klasse mit Naturstimme, ob sie mir hassen oder nich.«

»Wer haßt Sie, Mr. Jones?«

»Alle und jeder«, sagte Mr. Jones mit großer Handbewegung, die sämtliche Nachtclubs und Schlupfwinkel der Metropole einschloß. »Ich scheiß auf ihnen, hören Sie.« Wie in London war er sorgfältig, wenn auch etwas zu prächtig gekleidet. Sein Strohhut hatte ein rosa Band, und auf seinem Hemd tummelten sich bunte Kolibris. Zahlreiche Armbänder klirrten an seinem rechten Handgelenk, und sein großer, goldener Ohrring hatte Norton schon im Old Bailey geärgert. Ob er den Ohrring auch im Gefängnis getragen hatte, oder hatte er ihn mit seiner goldenen Uhr an der Garderobe abgegeben?

In London war Sonny Jones Mitglied des Klubs »Blauer Tanz« in Notting Hill gewesen, der eine Ersatzheimat für Afro-Kariben war. Übrigens versäumte Mr. Jones keine Messe, da er erfahren hatte, daß die Kirche selbst in diesem London schwarze Schafe willkommen hieß. Mr. Jones war über die harte Strafe nicht erstaunt gewesen, weil Norton ihn vor Gericht freundlich behandelt hatte. »Wenn der Häuptling auf gutem Fuß mit dir steht, wird er dich eines Tages umbringen«, hatte Großvater Jones dem Londoner »Ekel« eingeprägt.

Aber daheim war Sonny Jones der »Bossman« und Norton ein verfluchter Besucher. Schnüffelte er auf der Insel herum? Es würde ihm nichts nützen. Er war ein Bulle ohne seine Herde – haha!

»Große Ehre und Freude, Sie hier auf diese kleine Insel zu sehen, Sir«, beteuerte Mr. Jones gegen seine tiefste Überzeugung.

»Was macht liebe alte Mutter England?«

»Es ist alles in Ordnung«, erwiderte Norton gegen seine tiefste Überzeugung. Er bestellte weiter Bier und Sandwiches für diesen ungebetenen Gast. Mr. Jones überreichte Norton eine Karte mit dem Namen seines Orchesters und Klubs und erklärte nochmals, daß er unübertroffen sei und eine große Karriere vor sich habe. Norton trank sein Bier auf einen Zug aus. Waren sämtliche Leute, vorbestraft oder nicht, die Treppe heraufgefallen? Mr. Jones machte unfreundliche Bemerkungen über den Londoner Kunstbetrieb, der echte Talente weder erkannte noch förderte, wozu Norton weise schwieg. Nur der Rauschgiftschmuggel hatte Mr. Jones an der Erwerbung musikalischen Ruhms gehindert. In dieser Welt am Rand der englischen Wirklichkeit herrschten andere Sitten. Aber solange diese Herren in England lebten, galten immer noch die Landesgesetze. Norton wußte es, und Mr. Jones wußte es auch.

»Ich jetzt reformierter Charakter, Sir.« Sonny betrachtete seinen Feind mit halbgeschlossenen Augen. »Kein Heroin, kein Marihuana von Venezuela, kein Garnichts.«

»Das sollte mich freuen, Mr. Jones!«

»Tröstliche Pulver, lausiges Geschäft auf befreite Inseln.«

»Tatsächlich?«

»Jeder tut es«, sagte Mr. Jones angewidert. »Nix für mir.«

Weder Norton noch Mr. Jones glaubten auch nur ein einziges Wort.

Nachdem Norton gegangen war, flüsterte Mr. Jones mit dem riesigen Afro-Kariben hinter der Theke. »Er hat mir unschuldig verurteilt, Mann!«

»Ich weiß«, sagte Mr. Okibu. »Alle John Bulls große Verurteiler.«

»Weißt du noch Skandal mit Großvater Jones? Richter Norton verurteilte ihn ohne ein Gramm Beweis. Mein kleiner Opa kein Dieb, Mann! Er nimmt nur, was von Lastauto oder Gemüsekarre runterfällt. Er muß auch essen.«

»Klar doch, Mann! Ich immer großen Zorn gegen Richter Norton, wie er hier noch Leute links und rechts ins Loch schickte. Das is vorbei, seit neue Unabhänglichkeit. Prost, Mann!«

»Was wittert Norton-Schnüffler auf unsere Insel? Er soll nach Haus, nach dies London, gehen. Sein Gesicht wie frisch gewaschenes Leichentuch.«

»Is so«, sagte Mr. Okibu. »Laß mir nachdenken, Mann! Wird mich schon was einfallen, um ihm wegzutreiben. Gedanken sind Spinnen, Mann.«

»Is so.«

»Wenn Spinnennetze sich verknüpfen, dann können sie großen Tiger fesseln«, erklärte Mr. Okibu und kicherte.

»Ein Fisch verschlingt den anderen«, sagte Mr. Jones. »Is immer so gewesen, Mann!«

Sie flüsterten und kicherten und spannen Spinnennetze.

Norton war nach dem Gedankenaustausch mit Mr. Jones sofort ins Hotel zurückgefahren. Er war plötzlich sehr müde und leicht verstimmt. Er duschte, nahm eine Entspannungspille, was gegen seine Prinzipien war, und schlief dann traumlos, bis das Telefon ihn weckte. Falsch verbunden! Einen Augenblick hatte er in der Bar eine unbestimmte Bedrohung gewittert, aber das war wohl die Hitze gewesen. Morgen früh würde er schwimmen. Ein echtes Vergnügen. Und im Meer konnte ihm niemand ein Bein stellen. Unter Wasser war man anonym. Er wischte sich den Schweiß von der Stirn. Wie kam er auf solche Gedanken? Er war ein Tourist wie jeder andere, und damit basta. Er nahm eine Proteintablette, die Bartlett ihm schon in der Kolonialzeit aufgeschwatzt hatte. Sie sollte den Metabolismus regulieren. Margaret hatte das Protein abgelehnt, obwohl es gegen ihre Depressionen helfen sollte. Er hatte nie begriffen, wie jemand auf dieser Insel an solchem Unsinn leiden konnte. Er aß mit bestem Appetit seinen Fisch und Reis auf seiner privaten Veranda am Rand des Ozeans. Er war erfrischt und würde am späten Nachmittag noch einmal den alten Marine- und Militärfriedhof besuchen. Da war ungestörte Stille. Vergessene Weltgeschichte. Wenn es sich nicht um Mr. Jones in der düsteren Bar handelte, genoß Norton seine Begegnung mit der Vergangenheit.

Er trank zufrieden seinen schwarzen Kaffee, als es an seiner Zimmertür klopfte. Wer wagte es, ihn bei seiner Siesta zu stören? Aber in der Tür stand eine winzige Dame mit einem beladenen Blumenhut und hinter ihr ein großer Afro-Karibe, der beinahe unter den Blumen und Früchtekörben verschwand.

Tantchen Samedi und Jack Blockhead Tardon aus Haiti, ein älterer Plantagenarbeiter und Tantchens Freund, Berater und freiwilliger Sklave lachten entzückt und zeigten ihre beneidenswerten Zähne. Monsieur Tardon war alles andere als ein Dummkopf, und sein Spitzname sollte ihn vor dem Neid böser Geister schützen.

»Tantchen!« Norton setzte die Zwergin vorsichtig auf den bequemsten Sessel, schüttelte Jack die Hand und legte eine seidene Decke über die Beine der winzigen Dame. Solche zarte Rücksicht war sie nicht von ihren Leuten gewöhnt, und in ihren schönen, dunklen Augen glänzte die Sonne der Zuneigung ...

»Das ist eine Freude«, rief Norton beinahe impulsiv. »Aber ich wäre auf die Plantage gekommen. Sind Sie sehr müde, Tantchen?«

»Nie zu müde für Sir Francie! Nimm Beine in Hand, Dummkopf! Gib Sir Francie Blumen, Früchte und alles.«

»Schon gut, Tantchen.« Jack Tardon betrachtete sie besorgt.

»Starr mich nich an«, schrie sie. »Geht mich fein, wenn ich Sir Francis sehe.«

Norton tat sein Bestes, um seine Freude über dieses treuherzige Kompliment zu verbergen, und bestellte Rum, Eis und Früchte und kleine glacierte Kuchen – Tantchen Samedis Lieblingssorte. Sie hieß Delphine Tomé, aber niemand nannte sie so, und vielleicht hatte sie selbst ihren Namen vergessen. In jedem Fall war sie halb Fleisch und Blut und halb Fabelwesen aus Haitis Geisterdämmerung.

»Immer schön aufpassen, Sir Francie.« Sie warf ihm einen merkwürdigen Blick zu. War sie bereits im Niemandsland ihrer Vorahnungen. Dorthin konnte und wollte Norton ihr nicht folgen. Er sagte lächelnd, er passe schon auf sich auf.

»Palmen haben Ohren«, erzählte Jack den Palmen auf der Veranda. In diesem Augenblick schrillte das Telefon. Norton nahm stirnrunzelnd den Hörer ab.

»Norton! Geh nach Haus!«

»Wer ist da?«

»Ein wohlmeinender Ratgeber.« Die Stimme dröhnte weiter, und Norton winkte seinen Freunden. Jack trug die Zwergin zum Telefon, und sie lauschte dem Redeschwall. Dann legte sie den

Hörer auf. Ihr altes, fröhliches Kindergesicht war voller Schatten und Sorgenfalten.

»Verstellte Stimme«, murmelte sie und blickte Jack starr an: »Werwölfe!« Wie konnte man Sir Francis schützen? Man hatte ihn als Kind in diesem England nicht mit besonderen Getränken aus Kräutern gegen Werwölfe geschützt. Kein Geisterbeschwörer hatte dreimal gefragt, wer diesen Knaben haben wolle, woraufhin seine Mutter ihre Ansprüche auf diesen Sohn mit lauter Stimme äußern mußte. Delphines kleine Hände zitterten so, daß Jack Tardon ihre seidene Handtasche öffnete und ihr ein altes Amulett entnahm. Er verstand sie ohne ein einziges Wort: »Tragen Sie es, Sir Francie! Bitte, bitte! Auch wenn Sie ...« Ihre alte, dünne Stimme brach. Sie war fahl unter der dunklen Haut. Norton würde natürlich das Amulett behalten.

Norton war buchstäblich sprachlos. Was war das? Eine Geisterbeschwörung? Wegen einer albernen und vulgären Drohung übers Telefon? Das ist jeder Richter und Staatsanwalt gewohnt und zuckt nicht mit der Wimper. Aber er nahm das Amulett, um seine abergläubischen Freunde zu beruhigen. Wenn er Margaret nur einen Bruchteil der Rücksicht gezeigt hätte, die er Tantchen Samedi seit Jahren bewiesen hatte, wäre sie vielleicht noch am Leben. Er schüttelte diesen morbiden Gedanken ab, bedankte sich für das Amulett und zierte sein blütenweißes Hemd mit dem verstaubten Ding. Auf Jacks geflüsterte Bitte schob er das lederne Amulett auf seine nackte Brust. Dort sollte es liegen – immer und ewig! Tantchen nickte und sah etwas getröstet aus. Wenigstens klirrte sie mit den beiden goldenen Armreifen, die Norton ihr mitgebracht hatte. Sie trug auch seine Halskette und die Ohrringe. Er sollte sehen, daß seine Gaben geehrt wurden. Das Herz ist ein Vogel und flog manchmal davon. Sie schlief in Nortons Liegestuhl, mit der Seidendecke über den armen Beinchen und den winzigen Füßen in goldenen Sandaletten – alles Sir Francis zu Ehren.

Norton unterhielt sich leise mit Jack, der kein Auge von der Schlafenden ließ. »Dummkopf auch recht sorgenreich«, murmelte er. »Tantchen ihr Herz nich so gut, wenn sie Mist riecht. Aber ich pass' auf ihr auf. Streu' Reiskorn, Erdnuß und Cassava-Frucht vor sie ihr Haus. Versöhnt Geister und schützt vor Tod und Telefon.«

»Das tun Sie nur, mein Freund.« Norton konnte sich andere Maßnahmen gegen Tod und unerwünschte Telefonanrufe vorstellen, aber er war nicht auf Haiti aufgewachsen. Wenn Jacks Maßnahmen die kleine Dame beruhigten, sollte es ihm recht sein.

Es war zu spät zum Ausgehen geworden. Norton legte das Amulett in seinen Schreibtisch. Er würde es natürlich bei seinem geplanten Besuch auf der Plantage tragen. Hoffentlich rutschte er nicht auf den Opfergaben vor der Türschwelle aus.

Im Schreibtisch lag immer noch ein ungeöffneter Brief von Miss Finch. Was tat sie gegen böse Geister in Chelsea? Sie würde den Rat ihrer Wahrsagerin einholen. Wo war der Unterschied?

»Herzlichen Dank auch für die herrliche Ansichtskarte, Sir Francis! Meine Mutter sagt, Comfort Island muß ein Paradies sein und warum Sie mich nicht mitgenommen hätten. Typisch meine Mum. Ich fürchte, wir hätten ein Argument für Paradiese – vom Garten Eden bis zu Ihrer Insel. Schließlich sagte ich: ›Was weißt du davon, Mum. Mit Dad und seinem ewigen Fußball und den feuchten Wänden und den Mottenkugeln in jedem Schrank?‹ Mum kochte Tee und sagte nichts. – Ich kaufte eine neue Salatschüssel und ließ die Küchenmesser schleifen und malte die Bodenwand trotz meiner Rückenschmerzen. Ich hoffe, es ist Ihnen recht. Ich meine: die Salatschüssel. Leider fiel mir unsere alte aus der Hand. Ich weiß, Sir Francis! Sie werden nicht erlauben, daß ich die neue Schüssel bezahle, weil Sie so großzügig sind. Aber ich habe Ersparnisse. Also: wie Sie meinen! Ich hatte mich über meine Schwester geärgert, weil sie – aber das interessiert Sie nicht! Außerdem: Je weniger man über diese Schwester sagt, desto besser. Familie ist eben Familie. Ich halte mich fern und weiß, warum.

Viel Spaß auf Ihrer Insel und ergebenen Gruß

Ihre Deborah Finch«

Norton gab den Brief zum Amulett, weil die beiden Welten Kontakt aufnehmen sollten. Bei ihm sah es ziemlich kläglich damit aus. War er zu kritisch? War seine Wertskala zu konservativ für die bestürzenden Veränderungen? Oder hatte er sich etwa Illusionen gemacht, etwas, was er bei seiner Frau häufig beanstandet hatte. Über ihn hatte Margaret sich nur in den Flitterwochen Illusionen gemacht. Sie träumte von Frognal . . . Albern! Er schien hier auch albern zu werden – denn er hatte vorgestern vom Londoner Regen geträumt und hatte es herrlich gefunden. Natürlich war tropische Sonne etwas eintönig, wenn auch eine Gottesgabe für Leute, die, wie er, mit Regenschirm geboren wurden. Was Margaret wohl zu der Unabhängigkeit der Insel gesagt hätte? Nichts – wie üblich. Eine Unterhaltung mit ihr war Schwerarbeit gewesen, und natürlich hatte er seine Bemühung in den letzten Jahren aufgegeben. Lähmende Abende! Ihre Apathie hätte ihn wahnsinnig machen können, wenn er sich nicht so eisern beherrscht hätte. Er mußte nach diesem schönen Nachmittag mit Tantchen und Jack wirklich aufpassen, daß Margaret ihm nicht schon wieder die Stimmung ruinierte. In London war sie machtlos. Wohl, weil sie nie richtig dort gelebt hatten. Nur alle paar Jahre ein Besuch. Nie zusammen. Es war ihr recht gewesen – wenigstens hatte sie nie den Wunsch geäußert, ihn nach London zu begleiten. Oder nach Trinidad. Wieso war es ihm nicht aufgefallen, wie konsequent Margaret seine Gesellschaft gemieden hatte? Weil sie nichts mehr für ihn übrig hatte und er es einfach nicht glauben konnte. So mußte es gewesen sein. Er war nicht jemand, der überschwengliche Liebe erwartete. Das wäre lästig gewesen. Aber etwas Zuneigung, etwas Anerkennung für alles, was er trotz ihres Benehmens für sie getan hatte. Er brauchte nur an Tantchen Samedi und den guten klugen »Dummkopf« zu denken. Einfache Leute schließlich – aber wie herzlich, wie liebevoll in Wort und Tat! Etwas Zuneigung brauchte er wohl doch, dachte er, allein auf seiner Hotelveranda. Ein Minimum, Margaret! Es gab doch Freundschafts-Ehen. Aber Margaret hatte aus einer Liebesheirat eine Feindschaftsehe gemacht. Er sprang auf und goß sich einen Whisky ein. Hol' sie der Teufel! Nun, er hatte sie geholt.

Sein Zorn munterte ihn auf – eine Befreiung! Er hielt für gewöhnlich seine Gefühle unter Verschluß. Nicht nur, weil er in diesem Punkt so erzogen worden war, sondern weil er zum stoischen Ertragen aller Widrigkeiten neigte. Dazu kam sein Mißtrauen gegen alles, was offen zur Schau getragen wurde. Ob er mit einer anderen Frau angenehmer geworden wäre? Um Himmels willen! Dann hätten die Leute ihm die Bude eingerannt. Er war mit seinen wenigen Freunden zufrieden. Weder Bartlett noch Drury und schon gar nicht Delphine oder Jack, ganz zu schweigen von Professor Lü in seinem chinesischen Palast fanden ihn kalt, maliziös, egozentrisch. Er mußte es sich endlich klarmachen: Margaret hatte ihn gehaßt. Ein starkes Wort, aber so war es gewesen. Als ob er sie verurteilt hätte – wie jenen Rauschgifthändler und Calypsosänger in der Bar! Sonny Jones mußte ihn wohl so seltsam angerufen haben. Sah ihm ähnlich. Aber Mr. Jones hatte nicht angerufen, auch wenn Norton es annahm. Eine finstere Angelegenheit. Hatte Tantchen Samedi die psychische Dunkelheit um ihn herum in ihrem Trancezustand wahrgenommen? Wußte sie, daß er anonyme Anrufe ignorierte? Witterte sie in solchem Zustand Gefahr und Bedrohung, weil unheimliche Visionen sie überfielen und die Vernunft einen demütigen Tod starb?

»Was kann ich für ihn tun?« fragte Tantchen in diesem Augenblick auf ihrer Kokosplantage vor den Toren der Stadt, während Norton vergnügt mit Drury telefonierte, der vor der Zeit zurückgeeilt war. Morgen würden sie den ganzen Tag für sich haben. Robin hatte Grippe und mußte ruhen. Doktors Befehl in Caracas. Norton war so aufgemuntert, daß er tatsächlich den ominösen Telefonanruf vergessen hatte. Nein, Tantchen konnte nichts für ihn tun! Sie fragte Jack, ob Sir Francis wohl das Amulett tragen würde.

»Sicher, sicher«, murmelte Jack barmherzig. Sir Francis war leicht eigensinnig, wenn es sich um die machtvollen Geister handelte.

Sie tranken ihren Rum in tiefem Schweigen. Dann flüsterte

Delphine mit geschlossenen Augen: »Kein Messerstich für ihn. Kein Blut. Kein Tod aus Hinterhalt. Viel schlimmer.«

Sie stieß einen schwachen Schrei aus. Jack bat sie, schlafen zu gehen. »Du zu-zu müde von Besuch bei Sir Francis.«

»Ich zu-zu wach, Dummkopf!« Tränen liefen über ihr kleines, verwittertes Gesicht. Der Riese kniete neben ihrem Korbsessel und wischte ihr die Tränen ab. »Husch«, murmelte er wie zu einem Kind.

»Er ahnt nix, hörst du?«

»Is auch ganz gut, Tantchen! Böse Geister rennen schnell weg, wenn Houngan kommt, hörst du?«

»Kommt er morgen?«

»Houngan, der Voodoo-Priester, kommt morgen. Alles fertig. Opfergaben und Weihrauch für Sir Francis. Wird alles gut, hörst du?«

In diesem Augenblick beschloß Norton, den Karneval auf Comfort Island mit Robin Drury und Molly Clarke zu feiern. Wo Robin dieser Tage war, da war Molly. Falls Robins Ehefrau auftauchen sollte, was ging Mary Ann ihn, Francis Norton, an? Sie würde wohl zu spät zum »Jump-up« kommen. Wie immer. Norton wußte, er würde die Insel nicht mehr besuchen – er hatte bereits genug gesehen und gehört. Margaret hatte den Karneval allein auf ihrer Veranda gefeiert. Aber Norton wußte nun, nach ihrer Affäre in Frognal nicht mehr, ob sie immer allein gewesen war. Was ging es ihn an? Margarets Vergnügungen trugen stets einen Trauerflor.

Es klopfte. Ein Kellner brachte eine Visitenkarte. Mr. Zninga Obade. Zentralkomitee. Außenministerium. Dominica. Comfort Island.

Wer war Mr. Obade? Was wollte er? Warum kümmerte sich eine politische Behörde um einen Touristen wie Norton?

Norton preßte seine Lippen zusammen. Das wurde ja immer netter. Ein bedrohliches Licht flirrte in seinen Augen, als er die Visitenkarte wie die Akte eines Verbrechers studierte. Wenn jemand hier den wilden Mann spielen wollte, Richter Norton war gerüstet. Sein schmaler, vorgestreckter Kopf ähnelte einem Fuchskopf. Er sah drohend drein, als er anordnete, den Besucher in seinen Wohnsalon zu führen. Er kämmte sein Haar, kühlte seine Schläfen mit Eiswasser aus der Thermoskanne und erwartete dann den Besucher in seinem Wohnzimmer.

Ein großer, breitschultriger Afrokaribe in wallenden, weißen Gewändern betrat langsam und feierlich den eleganten Raum. Er trug eine wilde, hohe Lockenfrisur, die von einem silbernen Stirnband in Schach gehalten wurde. Die Locken dehnten sich wie Schlangen nach allen Seiten und gaben Mr. Obades Kopf das Format eines Doppelkopfes. Eine hohe, gewölbte Stirn. Lange, glitzernde Ketten landeten in einer Brokatschärpe über den Hüften. Mr. Obade wirkte wie eine Kultfigur mit glänzenden, melancholischen Augen und vollen, sinnlichen Lippen. Norton kannte diese Augen, diese Lippen, diese gewölbte Stirn.

»Sind Sie es?«

»Ja und nein. Willkommen auf Comfort Island, Sir Francis!«

Zweites Kapitel

Mann mit Januskopf

> Der Gott Janus hatte zwei Gesichter, die in entgegengesetzte Richtungen blickten.
>
> Zninga Obade (alias Alan Walker)

Sir Francis war nie der Liebenswürdigste gewesen, aber bei diesem Wiedersehen übertraf er sich selbst. Er behandelte mich wie einen wildfremden Besucher, er blickte unentwegt von der Veranda in den Hotelgarten, als ob er niemals Tropenblumen gesehen hätte. Ich unterdrückte den schrillen Ton, den er in der Kolonialzeit als »afrikanisches Kichern« bezeichnet hatte. Gegen meinen Willen, trotz meiner Position im Außenministerium flößte er mir den alten Respekt ein. Dabei war er ein gefallener Gott. Natürlich schüchterte er mich nicht total ein – der unterdrückte Alan Walker in mir erhob wieder sein englisches Haupt.

Übrigens nannte er mich weder jetzt noch später mit meinem afrikanischen Mutternamen, sondern schlicht und etwas feindselig »Walker«. Er fragte weder nach meiner Mutter noch nach Onkel Jason dem Propheten, dessen Sohn, Jason der Jüngere, ihm gegen Ende der Kolonialzeit nach Venezuela entwischt war. Ob unabhängig oder nicht, meine Familie interessierte ihn nicht. Früher hatte er meiner Mutter zwei Pflichtbesuche pro Jahr abgestattet und war so taktvoll gewesen, daß es mir weh getan hatte.

Ich verdanke ihm alles. Ohne ihn hätte ich auch heute keine Karriere machen können. Er zwang mich zum Lernen, zum Aufpassen, zum Schulbesuch. Nicht, weil er mich besonders gern hatte, sondern weil ich einen englischen Vater besaß, der Mamma und mich verließ, als ich fünf Jahre alt war. Nicht, daß Francis Norton Mitleid mit mir hatte, er wußte nicht, was das ist, sondern weil ich ein halbenglischer, verlassener Sohn in seiner Musterkolonie war. Er begann mit seiner Weißwäscherei kurz nach der

Flucht meines Vaters. Walker senior habe wichtige Architekturpläne in England. Er würde, sobald es ginge, nach Comfort Island zurückkommen. Niemand auf der Insel glaubte eine Silbe dieses rührenden Märchens – am wenigsten Sir Francis. London war Jahrzehnte ohne meinen Vater ausgekommen. Aber er schien Geld zu verdienen. Sir Francis zwang ihn, alle Ausgaben für meine Erziehung und eine Summe für meine – unverheiratete – Mutter zu schicken, und zwar jeden Monat. Norton muß der weiße Rabe zwischen Comfort Island und England gewesen sein, der Walker senior zur Erfüllung seiner moralischen Pflicht anhielt. Dad war ein Spieler gewesen, lustig, sorglos. Mit solchen Exemplaren wurde Sir Francis im Handumdrehen fertig. Warum fiel es mir so schwer, ihm dankbar zu sein? Oder sind alle Wohltäter unbeliebt? Als junger Mann wünschte ich glühend, daß Sir Francis etwas weniger ehrenhaft und pflichttreu und dafür eine Spur wärmer und fehlerhafter gewesen wäre. Aber das war wohl, was er als »Walkers Unsinn« bezeichnete.

Sein Verstand war messerscharf. »Denke etwas häufiger und träume etwas weniger«, ermahnte er mich regelmäßig. »Und singe nicht schon wieder beim Sprechen, Junge! Sprich tonlos. Ein Wort ist so wichtig oder unwichtig wie das andere. Sollen sie in England über dich lachen?«

»Wann darf ich meinen Vater besuchen?«

»Das bleibt abzuwarten. Frage nicht soviel!« Ich dachte darüber nach, ob Fragen in England verboten wären. Mamma fragte jeden zehn Fragen in zehn Sekunden, und niemand im Dorf gab ihr deswegen eine Abfuhr. Da wäre man gut bei ihr angekommen! Sie war von Natur eine liebende Furie.

Ist es zu fassen? Ich freute mich, als ich Sir Francis im Hotel Fidel Castro wiedersah. Er hatte sich kaum verändert. Trotzdem sah er älter aus. Und neue Linien der Bitterkeit hatten sich in sein feines, knochiges Gesicht eingezeichnet. Hatte er mehr verloren, als ich geahnt hatte? Hatte er die Kolonie mehr als jedes lebende Wesen geliebt, falls er eben doch fühlen konnte? Er hatte einmal über Afro-Kariben zu Bartlett gesagt, daß sie nur Gefühl *und*

Reisstroh im Kopf hätten. Als ich das Zimmer mit einem Aktenbündel so leise betrat, daß er mich nicht hörte, hatte er sich ärgerlich geräuspert. Er hatte mein schüchternes Anklopfen nicht gehört. »Hallo, Walker! Womit kommen Sie angeschlichen?«

Nach meinem achtzehnten Geburtstag nannte er mich »Walker«. Bei besonderen und seltenen Gelegenheiten »Alan«. Das machte mich reicher als seine großzügigsten Oster-, Weihnachts- und Geburtstagsgaben und Schecks. Er schenkte gern und mit besonderem Geschmack. Immer Dinge, die man sich wünschte, sich aber nie leisten konnte. Also mußte er doch gelegentlich über mich, der so tief unter ihm stand und nicht wirklich »mitzählte«, nachdenken. Mamma warf ihm Gefühllosigkeit und Hochmut vor. Sie konnte entweder lieben oder hassen. Sie haßte meinen Wohltäter und brummte bei seinen Besuchen zu Ostern und Weihnachten. Auch für Jason den Propheten war immer ein passendes Geschenk dabei, während Sir Francis seinen Sohn, Jason den Jüngeren, »ohne feste Adresse«, ignorierte. Richter Norton konnte nicht gut jemanden beschenken, der schon zweimal im Jugendgefängnis gesessen hatte und zu allen Feiertagen auf Reisen war. Einmal und nicht wieder hatte mein Vetter Jason einen Einbruch in Nortons Villa versucht. Da Richter Norton auch im Rükken Augen zu haben schien, hatten Jason und seine Komplizen die Flucht ergriffen. Ob Norton ihn erkannt hatte? Wahrscheinlich. Ich war außer mir gewesen. Aber er sagte mir kurz vor seinem Weihnachtsbesuch, niemand sei für seine Verwandten verantwortlich. Er schien keine zu besitzen. Oder sie besuchten ihn niemals. War Lady Norton daran schuld. Er beleidigte niemanden, und er war gerecht. Nicht einmal die Angeklagten warfen ihm Ungerechtigkeit vor, nur seinen Mangel an Mitleid. Einmal sprach ich über diesen Mangel mit Pater Griffith, der mich getauft hatte. Er riet mir, nicht zu richten, damit ich nicht gerichtet werde. Sicherlich ein guter Rat, der leider bei meiner Mutter auf steinigen Boden fiel.

Wie oft hatte ich sie gebeten, Sir Francis etwas höflicher zu empfangen, da er uns nur zweimal im Jahr heimsuchte. Es konnte kein Vergnügen für ihn gewesen sein, aber er betrachtete diese Besuche als seine Pflicht. Mamma rümpfte die Nase über meine Versuche, Sir Francis einen netten Nachmittag zu verschaffen. Einige Tage vor seinem Besuch scheuerten Onkel Jason und ich das ganze kleine Holzhaus vom Dach bis zur Veranda, als ob der hohe Besucher uns aufs Dach steigen wollte. Onkel Jason half Mamma beim Kuchenbacken und beim Rösten der Fische. Und ich backte seine Lieblingssorte, heißer Reiskuchen mit Sirup. Sir Francis besaß wider Erwarten einen »süßen Zahn«.

Mamma, die mir Ruhe, Schutz und Gelassenheit gab, als ob ich unter einer Fächerpalme im sanften Wind ruhte, verzog ihr rundes, fröhliches Kindergesicht zu einer grimmigen Maske, als Sir Francis die wacklige Treppe zu unserer kleinen Veranda heraufstieg. Er war so groß, daß er mit dem Kopf an die Küchendecke gestoßen wäre, und Mamma nahm ihm auch das übel. Ihre Gäste saßen am liebsten bei ihr in der Küche.

Sir Francis war zweifellos ein Mann mit vielen Talenten. Eines war die Fähigkeit, ausgesprochenes Unbehagen zu verbreiten, worin seine Ehefrau ihn noch übertraf. Natürlich begleitete Lady Norton ihn nie in unser Dorf. Nichts auf der Welt hätte sie dorthin gelockt.

Sir Francis war bei diesen Pflichtbesuchen trotz einer mürrischen, in der Küche beschäftigten Gastgeberin, einem angstvollen Schuljungen und Jason dem Propheten, der ihm das nahe Ende aller Kolonien in El Caribe jahrelang prophezeit hatte, bester Laune. Er war sogar liebenswürdig. Er konnte eben alles, was er sich vornahm. Als ich einmal die Löffel für die Teetassen vergessen hatte, ging er vergnügt in die Küche und holte sie aus der Schublade des Küchenschranks. Mamma wärmte seine Reiskuchen auf dem kleinen Herd und drehte ihm den breiten Rücken zu. Als er mit den Löffeln zurückkehrte, verbiß ich mir die Jungentränen, so gut es ging. Diese Schande! Aber einmal in tausend Lichtjahren war Sir Francis barmherzig und ignorierte mich vollkommen. Er sprach mit Onkel Jason über die Tabakplantage, wo er beschäftigt war. Norton wußte mehr über Anpflanzung und Bearbeitung des

Tabaks, als ich je im Leben wissen werde. Das hätte auch für Kakao, Reis und die übrige Landwirtschaft gegolten. Mamma sagte später: »Geht ihm einen Scheißdreck an, hörst du?« Gerechtigkeit war nicht ihre Sache.

Noch schrecklicher als diese Besuche waren meine Sonntage in der Villa Norton. Allerdings zügelte Sir Francis seine schlechte Laune, die ihn stets in Gesellschaft seiner Frau überfiel. Es war, als ob der Obeah-Mann, den Mamma fürchtete, sich in dieses Haus gewagt hätte, um Unheil und Verderbnis zu stiften. Sir Francis war furchterregender als jeder karibische Poltergeist oder Dämon. Er ignorierte seine Gattin, soweit die Höflichkeit es erlaubte, überhörte ihre seltenen Beiträge zur Unterhaltung und sprach mit mir über meine Schularbeiten, für die ich niemals Beifall erntete. Ich hätte gern über Robinson Crusoe, den Helden meiner Knabenjahre, mit ihm gesprochen, aber Sir Francis eröffnete mir, daß ich bei meinem Mangel an Konzentration keine Lorbeeren in England ernten würde, und wann ich endlich dem Namen Walker Ehre machen wollte.

Während seiner Moralpredigt hatte ich ein auf Pappe gemaltes Wandbild im Wohnraum hinter der Veranda angestarrt. Mein Cousin, Jason der Jüngere, hatte es gemalt und für uns rahmen lassen, bevor er in diesem Advent aus dem Familienkreis verschwand. Vielleicht war er ein großer Künstler, vielleicht ein hoffnungsloser Schmierfink. Die grellbunte, längliche Collage zeigte eine Reihe schwarzer Gesichter in Frohsinn und Schwermut, in einer Ekstase von Wut und Entzückung, die Sir Francis als »schwarzen Unsinn« bezeichnet hätte. Natürlich in höflichem Schweigen. Onkel Jason sprach seitdem von seinem Sohn, »dem großen Maler«, während ich wußte, daß Sir Francis ein preisgekröntes Gemälde von ihm selbst oder seinem nicht vorhandenen Sohn als »gemischtes Gemüse« oder »kleinen Versuch« bezeichnet hätte. Auf Mammas Veranda trafen bei Tee und Reiskuchen zweimal jährlich unversöhnliche Gefühlswelten aufeinander. Übrigens waren das Haus und die Veranda von Onkel Jason, der uns nach der Flucht meines Vaters selbstverständlich beherbergt und gefüttert hatte. Was Familienzusammenhalt anbelangt, hätte das Ehepaar Norton noch etwas von Mamma und der Familie Obade lernen können. Ich hatte zufällig herausbekommen, daß mein Onkel seinem Sohn Geld schickte, wann immer Jason der Jüngere sich unsichtbar machte. Onkel Jason schnitzte nach der Arbeit kleine Figuren und Tiere, die er in der Stadt durch einen Freund gut verkaufen ließ. Vielleicht war sein Sohn wirklich ein Maler?

Als Sir Francis mir wieder einmal mit den Ansprüchen einer englischen Lehranstalt kam, packte mich afrikanische Wut. Ich warf ihm mein Rechenheft vor die Füße und schrie: »Ich bin afrikanischer Junge, hören Sie?«

»Spare dir das ›Hören Sie‹. Man fragt in England nicht jeden, ob er schwerhörig ist. Hebe sofort dein Heft auf und entschuldige dich.« Ich murmelte wild schluchzend eine unverständliche Entschuldigung. »Übrigens heißt es: ›Ein afrikanischer Junge.‹ Hast du vergessen, daß du einen englischen Vater hast?«

»Sie sind mein Vater.«

Sir Francis ließ diese Anschuldigung auf sich beruhen.

»Wasche dir dein Gesicht und komme zum Essen, Junge!«

Leider war es immer Sonntag, wenn mein Wohltäter meine Schulhefte inspizierte und mich anschließend zum Lunch mit ihm und Lady Norton verurteilte. Hätte er mich laufenlassen, wenn ich fleißiger und konzentrierter gearbeitet hätte? Nicht anzunehmen. Er hielt es für seine Pflicht, immer wieder auf mein englisches Erbteil zu pochen. Nie war ein solcher Versuch glanzvoller unternommen worden und kläglicher gescheitert. Aber da hatte wohl die Weltgeschichte ihr Wort mitgesprochen. Ich wollte nicht auf eine englische Schule in London, weil ich ein Muttersöhnchen war. Und die Kolonie lag bereits in Agonie, als ich das Alter für die letzten Schuljahre und anschließende Universität erreichte. Sir Francis war zu klug und hatte Jason dem Propheten wohl zu aufmerksam zugehört. Oder er ahnte, daß Mamma mich nie gehen lassen würde, selbst wenn es zu meinem Besten gewesen wäre, wovon Sir Francis noch heute überzeugt ist. Ich spüre es. Er würde es nie äußern. Nun, wo Kolonien in El Caribe Legende sind.

Die Mahlzeiten im Hause Norton sind nun auch Legende. Lady Norton ist tot, und Sir Francis ist Gast im Hotel Fidel Castro.

Als Junge war ich zu naiv und verängstigt, um die Atmosphäre im Hause Norton als das zu sehen, was sie war: eine Tragödie für beide Teile. Und die Nortons besaßen nicht das karibische Genie, um eine Tragödie ins Tragikomische zu wenden. Mamma lachte und scherzte mit Onkel Jason, als ob sie keine verlassene Frau und Mutter wäre und der Prophet keinen Dieb zum Sohn hätte. Hätte Sir Francis geahnt, was die heitere Maske dieser beiden kostete, er hätte sie wahrscheinlich bewundert. Aber er glaubte, wie andere weiße Inselfreunde, das Märchen von der kindlichen Sorglosigkeit der Afro-Kariben.

Warum ich die Sonntagsmahlzeit bei den Nortons so schlecht vergessen kann, daß ich heute noch aus Schreckträumen auffahre, ist mir nicht klar.

Ob die »steife Oberlippe«, die Sir Francis bewahrte, seine Frau in eine Art von Versteinerung trieb, weiß ich nicht. Aber vielleicht wäre ein lauter Zank, wie Mamma und Onkel Jason es hielten, eine Erlösung gewesen? Ich weiß es nicht. Ich würgte an den Speisen, während meine Gastgeber entweder schwiegen oder eine essigsaure Bemerkung machten. Sie hatten nicht einmal Freude an einem gut gezielten, vergifteten Pfeil. Diese wundervollen Manieren machten alles noch schlimmer.

Sie ähnelte wirklich einer Statue. Nicht nur, daß sie auf keine witzige oder scharfsinnige Bemerkung reagierte, sie schloß zuweilen die Augen in unsagbarer Ermüdung. Daheim erzählte sie von einer Freundin, die Sir Francis »in der Residenz« aufgefischt hätte und daß er seiner Frau kaum einen Abend in der Woche Gesellschaft leistete. Nun aber – was sollte er wohl mit einer Statue reden?

Da schweigend eingenommene Mahlzeiten in meiner Familie unbekannt waren, versuchte ich, ein verwirrter, angstvoller kleiner Zaunkönig, meine Gastgeber zu unterhalten. Ich erzählte unseren Dorfklatsch über Madame Morand aus Haiti, die einen Landsmann mit Voodoo behext hätte.

»Purer Unsinn, mein Junge«, sagte Sir Francis nachsichtig wie selten. Wenigstens schien er meine Bemühung bemerkt zu haben.

»Iß dein Gemüse, Alan«, sagte Lady Norton.

Zu seinem Geburtstag im Oktober lud Sir Francis stets eine Menge Gäste ein. Ich wurde mit einigen Kindern seiner Freunde immer dazu eingeladen und schlief dann die Nacht in einem der Gastzimmer, die so schön eingerichtet waren, daß ich kaum wagte, in dem Bett zu ruhen. Zu meinem zwölften Geburtstag war ich von Sir Francis herrlich beschenkt worden. Er hatte sogar zum Tee einige Kinder eingeladen, die mich nicht kannten und kein Wort mit mir sprachen. Nicht aus Hochmut, wie ich heute weiß. Sie waren genauso scheu wie ich. Ich dachte, meine dunkle Haut wäre ihnen unangenehm, die vollen Lippen, die runden, glühenden Augen. Nachts heulte ich in die gestickten Kissen so ungeniert wie daheim bei Mamma. Leider heulte ich so laut, daß Sir Francis in seinem chinesischen Hausrock erschien. Ich war so erschrocken, daß mir der Schrei in der Kehle steckenblieb. Er fragte nicht viel. Hinter ihm stand sein Koch mit einem Becher heißer Schokolade und einem finsteren Gesicht, denn er mußte mein Lieblingsgetränk servieren. Der Koch fluchte so leise, daß man nichts verstand. Das heißt: Ich hatte kein Wort verstanden. Sir Francis hatte längst bei Professor Lü chinesisch gelernt und studierte bei ihm die altchinesischen Philosophen. Nur zum Spaß. Selbst Mr. Drury, sein bester Freund, schüttelte über diese Vergnügungen den Kopf. Aber das Kopfschütteln von Freunden machte nie Eindruck auf Norton, und er ließ sich nicht so weit herab, einen Grund für seine Liebhabereien zu verraten. Das galt auch für Damen, an denen er mehr Geschmack als an Lady Norton fand. So grün ich war, ich konnte das verstehen.

Ob Margaret Norton jemals nett und normal gewesen war?

Ich fand es selbst ziemlich merkwürdig, daß sie mir Schuldgefühle einflößte, weil ich mich kein bißchen um sie bemühte. Nicht einmal ein Lächeln wollte ich ihr abringen. In einer absurden Beziehung ähnelte ihre Situation meiner eigenen. Sie gehörte nicht

»dazu«, obwohl Sir Francis auch gesellschaftlich an der Spitze der Kolonie stand. Wie ich konnte sie sich nicht anpassen. Sie hatte keine Freundin. Wenigstens sah ich nie eine Kolonialdame in dem großen, leeren Haus. Höchstens diese Mary Ann Brown, die Sekretärin ihres Mannes, die später Mr. Drury heiratete. Aber Mrs. Drury war keine Dame.

Wann immer Miss Brown aus Camden Town, wie die Snobs der Kolonie sie nannten, sich bei Lady Norton über die »Grausamkeit« des Chefs beklagte, ob ich dabei war und auf Sir Francis wartete oder nicht, zeigte Lady Norton ihr dieselbe unbewegte, schläfrige Gleichgültigkeit, die sie mir zeigte. Sie reagierte wie ein Automat. Einmal fragte ich sie, ob sie gehört habe, was ich ihr erzählte. Ich war ein dreister Angsthase. Sir Francis war noch in seinem Klub, und wir warteten mit dem Sonntagsmahl auf ihn. Sie riß die Augen auf, schöne, irgendwie erstaunte Augen, und murmelte: »Sei nicht garstig, Junge! Ist es so wichtig, was du sagst?«

»Meine Mutter findet es.«

Lady Norton schloß die Augen. Fürchtete sie, ich würde ihr den Lebenslauf meiner Mamma erzählen? Ich preßte meine Lippen zornig zusammen, und sie saß stumm in ihrem Korbsessel und spielte scheintot. Sir Francis erschien und fragte, ob hier eine Leichenfeier stattfände.

Er sah mich scharf an, bemerkte wahrscheinlich meine vor unterdrückter Wut geröteten Augen und sagte, es gäbe wenig, was ein nettes Roastbeef nicht in Ordnung bringen könnte. Er läutete die silberne viktorianische Glocke auf dem Tisch und erklärte, er habe großen Hunger – eine Mitteilung, die Lady Norton unbeeindruckt ließ.

»Du bist eine halbe Stunde zu spät, mein Lieber!«

»Deswegen habe ich Hunger, meine Liebe!«

Er sprach beleidigend langsam und deutlich – wie zu einem Kind –, und Lady Norton klingelte Sturm. War er ein Haustyrann? Das Essen verlief ohne Gespräche. Das Roastbeef war zu sehr durchgebraten, und Feinschmecker Norton runzelte die Stirn. Sagte Lady

Norton: Deine Schuld, wenn du so spät kommst!, sagte sie: Ich hasse dich?

In diesem Haus hörte ich Geisterstimmen. Walkers Unsinn?

»Ich hoffe, du kennst deine Pflichten, Junge!«

»Ja, Sir.«

»Bedauerlich, wie schlecht du in Mathematik bist.«

»Ich kann es eben nicht.«

»Man kann alles, was man will.«

»Iß deinen Pudding, Junge«, sagte Lady Norton. »Siehst du nicht, daß alle aufgegessen haben?«

»Laß ihn in Ruhe essen, Margaret! Na also! Er hat sich verschluckt.« Ich hustete absichtlich, bis mir die Tränen kamen, damit Lady Norton sich schuldig fühlte. Aber sie schien zu schlafen. Es schien fast unmöglich, in Gegenwart von Sir Francis zu dösen, aber sie brachte es fertig. Nicht, daß er sie besonders sanft aus ihrer Trance riß! Aber er wahrte immer einen Rest von Höflichkeit, den meine Mutter als verdammte Heuchelei bezeichnete. Ich schrie jetzt wie am Spieß.

»Das genügt«, sagte Sir Francis und gab mir einen scharfen Blick. Man konnte ihn nicht täuschen. Mir blieb vor Schreck der Atem weg. Ich wußte doch, daß er Szenen verabscheute. Selbst Lady Norton, die sich darauf verstand, überlegte offenbar dreimal, bevor sie loslegte. Ich sah es daran, daß sie den Mund öffnete und wieder schloß. Wie ein »stummer« Fisch. Aber sie fächelte sich so wild, als ob sie uns fortwedeln könnte. Sie war gegen ihn so machtlos wie ich. Neuerdings trug sie eine Brille, dir ihr nicht stand und sie vorzeitig alt machte. Als Norton ihr das sagte, zuckte sie nur die Achseln. Ihre Fassade schien ihr gleichgültig zu sein. Dreißig Jahre mehr oder weniger spielten offenbar keine Rolle. Jetzt wirkte sie wie eine bebrillte Eule. Dabei war sie nicht häßlich. Aber ihr feines, blasses Gesicht war leblos. Ich war zu jung, um zu wissen, daß permanentes Unglück stumm macht. Ich meine die weißen Leute. Mamma heulte und schrie und wurde immer lebendiger, je unglücklicher sie über meinen Vater war. Sie hatte Gründe, das mußte selbst Norton ihr lassen.

Nach dem Mittagessen nahm er mich in sein Studierzimmer. Ein böses Zeichen? Was hatte ich außer dem Heulen verbrochen? Doch diesmal war mein Vater dran.

Er hatte geheiratet. Dieses Mal legal. Seine Braut war doppelt so jung wie er, hatte seine Sekretärin gespielt und hieß Betty. Ihr Hund hieß Twinkle, was mein Vater meinem Wohltäter offenbar als wichtige Einzelheit mitgeteilt hatte. Betty und Twinkle lebten in Südwest-London. Ob sie außer ihrem Terrier noch etwas in die Ehe brachte, verriet Sir Francis nicht.

Ich weinte nicht. Ich starrte ihn an. Seine harte, nüchterne Stimme tat mir zum ersten Mal wohl. Er versicherte mir, daß meine Erziehung fortschreite und daß meine Mutter ebenfalls weiter ihre Unterstützung aus London erhalten würde. Er brauchte mir nicht zu sagen, daß er dafür sorge. Dad war lustig und gewissenlos. Mit solchen »Kunden« wurde Sir Francis mühelos fertig. Er ließ Kaffee für sich und Milch und Kuchen für mich bringen. Ich brachte keinen Bissen herunter. Ich war noch keine vierzehn, und plötzlich war ich Mammas Beschützer. Mein Vater hatte die beste Frau auf der Welt gehabt. Wenn auch mit Begleitmusik, Mamma war die Güte in Person. Eine bescheidene, opferwillige Güte, die wohl im Wesen afrikanisch war. Der Gedanke an sie schnürte mir die Kehle zu. Sir Francis ließ den frischen Kuchen für zu Hause einpacken. Auch das hatte ich ihm nicht zugetraut. Ich spürte dunkel, daß er auf Mammas Seite war – ob sie ihm mißfiel oder nicht. »Es kommt alles in Ordnung, Alan!« Er sagte: »Alan.«

Aber an diesem Nachmittag war meine Kindheit zu Ende. Ich fragte nämlich weder in dieser Stunde noch später, wann ich Dad in London besuchen dürfte. Was sollten Betty und Twinkle mit mir reden?

Betty und Twinkle wohnten nicht im vornehmen London W. 1, sondern bescheidener im Südwesten, wo Twinkle in Wandsworth Common herumtollte. Warum mein Vater das erwähnenswert fand, weiß ich nicht. Aber Norton wußte, ich liebe Hunde, und er wollte mich wohl aufheitern. Das hat er nie besonders gut verstanden, und als ich Twinkle herumtollen sah, traten mir Tränen in die Augen, die ich, wie jeder Schuljunge, wütend mit der Faust wegwischte. Ich hätte Twinkle nicht ungern kennengelernt.

Alfie, ein riesiger Afrikaner, erschien im richtigen Augenblick, um mich nach Haus und Sir Francis in seinen Klub zu fahren. Aber Norton fuhr mit mir zu meiner Mutter, um ihr die Bescherung beizubringen. Es mußte ihm keinen Spaß gemacht haben, und ich bewunderte ihn. Viel später erfuhr ich, daß sein eigener Sohn nach der Geburt gestorben war. Er wäre ein guter Vater gewesen, wenn auch ein schlechter Ehemann. Aber er war nicht sentimental genug, um mich auch nur sekundenlang als Stellvertreter eines Sohnes zu betrachten. Nicht wegen meiner Herkunft. Er war einer der wenigen, dem die Hautfarbe eines Burschen gleichgültig war – etwas, was seine Feinde nie zugegeben haben. Nur unter den Chinesen auf der Insel hatte er immer ergebene Freunde. Die gehen für ihn durchs Feuer. Wie Mr. Drury, der aber »seine Sorte« ist.

Ich war nicht dabei, als Norton meiner Mutter den Sachverhalt mitteilte. Onkel Jason und ich waren in meiner Schlafkammer. Unten auf der kleinen Veranda ging es unheimlich leise zu. »Stirbt sie?« fragte ich meinen Onkel. Aber er sagte, sie habe ihre Menschenwürde. Ich war stolz auf Mamma. Sie erlaubte mir nicht, sie zu bemitleiden, weder damals noch in diesen Tagen. Wir betrachteten Walker senior als gestorben. Ein zahlender Leichnam. Meine Mutter wollte die Zahlungen, bis auf mein Erziehungsgeld, ablehnen. Aber Sir Francis klärte sie über ihre moralischen Ansprüche auf. Er muß geduldig und freundlich gewesen sein, denn damals machte sie ihren sogenannten Frieden mit ihm. Sie bemühte sich, höflich zu sein. Er tat so viel für uns. Sie sah es endlich ein. Er zeigte ihr immer jene besonders betonte Freundlichkeit, die ein Gramm Herablassung, aber viel ehrliche Bemühung enthält.

Wir haben alle unsere Fehler. Warum sollte Norton vollkommen sein? Wenn er mich nur nicht so eingeschüchtert hätte! Sein messerscharfer, immer mißtrauischer Blick geht mir heute noch durch und durch.

Damals lud er mich immer zu besonderen Anlässen ein. Er

wußte, wie unglücklich ich mich bei diesen Parties fühlte, aber er sagte mir oft, Glück sei eine Illusion und werde von Leuten gewünscht, die der Wirklichkeit nicht ins Gesicht sehen wollen. Wie sollte ein Schuljunge ahnen, daß nur ein Unglücklicher, wenn auch unter angenehmsten Umständen, diese Auffassung hegen konnte? Norton war ein wundervoller Gastgeber. Er stieß mich vorsätzlich und wohlgesonnen in seine Welt.

»Und dies ist Walkers Junge!«

»Wie nett«, sagte Staatsanwalt Hurst.

»Wie geht's dem alten Walker.«

»Tadellos. Hat viel in London zu tun.«

Der Staatsanwalt, vor Gericht Nortons Widersacher und ein guter Freund im Privatleben, ignorierte meinen schwarzen Krauskopf und meine komische Hautfarbe. »Willst du auch Baumeister werden, mein Junge?«

»Ich geh' noch zur Schule, Sir!«

»Er wird so baumlang wie sein Vater«, sagte der Staatsanwalt zu Norton. Meine Zukunft interessierte ihn keine Bohne. Er hatte freundlich sein wollen, was ich ihm übelnahm. Ich war so stachlig wie ein Kaktus.

»Wann geht's denn nach England, mein Sohn?«

»Kommt Zeit, kommt Rat«, sagte Norton. »Beeile dich, Junge! Die Eiscreme kommt.«

Ich konnte entfliehen. An diesem Abend fand ich Nortons Gemeinplätze keineswegs blödsinnig. Er begann eine Unterhaltung, die auszurutschen drohte, konsequent zu ersticken. Vielleicht hatte Onkel Jason recht, wenn er sagte, ich könne viel von Sir Francis lernen.

Aber ich wollte nicht. Nicht damals, wo ich in der unbehaglichsten Gesellschaft im karibischen Inselreich lebte. Heute weiß ich, warum mir im Hause Norton vor jeder Unterhaltung graute. In der freundlichsten Weise sprachen jene Gäste nicht mit mir – sie ließen sich aus ihrer gesellschaftlichen Höhe zu mir herab.

Was hätte der Staatsanwalt zu Betty und Twinkle gesagt? Hätte er Dad bis nach Wandsworth Common verfolgt? Oder hätte er es schweigend gebilligt, daß mein Vater zu seiner Herde heimgekehrt war? Ich möchte kein Staatsanwalt sein. Mamma und ich waren kein Einzelfall. Die Dörfer wimmelten von verlassenen Ehefrauen und Mischlingskindern. Sie deprimierten mich. Ihre berechtigte Unzufriedenheit in der ›unbehaglichen Gesellschaft‹ waren ein mahnendes Echo meiner eigenen. Aber das wußte ich nicht, als ich ein Schuljunge war. Ich fühlte mich weiter als ›Walkers Junge‹, auch wenn mein Vater mich abgeschrieben hatte. Ich war so erbittert, daß ich ihm sechs Töchter und einen toten Sohn wünschte, was ich wohlweislich für mich behielt.

Leider lauschte ich als Junge an den Türen. Einmal sagte Norton zu Mr. Drury: »Es gibt keine Entschuldigung für Walker! Er hat Frau und Sohn. Es ist ein Skandal.«

Ich schlich in die Halle zurück, wo ich auf den Chauffeur wartete. An diesem Nachmittag kam ich fast dazu, Francis Norton zu verehren. Wann immer ich aus meinem Katechismus lernte, daß ein redlicher Mann, kein Rechtsprecher, dem Auge des Herrn ein Wohlgefallen sei, dachte ich an Norton. Allerdings hatte dieser redliche Mann eine Anzahl unangenehmer Eigenschaften. Dennoch.

»Kam Post von Walker?« fragte Onkel Jason.

Mama schüttelte den Kopf.

»Es ist ein Skandal«, piepste ich.

Nortons Geburtstag, kurz vor dem Karneval, gehörte zu den Ereignissen der Kolonie und wurde alljährlich groß gefeiert. Er war bereits ein Denkmal auf diesen unruhigen, nach Unabhängigkeit dürstenden Inseln, wohl wegen seiner unerschütterlichen Kühle und Autorität.

Untergrundbewegungen! Was Norton, dem wenig entging, davon merkte, weiß ich bis heute nicht. Die Trommeln des Aufruhrs waren noch leise und wurden damals für tote Sklaven geschlagen. Ich war »Walkers Junge« – eine schwarz-weiße Kreuzung zwischen einem nebelhaften England und afrikanischem Einwanderer-Erbgut. Allerdings war jeder auf diesen Inseln ›eingewandert‹, aber die Abenteurer des Westens hatten sich ihren Garten Eden durch mehrere Jahrhunderte in diesen felsigen Inseln gesichert. Meine afrikanischen Vorfahren waren als Sklaven auf Plantagen und in Fabriken unterm Joch gewesen. »Walkers Junge« besaß einen englischen kritischen Geist, der aber noch schlummerte und nichts ausrichten konnte. Ich ahnte dunkel, daß Resignation, wie Jason der Prophet sie zeigte und mir empfahl, der Todespfeil ins Herz der Freiheit ist. Jawohl, die mystischen Trommeln rührten sich bereits an Nortons Geburtstag, und die Fische tanzten.

Die Kolonie war versammelt. Wer fehlte, wurde nicht vermißt. Mein Vater beispielsweise oder Molly Clarkes afro-karibische Mutter. Im Gegensatz zu Mamma, die weder lesen noch schreiben konnte, war Mrs. Clarke wohlerzogene schwarze Oberschicht. Warum sie Nortons Einladung Jahr für Jahr abwies und auch Molly nicht gehen ließ, war ihre Sache. Mr. Clarke, Chefredakteur und eine Schlüsselfigur karibischer Politik, war immer anwesend und hielt meistens die Festrede für Sir Francis, wozu Robin Drury, der beste Freund des Hausherrn, zu träge oder zu betrunken war. Miss Brown aus Camden Town wurde nun eingeladen, weil Mr. Drury, der seinen Verstand ertränkt haben mußte, sie heiraten wollte. Wenn Sir Francis nicht gerade Geburtstag feierte, versuchte er, seinen lieben Drury von diesem Heiratsplan abzubringen. Ich lauschte begeistert . . .

»Du wirst es bereuen, Robin! Sie ist unmöglich.«

»Mir gefällt sie. Mein lieber Francis, du mußt mich schon heiraten lassen, wen ich will.«

»Selbstverständlich.« Kühl wie Londoner Novemberwetter kam das heraus, wie es mein Vater mir geschildert hatte. Er hatte das karibische Klima vorgezogen und würde nie nach London zurückgehen. Ich war ein Kind und glaubte ihm. Seitdem bin ich mißtrauisch, wenn Leute nie dieses oder jenes unternehmen wollen. »Worte sind Vögel. Kommen und gehen. Merk es dir, Abiku«, sagte Mamma nach der Flucht meines Vaters. Nie vorher hatte sie mich Akiku, Geisterkind, genannt. Ich saß wie ein Baby auf ihrem Schoß und heulte. Sie weinte nicht. Sie setzte mich aufs Bett und kochte Tee. Das Haus hatte mein Vater verkauft. Mamma bereitete nun unsern Umzug zu Onkel Jason vor. Er hatte stets ein böses Ende dieser Heirat prophezeit. Sein Ruf stieg beträchtlich im Dorf. Aber vielleicht brauchte man kein Prophet zu sein, um meinen Vater zu durchschauen. Mir fiel nach seiner Flucht nur auf, daß Sir Francis selten seine Rückkehr in Aussicht stellte. Er haßte Lügen. Auch Not- und Barmherzigkeitslügen, die meine Mutter aus ihrem geblümten Baumwollärmel schüttelte.

Wann immer Sir Francis Geburtstag feierte, schickte Mamma ihm Rumkuchen, den er besonders gern aß. Der Kuchen war ein grandioser Bau, den Nortons Chauffeur wie eine Monstranz zum Büfett trug. Jeder bestaunte das Kunstwerk, und ich war immer stolz.

Dieses Mal hatte ich eine Überraschung für Sir Francis und seine vielen Gäste vorbereitet. Ich war nun dreizehn und wollte meinen Teil zur Unterhaltung beitragen. Sir Francis sollte sehen, wie dankbar wir ihm waren. Onkel Jason hatte sein weises Haupt geschüttelt, aber er war der geborene Spielverderber.

Das halbe Dorf hatte Vorbereitungen für meine Überraschung getroffen, und Mamma hatte Kostüme aus den vielen Stoffresten ihrer Freunde genäht. Unsere Nachbarstochter Marbella und ich wollten einen afrikanischen Tanz aufführen, und ihr Bruder sollte Gitarre dazu spielen. Alfie, Nortons Chauffeur, hatte in einer von Hibiskusbüschen verdeckten Holzbühne auch für eine Trommel gesorgt, die ich beim Tanz spielen sollte. Es war alles primitiv, aber echt, denn Alfie stammte aus unserm Nachbardorf und kannte sich in Tänzen und Festen unserer afrikanischen Ahnen aus. Er ist noch heute mein Freund, und ich konnte ihm neulich aus einer Schwierigkeit helfen, die er wegen der neuen Regierung hatte. Damals war er neunzehn Jahre – ein Baum von einem jungen Mann, den Norton sehr gern hatte, schon weil Alfie vorsichtig den großen Wagen durch die engen Gassen zum Justizpalast steuerte. Seine Mutter hatte meinen kühnen Kopfputz gespendet. In unseren Dörfern war die Aufregung groß gewesen. Auch daß die schöne kleine Marbella im Park der Nortons vor der Elite der Kolonie tanzen würde. Alfie war fast so aufgeregt wie ich, während Marbella, eine geborene Schautänzerin, die Ruhe einer Professionellen bewahrte. Heute tanzt sie in New York.

Ich hatte meine Situation, zwischen zwei Völkern und Kulturen zu stehen, vergessen und tanzte in einer Art von Trance. Der dumpfe Trommelschlag, die Gitarrenklänge, unsere leuchtenden Augen und Kostüme, die stumme Gesellschaft auf den siebzig Korbsesseln, alles versetzte mich in einen nie gekannten ekstatischen Zustand. Mein Herz klopfte, mein afrikanisches Blut inspirierte mich zu schwindelnden Drehungen, feierlichen Schritten, zum Diener der Trommeln und der bis dahin unbewußten Stammesriten und Erinnerungen. Ich hatte solche Tänze in unserem Dorf seit meiner Kindheit gesehen, wußte aber nicht, daß ich gleiten, springen und herumwirbeln konnte und daß die Müdigkeit nach dem Auftritt die köstliche Müdigkeit von Liebenden ist.

Sir Francis erhob sich nach dem Beifall und schritt auf uns zu. Ich kannte ihn zu gut und sah ihn zu häufig, um seinen Ärger nicht zu ahnen. Ärger. Ich war nicht »Walkers Junge«, den er gelegentlich herablassend seinen englischen Freunden vorstellte – ich war ein unverständlicher, unwillkommener Wilder, der seiner hochzivilisierten Gesellschaft Verlegenheit und Langeweile verursacht hatte. Nicht, daß er es aussprach! Gott bewahre! Er dankte mir höflich und mit eisiger Stimme für die große Mühe und lächelte Marbella schattenhaft zu. »Sie kann tanzen«, sagte er zögernd. Am liebsten hätte er uns ein Trinkgeld in die schwitzenden Hände gedrückt.

»Zieht euch um«, sagte er beinahe gequält. »In einer halben Stunde wird das Abendessen serviert.«

Ich erwachte aus meiner Erstarrung. »Ich will nach Haus«, sagte ich ungezogen und so heiser, als ob meine Stimmbänder gelähmt wären.

»Nach dem Essen wird Alfie die Kleine und dich nach Haus fahren.«

»Ich habe keinen Hunger.« Ich konnte mir nicht helfen. Ich

schluchzte ungehemmt auf – ein kurzer, gequälter Schrei, mit dem meine grimmige und gänzlich unverhoffte Enttäuschung sich Luft machte.

Er winkte Alfie, der mich nicht anblickte, und sagte ihm, er möchte den Kindern beim Umziehen helfen. Er hatte mich verstanden. Ich hatte ihn verstanden. Ich hätte mit Wonne eine Szene gemacht, wovon ein Rest Verstand mich zurückhielt. Ich haßte ihn, wie ich nie jemanden gehaßt hatte.

An diesem Abend war ich Afrikaner geworden.

Mamma kochte mir heiße Schokolade mit Vanille. Ein kurzes Gespräch mit Alfie hatte sie darüber aufgeklärt, daß afrikanische Tänze in der Kolonie ein großer Erfolg seien. Mamma strahlte über ihr gutes Kindergesicht. Alfie gab mir einen warnenden Blick, bevor er Marbella nach Haus brachte. Sie hatte nichts gemerkt.

Mamma erklärte sich meine Müdigkeit und mein Schweigen mit dem freudigen Ereignis. Sie sang mich in den Schlaf. Sie kannte schöne, ziemlich traurige Lieder, die die Sklaven auf diese Inseln gebracht hatten. Ja, sie fragte, ob Norton sich über den Rumkuchen gefreut hatte. Natürlich! Der Kuchen war von allen bewundert und genossen worden. Ich benahm mich gegenüber meiner Mutter wie ein erwachsener Mann und Beschützer, ob ich nun ihr kleines »Geisterkind« und ihr »Zuckerjunge« war oder nicht. Sie ist zu gut und arglos für unsere komplizierte Welt.

Vielleicht erkannte ich nach Nortons Geburtstagsfest, bei dem Lady Norton sich sofort nach dem Abendessen mit Kopfschmerzen zurückzog, daß meine kleine Welt und seine glänzende Welt unversöhnliche Gegensätze waren. Aber ich beruhigte mich mit der Vergeßlichkeit und Sorglosigkeit der Jugend. Natürlich erwähnte er meine Überraschung mit keinem Wort. Er wußte, es war meine erste und letzte Überraschung zu seinem Geburtstag. Er erkannte wohl viel früher als ich, daß ich mich unwiderruflich von der Welt meines Vaters abgelöst hatte. Aber er schickte mich später zur Ausbildung als sein Privatsekretär nach Trinidad und empfahl mich dort einem seiner besten Freunde, der wie Heinrich VIII. im weißen Tropenanzug aussah und sich jovial, aber distanziert um mich kümmerte. Von allen Engländern ist Norton für mich der beste und der unbehaglichste.

Er meinte es gut mit mir. Grundehrlich. Und er konnte so wenig aus seiner Haut heraus wie ich aus meiner. Warum sollte er? Er war mit vielen Vorrechten zur Welt gekommen. Das lähmt die Phantasie. Und meine Welt, die plötzlich weit und voller Möglichkeiten wurde, reflektiert nie die englische Welt, auf die ich jahrelang Anspruch erhob. Bald werde ich nach London fliegen. Zu einer Besprechung mit einem bekannten Reisebüro, das karibische Touren arrangiert. Man hat mich im »Amt für Tourismus« mit einer Einladung geehrt. Ich werde meinen Vater nicht aufsuchen. Die Londoner richteten ihren Brief an »Mr. A. Walker«. Ist »Obade« so schwierig auszusprechen? Aber ich unterschrieb mit »Walker«, wenn es die Londoner glücklicher macht. Wir brauchen die Welt. Unsere englischen Touristen sind fast alle jung und unbeschwert von der kolonialen Vergangenheit.

Leider träume ich manchmal von meinem Vater. Immer noch. Wir wohnen in einem geräumigen Vorstadthaus – er, Mamma natürlich und Twinkle, der Terrier. Betty ist nicht dabei. Entweder hat Dad sie herausgeekelt, was er immer gut verstand, oder sie hat ihn verlassen. Im Traum ist alles so einfach. Und Dad ist so jung und unberechenbar wie in meiner Kindheit auf der Insel. Nein, ich will nichts mit ihm zu tun haben! Ist die Wunde so schlecht verheilt? Sir Francis hat meinen Vater mit keinem Wort erwähnt. Takt? Gleichgültigkeit? Oder noch die alte, vereiste Empörung über die Flucht nach London? Norton hat ein starkes Gedächtnis. Fremde Tränen könnten nichts verwischen oder auslöschen. Warum sollte er afrikanische Namen lernen? Er wird diese Insel nicht wieder besuchen. Ich fühle es. Was hatte er hier erwartet? Er ist zu selbstsicher und zu nüchtern, um sich verloren zu fühlen, aber er ist nicht am richtigen Platz, und er haßte immer auffallende Veränderungen. Wenn unser junges Staatswesen etwas ist, dann ist es auffallend. Manchmal, in meiner Walker-Stimmung, finde ich den Wandel bestürzend.

Es muß wunderbar, aber etwas eintönig sein, nur einem Volk

anzugehören wie Mamma oder Sir Francis. Ich frage oft Walker um Rat, und Walker möchte Obades Meinung wissen. Aber das ist mein Geheimnis. Meine kleine Mutter hat keine Geheimnisse vor mir. Sie ist so stolz auf mich, daß es kaum auszuhalten ist. Kein Kind könnte ungenierter prahlen und strahlen.

Sir Francis ist nicht halb so erstaunt über meine Karriere. Nicht, daß er meinen Aufstieg in Ministerien als sein Verdienst betrachtet, aber er weiß, was er zu meiner Erziehung beigetragen hat. Er weckte nicht nur mein Denkvermögen, er zwang mich zum Lernen und Arbeiten. Aber heute erkenne ich, was für ein glänzender Lehrer er war. Was Oxford ihm gab, weiß ich nicht. Ich weiß nur, daß das Studium des klassischen Altertums in ihm ein Feuer entzündet hatte, das offenbar nie erlosch. Er las zum Vergnügen griechische und römische Philosophen – in der sinnentrunkenen karibischen Welt!

Sein scharfer Blick mußte meinen Hunger nach geistiger Nahrung erkannt haben. Nach meinem fünfzehnten Geburtstag erzählte er mir von Sokrates. Einmal die Woche gab er mir in seinem Arbeitszimmer Unterricht. Er beantwortete meine Fragen mit einer Geduld, die er nie seiner Frau und seinen Freunden zeigte. Norton war ein Anhänger von Sokrates. Er sagte, dieser Philosoph habe die praktische Vernunft vom Himmel auf die Erde geholt. Ich höre noch heute sein tonloses Lachen, beinahe erfreut, wenn ich erregt und sonderbar glücklich Fragen stellte, die er so beantwortete, daß ein Fünfzehnjähriger es verstand. Er erwähnte sogar die sokratische Ironie, die dem afrikanischen Feuergeist ewig fremd bleiben wird. In jedem Fall erfaßte ich etwas von den Grundlagen europäischer Kultur über den Weg des klassischen Altertums. Natürlich besaß Sir Francis eine gute Portion sokratischer Ironie, die bei jeder Sache zwei Seiten sieht und zu edlem Gleichmaß in Gedanken und Handlungen führt. So jung und unwissend ich war, ich erfaßte den Wert einer Welt der Ideen und jener Trostquellen, die man nicht kaufen oder verkaufen kann. Ich glühte vor Begeisterung. Einmal strich Norton mir leicht über den Krauskopf: »Immer mit der Ruhe, Alan!« Aber er lächelte beinahe herzlich. Ich hatte ihm Freude gemacht.

»Was is mit ihn los?« fragte Mamma meinen Onkel. »Mein Söhnlein hat Fieber vons viele Lernen mit sein Gönner.«

»Laß ihm zufrieden. Er will es«, brummte der Prophet. »Dein Sohn denkt seine Gedanken in sein kleinen Kopf. Wer weiß, was noch aus ihn wird.«

»Du bist doch großer Prophet. Oder?« sagte Mamma. »Was wird aus mein Zuckerjungen?« Onkel Jason war zu schlau, um sich zu diesem Zeitpunkt festzulegen. Den größten Teil seines Rufs als Prophet verdankte er seiner Schläue und seiner Gabe, lose Gesprächsfetzen sinnvoll zu kombinieren. Es gab genug Klatsch in unserm Dorf. Ein Besuch auf dem Markt reichte Onkel Jason für ein Dutzend Prophezeiungen.

»Später werden wir uns mit Platon beschäftigen«, versprach Sir Francis. »Aber dazu mußt du älter sein.«

Es kam nicht mehr dazu. Aber er hatte mir eine solide und unveräußerliche Welt eröffnet, wenn auch sokratische Ironie nicht ganz meine Sache ist. Obades Neigung zum Fanatismus steht Walker da im Weg. Aber Norton hat mich davon überzeugt, daß Ironie das Ungereimte reguliert und glühende Emotionen abkühlt, etwas, was unser junger Staat noch lernen muß. Wenigstens ist das Walkers Meinung.

Als ich Sir Francis nun endlich im Hotel Fidel Castro gegenüber saß und er meinen neuen Namen ignorierte, nahm er ein Buch aus dem Schreibtisch. Es war sorgfältig in Geschenkpapier verpackt. Ich öffnete den Platon mit zitternden Händen. Auf der ersten Seite stand: »In memoriam. Für Alan Walker von Francis Norton.«

In dieser Nacht schlief ich schlecht und unruhig. Ich wagte nicht, im Haus herumzulaufen, um meine Mutter und Onkel Jason nicht zu stören. Wir bewohnten die ehemalige Villa des Chirurgen Bartlett, die die neue Regierung mir zugewiesen hatte. Ich würde Sir Francis ins französische Restaurant an der Westküste einladen – Bartletts Villa war keine Stätte für ein Dinner mit ihm.

Meine Mutter hatte nun eine Küchenhilfe. Wenn ich offizielle Gäste daheim bewirtete, kochten Bartletts chinesischer Koch und sein Sohn. Meine Mutter und Onkel Jason speisten dann privat in ihren Räumen. Sie wollten es.

»Ich kenn' mein Platz in deine Welt«, hatte meine Mutter vor dem Erscheinen des Verkehrsministeriums gesagt. Das war alles. Und Onkel Jason erschien nur, wenn ich ihn ausdrücklich darum bat. Dieses Taktgefühl und diese Bescheidenheit wären wohl in jedem Land vorbildlich.

Mitten in der Nacht, als ich endlich eingeschlafen war, fuhr ich in die Höhe. Jemand hatte geschrien. In meinem Traum war Sir Francis irgend etwas passiert. Etwas so Entsetzliches, daß er diese Laute von sich gegeben hatte.

Aber Norton schrie unter keinen Umständen. Auch nicht im Traum. Also mußte ich es gewesen sein. Wer hatte geschrien?

Alan Walker oder Zninga Obade?

Ich mußte Sir Francis warnen. Wovor? Vor wem? Er sollte abreisen. Darin waren Walker und Obade einer Meinung. Aber er würde bleiben. Er wollte den Karneval mitmachen. Und er hatte für die nächste Woche eine Einladung, der er Folge leisten wollte.

Ich besuchte dieses Haus nie. Ich wußte, warum. Ich wollte jene Person nicht sehen. Aber dieses Mal mußte ich dorthin gehen. Wegen Norton. Walker und Obade beschworen mich, ihn zu seinen Feinden zu begleiten. Er wußte nicht, wie feindselig sie waren. Er hat Widersacher immer ignoriert oder meinte, ein vernünftiges Gespräch schaffe Ordnung und Frieden. Vielleicht im fernen England. Nicht auf dieser Insel, wo der glühende Widerstreit der Kräfte über sokratische Ironie siegt.

Zwei Tage hoffte ich, Sir Francis würde sich zur Abreise entschließen. Was wollte er in einem Haus, das ich das »Eulennest« nannte. Vielmehr Obade nannte es so. Walker wußte die korrekte Anschrift, denn er hatte als Junge dort mit Sir Francis klassische Philosophie getrieben.

Früh ging das Telefon.

»Also Mittwoch, mein lieber Walker? ich will sehen, was diese Leute aus meinem Garten gemacht haben. Sind Sie noch da?«

»Natürlich, Sir Francis! Ich hole Sie ab.«

Er war nie vor irgendwem und irgend etwas davongelaufen. Und seinen Garten mußte er offenbar wiedersehen. Wenn er gewußt hätte, wer jetzt das alte Gartenhaus bewohnte, dann hätte er es sich vielleicht überlegt. Aber so war es unmöglich, Sir Francis von einem Plan abzulenken oder abzubringen. Diese Mühe war so überflüssig wie Eulen nach Athen oder ins Eulennest von Comfort Island zu tragen.

Es blieb bei Mittwoch. An diesem Tag begann etwas, woran ich nur mit Grauen denken kann. Man soll nie zurückkehren.

Drittes Kapitel

Das Privatleben der Eulen

Eulen, Eulen!
Das phantastischste Geflügel.

Ted Hughes

Deborah Finch, Haushälterin, London, an Francis Norton, Comfort Island.

Jeder fragt mich, wann Sie endlich nach London zurückkommen. Niemand kann verstehen, daß Sie den Karneval da unten mitmachen wollen. Sie machen sich doch nichts aus Vergnügungen, Sir Francis! Hoffentlich ist der Trubel nicht zu anstrengend für Sie! In Notting Hill sind die Schwarzen außer Rand und Band, wenn sie ihre Feste feiern. Mein Dad sagte uns immer: »Das geht nicht gut, wenn der Herbst den Frühling spielen will.« Aber ich versicherte meinem Vater, daß Sie sehr rüstig für Ihre Jahre sind. Also, viel Vergnügen, Sir! Aber bitte Vorsicht!

Indessen habe ich das große Reinemachen vorverlegt, weil Sie es hassen. Wie man ein Haus ohne diese nervenzerrüttenden Arbeiten sauberhalten soll, weiß ich nicht. Und dabei sehen Sie jedes Staubkorn! Das soll kein Vorwurf sein, wie käme ich dazu, sondern nur ein Kompliment für Ihre Augen! Ihr Blick geht jedem durch und durch, Sir Francis! Das sagt auch Miss Carpenter von nebenan, die für Dr. King den Haushalt führt, so gut sie es versteht. Neulich sagte ich: »Der Staub läuft nicht davon, wenn Sie ihn unters Sofa fegen, Miss Carpenter.« Seitdem redet sie nicht mit mir. Ich habe es gut gemeint. Man hat's nicht leicht.

Mr. Higgins benimmt sich skandalös mir gegenüber. Sie brauchen nur zum Karneval fortzufliegen, und der Bursche tut absolut nichts! Ich bat ihn, auf den hohen Schrank im Gastzimmer zu steigen, um den Staub richtig wegzumachen. Aber Sie kennen ja Alf Higgins, Sir Francis! Der ungefälligste Patron in ganz London.

Dabei ist er als Fensterputzer an Höhen gewöhnt. Ich fragte ihn, was Sie zu dem Staub auf dem Schrank sagen werden. Wissen Sie, was er antwortete? Es war so haarsträubend, daß selbst meine Schreibmaschine streikte. Er sagte buchstäblich: »Sir Francis hat Besseres da unten zu tun, Sie alter Staubwedel!« Nicht einmal mein Vater nennt mich so. Und mein Dad hat geheiratet, um ungestraft seine Nächsten und Liebsten beleidigen zu können. Wenigstens ist das Mums Ansicht. Sie irrt sich nie.

Natürlich belächle ich Mr. Higgins' Unverschämtheiten. Wer würde einen Mann ernst nehmen, dessen Tochter neuerdings Prostituierte in Soho ist? Mr. Higgins hat nichts dagegen, da Jessica allerhand Geld abliefert. Ihren Sündenlohn, wie wir so was zu Haus nennen. Dabei hat Jess vorstehende Zähne. Übrigens logiert sie bei einer Miss Vera Broom, die eine Tante von Ihrer Mrs. Drury sein soll. Sie soll in jüngeren Jahren auch auf den Strich gegangen sein. Ich meine nicht Mrs. Drury, sondern Miss Vera Broom. Mr. und Mrs. Drury stehen gesellschaftlich turmhoch über den Higgins-Leuten, und ich sagte Jessica meine Meinung über diesen lasterhaften Klatsch. Wenn auch meistens etwas kleben bleibt, natürlich nicht an Mrs. Drury, sondern an dieser Vera Broom (aus Camden Town, sagt Miss Carpenter), also Miss Broom können wir abschreiben, nicht wahr? Wenn ich nicht wüßte, daß Sie nie Fragen nach Familie und so weiter stellen, hätte ich vorgeschlagen, Sie fragen Mrs. Drury bei passender Gelegenheit. Aber wie Sie meinen, Sir Francis! Ich hätte Jessica Higgins gern einen Verweis erteilt und sie gewarnt, ehrenrührige Gerüchte zu verbreiten. Ich betrachtete noch mal das Foto auf Ihrem Schreibtisch. Mrs. Drury fesch und fröhlich und seine Mary Ann bildschön, wenn auch etwas farblos und kraftlos, wenn ich mir ein Urteil erlauben darf. Jessica Higgins ist natürlich ein zweibeiniger Farbtopf, und Miss Vera Broom wird wohl genauso herumstolzieren. Warum kaufen sich diese Personen nicht eine Nähmaschine von ihrem Sündenlohn oder treiben ein ehrliches Handwerk? Sagen wir: Haushälterin bei einem alleinstehenden Herrn? Ich könnte dem Higgins-Mädchen zeigen, wie und wo und wann man Staub wischen muß.

Habe gestern unsern Staubsauger zur Reparatur gebracht. Ich bat Mr. Higgins, das schwere Instrument zum Geschäft zu bringen, aber er sagte, ich alte Nachteule solle mich selbst auf die Socken machen. Typisch Higgins. Dad sagt, von einem Hammel kann man nur Hammelfleisch erwarten, und ich sagte es dem Herrn. Die besten Grüße

Ihre Deborah Finch

Norton und Walker fuhren durch alte, ehemals elegante Straßen mit kolonialen Villen, die ihrer englischen Vergangenheit nachtrauerten. Immerhin waren die Gärten sachkundig und liebevoll gepflegt, und ein Teil der Häuser verschwand hinter Blütenteppichen. Und da waren noch alle kleinen, intimen Restaurants mit internationaler Küche, die in Norton Erinnerungen weckten. Er fuhr diesen Weg über den Justizpalast zu seinem Haus zum ersten Mal. Er sagte sich ärgerlich, daß der Weg ihn nichts anginge, daß Regierungen sich änderten und daß Restaurants die Zeiten überdauerten. Sie dienten allen Herren, jeder Partei, allen Einheimischen, allen Gästen, solange der Preis gezahlt wurde. Da war das winzige chinesische Restaurant, wo es Margaret in den Flitterwochen so gut geschmeckt hatte. Da war Margaret – lächelnd, jung und scheu verliebt in ihn! Und Walker schwieg vor sich hin, statt seinen Wohltäter abzulenken und zu unterhalten. Wohltäter. Walker war die Treppe im Eiltempo heraufgefallen, nachdem er, Norton, der Insel den Rücken gekehrt hatte.

»Wir müssen unbedingt noch mal Piratensuppe essen.«

Walker nickte. Piratensuppe brachte das Aroma dieser Tropenküste lebhafter und schärfer zurück als Memoiren abgedankter Diplomaten. Norton würde den Brief seiner Haushälterin mit einer Ansichtskarte von Comfort Island beantworten. Der Klatsch über Miss Vera Broom amüsierte ihn. Drury ließ nichts auf sie kommen. Sie schien sehr viel anständiger als ihre Nichte zu sein. Wo steckte die junge Person? Im Gericht war Norton stets ziemlich milde mit aufgegriffenen »Pros« umgegangen, solange sie Kunden nicht bestohlen hatten. Nur die Zuhälter hatten nichts zu lachen gehabt. Weder in London noch auf dieser Insel. Norton war der Meinung, daß es keine leichten Mädchen geben würde, wenn die Ehefrauen ihren »Pflichten« anmutiger nachkämen. Daraufhin hatte Margaret ihre Lippen zu einem Strich zusammengepreßt. Aber daß, statistisch betrachtet, die »Damen von Soho« zum großen Teil von Ehemännern lebten, war kein Geheimnis. Norton hatte Vera Broom nie kennengelernt, denn er konnte nicht zu Drurys Hochzeit nach Camden Town kommen. Sie hatten auf der Insel nachgefeiert. Drurys Mutter hatte die Braut im Dorchester begrüßt und bewirtet und sie nicht auf den Landsitz nach Kent eingeladen. Das war das Ende von Drurys Familienleben. Und nun? Er lebte mit Molly Clarke, zum Ärger ihrer Eltern, und weil Mary Ann verschollen war, war die Scheidung nicht möglich. Drurys Angelegenheiten waren wieder einmal total verfahren, weil er, Norton, nicht mehr auf ihn aufpaßte. Robin war wieder in Caracas, wollte aber zum Karneval kommen. Eigentlich war das der Hauptgrund für Nortons Anwesenheit beim diesjährigen Freudenfest. Warum er die Einladung der Marumbas in »sein Haus« angenommen hatte, wußte er nicht mehr ganz genau. Wie immer waren es gemischte Motive. Er mußte seinen Garten noch einmal sehen, und er spielte nicht den beleidigten Verlierer. So einfach war das.

Walkers Schweigen belehrte Norton darüber, daß dieser junge Mann den Ausflug in die Vergangenheit für eine Kateridee hielt. Mythischer Respekt hielt Walker vor unbedachter Äußerung zurück. Vielleicht auch das steinerne Profil seines Gönners. Sir Francis tat sich selbst keinen Gefallen mit diesem Besuch. Aber das war nicht Walkers Begräbnis. Hinter seinem Schweigen verbarg sich gesteigerte und etwas erschreckende Zuneigung zu diesem Mann, den er vor unbekannten Gefahren bewahren wollte. Norton hätte es als »Walkers Unsinn« bezeichnet. Nicht daß ihn die Ansichten dieses treuen und ergebenen jungen Mannes besonders interessierten!

Walkers Dienstwagen war luxuriös. Irgendwie war Norton stolz auf ihn. Und Walker war nicht in seinen afrikanischen Gewändern gekommen, sondern in einem Leinenanzug von Nortons ehemaligem Schneider, der als junger Mann in England die Schneiderei für Gentlemen erlernt hatte. Walker war groß und geschmeidig und hatte die eleganten Bewegungen seines Vaters, ob er es wollte oder nicht. Er wollte es nicht und beantwortete englischen mit afrikanischem Stil. Aber nicht heute, wo er Sir Francis zuliebe den guten grauen Anzug trug. Madame Marumba würde die Stirn runzeln, und ihr Sohn Beauregard würde schwer verstimmt sein. Norton ahnte nicht, welche Opfer Walker-Obade ihm brachte. Er würde es nie erfahren, was durchaus Walkers Wünschen entsprach. Mamma hatte mißbilligend den englischen Anzug betrachtet. Ihr Abiku mußte verrückt geworden sein.

Dieser seltene Streit mit seiner kleinen Mutter lag Walker immer noch im Magen, denn er hatte aufbegehrt. Nach afrikanischer Sitte, wo man nichts verschluckte, was die Seele verbrennen kann. Aber plötzlich hatte seine Mutter ihre dicken, kleinen Hände vor ihr Gesicht gelegt – wie ein gescholtenes Kind – und war mit gesenktem Kopf in ihre Räume gestolpert. Was sollte das heißen? Er würde sie heute abend trösten und beruhigen müssen. Er war ihr Leben.

Er seufzte so hörbar, daß Norton fragte, ob er in Ordnung wäre. Walker gab sich einen Ruck und verkündete, daß man nie wüßte, in welchem Bett man am nächsten Morgen aufwachen würde – so nannte Jason der Prophet die Unerforschlichkeit des Schicksals. Walker fand etwas Tröstliches in der Einordnung grauenhafter Mächte in so etwas Handgreifliches wie ein Bett. Das verstand jeder, und jeder im Dorf hatte es sich gemerkt.

»In Ihrem Alter werden Sie wohl nächstens im Ehebett erwachen«, sagte Norton amüsiert.

»Ich werde nie heiraten. Vielleicht würde ich mich wie mein Vater benehmen.«

»Nicht sehr wahrscheinlich, mein lieber Walker! Auf Sie ist Verlaß.«

»Meinen Sie das wirklich, Sir Francis?«

»Seit wann sage ich Dinge, die ich nicht meine?«

Walker erheiterte sich und erzählte sogar einige Späße über die neue Regierung, die kein Calypso-Sänger schärfer und knapper ausdrücken konnte.

Sie waren angelangt.

Margaret war überall. Nur nicht in der Empfangshalle, wo sie Norton im ersten Ehejahr mit verliebter Ungeduld entgegengelaufen war. Später hatte sie auf ihrer Veranda sein Kommen abgewartet.

Die Halle hatte sich wenig verändert. Nur statt des Ölbilds der englischen Königsfamilie gab es eine afrikanische Landschaft in glühenden Farben, einen Wandteppich aus Haiti und eine riesige ausgestopfte Eule – ein Symbolvogel der Voodoo-Mythologie. Die Eule starrte Norton aus großen, unheimlich geweiteten Augen an, was er selbstverständlich ignorierte. Walker ging mit abgewandtem Gesicht an der Eule vorüber; sie waren alte Feinde, weil dieses Fabelwesen mit dem unverwandten und unergründlichen Blick ihn an die Herrin des Hauses erinnerte. Madame Marumba und Mr. Obade stimmten in keiner einzigen Sache überein. Madame haßte beispielsweise die weißen Besucher, die ihr Sohn Bobo, der im Außenministerium Dienst tat, ins Haus brachte. Und sie verabscheute Norton, weil er weiß und hochmütig war. Er verkörperte für sie, oder für ihren atavistischen Sklaveninstinkt, die verabscheute Herrenklasse. Sie hatte ihn eingeladen, um sich an der Tatsache, daß die Marumbas sein Palais bewohnten, zu weiden. So raffiniert und gefährlich sie war, gegen Nortons Papier kämpfte sie mit stumpfen Pfeilen. Seine glänzende Laune und das diskrete, etwas heisere Gelächter verblüfften sie. Aber natürlich zeigte sie keine Spur von Enttäuschung.

»Sir Francis! Welch eine Ehre! Hoffentlich erkennen Sie noch Ihr ehemaliges Heim?«

»Selbstverständlich, Madame. Sehr liebenswürdig, mich einzuladen.«

»Leider muß mein Sohn sich entschuldigen. Er mußte gestern plötzlich nach Grenada zu einer Konferenz fahren.« Walker wußte, es war eine Lüge. »Madame« wußte es. Und Norton wußte es auch. Ob Bobo in seiner hohen Position dem Rauschgiftgeschäft Lebewohl gesagt hatte? Tantchen Samedi und Jack hatten eisern geschwiegen. Gefängnis für Verleumdungen war an der Tagesordnung in der neuen Republik.

Auf der großen Terrasse wurde der Tee wie in alten Zeiten serviert. In der Ecke hockte ein ehrwürdig wirkender, ostindischer Astrologe, der nach dem Tee und einem Rundgang durch den Garten seinen Teppich mit mystischen Figuren und Zahlen über Nortons Zukunft befragen sollte. Norton zog unmerklich die farblosen Augenbrauen zusammen, und Walker verbarg sein Erstaunen. Ein japanischer Fotograf, der versuchte, hinter seiner Kamera zu verschwinden, und ein junges Mädchen aus Haiti gehörten ebenfalls zur Teegesellschaft. Norton blickte in seinen Garten. Etwas in ihm zog sich beinahe schmerzhaft zusammen. Der Garten war wundervoll gepflegt, was man von dem Haus nicht unbedingt sagen konnte. Eine Vernachlässigung war nur für Nortons Falkenblick zu entdecken. Die Teekanne glänzte nicht wie zu Margarets Zeiten, das kostbare Tischtuch hatte einen kleinen Riß, die Augen der Eule in der Halle waren von einem hauchdünnen Staubschleier bedeckt, der aber den Blick noch geheimnisvoller machte. Norton sagte sich, er sei nicht hier, um Staub zu wischen. Miss Finch hätte zu tun gehabt. Er lächelte bei diesem Gedanken und dachte anschließend an Vera Broom. Wie unendlich gleichgültig war der blühende Londoner Klatsch!

Wo steckte Mary Ann? Ob der indische Weise mit seinem Teppich es wußte?

Auch im Garten lachte und scherzte Norton so ausgiebig, daß kein Londoner ihn wiedererkannt hätte. Schon gar nicht im Old Bailey! Im Garten wußte er, daß er nicht hätte zurückkommen dürfen. Seine Tropenbäume, die Sträucher, Margarets Pagodablüten, die »roten Sterne« der Inseln, seine »Silbernen Becher«, große, blasse Blütenschalen, rein und mattleuchtend, die er für Margaret in den Flitterwochen gepflanzt hatte, weil diese Blüten ihr glichen. Sein Lächeln erstarb. Die Blüten hießen »Solandra«, und so hatte er Margaret in jenen Nächten genannt. Er wußte nicht, wie lange er bei diesem Strauch verweilt hatte, als das junge Mädchen aus Haiti ihn schüchtern zum Tee auf die große Terrasse bat. Nur der japanische Kameramann machte noch Schnellaufnahmen. Walker hatte sich zartfühlend ferngehalten. Über dem Garten lag ein Schatten. Oder lag er auf Nortons Seele? Wie konnte er eine junge, wenn auch von Stimmungen geplagte Frau, die er – natürlich nur in Gedanken – Solandra genannt hatte, so schäbig behandeln? Es war das erste Mal, daß er seine selbstgerechte und fühllose Haltung gegen seine Frau als schäbig bezeichnete. Er, der schäbiges Tun und Denken im Grunde verachtete! Aber der Schatten der Reue verflog. Margaret hatte sich unausstehlich aufgeführt. Selbst die Gäste hatte er meistens allein empfangen und bewirten müssen. »Meine Frau hat leider wieder Migräne.« Oder Fieber. Oder schlechte Laune. Komisch! Er bemühte sich, seinen gerechten Zorn gegen diese Ehefrau durch Dinge, die in diesem Haus geschehen waren, zu beleben. Aber zu viel Wasser war die Themse hinuntergeflossen. Er ging zum Tee auf die Terrasse. Sie hatten höflich auf ihn gewartet, und er murmelte eine Entschuldigung. Madame starrte ihn aus ihren großen, glänzenden Eulen-Augen an. Er ignorierte es. Daran hatte die Politik nichts geändert.

»Sie konnten sich kaum vom Garten trennen, Sir Francis!« Er überhörte den unüberhörbaren Hohn seiner Gastgeberin und entgegnete glatt: »Ich freute mich, daß alles so prachtvoll gepflegt ist.«

Wenn er sich freute, dann freute er sich eben. Übrigens hätte er Madame Marumba kaum wiedererkannt. Von einer Gesellschaftsdame in Pariser Kleidern und einer weichen Lockenperücke hatte sie sich in eine Afrikanerin verwandelt. Ihr eigenes, hart gekräuseltes Haar war durch ein juwelenbesetztes Stirnband stramm zurückgehalten und türmte sich hinter dem Stirnband zu einem babylonischen Bau empor, der sie so groß wie Norton machte. Sie sah wild und dabei feierlich aus, wozu die kostbaren, flimmernden, starren Brokate noch beitrugen. Aber vor allem hatte sie eine steife, herrschsüchtige Kopfhaltung. Ihr langer, dünner Hals mit den Goldbändern schien abschraubbar zu sein, wie ein theatralischer Übergang zum Kopf sah er aus. Sie wirkte auf Norton wie eine afrikanische Kultfigur. Vielleicht war sie eine? Marinette, das junge Mädchen aus Haiti, schien so zu denken. Sie bediente die Dame des Hauses mit komischer Demut. Wenigstens fand Norton das so. Er wußte nicht, daß Angélique Marumba eine Mambo-Priesterin aus Haiti war – eine Priesterin des Voodoo-Glaubens. Marinette, das naive, rundliche junge Ding aus Haiti, war eine eingeweihte Novize bei den sonderbaren Zeremonien, die Madame in dem verschlossenen Schuppen neben dem alten Gartenhaus ausüben würde, sowie der Weiße gegangen war. Voodoo würde ihr die Macht wiedergeben, die Norton ihr für diesen Nachmittag entrissen hatte. So diskret und unauffällig, daß sie es zu spät gemerkt hatte. In einem einzigen Punkt stimmte sie mit ihrem englischen Gast überein: Er hätte nie zurückkommen sollen. Und auch sie witterte, daß es das erste und letzte Mal gewesen war.

Dabei wußte er nichts. Weder wußte er, wer das alte Gartenhaus bewohnte, was ihn an vergangene Zeiten erinnert hätte. Noch ahnte er, daß Margarets kleines Wohnzimmer im ersten Stock, das ihren Schreibtisch, ihre paar Bücher und viele langweilige Fotos aus »Little Venice« und Frognal beherbergt hatte, heute eine Art Voodoo-Laboratorium war, wogegen Tantchen Samedis kleine Kräuterküche ein Spielzeugkasten war.

Ob Norton, der sich nie mehr über etwas wunderte, sich über Madames Medizinen, Heiltränke und weniger heilsame Mixturen gewundert hätte? Nicht die Hautfarbe war der entscheidende Abgrund zwischen ihnen, sondern der magische Kult von Haiti und der Rationalismus eines Londoner Richters. In Madames Hexenküche im ersten Stock hing ein Porträt von Toussaint l'Ouverture, dem ehemaligen Sklaven, dem abenteuerlichen Führer der Revolution von Haiti. Übrigens war er so geheimniskrämerisch und mißtrauisch wie Madame Marumba gewesen, denn er hatte einer Sekretärin immer nur einen halben Brief diktiert und die zweite Hälfte einer anderen Person. So wurden seine Anhänger nie in seine Absichten eingeweiht. Auch seine Blutbäder, ohne die es bei keiner Revolution abgeht, waren eine Mischung von Rachedurst und Ableugnung. Die Mulatten der Insel hatten ihn gehaßt, so wie die Mischlinge von Comfort Island diese machtvolle Mutter des neuen Außenministeriums verabscheuten. Wie Molly Clarke. Oder Walker, Nortons einziger Freund in diesem äußerlich liebenswürdigen Milieu. Am liebsten hätte Madame ihrem Gast einen »bösen« Kräutertrank statt des indischen Tees serviert. Es gab Pulver, die einen Zombie, einen Scheintoten, aus einem lebenden Mann machten. Kein Mord, nur ein raffinierter, nicht nachweisbarer Diebstahl des Lebens. Und natürlich gab es Curare, im Übermaß hilfreich zum Erzeugen von Wahnsinn und Tod, und die Schlingpflanze »Liane Bande«, war kein ganz ungefährliches Liebesmittel. Nicht daß Madame diese Gifte oft angewendet hätte. Aber sie kannte sie so genau von Haiti wie die zahllosen heilenden Kräuter und Tränke, mit denen sie die Nervenkrisen ihres Sohnes in tiefer Stille behandelte. Bobo hatte es nicht so leicht und vergnüglich, wie er es sich als sorgloser Junggeselle vorgestellt hatte. Es gab zu viele Neider, Guerillas, die sich in den Bergen versteckten, aber zum Karneval in Masken erschienen. Bobo fuhr nie mehr in die Berge, wo die Kräutermischungen seiner Mutter wenig ausgerichtet hätten. Er saß heute in seinen Räumen im Palais Marumba und beobachtete Norton durch einen Spalt in den Bambusvorhängen. Norton hatte ihm, dem Minister, seinerzeit mit Gefängnis gedroht. Er konnte nichts gegen den »Blanc« unternehmen. Aber er konnte nachdenken, wie man ihm den Aufenthalt vergällen konnte. Bobo lächelte hinter seiner Gardine.

Der indische Sterndeuter, der seinen Tee in einem Nebenraum des Hauses getrunken hatte, erschien düster blickend mit seinem Teppich. Er hatte nie etwas Schlechtes in der Kolonie erfahren, war aber wegen Indien, das er nie betreten hatte, gegen Engländer voreingenommen. Dies war die indische Gefühlslogik, gegen die kein Intellektueller ankommt. Norton spürte die Abneigung oder las sie dem Astrologen vom Gesicht ab. Wieviel vernünftiger waren seine Chinesen. Sie grollten nie ohne Grund und haßten niemand, der ihnen nicht schadete.

Norton sah verstohlen auf die Uhr und blickte Walker an. Der junge Mann schüttelte vorsichtig den Kopf. Der Astrologe mußte noch »auspacken«. Madame hatte ihn für Norton eingeladen. Also gut. Der Mann sollte endlich anfangen! Da der Inder Nortons hassenwerte, westliche Ungeduld bemerkte, breitete er im Schneckentempo seinen Sternenteppich aus und vertiefte sich ungeniert in ein Buch mit Figuren und Zeichen. Er begann die Sitzung, als er dazu bereit war. Falls Madame sich freute, zeigte sie es nicht. Marinette erzählte Norton indessen, daß sie in Haiti vorm Essen sagten: »Schließt Fenster und Türen, damit die Diebe nicht mitessen!« Norton lachte. Madame warf ihrer Novize einen scharfen Blick zu, und das Mädchen verstummte mitten im Nebensatz. Marinette wollte dem freundlichen »Blanc« noch etwas über Zauberschnüre und Amulette erzählen, was er nun nie erfahren würde. Das Mädchen hatte die Augen gesenkt und zitterte vor Angst. Madame schien eine unbarmherzige Lehrmeisterin zu sein.

Was der indische Astrologe Norton verkündete, nachdem er sein Geburtsdatum und die Stunde der Geburt erfahren hatte, machte wenig Eindruck auf ihn. Er hatte nie Zugang zu indischer Mystik gehabt oder gesucht. Er wußte nur eine Menge über chinesisches Denken. Die Geheimnisse des chinesischen Taoismus hatte er Professor Lü überlassen.

Der indische Sterndeuter verstand übrigens sein Geschäft, denn er war ein guter Menschenkenner, las Zeitungen und hatte sich heimlich über Norton informiert. Also keineswegs ein Tourist, wie die Tageszeitung behauptet hatte, sondern eine ehemalige Säule der Kolonie. Natürlich wußte er auch, daß Norton dieses Haus in den Glanzzeiten der Kolonie bewohnt und modernisiert hatte. Was er dem Gast mitteilte, schmeckte wie verzuckerte Pfefferschoten. Mißbilligend sagte er, daß »Sir Norton« mit großen Vorteilen auf diese Welt gekommen sei, daß das Glück ihm jahrelang zugelächelt habe, daß er einen »grausamen Charakter« und viele Feinde habe. Der Astrologe machte eine lange Pause. Seine dunklen, glühenden Augen schlossen sich einen Augenblick. Sein Gesicht war leicht verzerrt. Falls es eine Theatervorstellung war, konnte sie als Darstellung des Entsetzens nicht übertroffen werden. Aber war es Theater? Walker, der Norton und die Gastgeberin unablässig aus einem Augenwinkel beobachtete, unterdrückte einen Schreck. Madame hatte den Raubvogelkopf vorgestreckt – dürstend nach Information. Das Mädchen hatte die kleinen, dicken Hände wie zum Gebet gefaltet. Nur Norton und der japanische Kameramann zeigten keine Angst. Es hätte nicht viel gefehlt, und Norton hätte, wie im Gericht bei einem stummen Angeklagten,»Heraus mit der Sprache!« gesagt.

Der Sterndeuter verkündete schließlich, daß schwarze Wolken Nortons Zukunft verdunkelten und er so schnell wie möglich diese Insel verlassen solle. Norton hatte nie Lächerlicheres gehört und dankte dem Brahmanen für seine Mitteilungen. Er überlegte, ob Madame dem Inder seine Instruktionen gegeben hatte. Aber vielleicht war der Mann ein Schwarzseher statt eines Hellsehers, und bis jetzt hatte er, Norton, immer noch den Zeitpunkt seiner Abreise bestimmt. Es war geradezu kindisch. Nur daß Ostinder mit ihrer alten Kultur selten kindisch waren. Das paßte eher auf gewisse Afro-Kariben. Aber was immer prophezeit wurde und ob Walker wie drei Tage Regenwetter blickte oder nicht, der Karneval würde nicht ohne Sir Norton stattfinden.

Der Japaner erhob sich, machte drei tiefe Verbeugungen vor Norton und überreichte ihm ein Foto. Es lag auf einem gesäuberten Bananenblatt, da Herr Ishiro zu seinem Bedauern kein Geschenkpapier und Seidenbänder mitgebracht hatte. Es war eine zartfarbige Aufnahme der Solandrablüten, die Norton im Garten so lange betrachtet hatte. Er wollte Mr. Ishiro in aufrichtiger Dankbarkeit für das zartfühlende Geschenk die Hand drücken, aber Mr. Ishiro wich mit weiteren Verbeugungen entsetzt zurück. Er verließ die Terrasse so bescheiden und melancholisch, wie er sie betreten hatte. Das junge, dicke Mädchen aus Haiti war zum Schuppen gegangen, der in einiger Entfernung vom Gartenhaus unter Büschen und Blüten halb versteckt lag. Dieser Schuppen war eine getreue Nachahmung einer Voodoo-Stätte von Haiti. Er war ausgebaut worden, so daß genügend Platz für Priester und Priesterinnen, Tänzer, Trommler und Zuschauer war. Bobo beteiligte sich niemals an diesen Zusammenkünften.

Marinette betrat den großen, leeren Raum mit dem einfachen Altar, wo die Loa, die wohlwollenden und erzürnten Geister des Voodoo-Kultes, und die Seelen der Verstorbenen mit Anrufung, Tanz und Gesang beschworen wurden. Marinette hatte schon einige Opfergaben bereitgehalten, die sie am Altar für den Abend, wenn Norton und Walker gegangen waren, niederlegte. Auch brauchte sie ausgefranste Palmenwedel für die Zeremonie. Sie kniete vor einer großen ausgestopften Eule auf einem Podest an der Ostwand des Schuppens. Dieser Kultvogel der Nacht hatte riesige, funkelnde Augen, und »Hunsi«-Novize Marinette hatte ziemliche Angst. Beinah so viel Angst wie vor Madame mit den Eulen-Augen. Die gläsernen Augen glänzten unheimlich in dem dämmrigen Raum. Marinette hatte die Tür fest verriegelt, falls der »Blanc« seinen ehemaligen Geräteschuppen besichtigen wollte. Bei den Weißen wußte man nicht, was ihnen unvermutet in den Sinn kam. Auch bei Madame Marumba, die niemand eines »leichenweißen« Gesichts beschuldigen konnte, wußte man nicht, in welcher Stimmung sie aus ihrer Trance erwachen würde. Marinette war selbst in Trance demütig und gehorsam. Sie tanzte mit Schaum auf den Lippen, bis sie umsank. Ihr Vater hatte in einem Dorf auf Haiti in der Zuckermühle geschuftet, und sie hatte Feldarbeit gemacht, bis Mambo Marumba sie bei einem ihrer Besuche als Novize angeworben und für ein Lösegeld nach Comfort Island gebracht hatte, wo sie Hausarbeit verrichtete und bei Voodoo-Zusammenkünften Mambo Marumba assistierte, bis ihre Neigung zu Trancezuständen sie mitmachen ließ. Bald würde sie eine »Eingeweihte« werden, was mit einer besonderen Zeremonie verbunden war. Man hätte in dem bescheidenen, fröhlichen Mädchen nicht auf Anhieb okkulte Talente vermutet, aber Madame hatte ein Auge dafür. Marinettes dunkle, runde Augen erweiterten sich in Trance zu magischen Kugeln, und sie hätte bei ihrem rasenden Tanz jedesmal einige Kilo Gewicht verlieren müssen.

Heute abend würde ein Houngan, ein Voodoo-Priester, der als Madames Gast in Margarets Turmzimmer logierte, die rituellen Feierlichkeiten vollziehen. Mambo würde sich mit einer tiefen Trance begnügen. Der Schuppen hatte Platz für alle Priester, Eulen, Tänzer und Dämonen. Und natürlich für »Baron Samedi« mit seinem weiblichen Gegenstück Brigitte; man würde zwischen Grabsteinen auf Friedhöfen herumtanzen. Diese Dämonen waren für Marinette viel wirklicher als Norton oder Walker. Nach der Zeremonie würde der Rum fließen, und Marinette würde Erfrischungen servieren: gebratene Fische, Früchte, Süßigkeiten aus Haiti. Wann würde der Weiße endlich gehen? War er vielleicht trotz seiner Freundlichkeit ein böser Geist? Auf alle Fälle hatte Marinette unter ihrem weiten Kittel ein wundertätiges Kraut versteckt, das böse Geister vertrieb.

War es Gedankenübertragung? In dem Augenblick, als Marinette ihr Kraut berührte, rüstete Norton sich zum Aufbruch. Auch er fand, daß genug nun genug war, wie Jason der Prophet den Überdruß an Menschen und Dingen bezeichnete. Er erhob sich zu seiner imposanten Höhe und atmete auf. Aber er hatte zu früh aufgeatmet.

Aus dem alten Gartenhaus mit den verschlossenen Fensterläden kam eine Frau im Schlafrock und wirrem Haar und schlenderte leicht schwankend auf die Terrasse zu. Betrunken? Berauscht? Von Geistern besessen? Sie ging auf Norton zu und starrte ihn an. Er kannte diesen Blick. Angst, Bosheit und träge Melancholie mischten sich und verschwammen.

Es war Mary Ann Drury, die ehemalige Miss Brown aus Camden Town.

Viertes Kapitel

Miss Brown aus Camden Town

Frau ohne Mann
Frau für jedermann.

Afrikanischer Spruch

»Was willst du hier?« fragte Mrs. Drury mürrisch. »Dasselbe möchte ich dich fragen«, sagte Norton in einem Ton, der Ähnlichkeit mit einem Signalhorn hatte. Mrs. Drury ignorierte Signale, was ihren Vater in Camden Town in Wut versetzt hatte. Aber Norton hatte gute Nerven, und seine ehemalige Sekretärin war nur ein kleines Ärgernis, weil sie leider Drurys Ehefrau war. Er hatte Robin hier, auf »seiner« Terrasse, nachdrücklich vor dieser Ehe gewarnt. Nicht wegen Mary Anns bescheidener Herkunft – wer kümmerte sich auf der Insel darum? –, sondern wegen ihrer Dreistigkeit. Aber sie mußte Drury behext haben, falls man an Hexen, mit oder ohne Voodoo-Zusatz, glaubte. Norton glaubte nicht an diesen Unsinn, auch nicht im Eulennest. Madame Marumba, die momentane Bewohnerin seines Hauses, benahm sich viel vernünftiger als Mary Ann. Norton sagte sich oft, daß die Marumbas vorübergehend bei ihnen hausten, da die Politik ihren Anhängern keine Ruhebetten verspricht. Heute auf der Höhe, morgen im Straßengraben.

Alles änderte sich. Wer wußte es besser als Norton?

So angenehm die Vision von Beauregard Marumbas Exodus aus der Villa Norton war, der ehemalige Herr dieses Hauses fand mit Hilfe eines starken Whiskys und klassischer Philosophen ziemlich schnell in die Londoner Wirklichkeit zurück. Aber es fiel ihm an Ort und Stelle nicht ganz so leicht. Nach dem Karneval ging es in seine Welt zurück, ohne Bedauern! Er sah nun die Dinge auf Comfort Island, wie sie waren, ob es Spaß machte oder nicht.

Übrigens war etwas, was »keinen Spaß« machte, eine ziemlich

ernste und quälende Angelegenheit in Nortons Wörterbuch. So hatte Margarets Abschiedsbrief aus Frognal oder »Little Venice« ihm auch keinen Spaß gemacht. Oder die Gleichgültigkeit seiner verstorbenen Mutter.

Auch der Anblick von Mrs. Drury machte ihm wenig Spaß. Nicht etwa, weil er Interesse an ihrem Aussehen und Auftreten hatte, sondern weil sie einen der besten Namen in der ehemaligen Kolonie trug.

Und Drury war immer noch im Lande. Drury, Bartlett, Norton – diese Namen waren mit der Geschichte dieser Kolonie eng und ehrenvoll verbunden. Drei Männer aus Kent, die dieser Insel ihren Stempel aufgedrückt hatten, ob es Madame Marumba, ihrem Sohn und Mary Ann zusagte oder nicht.

Kein Zweifel, die junge Mrs. Drury hatte sich so auffallend zu ihrem Nachteil verändert wie Nortons Musterkolonie. Sie hatte sich so extravagant angezogen, daß Norton sie kaum erkannt hatte. Von einer eleganten Modepuppe, zu auffallend für seinen Geschmack, aber eine Garderobe, die den armen Robin mehrere Vermögen gekostet haben mußte, hatte Mary Ann sich in eine Schlampe verwandelt. Dabei gab Drury ihr Geld, wenn auch wegen schlechten Gewissens, weil er mit Molly Clarke lebte. Kurzum, er hatte sich brieflich mit seinem lieben Francis beraten, was »man« in so einer verdammten Lage herausrücken mußte. Norton hatte vor unangebrachtem Großmut gewarnt. Die ehemalige Miss Brown war nie an Luxus gewöhnt gewesen. Außerdem argwöhnte Norton, daß sie sich herumtrieb. Immerhin war es ein Monatsgeld, das Drurys Position angemessen war. Sie konnte sich ein anständiges Kleid kaufen statt in einem verblichenen, halb geschlossenen Morgenrock, unfrisiert und mit verschmiertem Lippenrot zu der gepflegten und reich gekleideten Afro-Karibin zu gehen. Es war ein Skandal. Ein Seitenblick hatte Norton überzeugt, daß die Dame des Hauses Mrs. Drurys Auftritt schweigend genoß. War Mary Ann eine Masochistin? Norton hatte solche Ehefrauen oft genug im Old Bailey erlebt, aber er konnte sich nicht erinnern, daß die Damen in ihren schäbigsten Klamotten zur

Schlacht erschienen waren. Im Gegenteil: Er sollte vor Gericht sehen, was er verloren hatte.

»Ich rate dir, so schnell wie möglich nach London zu fliegen«, sagte Mrs. Drury noch mürrischer.

»Wenn ich deinen Rat benötige, werde ich dich darum bitten.«

Madame lauschte entzückt und ließ kein Auge von Nortons kaltem Gesicht. In seinen grauen Augen blitzte Zorn. Madame fand ihn gefährlich. Wußte diese weiße Närrin nicht, daß jeder auf den Knien endet, der mürrisch oder frech gegen seinen Herrn ist? Sie behandelte deswegen ihren Sohn mit angestrengter Freundlichkeit, denn Bobo war nach afrikanischer Sitte unbestrittener Herr im Hause. Wie Walker in seinem. Obwohl Madame Marumba ihrem launischen Sohn in fast jeder Hinsicht überlegen war, so übte sie, wie ihre Vorfahren zu Haitis Sklavenzeiten, ihre Macht auf Schleichwegen aus. Madames glühende Phantasie sah Mrs. Drury bereits im Staub zu Nortons Füßen – eine erheiternde Vision. Sie hatte diese gefallene Kolonialdame in dem alten Gartenhaus aufgenommen, und Mary Ann bezahlte mit Geld und Demütigungen. Es war eine unmögliche Situation. Norton würde Drury, der sich im Augenblick nur um Molly Clarke kümmerte, beim Karneval an seine Pflichten erinnern müssen. Scheußlich, aber er war nun einmal Drurys Aufpasser! Wenn sich auch sonst alles auf der Insel geändert hatte, an der Beziehung zu Robin hatte sich nichts verschoben.

Auch bei Mrs. Drury wandte er seine alte Taktik an. Er konnte grimmig wie der Londoner November sein, er behandelte sie trotz allem mit Vorsicht. Walker hatte ihm oft afrikanische Sprüche erzählt, deren Weisheit und Wahrheit der Tierwelt entstammten. »Wenn du eine Schlange zertrittst, kommen alle anderen, um dich zu beißen.« Ob Mary Ann eine Schlange war oder nicht, er mußte augenblicklich einlenken. Er mußte eine Szene verhindern, auf die Madame sich freute. Sie war wie grüner Pfeffer. Aber er wußte nicht genau, wie scharf sie war, da er sie nicht kosten wollte. Der versteckte Hohn, die Genugtuung in ihrem Blick gefielen ihm nicht besonders. Ihr stolzes, dunkles Gesicht war reglos, aber in ihren Augen glänzte ein Triumph, wie ihn Sklaven bei einem Mißgeschick des Sklaventreibers empfinden. Norton las ihre Gedanken wie ein Dokument aus der Steinzeit und wurde immer liebenswürdiger.

Er lächelte erst Madame und dann Mary Ann zu. Er hätte auch Walker angestrahlt, doch Nortons einziger Freund auf Comfort Island hatte sich taktvoll zu der Eule in die Empfangshalle verzogen. Konnte dieser Nachtvogel, den seine Mutter fürchtete, ihm raten, wie man Sir Francis vor dem Karneval sanft nach Hause befördern könnte? Walker kam zu dem vernünftigen Schluß, daß Orakelsprüche von Eulen nicht für seine Ohren waren.

Mrs. Drury ignorierte Nortons Lächeln und starrte ihn in einer Weise an, die ihn schon in den besten Jahren irritiert hatte.

»Wie wäre es, wenn wir in einem Restaurant zu Abend äßen, Mary Ann?« fragte er munter.

»Dazu müßte ich mich frisieren und anziehen.«

»Das wäre eine nette Abwechslung.«

»Niemand lädt mich jetzt ein.«

»Ich habe dich eben eingeladen. Ja oder nein?«

»Meinetwegen.«

Der Mangel an Enthusiasmus hätte die meisten Männer abgeschreckt, aber Norton sagte nur, er werde im Garten auf sie warten, woraufhin die Gastgeberin sich enttäuscht und um eine Schlacht betrogen in ihre Räume zurückzog.

»Wir hoffen, Sie oft hier zu sehen, Sir Francis!«

Norton drückte dieselbe Hoffnung aus. Die Episode Marumba war beendet.

War sie beendet?

Der Garten war träumerisch und unerträglich schön in der tropischen Abendröte. Natürlich erschien Margaret ihm, um ihm seine Laune zu verderben. Sie war die geborene Spielverderberin.

In den Flitterwochen waren die Rundgänge in seinem Privat-Eden der Höhepunkt des Tages gewesen. Er stand vor den mattleuchtenden Blütenmeeren. Er war damals durstig nach ihrer Liebe gewesen, hatte aber nicht bemerkt, wie Margaret ihm entglitten war, weil er sie als selbstverständliche Gegenwart betrachtete. Pure Nachlässigkeit oder Unwissenheit eines Ehemannes. Passierte täglich vor wahrscheinlichen oder unwahrscheinlichen Kulissen. In Kent, in Camden Town, Chelsea, auf Comfort Island und auf dem Mond. Hatte Margaret wirklich Anspruch auf Sonderbehandlung haben können? Mit ihrer wachsenden Lethargie, mit den gelegentlich messerscharfen und nicht immer gerechten Vorwürfen. Norton grübelte. Wo blieb die verdammte Mary Ann? Unverschämtheit, ihn so lange warten zu lassen! Manieren wie... wie... Norton fand keinen Vergleich, was ihm selten passierte. Seine Mutter hatte einmal bemerkt, Francis könnte mit seiner ›entnervenden‹ Redegabe am besten Bußprediger werden. Er hatte als Junge seine weitgereiste und geistreiche Mutter stumm bewundert und geliebt. Wenn er in den Schulferien daheim war und Mamma von einer Reise erwartete, hatte er ihre Räume mit Blumen aus dem elterlichen Treibhaus und im Sommer aus dem Park geschmückt. Mamma hatte sich zerstreut für die Blumen bedankt und stürzte zum Telefon, das seit Papas Tod unaufhörlich schrillte. Sie war keine zärtliche Frau und eine kühle Mutter – nicht unfreundlich gegen Francis oder seinen älteren Bruder Ambrose, aber in der Gesellschaft von Halbwüchsigen leicht gelangweilt. Ambrose hatte nichts bemerkt, vergnügt, unkompliziert und konventionell, wie er mit seinen dreizehn Jahren war. Aber Francis, zehn Jahre und zu scharfblickend für dieses Alter, hatte seine Mutter richtig beurteilt. Oder abgeurteilt?

Jahre später, kurz bevor er Margaret kennenlernte, betrachtete er Gefühle als Einbildung und das Zeigen von Gefühlen, falls es doch welche waren, als lächerlich.

Er stand stumm unter dem afrikanischen Tulpenbaum, den man hier Flamme der Wälder nannte. Man schrieb den zerriebenen Blüten die Wirkungen schwarzer Magie zu. Alles Blödsinn! Wenn man die Knospe zerdrückte, sprang ein Wasserstrahl oder Hexensaft heraus. Margaret hatte den Kopf geschüttelt, aber sich enger an Norton geschmiegt. Norton war nicht jemand, der leicht vergaß oder vergab. Unter den sternenartigen Pagodablüten hatte sie ihm kurz vor ihrer Heimreise etwas Unverzeihliches gesagt. Er hatte sie dort überrascht, weil er früher nach Hause gekommen war und ihr doch einen Abend widmen wollte. Das verlangten die Ehre und die Höflichkeit. Margaret hatte ihm gesagt, er liebe Blumen, weil sie ihm nicht antworten könnten. Ein ungeschickter und ungerechter Angriff. Er hatte Blumen und Sträucher stets um ihrer selbst willen geliebt, soweit er an seine Kindheit zurückdenken konnte. Aber er zeigte ihr seine Empörung nicht, sondern riet ihr, sich einen neuen Kopf zu kaufen. Dann war er in den Klub gefahren – zitternd vor Zorn, aber Robin heiterte ihn langsam auf. Zu jener Zeit war Mr. Drury noch der vergnügteste Junggeselle der Antillen, wenn Mary Ann verreist war. Sie war wieder einmal in Haiti. Mit Madame Marumba. Damals hatte diese Dame sich sehr respektvoll gegen eine Kolonialdame der ersten Kreise von Comfort Island benommen. Die Zeit verschlang alles. Zwar glichen sich alle Frauen im Dunkel der Nacht, aber er hatte Margaret einmal geliebt. Fast wie seine Blumen. Da Haß sicherer trifft als Liebe, mußte Margaret ihn hassen. Es kam ihm überraschend. Er hatte nie über ihre Gefühle nachgedacht. Sie hatte sie für sich behalten, denn es blieb ihr nichts anderes übrig. Heute, Jahre zu spät, sah er es widerwillig ein.

Warum vergaß man die paar glücklichen Stunden, die das Leben einem gab, während Kränkungen sich im Gedächtnis einnisteten und die Seele vergifteten wie der Hexensaft des Tulpenbaums? Als Norton sich unverdrossen anschickte, dieses widerwärtige Rätsel auf seine nüchterne Weise zu lösen, erschien Mary Ann im Garten. Sie schritt langsam auf ihn zu, und zum zweiten Mal an diesem Tag erkannte er sie nicht wieder. Weder war sie Mrs. Robin Drury noch Miss Brown aus Camden Town. Sie war wie ein schillernder tropischer Fisch. Ihr Silberkleid mit grünen und rosa Perlen hatte eine Fischschwanzschleppe, die sie über die linke Schulter geworfen hatte. Ihr Haar und ihre Augen glänzten. Sie war unleugbar ein Fabelwesen.

Sie war Lilith – Adams erste Frau.

Norton fuhr mit Lilith in den »Pfeffertopf«, ein berühmtes karibisches Restaurant, wohin er Landsleute in der bösen alten Zeit eingeladen hatte. Er hatte sich nie wieder ganz an das englische Roastbeef mit zwei Gemüsen gewöhnt, nachdem der karibische »Pfeffertopf« sein Werk getan hatte. Eine scharf gewürzte kreolische Fleischsuppe, die nur noch Tropenfrüchte oder Eis als Nachtisch erlaubt. Übrigens erkannte er in dem schillernden Geschöpf seine ehemalige Sekretärin und Drurys Ehefrau an ihrem Mangel an Unterhaltungsgabe, der gelegentlich von einem öden Redestrom über Drury oder Camden Town abgelöst wurde. Aber sie war zum Verrücktwerden schön und verführerisch, und es war ein wahres Glück, daß Norton nicht zum Verrücktwerden neigte. Er fand diese Person erregend – aber er wollte wissen, warum sie Robin Drury verlassen hatte.

»Er hat mich hinausgeworfen.«

»Warum?«

»Ich habe keine Ahnung, mein lieber Francis.«

»Dann werde ich warten, bis es dir wieder einfällt.«

»Da kannst du eine lange Zeit warten.«

Der liebe Francis erklärte, daß Warten ihm nichts ausmache. Besonders nicht am Anfang des Verhörs, wenn die Angeklagte sich einbildete, sie könnte mit Norton umspringen wie mit einem Ehemann. Er beherrschte seinen Ärger. Warum hatte Drury nicht einen guten afrokaribischen Rat befolgt? »Gib deiner Ehefrau Zuckerwerk und Rum. Später gib ihr Rum und Prügel.«

Was war passiert? Sie hatte Gerüchte über Drury verbreitet. Da er getrennt von Tisch und Bett lebte, hatte seine Frau guten Freunden ihre Zweifel über Drurys Manneskraft anvertraut. Die guten Freunde hatten es ihm brühwarm berichtet, und Drury hatte sie an die Luft gesetzt. »Verlasse mein Haus augenblicklich, sonst drehe ich dir den Hals um.« Mary Ann holte Luft und fragte Norton, wie ihm das gefiele. Es klang wenig nach Robin Drury. Nortons Instinkt sagte ihm zu seinem Bedauern, daß Mary Ann ausnahmsweise die Wahrheit gesagt hatte. Vier Monate später hatte Drury die junge Molly Clarke bei sich einquartiert.

»Ich gebe ihm aber keine Scheidung. Da kann er sich auf den Kopf stellen.« Ihr Gesicht verzog sich zu einer Maske.

»Du gewinnst nichts mit dieser Haltung, mein Kind. Wenn ich dir raten darf.«

»Du kannst mir raten, bis die Kühe nach Hause kommen.« Norton überhörte die Liebenswürdigkeit und beklagte schweigend den Mangel an Manieren. Sie strich sich eine Locke aus der Stirn und sah jung und unschuldig aus. Kleines Biest, dachte er beinahe wohlwollend. Dann setzte er vorsichtig das Verhör fort.

»Wie bist du bei den Leuten aus Haiti gelandet?«

»Madame ist meine Freundin. Sie holte mich aus dem Hotel zu sich. Vielmehr Bobo.« Sie kicherte.

Norton hätte es sich denken können...

»Bobo ist viel netter als dein gräßlicher Walker.«

»Er ist nicht mein Walker, und er ist nicht gräßlich.«

»Geschmackssache, nicht wahr?« Mrs. Drury versank in Schweigen, zuckte nervös zusammen und verdrehte ein wenig die Augen. Dann fragte sie, wer hier so schrill lachte.

»Niemand hat gelacht.«

Sie hielt sich die Ohren zu. »Oh, oh! Sag dem Kerl endlich, er soll mit dem Geräusch aufhören.«

Was war mit ihr los? Hatte sie Halluzinationen? Gab Madame Marumba ihr irgendwelches Rauschgift? Sie starrte Norton an, weiß im Gesicht, mit aufgerissenen Augen, fegte ihre Früchte vom Tisch und hielt sich die Ohren zu. Sie begann zu wimmern.

»Mary Ann! Laß das Winseln! Sofort.«

Sie sah ihn groß an und lachte plötzlich.

»Ich wollte dir Furcht einjagen.«

»Dazu gehört mehr«, sagte er zornig. Er vergab Drury fast alles in diesem Augenblick. Sie war mehr als ein Ärgernis. Er witterte eine Gefahr, die nicht von ihren Reden, sondern von dunklen Instinkten herrührte. Sie mußte nach England zurückkehren. Vorsicht, warnte er sich sofort. Sonst würde sie sich an ihn klammern. Was würde Miss Finch dazu sagen? Er lächelte bei diesem Gedanken.

»Was ist so komisch?«

»Nichts. Vielmehr nichts, was dich interessieren könnte.« Er machte eine Pause und bestellte Eiscreme.

»Das ist süß von dir, Francis! Ich *liebe* Eiscreme. Diese Früchte wachsen mir zum Hals raus. Wie alles hier.«

»Warum fährst du nicht nach Hause.«

»Wo sollte ich wohnen?«

Norton kramte blitzschnell in seinem Gedächtnis.

»Bei deiner Tante natürlich. Du hast immer gesagt, wie gern sie dich hat.«

Adams erste Frau verwandelte sich ebenso schnell in Miss Brown aus Camden Town.

»Tane Vera ist eine wohlsituierte Puffmutter«, sagte sie mit jenem Hohn, der ihren Vater zur Raserei gebracht hatte. »Findest du es wünschenswert, daß Miss Broom die verlassene Gattin deines Freundes auf den Soho-Strich schickt?«

»Und was treibst du hier?«

»Minister Marumba ist reizend zu mir, wenn er keine Wutanfälle hat. Sehr großzügig. Aber du weißt ja selbst, wie geizig dein geliebter Robin ist, wenn es sich nicht um sein Frauenzimmer handelt.«

»Das steht hier nicht zur Debatte.«

»Was du nicht sagst. Also du möchtest mich in die Verbannung schicken?«

»Ich meine, daß du hier allmählich in einer Sackgasse landest. Nimm Vernunft an, Mädchen!«

»Nicht jeder ist so ekelhaft vernünftig wie du.«

»Durchaus möglich.« Er lachte. Sie mußte die Insel verlassen. Sie war am Ende eines langen Weges angelangt und war zu träge oder zu kurzsichtig, um es endlich einzusehen.

»Du kennst meine Familie nicht, Francis! Und Camden Town. Ein Klatschnest. Mum wäre entsetzt, wenn ich . . . «

Er betrachtete sie nicht ohne Verständnis. Er war nie in Camden Town gewesen. Nicht einmal zu Robins Hochzeit im Hause Brown, wo Robin sich bestens mit Vera Broom unterhalten hatte.

Sie schien das Herz auf dem rechten Fleck zu haben. Vielleicht übertrieb Mary Ann?

Sie war in sich versunken und versuchte vergeblich, die Erinnerungen an ihre unglückliche Kindheit mit Rum zu vertreiben. Die Eiscreme schmolz auf ihrem Teller zu einer Pfütze.

»Mein Vater konnte mich nicht ausstehen«, sagte sie klagend.

»Hab' ich dir das mit der Blumenvase erzählt?«

»Nein.«

»Ich wollte ihm gefallen, verstehst du? Er sollte mich gern haben oder wenigstens beachten. Er sah über mich hinweg. Ich wollte ihm eine Freude machen und kaufte ihm vom Taschengeld eine Vase und Blumen für den Frühstückstisch. Ich wartete natürlich auf einen freundlichen Blick. Nichts zu machen. Er brummte ›danke‹, und das war alles.« Sie schluckte und sprach eintönig weiter. Ein gekränktes Kind aus Camden Town in einem silbernen Kleid. »Kurz und gut: Mum mit ihrem ewigen Heuschnupfen fing schon beim Frühstück damit an, Dad auf alle mögliche Weise zu ärgern. Er sprang auf und schleuderte meine Blumenvase gegen die Wand. Wie findest du das?«

Norton hatte nie erlebt, daß jemand beim Frühstück mit Gegenständen um sich wirft, und schwieg beinahe verlegen. Die Spießer – ihre Sitten und Gebräuche. Schließlich sagte er, daß das alles schon lange her sei, nicht wahr?

Sie blickte ihn groß an, warf ihre Schleppe um den zarten Hals, als ob ihr kalt wäre. Ihre Lippen zitterten. Tränen rannen in ihr Dekolleté.

»Hilf mir, Francis! Ich habe nur dich.« Das war etwas, was Norton besonders ungern hörte; es suggerierte unerwünschte Verpflichtungen und stimmte selten. Nichts in seiner Beziehung zu Mrs. Drury berechtigte sie zu dieser Feststellung, die außerdem einem Mangel an Initiative entsprang. Er verkündete ein mildes Urteil: »Wir wollen nicht übertreiben.«

Sie wiegte ihren Oberkörper hin und her, als ob sie ihn in ein verlorenes Gleichgewicht zurückschaukeln wollte. Etwas Speichel lief ihr aus dem linken Mundwinkel, und ihre Augen blickten leer.

Er erschrak ganz leicht, was war mit ihr los? Er wünschte, Walker hätte die Einladung in den »Pfeffertopf« angenommen. Aber er hatte seine Ablehnung lächelnd mit einem karibischen Spruch versüßt: »Zwei: gute Gesellschaft. Drei: Unterhaltung mausetot.«

Warum sprach Mary Ann so gehässig über Alan Walker? Und warum hatte er, Norton, Walkers Angebot, sie um zehn Uhr abends im Wagen abzuholen, abgelehnt? Walker tat gerade genug für ihn, Tag für Tag, sobald der Dienst beendet war. Man mußte ihn nicht über dieses Maß hinaus behelligen. Mary Ann wiegte sich weiter, wobei ihr Kleid ihre Schultern und den Ansatz ihrer Brüste enthüllte, und murmelte wieder: »Hilf mir!« Irgend etwas Maßloses war in dieser Trostlosigkeit. Norton war der Ansicht, daß nur Maßhalten dem Leben tieferen Reiz gab, und wandte den Blick ab. Aber er mußte ihr natürlich helfen, und zwar erst einmal auf die Beine. Er zahlte mit großem Trinkgeld, und der Kellner, an der Waterloo-Bucht auf dieser Insel geboren, kannte Norton. Dieser Engländer hatte jahrelang ein vom Strand entferntes Häuschen gemietet, wohin er seine Damen aus der Residenz gebracht hatte. »Taxi, Sir Francis?« – Als das Taxi vor dem Restaurant hielt, packten »Terror«-Anderson und Norton die schwankende Blonde in den Wagen. Der große Mann, der Freddie hieß, wurde wegen seiner früheren Leistungen im Kricket sogar in Trinidad »Schrekken« genannt. – Die Nacht war klar und lieblich. Norton zählte die Sterne. Es war angenehm ruhig im Wagen, denn Mary Ann schlief offenbar. Mit dem Kopf an seiner Schulter. Ein Mandelduft stieg von ihrem Haar auf. Wenn sie den Mund halten könnte ...

Aber etwas an ihren Tiraden über ihre Kindheit hatte seine Teilnahme erregt. Die Blumenvase, die Mr. Brown an die Wand geschleudert hatte, erinnerte ihn an die Blumen, die er als Junge in den großen mattleuchtenden japanischen Vasen für seine Mutter arrangiert hatte. Ein zerstreuter Blick auf die Blumen, ein flüchtiger Kuß auf sein Haar, weg war sie! – Er hatte Mama nachgestarrt und geschluckt. Lag es an den Blumen oder an den Eltern, daß es nicht geklappt hatte? Norton erinnerte sich an die Gattin von General Howard, die ihm auf einer Party gesagt hatte: »Mein Mann hat nie eine Stunde Zeit für mich. Aber ich habe ja meine Blumen und die Bäume.« Eine ruhige Äußerung. Mary Anns Selbstmitleid haßte er wie ihr »Wimmern«. Das mußte er Margaret bei allen Fehlleistungen lassen: Sie hatte nicht gewimmert. Nie. Unter keinen Umständen, auch wenn diese Umstände – sein Liebesnest an der Waterloo-Bucht – ihr keine Freude gemacht haben konnten. Und das war milde gesagt.

Mary Anns Haar duftete nicht nur nach Mandeln, sondern nach unbekannter scharfer Süße. Früher hätte dieser Duft ihn wild gemacht. Er hätte überlegt, wie man diesen Duft ins Strandhaus an der Waterloo-Bucht, diskret und entschlossen, bringen könnte. Nicht jetzt! Er war zwar in den besten Jahren und hatte sein Auge für Frauenschönheit bewahrt, aber sein Herz mußte sich verhärtet haben. Natürlich hatte er in London hin und wieder etwas Spaß mit seiner kleinen Chinesin – aber wenn er keine Zeit oder ein interessantes Dinner mit Freunden hatte, war es auch in Ordnung. »Seine Chinesin« war richtig. Sie gab ihm, was er brauchte. Er war kein Mummelgreis. Aber nichts war dringend, wie es zu Margarets versteinerter Empörung auf dieser Insel gewesen war. Bis auf seine Londoner Freundschaft mit Rosalind King, einer jungen, vernünftigen Rechtsanwältin, die er manchmal »zum Essen ohne Unsinn« einlud, hatte er weiße Frauen gemieden, etwas, was viele in den Kolonien lebende Männer und Weltreisende uneingestanden tun. Weiße Frauen machten ihnen zuviel Umstände, sie verlangten ein hohes Maß an zeitraubender Aufmerksamkeit, sie waren aus altmodischen Gründen zeitweise oder, wie Margaret, für immer und ewig beleidigt. Es ging allzu oft schief, er brauchte nur an Drury und Mary Ann zu denken, die an seiner Schulter schlief und schlief. Immer noch oder schon wieder eine bildschöne englische Rose.

Das nette an Robin war, daß man ihm die Meinung sagen konnte, ob er sie hören wollte oder nicht. Norton hatte ihn vor Mary Ann gewarnt. Robin wollte es nicht hören, hörte trotzdem höflich zu und tat dann das Gegenteil. Vor Molly Clarke konnte Norton ihn nur aus der Entfernung warnen, und das nützte soviel wie der Versuch, den Atlantik mit einer Teetasse auszuschöpfen. »Du hast ganz recht, lieber Francis! Ich werde darüber nachdenken.« Drury hatte so gründlich über Molly nachgedacht, daß er mit ihr in Happy Valley hauste und seine offensichtlich hilflose Ehefrau im »Eulennest«. Selbst Norton war ziemlich am Ende seines Lateins. Nun, irgendeine Lösung würde ihm einfallen, sobald er Mary Ann »heimgebracht« hatte. Der Besuch in seinem ehemaligen Heim mußte ihn mehr erregt oder ermüdet haben, als er je zugeben würde. Er schloß einen Augenblick die Augen. Aber da war Margaret – mit einem ellenlangen Zettel von Vorwürfen. Er öffnete die Augen. Und da war dieses blonde, leuchtende Haar auf seiner Schulter. Er erinnerte sich noch an den Schock, den ihre rote Perücke ihm in London versetzt hatte. Mißfiel die Perücke dem Hausherrn? Bobo war immer, zum Ärger seiner Mutter, scharf auf blonde Mädchen gewesen. Wollte er immer noch kein afrikanisches Mädchen? Wieder dachte Norton an Walker, der nicht heiraten wollte oder nicht das blonde Mädchen finden konnte, das ihm vielleicht vorschwebte? Als sehr junger Kolonialbeamter war Walker nur mit Blondinen tanzen gegangen. Wieso kam Norton auf die Idee, daß irgendeine Verbindung zwischen Walker und Mary Ann bestand oder bestanden hatte, trotz oder wegen ihrer feindseligen Blicke und der konsequenten Vermeidung einer Unterhaltung? Was ging es ihn an, mit wem diese kleine, hilflose Person sich herumtrieb? Nur war Walker kein Herumtreiber. Er war, was man hier einen echten »Brotfruchtmann« nannte. Ein prachtvoller Bursche, den Norton sogar in London vermissen würde, falls Zeit für solche Extravaganzen blieb.

Robins Ehefrau war auf dieser Insel ohne ihn verloren. Sie war ein Überbleibsel aus Kolonialzeiten. Die junge Molly war eine rege und gut orientierte Journalistin und übte ihren Beruf aus, ob sie mit Drury lebte oder nicht. Margaret war Sozialarbeiterin gewesen. Und Mary Ann? Eine unfähige Sekretärin. Aber war Lilith in einem Büro gewesen? Oder Circe? Solange die Welt bestand, hatten schöne, »nutzlose« Frauen mit und von vermögenden Männern gelebt. So würde es bleiben, dachte Norton. Sie waren die Verführung in Person, in allen Hautfarben, zu allen Preisen, unter jedem Regierungssystem. Aber sie waren selbst so antisozial und jeder fleißigen Ehefrau eine Herausforderung, daß sie einen Beschützer brauchten. Immer wieder. Immer einen neuen Beschützer, denn sie lebten im Staub oder hoch in den Wolken. Man konnte sie bedauern, weil sie wie Mary Ann mit oder ohne Schuld auf wackligem Fundament lebten: ein liebloses Elternhaus in London, ein vergängliches Paradies in Happy Valley, ein Tiefsprung ins »Eulennest«, wo selbstbewußte Afrikaner sie demütigten und wahrscheinlich verachteten, ein für Norton unerträglicher Zustand. Es mußte ihm etwas einfallen. Und natürlich würde er Drury darüber informieren, wo seine Pflichten lagen. Das hatte der liebe Robin zwar immer geahnt, denn ein Dummkopf war er nie gewesen, aber er hatte es stets so gut wie möglich übersehen, wie man ein unbrauchbar gewordenes Möbelstück übersieht. Das war eine schöne Bescherung, dachte Norton. Er mischte sich besonders ungern in die Angelegenheiten seiner Freunde und Feinde ein, aber der Fall Drury mußte irgendwie geregelt werden. Nicht nur mit Geld. Es würde verdammt schwierig sein, denn Robin war störrisch und nicht wenig nachtragend, und Mary Ann war ein fliegender Fisch, der aufblitzte und in den Ozean entwich, wie sie es jahrelang in Happy Valley getan hatte. Norton wußte aus eigener Erfahrung, daß zerbrochene Ehen sich schwer kitten lassen, aber das war nicht der Hauptpunkt. Das wichtigste war, daß Mrs. Drury die Villa Marumba verließ. Aber wohin? Zurück nach Camden Town, wenn alle Stricke rissen! Wo sie ihre Familie hatte. In jedem Fall weg von der Insel, falls Drury weiterhin die Scheidung verlangte, aber nichts unternahm, bis sie nachgeben würde. Robin war verantwortungslos, sobald es sich um Probleme seines Privatlebens handelte. Wer wußte es besser als Norton? Gott sollte einen Mann vor seinen Freunden bewahren! Mit seinen Feinden wurde er selber fertig.

Das Taxi hielt vor der Freitreppe des Hauses. Der Park duftete nach Nacht und Verlockung, wie früher. Der Himmel war klar.

Mary Ann war leblos in den Rücksitz gesunken, als er ihr aus dem Wagen helfen wollte. Einen Augenblick stand Norton steif neben dem Wagen. Dann trug er die reglose junge Frau ins Gartenhaus. Zorn gegen Drury hatte ihn gepackt. Er sah sich eine reizvolle Frau genauso gern wie jeder andere Mann an. Aber sich als einziger um sie kümmern zu müssen, während Drury endlose Flitterwochen mit Molly Clarke inszenierte, das machte Norton keinen Spaß. Drury würde sich nicht über Nortons Brief freuen. Dieser Gedanke kühlte seinen Zorn. Nun, er durfte jetzt die Fassung nicht verlieren, wenn auch sonst alle, einschließlich der toten oder sterbenden Mary Ann, den Verstand verloren hatten. Welche junge Person würde wegen einer Einladung den Gastgeber in Schwierigkeiten bringen? Wenn man ihn nun als Mörder verhaften würde? Oho! Richter Norton war nicht auf den Kopf gefallen! Er schüttelte diese Gedanken mit eiserner Entschlossenheit ab und legte die leblose Mary Ann im Gartenhaus auf ihr zerwühltes Bett. Ein scheußlicher Anblick – das Bett! Aber natürlich konnte sie jetzt ihr Bett nicht machen, hätte es sonst wohl auch nicht getan und spielte nicht mehr mit. Wenn Norton in dieser Krise Zeit dazu gehabt hätte, dann hätte er mit Mutter Brown in Camden Town sympathisiert. Ein geöffneter Lippenstift trieb sich auf dem Kopfkissen herum, so etwas duldete Norton bei seinen Damen nicht einmal nach einer netten Liebesnacht. Er legte seine Last aufs Bett.

Das große Haus lag im Dunkel. Er konnte nicht Madame in ihrer Ruhe stören. Und der Sohn war angeblich verreist, was Norton keine Sekunde geglaubt hatte. Aber auch Bobo konnte in keinem Fall behelligt werden. Norton dachte sekundenlang an die alte Feindschaft zwischen ihnen und daß er Bobo wegen Rauschgifthandels mit Gefängnis gedroht hatte. Womit würde er ihm, Norton, jetzt drohen, falls . . . Blödsinnig, was einem in einer einzigen Minute durch den Kopf schießen konnte! Wenn nur Walker hier gewesen wäre! Oder Margaret! Sie war nie zur Stelle gewesen, falls er sie wirklich einmal gebraucht hatte.

Er schloß lautlos die Tür zum Garten. Sah nur noch, daß Blütenblätter wie Schmetterlinge im Nachtwind herumwirbelten und zu Boden sanken. Wie Mary Ann, falls man Zeit hatte, über ihr wirbelndes Nachtleben nachzudenken. Da sie den Mund hielt, war sie tatsächlich nicht übel. Er faßte sie vorsichtig am Arm. Sie rührte sich nicht. Das war eine schöne Bescherung und konnte immer schöner werden. So etwas passierte im Film, in Romanen, auf einer Westend-Bühne, aber es passierte doch nicht Norton! Das gab's doch nicht.

Er öffnete ihr dünnes Kleid, um ihr Herz abzuhorchen. Falls sie nicht aufwachte, mußte er ins Haus, nach Hilfe rufen, einen Krankenwagen bestellen. Große Schweißtropfen bedeckten seine hohe Stirn. Vor Ärger, nicht etwa vor Furcht!

Wo zum Donnerwetter war ihr Herz? Selbst sie mußte eins haben. In jedem Fall hatte sie die lieblichsten Brüste, die er jemals gesehen hatte. Leider hatte er andere Sorgen. Was tat Bartlett, wenn jemand ... Richtig, er hatte Norton vom Kuß des Lebens erzählt. Also, wenn es sein mußte! Er ertappte sich bei einem Stoßgebet. Dann beugte er sich nieder. Ihre Lippen brauchte er nicht zu suchen. Blaßrot, fast weiß standen sie ihm zart entgegen. Waren sie kalt, oder täuschte er sich? Also, los! Er hatte sich nie als Lebensspender versucht und wußte nicht, ob er ihr den Kuß des Lebens oder des Todes gab.

Sie schlug die Augen auf. Nach Sekunden, Minuten, Ewigkeiten? Er sah es nicht. Er suchte wieder ihren Herzschlag. Sie schlang die Arme um seinen Hals. »Oh, Francis!« Er löste sich nicht allzu sanft von ihr. »Schöne Geschichten machst du.«

»Ich muß dir etwas sagen, Francis.«

»Entschuldige! Kann ich hier duschen?«

»Der ›neue Duschraum‹. Links. Nimm meinen Bademantel.«

Sie schloß einen Augenblick die Augen. Er deckte die Baumwolldecke über ihre Brüste.

Sie sah ihn an. In ihren Pupillen tanzten Lichter. So mußte Lilith den ersten, kalten Adam angeblickt haben, bevor er sich mit Eva begnügte.

Fünftes Kapitel

Karneval mit Dämonen

1. *Jour Ouvert*

> Je kleiner die Eidechse, desto größer
> ihre Hoffnung, ein Krokodil zu werden.
>
> Afrikanisches Sprichwort

Norton hatte nie mit Margaret am Karneval teilgenommen, weil sie Menschenmassen aus dem Weg ging. Nicht nur, weil sie sehr bald ein Kind erwartete, sondern das farbenprächtige Schauspiel, der ohrenbetäubende Lärm der Steelbands, die ekstatische Ausgelassenheit der Insulaner, die Tanzwut, die Calypso-Gesänge – alles war ihr fremd und ziemlich unheimlich. In späteren Jahren war Nortons »Spaß« am Karneval für sie abstoßend geworden. Er, Mr. Drury und ihre Freunde waren zwei Tage fast so besessen wie der Rest der Bevölkerung. Natürlich hatten sie nie versucht, mit den phantastischen Kostümen und den Festzügen der Afro-Kariben zu konkurrieren. Wenn Norton über etwas in der Kolonie Bescheid wußte, dann über die Grenzen, die die englische Kolonialgesellschaft sich selbst setzte, wenigstens auf Comfort Island. Sie hatten die Festzüge in der »Englischen Galerie« bewundert, wo die Spitzen der Regierung und Verwaltung sowie die prominenten Ärzte und Bankdirektoren das Tun und Treiben der Schwärmer und Bacchanten verfolgten. Auch die Sicherheitspolizei war diskret anwesend. Die übrige Kolonie, einschließlich Walker und Familie, hatte an den festlichen Prozessionen auf Straßen und Plätzen teilgenommen. Später am Abend hatten Norton und die Spitzen der Gesellschaft bis zum Morgengrauen im Klub weitergefeiert. Was den kritischen Norton am Karneval tief befriedigt hatte, war die Perfektion der ganzen Veranstaltung. Was immer »sie« das ganze Jahr verkehrt machten oder lethargisch unterließen, ihr Karneval wurde von Meisterregisseuren geplant und durchgeführt. Die afrikanische und ostindische Phantasie feierte geradezu Augenorgien. Alle arbeiteten Monate vorher an den kunstvollen Kostümen, wofür sie wahrscheinlich Haus und Hof verpfändeten. Wenigstens hatte Norton das oft gedacht. Wenn diese Tänzer, Clowns, Zauberer, Dämonen, Geister und Götter nur einen Bruchteil ihres fanatischen Eifers und unermüdlichen Fleißes auf die tägliche Arbeit verwendet hätten! Aber diese Arbeit war eintönig, ohne Aussichten auf eine bessere Zukunft gewesen und machte keinen Spaß. Nicht einmal Walker mit seinen geistigen Fähigkeiten wäre in Kolonialzeiten auch nur zwei Stufen der Erfolgstreppe heraufgefallen. Hatte Walker es übelgenommen? Norton hatte nie darüber nachgedacht. Nach dem Karneval hatte er im Gericht alle Hände voll zu tun gehabt. Beleidigungsklagen, Diebstähle, Gewalttaten, Mord. Das war die Kehrseite des zweitägigen Bacchanals. Aschermittwoch.

Trotz der politischen Kinderkrankheiten des neuen Staatswesens, trotz der katastrophalen Finanzlage und der stummen Furcht des Volkes vor einem Ausbruch der erloschenen Vulkane, der von Dämonen angeordnet werden konnte, ob Norton darüber lächelte oder nicht, der Karneval von 1964 würde glanzvoll wie immer verlaufen. Norton wußte es. Wann hatte er sich je in dieser Welt geirrt?

Um halb fünf Uhr früh betrat er sein ehemaliges Gartenhaus, um Mary Ann zum Jump-up, dem Eröffnungsfest, abzuholen. Er war Frühaufsteher und atmete in tiefen Zügen den Sauerstoff der Freude.

Daß er dieses Fest zum letzten Mal mitfeiern würde, erhöhte den großen Spaß. Endgültigkeit war für Norton ein Reiz, eine Aufforderung, »das letzte Mal« bewußt zu erleben und zu genießen, bevor Überdruß die Würze der Erlebnisse abstumpfte oder tötete. Er kannte die Gefahr der raschen Übersättigung sehr genau, sie hatte seine Zuneigung zu Margaret getötet. Er war schnell gelangweilt und bedauerte es gelegentlich. Mary Ann wuchs ihm bereits zum Hals heraus. Sie las nur Zeitschriften und war von unglaublich hilfloser Bosheit. Ihre Schönheit war unbelebt und ihre Unterhaltungsgabe so beklagenswert, wie sie immer gewesen war. Gegen Mary Ann war Margaret eine Madame de Sévigné gewesen, und das wollte etwas heißen. Wenn er an den Geist und Witz von Rosalind King dachte! Bald würde er wieder »Dinner ohne Unsinn« mit dieser Rechtsanwältin haben. Leider war sie zu jung für ihn. Sonst hätte er tatsächlich eine Heirat in Betracht gezogen. Er brauchte Frauen, mit denen er sich »vorher und nachher« unterhalten konnte, hatte er Drury einmal anvertraut. Robin war die Sprache vor Erstaunen weggeblieben. Dafür gab es Bücher. Oder? Francis war wirklich etwas komisch. Wenn Robin seinen Spaß mit Molly Clarke gehabt hatte, las er Milton oder französische Philosophen und erwartete nicht, daß Molly diesen Geschmack teilte. Gott bewahre! Er hatte Mary Ann nicht an die Luft gesetzt, weil sie nie von Lamartine gehört hatte.

Von Norton verstand Robins Ehemalige soviel wie ein Moskito vom Drahtgitter. Außerdem besaß sie nicht die Gabe, einen Mann glücklich oder wenigstens zufrieden zu machen. Wie immer sie es anstellte, das Resultat war dasselbe. Da Norton keiner Frau erlaubte, ihn unglücklich zu machen, tat Mary Ann ihr Bestes, um ihn seines Gleichmuts zu berauben, was auch nicht ganz einfach war. Sie hatte nie einen Mann wie Norton gehabt. Drury war ein Peter Pan, der allmählich in die Jahre kam, und der Rest war ihr auch davongelaufen. Wie Walker. Norton hatte den Peter-Pan-Mythos von ewiger Knabenhaftigkeit immer ziemlich albern gefunden und lebte seine Spanne zwischen Kindheit und Alter ohne Bedauern nach endloser Jugend und ohne Furcht vor dem Alter. Das bedeutete in seinem Wörterbuch »Erwachsensein«, und das war Mary Ann unverständlich. Auch ihr grauhaariger Vater hatte sich wie ein beleidigter Knabe in seine Werkstatt geflüchtet und nie versucht, mit Frau oder Tochter eine Lebensmöglichkeit zu finden.

Selbst wenn Norton ein Muster an Rücksicht und Zartgefühl

gewesen wäre, hätte Mary Ann ihn am Jour Ouvert empört. Sie lag verschlafen und mürrisch im Bett, als er sie abholen wollte. Und er hatte sie aufgefordert, die Tage mit ihm zu verbringen, weil sie buchstäblich niemanden hatte. Die Marumbas feierten mit ihrer eigenen Sippe. Ob sie den Karneval mit oder ohne Voodoo zelebrierten, Mrs. Drury gehörte nicht dazu. Daß Mr. Drury in Venezuela war, ging Madame Marumba nichts an. Walker, der einige Feste mit Mary Ann vertanzt hatte, ging ihr jetzt aus dem Weg. Außerdem feierte er mit seiner Familie – Mamma und Onkel Jason der Prophet immer mittendrin. Auch Tantchen Samedi und ihr Freund »Dummkopf Jack« waren in einer großen bunten Gesellschaft. Und sie hätten selbst Norton nicht auf der »Englischen Galerie« mit »seinen Leuten« besucht. Sie hatten es nie getan und würden auch dieses Mal nur seine traditionelle Einladung zum Tee in der Galerie annehmen. Das war morgen, am »Mardi Gras«. Er hatte immer mit den beiden gelacht und gescherzt, als ob sie allein in der Galerie wären und die Spitzen der Kolonie sich nicht über dieses seltsame Trio gewundert hätten. Es war sein einziger Pluspunkt in Madame Marumbas Einschätzung der Kolonialgötter gewesen.

»Kommst du nicht mit, Mary Ann?«

»Nein.«

»Warum hast du mich nicht angerufen?«

»Wozu?«

»Um abzusagen«, sagte Norton ruhig. »Man tut es, weißt du?«

Sie starrte ihn an. Sie haßte ihn jetzt wieder. Viel nachhaltiger als früher, weil er die Liebesnacht im Gartenhaus nicht wiederholt hatte. Sie hätte sich jene gut gespielte Ohnmacht schenken können. Sie war ganz sicher gewesen, daß sie ihn in jener Nacht eingefangen hatte. Leider hatten seine erfahrenen Liebkosungen Eindruck auf sie gemacht und eine Gier in ihr geweckt, die sie nie zuvor verspürt hatte. Der Teufel sollte Jack Frost holen! Er war wieder freundlich, aufmerksam und unnahbar. Hassenswert. Wie so häufig hatte Norton keine Ahnung, ob und warum jemand ihn haßte. Es war ihm gleichgültig. Es war außerdem der Abgrund, der ihn von impulsiveren Menschen trennte.

Aber bei Mary Ann hatte er mit einem gewissen Bedauern auf weitere Liebesnächte verzichtet, weil sie ihn im Bett bezaubert hatte. Doch sein Mißtrauen war stärker als seine Begierde. Auch seine Vorsicht. Schon am nächsten Tag beim Lunch in seinem Hotel, wo sie verführerisch aussah, war er durch ihre Bemerkung über gemeinsame Theaterbesuche in London hellhörig geworden. Es hätte nur noch gefehlt, daß sie sich nach der Zahl der Zimmer in seinem Haus in Chelsea erkundigt hätte. Obwohl er ein Meister im Überhören unerwünschter Fragen war, wechselte er sofort das Thema. London? Wo war das? Nie davon gehört.

Du lieber Himmel! Um mit Norton fertig zu werden, mußte Mary Ann viel früher aufstehen. Erst einmal war sie überhaupt nicht aufgestanden, da sie sich nicht erheben konnte. Sie war zu schläfrig. Zu schwach und schwindlig. Dieses Mal war es nicht gespielt und hatte einen Grund. Norton warf ihr einen scharfen Blick zu. Sie hatte tiefe Schatten unter den Augen, und ihre Hände zitterten. Sie betrachtete sich im Spiegel, als ob Norton nicht da wäre. Sie murmelte: »Es ist jemand im Spiegel, der nicht dahingehört. Scheußlich!«

»Bist du es vielleicht?«

»Es ist Miss Wattle mit ihren Tauben und Raben.«

»Das ist Unsinn, Mary Ann! Geh unter die kalte Dusche.«

In plötzlichem Zorn warf sie den Spiegel nach ihm. Er fing ihn geschickt auf und legte ihn auf seinen Platz. Das Schleudern von Gegenständen mußte sie ihrem Vater abgesehen haben. Norton erinnerte sich genau, daß Mr. Brown beim Frühstück eine Blumenvase gegen die Wand geschleudert hatte. Er hatte bereits sein Urteil über Mary Anns Verhalten gefällt und verkündete es, ohne mit der Wimper zu zucken.

»Wenn du weiter Marihuana nimmst, wirst du im Gefängnis oder im Irrenhaus landen.«

Wer versorgte sie mit diesem Stoff? Sie war wohl noch im Anfangsstadium, aber die ersten Anzeichen von Zerrüttung waren bereits erkennbar: zitternde Glieder, ein Wechsel zwischen Lethargie und Erregtheit, Panik vor Spiegelbildern.

Er öffnete ihre Schubladen und fand das Zeug in einem Seidentuch. Er warf es in weitem Bogen von der Veranda in den Lotosteich, überhörte ihr Kreischen und Wimmern und schloß leise die Tür. Er hätte sie nicht ungern zugeworfen. Nur tat man es eben nicht.

Er kam mit knapper Not zur Eröffnung des Karnevals. Der Platz war bereits überfüllt, und in den Calypso-Zelten war der Wettgesang um die Krone des Calypsokönigs in vollem Gange. Früher hatte er die Eröffnung im Morgengrauen von einem reservierten Podest verfolgt. Jetzt stand er ziemlich weit hinten in der erregten, freudig flüsternden Menge. Neben ihm stand jemand, den er kannte. Sonny Jones, der große Calypsosänger, ein dunkler Ehrenmann aus London.

»Ich dachte, Sie machen im Wettgesang mit, Mr. Jones?«

»Alle zu neidisch auf mir, Sir Francis! Lassen mir nicht hochkommen.« Mr. Jones machte die Andeutung einer Verbeugung und verschwand in der Menge. Mit Richter Norton wollte er den Karneval keinesfalls verbringen.

Die feierliche Eröffnung des Jour Ouvert war so alt und langlebig wie die magische Schildkröte des I Ching aus dem »Buch der Wandlungen«. Da war immer »Der Sehr Alte Mann« auf seinem Platz neben den Calypso-Zelten, und sein Witz, sein Kontakt mit den Massen und sein Prestige waren allgegenwärtig auf der Insel. Er kannte alle bis in den kleinsten Dorfwinkel. Auch Norton kannte seit Jahrzehnten das Gesicht hinter der Maske des »Sehr Alten Mannes«, ganz zu schweigen von Walker und Molly Clarkes Sippe.

In seiner rechten Hand hielt dieser Abgesandte des Weltschöpfers den mythischen afrikanischen Hund Mboa, und seine linke Hand hielt einen Hahn. Beide Kulttiere waren handgeschnitzt und mit kunstvoll bemaltem Goldstoff geschmückt. Es waren zwei Museumsstücke, aber niemand auf der Insel – mit Ausnahme der ehemaligen Kolonialexperten für afrikanische Kunst – hatte diesen Hund und diesen Hahn mit den schönen Künsten in Verbindung gebracht. Die großen Figurinen wurden einmal im Jahr gegen fünf Uhr früh aus ihrer Kiste geholt, von ihren Umhüllungen befreit und vom Morgenrot begrüßt, während der »Sehr Alte Mann« in der Arawak-Maske, in der Ureinwohner der Inseln der riesigen Menschenmenge im Singsang berichteten, wie der Morgen nach Millionen von Jahren mit seiner rosenroten Fackel die karibischen Inseln erreichte.

Hört zu, was ich berichte!
Am Anfang von unsere Welt gab es nur Nacht. Nix weiter. Alles und jedes in große Finsternis. Nicht einmal eure Ur-Ahnen und Großmamas, auch nich Großmama Punsi hier mit ihr altes Fischgesicht, hahaha, also niemand hatte jemals Licht gesehn oder die liebe-liebe Sonne auf seine Haut gespürt. Habt ihr das verstanden? Halt den Mund, Njabulo, links von Bardame Marita! Hörst du? Der »Sehr Alte Mann« macht sonst kurzen Prozeß mit dich. Is keine Drohung, Njabulo! Is so.

Hört zu, was ich euch berichte!
Nein, nein, Mister Unbekannt! Dieser Hund hier und dieser heilige Hahn sind absolut unverkäuflich. Haben Sie das mitgekriegt, Mister Vielfraß? Hört auf mit dieses Lachen, Leute! Is feierliche Sache hier. Jajaja, Mamma Thomson! Du kennst Geschichte, ich kenn' sie, alle, alle kennen sie. Deswegen bleibt sie wahrhaftiglich und ewig und wert für Jour Ouvert. Ich sage: Haltet das Maul und hört, was »Sehr Alter Mann« euch ernstlich erzählt.

Also niemand, kein Mann oder Frau oder kindlicher Dummkopf hatte jemals Licht gesehn, is schrecklich, aber wahr. Wer das sagt, Brutus Smith? »Sehr Alter Mann« sagt es. Hat es direkt und kostenfrei von alten Gott Fifi Mululu, Afrika. Das sollte dich genügen, Brutus Smith mit deine alten Kolonialwaren und deine Frau und alles. Stoppt unziemliches Gelächter, Leute! Gibt schlechtere als unser Brutus hier mit seine zahlreichen natürlichen Nachteile.

Auf diese Weise, mit immer derberen Anspielungen auf die Schwächen seiner eigenen Dorfgemeinschaft, was erwartet und jubelnd bestätigt wurde, berichtete der »Sehr Alte Mann«, wie die Menschen und Tiere nicht länger in Finsternis leben wollten und sich nach dem Morgen sehnten. Da Büffel und Elefant den Morgen nicht finden konnten, schickten sie den Hund Mboa und die Vögel auf die Suche. Mboa behielt nur den Hahn als Begleiter, die anderen Vögel schickte er in den Busch zurück.

Und als Mboa endlich ins Dorf von Fidi Mukullus kam, da nahte der Morgen. Und Mboa sagte zum Hahn: »Krähe lautlaut.« Und der Hand krähte. Und im Busch sangen die Vögel. Und die Menschen und Tiere hörten es und sagten: »Der Morgen kommt.«

Der »Sehr Alte Mann«, für gewöhnlich Jason der Prophet und Walkers Onkel, machte eine dramatische Pause. Die riesige Versammlung in farbenprächtigen Kostümen schwieg so ehrfürchtig, als ob sie die tiefsinnige Schöpfungslegende zum ersten Mal hörte. In diesem Augenblick tauchte die Morgenröte den »Nelson-Platz« in rosa Wolken, und der Morgen wurde mit einem traditionellen Chorgesang begrüßt.

Auch Norton war wieder so beeindruckt wie in den vielen Jahren, wo Drury, Bartlett, Clarke und er die Begrüßung des Morgens erlebt hatten. Wieder dachte er, daß diese kleine Insel am Rand der Welt trotz aller Wechselfälle einen Rest von Unschuld und reiner Poesie bewahrt hatte. Diese Welt war liebenswert, selbst für die Fremden aus anderen Welten. Einen Augenblick war London nur ein Schattenriß auf seiner privaten Landkarte.

Das Fest begann. Norton ging, ebenfalls nach eingeführtem Brauch, zur »Englischen Galerie«, wo er mit seinen Landsleuten die Festzüge betrachten würde. Es waren nur noch wenige in dieser Galerie, aber ob viele oder wenige Engländer, sie übten ihr altes Talent, überall ein unübersehbares Stück England zu schaffen. Das Restaurant hieß jetzt anders und wurde – außer beim Karneval – von Afro-Kariben besucht. Als ob ein Schuldgefühl die Sieger davon abhielte, mit ihren Kolonialvätern und -müttern Tee zu trinken. Selbstverständlich teilten die neuen Herrscher keineswegs Nortons Gedanken. Sie feierten Karneval mit Rum und waren ausgelassener, als sie jemals in Kolonialzeiten gewesen waren. Schuldgefühle und ähnliche Reaktionen überließen sie den Herrschaften in der »Englischen Galerie«. Dennoch war Nortons Überlegung nicht ohne logische Grundlage. Denn früher hatten sich die Schwarzen und die Mulatten um die Ehre, mit den Spitzen der Kolonie Tee zu trinken, buchstäblich gerissen. Walker war immer eingeladen worden, dafür hatte Norton gesorgt. Der junge Mann war verschüchtert und glückselig erschienen und konnte vor Erregung keinen Bissen herunterbringen. Aber da war immer ein diskretes Päckchen mit Rosinenbrot, »Muffins«, und ein Glas Marmelade für Walkers Familie bereit gewesen. Mamma und Jason der Prophet hätten sich nicht träumen lassen, die hohen Herren auf der Galerie heimzusuchen.

Bildete Norton es sich ein oder stiegen ihm wirklich Moderdüfte und der Geruch von Mottenkugeln in die Nase? Zahlenmäßig war es eine stattliche Menge von Landsleuten, aber sie zählten nicht mit und hatten es nie getan. Wenn Drury die Kolonie in Flieger und Fußvolk eingeteilt hatte, sah Norton sich an diesem Jour Ouvert, zwei Jahre nach der Revolution, von Fußgängern umzingelt. Natürlich hatte er früher nie die Leute, die nicht dazugehörten, gezählt, aber zum Beispiel Miss Baldwin, aus guter Familie mit etwas Landbesitz, war ziemlich schäbig von der Elite behandelt worden. Nicht, daß es ihr das geringste ausgemacht hätte! Einmal war Edwina Baldwin eine unabhängige Person, die wegen ihres »Geheimnisses« auf Comfort Island versauerte, und dann besaß sie den besten Frisiersalon auf der Insel, in bester Lage, und regierte dort über alle Haar- und Hautfarben. Jeder kannte sie und ihr Geheimnis. Sie wollte nie darüber nachdenken, wie die unmögliche Mrs. Drury es herausbekommen und verbreitet hatte. Damals gehörte Mary Ann noch zur Elite, und Miss Baldwin mußte vorsichtig sein. Aber sie fand viel Teilnahme; selbst Margaret Norton, offenbar im Bannkreis sozialer Fürsorge, wurde Kundin im »Salon Baldwin« und unterhielt sich mit der Chefin, die sie persönlich bediente. Norton fand es erstaunlich, da Margaret mit den nettesten oder anregendsten Leuten nichts zu tun haben wollte. Sie hatte eben ein Herz für die Mühseligen und Beladenen gehabt, alles, was recht ist. Miss Baldwin hatte ihren plötzlichen Tod beklagt, nicht nur, weil sie eine gute Kundin gewesen war. Margaret hatte nie auf das »Geheimnis« angespielt.

Miss Baldwin war neunzehn Jahre, Studentin der Medizin und verlobt gewesen, in der Grafschaft Derbyshire, als das Schicksal zuschlug, und zwar auf ihren Kopf. Sie war in den Sommerferien daheim und hatte ihrem Verlobten, solider »kleiner« Landadel, erklärt, daß sie nach der Hochzeit weiter studieren oder erst heiraten wollte, wenn sie Ärztin geworden war. Sie war schön, klug, hochgewachsen, und ihre künftigen Schwiegereltern waren recht zufrieden mit Franks Wahl. Das Studieren und solchen Unsinn würden die Babys ihr abgewöhnen. Gute Reiterin. Liebte Hunde. Alles in bester Ordnung.

In diesem Sommer entwickelte Edwina Baldwin ein Fieber, das sie schwach und reizbar machte. Frank war oft bei ihr und beobachtete ihre Fortschritte. Er strich ihr gern über ihr schönes, dunkles Haar, das sie nie kurz geschnitten hatte, sondern hochfrisiert wie eine Krone trug. Sie hatte besonderes Geschick und frisierte sich, ihre Mutter und sämtliche Tanten »zum Spaß« bei festlichen Gelegenheiten wie in einem Londoner West-End-Salon, wohin sie manchmal mit einer Tante fuhr, wenn eine besondere Party stattfinden sollte.

Das Unglück brach über Miss Baldwin herein. Es schreitet aber nicht halb so schnell, wie Filmregisseure annehmen. Eines Morgens hielt Miss Baldwin ein Büschel Haare in der Hand. Sie mußte sich zu heftig gebürstet oder gekämmt haben. Kein Unglück bei ihrer Haarfülle.

Aber die Haare fielen ihr weiter aus. Frank war mehrere Monate bei Freunden in Kanada, wo er als Landwirt allerhand lernte. Als er zurückkam, trug seine Braut auch im Zimmer ein Kopftuch. Die Spezialisten hatten vor einer Perücke gewarnt. Das Haar mußte »Luft zum Wachstum« haben. Verständlich. Miss Baldwin betrachtete ihren Kahlkopf nie im Spiegel. Sie sah gespenstisch aus. Wie ihr Vater mit Ohrringen.

Als Frank und sie auf dem Sofa im elterlichen Empfangszimmer das Hochzeitsdatum besprachen, zog er ihr spielerisch das alberne Kopftuch ab. Er wurde weiß. Ein Monstrum, ein Jahrmarktsscherz, ein Clown in einem Seidenkleid blickte ihn aus großen, flehenden Augen an.

»Das Haar wird wieder wachsen«, stammelte sie. »Im Augenblick geht es langsam. Es ging nicht langsam, die Glatze war spiegelglatt.

»Ich verstehe«, murmelte Frank. »Es macht mir nichts aus.« Er war jung und gesund und stolz auf die Schönheit seiner Braut gewesen. Der Gedanke, mit einem Kahlkopf im Bett zu liegen, warf ihn um.

Miss Baldwin erwarb eine tadellose Perücke, lernte in London alle Frisierkünste, einschließlich den Bau eines künstlichen Haarturms, und verzog sich, zur Erleichterung von Freunden und Familie, auf den Rat des jungen Chirurgen Bartlett nach Comfort Island. Nicht, daß ihre Eltern sie weniger liebten, aber Mrs. Baldwin war beim ersten Anblick ihrer kahlen Tochter ohnmächtig geworden, und Edwina konnte die aufgerissenen Augen und den Schrei ihrer Mutter noch weniger ertragen als Franks Behauptung, daß ihre Glatze ihm nichts ausmache. Sie war so unwahr wie sein Abschiedsbrief. Aber vielleicht glaubte er selbst daran, daß alles in Ordnung gekommen wäre, wenn sie ihm die Wahrheit gesagt hätte. Miss Baldwin wollte nie wieder einen Mann lieben und seine Lügen anhören. Natürlich hätte sie weiter studieren können, denn den Kranken sind die Glatzen oder Perücken ihrer Ärzte gleichgültig. Aber etwas in ihr war zerbrochen, und sie hätte bei jeder Sportart in der Universität Blut geschwitzt und Galle gespuckt. Auch ihr Kosename »Baldie« statt »Miss Baldwin« hatte eine schauerliche Nebenbedeutung bekommen. »Kahlköpfchen« ist nur in Ordnung, wenn man alle seine Haare hat. So wie Freunde den überschlanken Studenten Norton »Fattie«, kleiner Fettsack, gerufen hatten.

Und nun stand Norton zur Eröffnung des Karnevals Miss Baldwin gegenüber und fand sie so verändert wie das politische Klima der Insel. Man konnte kalte Füße bekommen. Baldies prächtige Lockenperücke hatte an Glanz und Form verloren, wie Nortons Traumvilla am Ozean. Baldie war nachlässig gekleidet, hatte sich nicht geschminkt oder kostümiert, und auch ihr saures Lächeln und die tiefe Falte zwischen ihren Augenbrauen waren neu.

»Sir Francis! Welch eine Überraschung«

»Wie geht es Ihnen, Miss Baldwin?«

»Schlecht. Ich sollte nach Hause fliegen.«

»Vielleicht sollten Sie das tun. Was macht Ihr Salon?«

»Ich habe ihn an eine Schwarze verkauft. Ein neues Schönheitsideal.« Norton verbarg seine Überraschung. »Aber was machen Sie hier, Miss Baldwin?«

»Nichts. Inkpot sorgt weiter für mich.«

Ihr alter treuer Diener, den seine Eltern wegen seiner schwarzen Haut kurzerhand »Tintenfaß« genannt hatten, marschierte im Festzug durch die Straßen. »Viel zu anstrengend für ihn«, murmelte Miss Baldwin. »Inkpot ist auch nicht der Jüngste. Übrigens, was ich noch fragen wollte, Sir Francis?«

»Ja, bitte?«

»Ich habe es vergessen«, erwiderte Miss Baldwin unfreundlich. »Kann jedem passieren.«

»Der Kuchen ist ausgezeichnet«, sagte Norton, der nie etwas vergaß. »Ich kann mir schwer vorstellen, daß Sie nichts tun, Miss Baldwin.« Er hatte sie nie Baldie genannt.

»Walker ist sehr anständig zu mir. Er gibt mir inoffiziell Arbeit durch Maschineschreiben. Wissen Sie.« Sie stockte. »Ich geh' nur zum Karneval in die Galerie. Inkpot zuliebe. Bin menschenscheu geworden. Verrückt, wie?«

»Durchaus nicht. Wir werden alle älter.«

»Ihnen sieht man es nicht an, Sir Francis!«

»Das sollte mir auch noch fehlen.«

Norton betrachtete die Festzüge mit der alten Begeisterung.

Jeder Pragmatiker bewundert die sichtbaren Produkte und Paukenschläge der Phantasie. Ein Sommernachtstraum in afro-karibischer Ekstase.

Da war Walker! In weißer, goldgestickter Robe, mit einem leuchtenden Stirnband und wallender Schleppe. Königliches Afrika! Eine fremde Legendenfigur mit kühnem dunklem Gesicht. Er war so eindrucksvoll, daß Norton stolz auf ihn war. Obwohl er alles darstellte, was die Kolonie überrannt hatte. Die Überbleibsel einer versunkenen Epoche hatten sich in der »Englischen Galerie« versammelt. Und unten marschierte, trommelte und sang die Gegenwart.

Margaret war nur zur Eröffnung dabeigewesen. Die Steelbands machten solchen Lärm, daß ihr Trommelfell platzte, hatte sie Norton erklärt. Wahrscheinlich mußte man Geschmack an der afrikanischen Trommelei und an exotischen Frauen haben. Walker hatte einmal die Engländer auf der Insel als »Wintermenschen« bezeichnet. Baldie hatte das falsche Lockenhaupt geschüttelt. Das war nicht so. Sie wollten eben ihre Gefühle nicht zeigen und fanden das angebracht.

»Hallo, Benson! Immer noch die alten Tricks?« fragte Norton wohlwollend.

»Natürlich, Sir Francis!« Mr. Benson zeigte beim Lächeln ein beneidenswert kraftvolles Gebiß, das im Kontrast zu seinen zarten, seidenen Frauenkleidern und dem Ascot-Hut mit Bindebändern stand. Herbert Benson, einer der tüchtigsten Beamten in Drurys Bank auf Comfort Island, war ein zurückhaltender Transvestit und tobte sich beim Karneval mit Spitzen, Bändern und Rosetten aus. Er hatte nur die Galerie betreten, um Norton zu begrüßen, der ihn einmal wegen Gewalttätigkeit vorm Gefängnis gerettet hatte. Mr. Benson war normalerweise, wenn man es so nennen wollte, eine friedliche Natur, aber an seinem Putz bei festlichen Anlässen ließ er im wahren Sinn des Wortes nicht rütteln. Er war auf Comfort Island geblieben, weil abwegige Neigungen, solange sie kein öffentliches Ärgernis erregten, auf dieser kleinen Insel lächelnd oder gleichgültig toleriert wurden. Auch Norton hatte nichts »an Drurys Miss Benson« auszusetzen gehabt, da er in der Bank niemals als Ballerina oder Carmen erschienen war. »Viel Spaß«, sagte Norton, der zu seinem Schrecken das Fossil der Kolonie auf sich zukommen sah.

Mr. Thaw war so alt, daß nicht einmal er selbst die Jahre zählen konnte. Er mußte mit Kolumbus auf dieser Insel gelandet sein. Er lebte vor den Toren der Residenz von einer englischen Rente, unterstützt von seinen schwarzweißen Enkelkindern, und war heute ein angesehener Bauunternehmer der Republik. Wenn Mr. Thaw etwas fehlte, war es nur das Gedächtnis, und wer erwartet korrekte Angaben von jemandem, der über hundert Jahre hinter sich gebracht hatte und deswegen von aller Welt bewundert wurde? Sein jüngerer Enkelsohn, Digby Thaw, der seinen Namen nicht mit dem afrikanischen Namen von Mutter oder Großmutter vertauscht hatte, schob seinen Grandpa vorsichtig und liebevoll in Nortons Richtung. Ein tüchtiger Baumeister konnte sich nennen, wie er wollte.

»Hallo, Digby!« Norton lächelte beinahe liebenswürdig. Er beugte sich zu dem winzigen Landsmann herunter und schrie in das vorsintflutliche englische Hörrohr: »Wie geht es Ihnen, Mr. Thaw?«

»Wer ist der Mann, Digby?«

»Das ist doch Sir Francis, kleiner Grandpa.«

»Ich rede nicht mit Staatsanwälten«, sagte der alte Mann und stieß Norton etwas grob von seinem Hörrohr weg. »Bluthunde! Zu meiner Zeit klagten sie nur Unschuldige an.«

»Aber Grandpa!« Der stämmige Baumeister schrie in das Hörrohr. »Dies ist Sir Francis Norton. Ein gerechter Mann, verstehst du?« Der Alte schwieg störrisch.

»Grandpa hat schlecht geschlafen, Sir Francis! Der Karneval hat ihn aufgeregt. Er weiß noch alle Kostüme von vor siebzig Jahren«, sagte Digby Thaw stolz. »Du weißt noch alles, Grandpa«, schrie er ins Hörrohr.

»Besser als du Grünschnabel«, brummte Mr. Thaw. Der Grünschnabel war längst in seinen mittleren Jahren.

»Wie geht es Lady Norton?« fragte der alte Herr plötzlich. »Hab' sie lange nicht gesehen.«

»Es geht ihr gut«, sagte Norton, dem Digby Thaw einen beschwörenden Blick zugeworfen hatte. »Sie läßt Sie grüßen, Mr. Thaw.«

»Es geht immer mehr bergab mit der Kolonie«, erklärte Mr. Thaw. »Zu meiner Zeit, als wir noch richtig bauten. . .« Er gähnte laut und ungeniert. »Komm, Digby. Sieh dir alles an. Ich. . . muß. . . schlafen.«

»Ist er nicht wundervoll, Sir Francis?«

Norton fand, daß Digby Thaw und sein Bruder Edward wundervoll waren, aber er nickte zustimmend. Er dachte unwillkürlich, daß daheim halb so alte Leute wie Großvater Thaw in Altersheime verfrachtet wurden, weil niemand genug Zeit, Geduld oder Liebe für die Alten und sehr Alten aufzubringen schien. Aber es war wohl nicht ganz einfach, besonders wenn jemand so unhöflich und eigensinnig wie Digby Thaws »kleiner Großvater« geworden war.

Unten tänzelte der lange Festzug mit seinen Gruppen und Einzelgängern zu historischen Plätzen, die teilweise noch die Benennungen der Kolonialzeit trugen, weil es einfacher für die Post und den Handel, vor allem für den Tourismus war. Mit den Jahren würde das »verbessert« werden. Aber bei diesem Karneval zogen die Masken noch durch die Nelson Street, den Gladstone Square bis zum »Curtis«, einem kleinen Privathotel am Rand der Residenzstadt, wo noch einige Überbleibsel der Kolonie, wie beispielsweise Miss Pomfret, in vornehmer Vereinsamung wohnten. In diesem Friedhof der Kolonie residierte also gegen jede bessere Einsicht Isobel Pomfret, die ältliche Tochter des ehemaligen Gouverneurs, anstatt ihrem verbitterten Vater auf seiner Klitsche in England das Leben angenehmer zu machen. Aber dazu besaß Miss Pomfret nicht die geringste Begabung. Sie war vielleicht einsichtiger, als ihre Familie ihr zugestand. Sie war ihrem herrschsüchtigen Vater viel zu ähnlich, um ihn aufzuheitern. Im »Curtis« wußte man immer noch, wer sie war. Niemand konnte ehrfürchtiger und diensteifriger als das alte afro-karibische Personal sein. Miss

Pomfret konnte sich nicht erinnern, bei ihrem letzten Besuch vor sechs Jahren ehrfürchtige und dienstwillige Stubenmädchen in ihrem Londoner West-End-Hotel getroffen zu haben. Und Papa war noch Gouverneur gewesen. Wo lag überhaupt Comfort Island? Oder Trinidad? Wer hatte je von Grenada gehört? In keinem Fall das Stubenmädchen im Londoner »Mayfair«.

Miss Pomfret hatte ihr eigenes Faktotum namens Juwel mit ins Curtis-Hotel gebracht, und diese ältliche Afro-Karibin entsprach ihrem Namen. Sie wohnte im Hinterland des alten Hotels, das immer noch von seiner englischen Inhaberin und ihrem bewährten afro-karibischen Empfangschef geleitet wurde. Aber Mrs. Curtis dachte nun auch an ihren Rückzug nach Somerset, wo ihre Schwester sie erwartete. Nicht so Miss Pomfret! Sie blieb mit Juwel im »Curtis«, was immer in der neuen Republik geschah. Niemand wagte es, ihr zu raten, da Miss Pomfret, wie Norton, gute Ratschläge überhörte. Sie lebte seit ihrer Jugend auf der Insel, und Juwel las ihr jeden Befehl und Wunsch von den scharfen, blauen Augen ab. Juwel stammte aus Mamma Walkers Dorf und war jung und verängstigt von Miss Pomfret persönlich eingearbeitet worden. Sie war Juwels Welt. Aber tatsächlich war Isobel Pomfret nur zu »ihren« Afro-Kariben nett und großzügig, wenn auch aus schwindelnder Höhe. Sie besaß beträchtliches Privatvermögen durch diverse Erbschaften, das von einem Drury-Cousin in London verwaltet und vermehrt wurde. »Ganze Bande mit sich verwandt und verkleistert«, pflegte Walkers Mutter zu brummen. »Kein Herz, keine Gottesfurcht – nix.«

Es stimmte nicht. Miss Pomfret war keineswegs heidnisch, ging aber mit ihren Mitmenschen furchtlos um. Und sie hatte Juwel nicht nur recht gern, sondern hing, heimlich ihre Sentimentalität scheltend, an der rundlichen, liebevollen Person. Sie hatte ihr sogar ein kleines Haus im Heimatdorf gekauft, das Juwel eine bescheidene Miete einbrachte, bis Miss Pomfret »soweit« sein würde.

Chirurg Bartlett war ebenfalls mit Miss Pomfret weitläufig verwandt und hatte ihr in einstigen Glanzzeiten ihren Blinddarm entfernt. »Miss Pomfrets Blinddarm« war Teegespräch in der Kolonie gewesen, da sie ihn für alle ihre Vergehen und Versehen verantwortlich machte.

Bei der englischen Vorliebe für Pechvögel war Miss Pomfret beinahe liebenswürdig mit Miss Baldwin, die sie regelmäßig im »Curtis« frisierte und mit Tee und Toast bewirtet wurde. Auch Mr. White, der Sündenbock der Kolonie, der längst zurück in Birmingham war, hatte im »Curtis« Tee und Trost bekommen. Niemand wußte mehr, was Bill White eigentlich angestellt hatte und weswegen er beständig angeschuldigt worden war. Niemand bis auf Norton.

Als Norton endlich Miss Pomfret begrüßte und ihr feines, knochiges Gesicht mit den scharfen Augen unverändert fand, dachte er, daß diese Art von englischer, unabhängiger Exil-Patriotin eine aussterbende Rasse war.

Hatte Norton in den zwei Jahren vergessen, wie großartig und farbenfroh die Karnevalszüge waren?

Tiermenschen in surrealistischen Masken und Kostümen. Hüte und Perücken, die in die tropischen Lüfte ragten. Friedenstauben und Giftschlangen. Gevatter Tod in vielerlei Gestalt.

Die Tiger-Lady mit einem Kaiser aus der Ming-Periode. Die Chinesen trumpften ebenfalls auf. Und da schritt jener japanische Fotograf vorüber, der Norton mit Bildern seines Gartens beschenkt hatte. Der kleine Herr mit Samurai-Haarknoten marschierte drei Schritte vor seiner schattenhaften Frau und verbeugte sich gleichzeitig vor Norton. Neben ihm schritt sein afro-karibischer Freund, der ihn eingeladen hatte. Die anderen Japaner in der Stadt sahen von ihrem Standort am Nelson-Platz zu. Sie fanden den Mummenschanz zu lustig. Auch eine ostindische Besucherin fragte ihren Gastgeber auf seinem Balkon, warum diese Insulaner »so albern« wären. Die überschäumende Fröhlichkeit war ihr unverständlich.

Wo blieb Mary Ann? Norton haßte Unpünktlichkeit. Sie hätte längst ihren Tee in der Galerie trinken sollen. Er hatte ihre schlechte Laune heute früh nicht ernst genommen.

Die Prozession schien kein Ende zu nehmen. Clowns und Dämonen. Don Juan in vielerlei Gestalt. Und Guerillas von ihren Verstecken aus den Bergen, die sich in ihren bunten Hüllen singend ihre künftigen Opfer aussuchten. Eine Bedrohung des Tourismus, die Walker Sorgen machte. Sie trugen ihre Papierhüte tief in die Stirn gezogen und blickten hinter farbigen Sonnenbrillen umher.

Junge Kolibri-Mädchen, Nachteulen, Paradiesvögel mit kunstvollen Flügeln. Wetterdämonen, Diebe, Trommler, Mörder, eine Schlangengöttin auf Stelzen, die sie mit tänzerischem Geschick bewegte. Othello mit schwarzer, bildschöner Desdemona, König Lear, Romeo und Julia – alles Studenten, die ihren Shakespeare kannten. Prinz Rama mit Sita, ostindische Traumfiguren! Alles, nur keine Sklaven oder ihre Antreiber.

Aber auch die schönste Blume kann nicht hundert Tage blühen, der längste Festzug zieht vorbei, und Mary Ann war immer noch nicht erschienen. Herumtreiberin, dachte Norton ziemlich grimmig. Dann freute er sich auf den gebackenen Hummer, eine Spezialität der »Englischen Galerie«. Norton war durch seine Größe und seinen hellgrauen Leinenanzug bereits unangenehm aufgefallen, aber nichts konnte ihm gleichgültiger sein. In dieser Beziehung paßte er wundervoll zu Miss Pomfret. Nur hatte er die politischen Alarmzeichen beachtet?

Vor seinen Augen marschierten noch Nachzügler vorbei, Arm in Arm und sichtlich berauscht von Liebe und Lebenslust. Auch das gehörte zum Karneval, wenn nicht einfach zum Leben. Norton dachte plötzlich, daß er nie eine Frau geliebt hatte, weder Margaret noch seine kleine Chinesin in Soho und schon gar nicht Mary Ann. Mit wem trieb sie sich im Augenblick herum?

Wohl mit Walker, denn endlich erschien sie Arm in Arm mit diesem afrikanischen Fürsten in der »Englischen Galerie«.

»Ich habe Mrs. Drury hierhergeschleppt«, erklärte Walker. »Es wird Zeit«, sagte Norton in seinem unangenehmsten Ton. »Ihr Kostüm ist wirklich nett, Mr. Walker! Gut, daß Sie Mrs. Drury irgendwo aufgefischt haben.«

Sie starrte Norton an. Dann wandte sie sich an Walker.

»Komm, Alan! Wir haben hier nichts zu suchen.«

»Sie hat zuviel Rum getrunken«, erklärte Walker etwas verlegen.

Rum? dachte Norton. Sie hat noch mal Marihuana geschnuppert und ist dennoch weiterhin schön und begehrenswert. Die leichte Aufgelöstheit stand ihr. Er erkundigte sich, ob Mary Ann die Sprache verloren hätte.

Doch dies war nicht der Fall. Plötzlich überschüttete sie Norton mit einem Redeschwall, der aus Vorwürfen und nicht besonders salonfähigen Beschimpfungen bestand. Walker hatte sich ins Restaurant verzogen, und Mary Ann schrie auf der Galerie: »Ich hasse dich, wie ich nie einen Mann gehaßt habe, du kalter Schellfisch!« Norton fragte, ob es nicht etwas leiser ginge, und verabschiedete sich von Walker im Restaurant.

Walker mußte Norton viel besser kennen, als dieser dachte. Er erbot sich sofort, ihn zum Dinner ins Hotel zurückzubringen. Leider konnte er ihm dort nur kurz Gesellschaft leisten, denn seine Mutter hatte eine große Festlichkeit zum Jump-up vorbereitet. Norton erinnerte sich, daß die karibischen Inseln heimlich vom Matriarchat regiert wurden, und vertröstete Walker auf morgen zum Abschiedsessen im »Pfeffertopf«. Selbst Mamma hatte einwilligen müssen, daß der Sohn morgen abend abwesend sein würde.

Aber Norton nahm Walkers Angebot nicht an, und er hatte plötzlich genug vom Jump-up. Oder von Mary Ann, die ganz allein auf der Galerie vor sich hinmurmelte.

Als er die Treppe hinuntersteigen wollte, stürzte sie auf ihn zu.

»Wage es nicht, heute nacht mein Gartenhaus zu betreten!«

»Mein Gartenhaus«, sagte Norton und verschwand.

Morgen war der »Mardi Gras«, der Höhepunkt des Festes – und immer voller Überraschungen, wenn Norton sich recht erinnerte.

2. *Tanz und Trance*

Glaube die Hälfte von dem, was du siehst,
und nichts von dem, was du hörst.

Westindische Weisheit, Jamaica

Mrs. Amy Brown (Camden Town) an ihre Tochter Mary Ann Drury. London 1964

Warum schreibst Du nicht an Deine alte Mutter? Ich bin ja an Deinen Undank gewöhnt, aber die Nachbarn fragen nach Dir, und ich muß mir alles mögliche ausdenken. Ich lasse sie in dem Glauben, daß ich regelmäßig von Dir höre. Miss Whitehead hat in die Finchley Road geheiratet, er besitzt eine Garage und eine taubstumme Mutter, angenehm für Miss Whitehead, und ihre Mum hat täglich ein Gespräch übers Telefon. Das gibt es also auch. Die verstorbene Miss Wattle fragte mich mal, ob Dad und ich fein genug für Mr. Drury seien. Grüße ihn von mir! Schließlich ist er mein Schwiegersohn, ob es ihm gefällt oder nicht. Bei Deiner Hochzeit gefiel ihm nur Vera trotz oder wegen ihres Lebenswandels. Geht mich nichts an. Meine Schwiegermutter war schon tot bei meiner Hochzeit. Taubstumm soll sie nicht gewesen sein. Gott segne sie.

Was treibst Du da unten? Ich würde nie in heiße Gegenden fahren, aber Du hättest mich einladen müssen. Falls Du Dich gegen Mr. Drury, mit seiner Bank und allem, so benimmst wie gegen Deine Mutter, dann wird er Dich hinauswerfen. Tante Vera läßt schön grüßen. Sie steht sich bestens durch die Erbschaft von ihrem alten Sugar-Daddy, und seine Familie hat den Prozeß verloren. Vera hat alles geerbt. Mir hat nie jemand was vermacht, nicht mal 'ne Scheuerbürste. Oder wenigstens einen Topflappen. Entschuldige, aber Dein Weihnachtsgeschenk war unsinnig. Was soll ich mit einem Tüllschal? Bei unserm Wetter und meiner Gicht. Gibt's keine Wolle da unten?

Wenn's Dir egal ist, schick mir einen Scheck auf Drurys Bank in London. Falls Dein Mann nichts dagegen hat, daß ich mir was

Vernünftiges kaufe. Vielen Dank im voraus. Du hast nie einen Funken Vernunft in Deinem Kopf gehabt, Mädchen! Tante Vera hat einen Mieter aus Birmingham in der Soho-Bude. Stell Dir vor: Er will sie eventuell heiraten! Mrs. Whitehead fiel fast vom Stuhl, als ich es ihr vertraulich erzählte. Vera muß den Herrn natürlich über ihre Vergangenheit aufklären. Sie hat alle Strichmädchen hinausgeekelt, als es ernst wurde. Falls sie schweigt, muß ich ihm ein Licht aufstecken. Ich täte es ungern, aber es ist meine Pflicht. Falls er dann abschwimmt, ist es nicht meine Schuld, sondern Gottes Strafe. Einen Moment! Meine Wurst brennt an! Wenn Du nicht aufpaßt, wirst Du im Mülleimer enden. Viel Spaß beim Karneval! – Mum.

PS: Heut geh ich wieder zu Miss Wattle auf den Friedhof und lese ihr die Zeitung vor. In Notting Hill toben sie beim Karneval.

Mary Ann erhielt diesen Brief nicht, da sie weder Mr. Drury noch dem Postamt ihre jetzige Adresse mitgeteilt hatte. Der Brief lag im Hause »Happy Valley« mit der anderen Post auf Drurys Schreibtisch, wo er ihn nach seiner Rückkehr aus Venezuela in sein Fach für »Unwichtiges« einschließen und vergessen würde. Seine Frau würde leider eines Tages auftauchen, ob Molly Clarke bei ihm lebte oder nicht. Mr. Drury meinte, so lange hätte die Post Zeit. Er nahm nichts wichtig. Oder fast nichts. Übrigens starb Mary Anns Mutter drei Wochen nach diesem Brief. Vera schrieb einen üblichen Luftpostbrief, der ebenfalls in Drurys Schreibtisch Stockflecken ansetzte. Vera Broom sah ihre Schwester Amy mit einem weinenden und einem lachenden Auge. Nun konnte sie in Ruhe heiraten. Er wußte nichts, würde nichts erfahren, und Vera würde die Wohnung verkaufen und nach Birmingham ziehen. Ihr Erfolg bei Männern beruhte zum Teil auf ihrer Verschwiegenheit.

Mary Ann dachte sehr selten an ihre Mutter und Tante Vera. Sie dachte überhaupt nur an Leute, wenn sie sie brauchte. Wie Madame Marumba. Oder die Burschen, die ihr Rauschgift verschafften und die Rechnung präsentierten. Die Marihuanatour war heißer Boden, und sie hoffte, Norton würde ihre »Versorger« nicht aufspüren. Das wäre nicht gut. Norton war nicht umsonst der unbeliebteste Gast auf der Insel, obwohl er sich um nichts kümmerte. Oder es behauptete. Aber die Pusher, die Rauschgiftverkäufer auf der Insel, hatten ein dauerhaftes Gedächtnis. Mary Ann hatte wieder Angst vor Norton, und nur sie wußte, warum der Geruch die Morgenluft verpestete. Plötzlich erschien Happy Valley ihr wie eine Oase in der Wüste des Rauschgifts und der Unsicherheit, aber Drury hatte sie an die Luft gesetzt. Wenn sie vorsichtiger oder rücksichtsvoller gewesen wäre, dann könnte sie noch heute dort wohnen und Drury auf der Nase herumtanzen. Er war soviel bequemer als Norton, oder etwa Walker, gewesen! Aber das war vorbei. Und heute am Mardi Gras, wo Rausch und Gier nach glanzvollen Träumen alle Leute verrückt machten, wußte sie ohne jeden Zweifel, daß sie im Fall Drury eine unverzeihliche Dummheit gemacht hatte. Er hätte diese Molly Clarke irgendwo in einem Luxusnest angesiedelt, wie die anderen Damen! Drury hatte immer nur »eine zur Zeit«, aber das machte eine Versöhnung noch schwieriger. Außerdem war der ehemalige »lustigste Junggeselle der Antillen« passiv nachtragend, wenn nicht rachsüchtig. Auch das hatte sie vor der Heirat nicht gewußt. Lustigkeit war die Maske vor dem wahren Gesicht, und je natürlicher das Gelächter klang, desto grimmiger war der Lachende. Jetzt zitterte sie vor Nortons Gelächter. Er hatte sie allmählich in eine Erschöpfungspsychose gelacht. Sie konnte ihn nur als Objekt ihrer Begierde beeinflussen, und das war bei Norton nicht halb so einfach, wie es vor Jahren bei Drury gewesen war. Nicht weil die beiden älter und kälter geworden waren, sondern weil Norton fremdem Einfluß instinktiv mißtrauischen Widerstand entgegenbrachte. Aber vor allem konnte sie nicht mit Norton umgehen, weil sie mit sich selbst nicht umgehen konnte. Sie liebte sich oder haßte sich, nie betrachtete sie sich auch nur flüchtig aus wohlwollender Distanz. Lichter und Irrlichter lockten zu Tanz und Trance.

Norton erreichte die Savannah in bester Laune. Er hatte keine Ahnung, wie intensiv Mary Ann sich in Gedanken und Plänen mit ihm beschäftigte, und wäre erstaunt gewesen, wenn er es gewußt hätte. Für ihn war sie ein bildschöner Zeitvertreib mit beklagenswerten Manieren. Am Aschermittwoch war das Spiel aus. Man würde nicht mehr unter Sternen tanzen, sondern wieder Staub schlucken. Die Signale der Lust wären erloschen, die glühenden Tropenblumen verwelkt. Vielleicht würde Mary Ann weiter in einer entzauberten Nacht leben. Er selbst würde, wie immer aufrecht, streng und mißtrauisch, seine Aufmerksamkeit auf den Tag richten.

Das weite, tropisch bewaldete Wiesenland der karibischen Inseln hatte sich in einen phantastischen Jahrmarkt mit Schaubuden, Speisehallen, Theaterkulissen und Calypso-Zelten verwandelt. Wahrsager, Männer mit surrealistischen Tiermasken und wieder Götter, Göttinnen, Kobolde, Voodoo-Geister, Dämonen und chinesische Köche, vielarmige indische Götter, afrikanische Fabelprinzen im Goldschmuck. Viele Nationen, Hautfarben, Sprachen. Riesige alte Frauen, die fetten, duldsamen Körper in bunte Tücher gewickelt, redeten in afrikanischen Dialekten. Norton sah weniger Ostinder und Chinesen, oder irrte er sich? Hatten sie die Insel verlassen? Oder waren sie in Gefängnissen oder im Dschungel? Der Karneval hatte nie etwas an der Tagespolitik geändert, weder auf den Inseln noch in New Orleans oder am Rhein. Einen Augenblick roch Norton Blut, dann wandte er sich einem Voodoo-Ballett aus Haiti zu. Unwillkürlich dachte er an die Marumbas, er würde sie auch nicht wiedersehen.

Selbst wenn die Tanzspiele aus Haiti für die Touristen gedämpfter und weniger mystisch geboten wurden, waren sie grandios, eine ästhetische Sensation und eine Einladung zu Tanz und Trance. Norton starrte und merkte nicht, daß der japanische Kameramann sich lautlos neben ihn gesetzt hatte und sein Bestes tat, um unsichtbar zu bleiben. Sein feingeschnittenes Gesicht mit den fanatisch-glänzenden Augen war, bis auf diese Augen, eine No-Maske. Mr. Ishiro verabscheute Wildheit auf dieser Freiluftbühne, absolvierte aber, wie jeder pflichttreue Japaner, sein Karnevalsprogramm. Glücklicherweise war er trotz seines zartgliedrigen Körperbaus nie erschöpft. Sir Francis war er auf plötzliche und schattenhafte Art ergeben. Mr. Ishiro hatte Samurai-Ahnen. Seine Zähigkeit, die er ebenfalls verbarg, war so erstaunlich wie seine tiefliegende, stumme Zuneigung zu diesem englischen, freundlich-abwesenden Richter.

Ishiro Taku war ein Kenner des japanischen Theaters. Sein Bruder, ein berühmter Shite, Hauptperson der No-Spiele in Tokio, hatte ihm, Ishiro Taku, in seiner Rolle als Buddha-Mönch, der eine Vision der Fee der Pflaumenblüten im Tobokutempel hat, Tränen entlockt. Mr. Ishiros Ehefrau, die während der endlosen Gesänge und Tänze der Pflaumenblüten-Fee Reiskuchen geknabbert hatte, war von Mr. Ishiro nach seinem Weinkrampf hart angefahren worden. Sie machte fast soviel Lärm wie ein Voodoo-Trommler.

Mr. Ishiro, der für nichtjapanische Kunstleistungen taub und blind war, zog eine entzückend bemalte Lackschachtel aus seinem Schultersack, der zu seinen Füßen ruhte, und bot Sir Francis zu dessen Entsetzen sushi auf einer mit Kirschblüten verzierten Serviette an. Wenn Norton etwas verabscheute, dann waren es diese essiggetränkten, mit Fischbissen gefüllten Reiskugeln, kalt, sauer und für ihn unverdaulich. Aber er schluckte heroisch und lud Mr. Ishiro zu der abendlichen Abschiedsfeier in den »Pfeffertopf« ein. Die Danksagungen waren so lyrisch und ausführlich wie der Tanz und Gesang der Göttin der Pflaumenblüten. Wenn Mr. Ishiro sexuelle Wünsche verspürte, war er sogar zu seiner Ehefrau liebenswürdig. Er war ein Günstling der Geishas, ihr zeremonielles Gezwitscher und ihre streng künstlerische Disziplin beeindruckten ihn so nachhaltig, daß er das beste Geisha-Fotoalbum ediert hatte. Er würde es Sir Francis nach London schicken. Und natürlich seine Aufnahmen der No-Spiele, die selbst in den USA langsam berühmt wurden. Aber er war zu bescheiden, um jemals über seine beruflichen Talente und Erfolge zu reden. Das überließ er den Afro-Kariben. Ihr Selbstlob war so lärmend wie ihre Tanzmusik.

Die Steelband-Orchester waren Mr. Ishiros Vorstellung von der Hölle. Auch das hatte er höflich und zitternd vor Abscheu für sich behalten. Wenn überhaupt Lärm und Geschrei, dann Kabuki-Theater!

Auch Norton rüstete sich zum Aufbruch. Hoffentlich würde Mary Ann pünktlich in der Bar »Zum Goldenen Kaktus« erscheinen. Er haßte das Warten. Die Dämmerung kündigte sich nicht langsam an. Sie fiel blitzartig auf die Savannah. Norton begrüßte noch einige alte Bekannte aus Kolonialzeiten, die nicht nach England zurückgefunden hatten. Es fiel ihm auf, daß die Marumbas nicht gekommen waren oder bereits fortgefahren sein mußten. Sie feierten wohl in seiner Villa, wo er selbst viele Karnevalsnächte mit seinen Gästen vertanzt hatte. Ein anderes Leben. Auch er war anders gewesen. Nichts hatte ihm die Karnevalslaune verderben können. Nicht einmal Margarets Kopfschmerzen.

Die Marumbas feierten ihren Mardi Gras mit vielen Gästen aus der Residenz und aus Haiti. Er hatte einen höflichen Glückwunsch zu Beauregards Verlobung geschickt. Die sollte nun am Mardi Gras gefeiert werden. Mit wem? Mit dem rundlichen kleinen Voodoo-Medium Marinette von den Zuckerrohrfeldern Haitis? Bobo heiratete in eine prominente Familie, die mit Papa Doc, dem Diktator der Republik Haiti, verwandt und verschwägert war. Gabrielle Marie Ribot war nicht nur rein afrikanisch-karibisch und sehr elegant, sie war von Marinette so weit entfernt wie Norton von Margaret oder von einem Sushi-Laden in Tokio. Gabrielle besaß die Villa ihrer verstorbenen Eltern und ein Sommerhaus auf Haiti, tief in den Bergen, wohin sie sich später vor Bobos Launen und Gefühlsexplosionen zurückziehen könnte. Aber er zeigte ihr nichts davon. So wie Madame Marumba ihr Voodoo-Leben in Nortons Schuppen verborgen hielt. Papa Doc und seine Anhänger hielten offiziell wenig von dem Voodoo-Kult. Gabrielle war kerngesund, litt aber an plötzlichen Lachanfällen. Da war eine Schwiegermutter wie Angélique Marumba ein Segen, mit ihr hatte die Braut nichts zu lachen. Madame zeigte heitere Verstimmtheit, weil sie die Braut nicht ausgesucht hatte. Bobo schien an einer Sprachstörung zu leiden, sobald seine Mutter in seiner Nähe erschien. Seit seiner Verlobung hatte er eine krankhafte Abneigung gegen seine Mambo gefaßt. Oder war es, daß Papa Doc und seine Truppe die Voodoo-Sektierer manchmal duldeten, manchmal offen ablehnten. Bobo hatte sich mit seiner Verlobung zwischen zwei Stühle gesetzt. Aber der Name Ribot war einflußreicher als die Namen Morand und Marumba. Diese Tatsache hielt Madame davor zurück, die Braut ihres Sohnes zu beleidigen. Sie ließ ihren eifersüchtigen Groll an Marinette aus.

Marinette war nicht nur wehrlos gegen Angriffe, sondern auch gegen Gefühle. Beauregard war ihre heimliche Liebe. Falls er auch nur einen Funken Interesse für die Kleine gezeigt hätte, dann wäre sie wieder auf dem Zuckerrohrfeld in Haiti.

Marinette betrat den dunklen Schuppen wie eine Schlafwandlerin, obwohl sie noch nicht in Trance war. Da war nur ein rhythmisches Zittern in ihren Händen, als sie eine Opferkerze vor der Eule beim Altar anzündete. Durch die geschlossene Tür des großen, leeren Schuppens drang afrikanische und westliche Tanzmusik. Wie traurig, wenn man traurig war! Marinette hatte einen Blick auf Bobos imponierende Braut geworfen und Bescheid gewußt. Ihre eigene Zeit war abgelaufen, aber Zeit zur Verwandlung war immer da. Und die Autorität der Geister, eine Flamme, die kein Windstoß auslöschen konnte. Sie ordnete feuerrote Blüten vorm Altar und legte die Opfergaben auf die Steine. Die Bilder des Alltags wurden zerrissen. Dieses Mal nicht nur für Minuten und Viertelstunden. Voodoo war eine Religion der Nacht, in Schleier und Geheimnis gehüllt. Wie die Armee der Tonton Macoute, der Geheimpolizei in Haiti, war die Armee der Voodoo-Geister groß, immer auf der Lauer und verbreitete Furcht. Aber auch Schutz. Auch Papa Doc war den Houngans, den Voodoo-Priestern, nicht ganz so feindlich gesinnt, wie es nach außen wirkte. Nichts in der afro-karibischen Welt war so definitiv, wie die Menschen des Westens es annahmen.

Marinette warf eine Blumenvase um, weil Furcht und Erwartung sie ungeschickt machten. Außerdem mußte sie ohne geweihte Trommeln tanzen, denn das Voodoo-Orchester stand einer Novize nicht zur Verfügung und hätte außerdem das Gartenfest gestört. Aber sie hatte den Rhythmus im Blut und in den Nerven. Sie hörte die Trommeln dröhnen. Sie erhob sich und machte langsame Tanzschritte. Sie hatte die Augen geschlossen und die Arme zum Empfang des Loa, des Dämons, ausgebreitet. Langsam, langsam erfaßte der Erwartungskrampf ihren Körper. Sie fühlte, wie der Geist Besitz von ihr nahm. Ein gewaltiges Zittern überfiel sie, ihre Tanzschritte wurden schneller, die Drehungen heftiger, und ihre aufgerissenen Augen erschauten eine Welt hinter oder über oder unter der Tatsachenwelt, die sie verlassen wollte. Schweiß rann ihr in Strömen von der kindlichen Stirn und blendete ihre Augen. Doch die Vision hielt stand, ob sie sah oder nicht. Sie taumelte, schrie, blieb einen Moment steif vorm Altar stehen, tanzte frenetisch im Kreis, bis sie in voller Trance den großen Geister-Prinzen umarmte. Er war der Reiter, sie das gehorsame Pferd, das er anpeitschte, herumjagte. Sie fiel mit einem großen Schrei und Schaum auf den Lippen zu Boden.

Der Schrei war so laut, daß zwei Tänzer die Tür zum Schuppen aufstießen. Sie riefen nach Bobo und Madame. Ein Mädchen im weißen Kopftuch lag tot vorm Altar. Der Giftbecher stand neben der Eule. Wo hatte Marinette das Gift gestohlen?

Madame ließ den Becher in eine Ärmeltasche ihres weiten Gewandes gleiten. Sie blickte das tote junge Mädchen zerstreut und ermüdet an.

»Wie außerordentlich traurig«, sagte sie unbewegt in ihrem wundervollen Französisch zu einem Gast aus Petionville, den Bobos Braut mitgebracht hatte. Madame ging ins Haus, sobald der Anstand es erlaubte. Sie mußte den Priester benachrichtigen, mit zwei Hunsis die Totenzeremonie vorbereiten und hoffen, daß die Gäste sich zurückziehen würden. Besonders die Braut, die gegen den »Voodoo-Hokuspokus« war, wie Bobo seiner Mutter mitgeteilt hatte. Jetzt hatte Madame zwei Gegner im Haus. Trotzdem würde Marinette nach ritueller Vorschrift die Welten wechseln. Neuerdings stand Madame auf gespanntem Fuß mit der allgemein gefürchteten Schlangengöttin, die durch extravagante Opfergaben besänftigt werden mußte. Madame seufzte. Glücklicherweise war Mrs. Drury auf dem Weg zur Savannah. Das Gartenhaus war dunkel. Mrs. Drury wurde langsam ein Ärgernis. Sie mußte weg. Wohin? Das ging nur Mrs. Drury etwas an. Falls diese Person ihren Sohn und die Braut ärgern würde, dann flog sie ohne Abschiedszeremonie.

Wieviel Mühe und Instruktionen hatte man an Hunsi Marinette verschwendet! Madame wurde auch nicht jünger und beschloß, an keinen Neuling in ihrem Umkreis nochmals soviel Aufmerksamkeit zu vergeuden. Das galt auch für Beauregards Braut. Wann reiste sie endlich ab? Madame hatte eine nette kleine Halluzination, das große Eingangstor zur Villa öffnete sich von selbst, und die Braut schritt auf Nimmerwiedersehen ins Freie.

In diesem Augenblick sagte die Braut im Garten zu Bobo: »Deine Mutter ist entzückend. So liebenswürdig.«

»Sie kann recht nett sein.«

»Ist sie nicht immer so?«

»Wer ist immer reizend?« fragte Bobo mit einem Anflug von Ungeduld. Hoffentlich war seine Braut nicht immer so sonnig wie am Mardi Gras. Das wäre sehr langweilig, und er würde bei Mrs. Drury Abwechslung suchen müssen. Nicht ihr schlimmster Feind konnte Mary Ann ein sonniges Wesen vorwerfen. Aber ihre Launen hatten Reiz, und sie war bedeutend blonder als die Braut. Nur hatte Mary Ann einen schlechten Ruf, trotz ihres feinen Nachnamens, und sie bemühte sich nicht um ein bißchen Prestige, was in Bobos Kreisen jeder getan hätte. Bobo war nie aus Engländern schlau geworden. Nicht einmal aus dem lustigen Mr. Drury, der sich mit Molly Clarke in Venezuela herumtrieb. Und Molly war nur eine halbe Afrikanerin! Bobo blickte aus goldener Höhe auf die Mischlinge der alten Kolonie herab. Da waren ihm Chinesen immer noch lieber. Besonders Dr. Lü. Dieser Arzt war Bobos Freund und Leibarzt und hatte ihm beinahe das Rauschgift von

Sonny Jones abgewöhnt. Jones, der neue Calypso-Sänger! Es war zum Lachen. Beauregard Marumba lachte. Sonny Jones war Norton hier auf der Insel durch die Finger geschlüpft. Und Norton, so sagte Mrs. Drury, wollte ein paar Tage nach Aschermittwoch nach England zurückfliegen. Bobo lachte nochmals. Die Kolonie und ihre Scharfrichter waren mausetot. Wie Marinette.

»Warum lachst du?« fragte seine Braut. Sie runzelte jetzt die hohe Stirn. Bobo war mit seinen Gedanken woanders. Es mißfiel ihr. Er sollte an sie denken. Tag und Nacht.

Bobo lachte weiter. Wenn er die Gedanken seiner Braut hätte lesen können, wäre er vor Lachen erstickt. Es war eine Vernunftheirat. Sie war sieben Jahre älter, also ein ziemlich altes Haus für eine Braut. Bobo kannte wenig Häuser, die noch älter waren. Höchstens Norton. Der hatte ausgespielt auf Comfort Island. Ob er es wußte? Bobo begriff nicht, warum der Gedanke an einen Verlierer wie Norton ihm immer noch einen kleinen Schauer über den Rücken jagte. Aber er hatte zu Nortons Zeiten zwischen Voodoo, Rauschgift und Gefängnis gesessen. Das vergißt sich schwer oder nie.

»Warum bist du so traurig, mein kleiner Bobo?« Würde die Dame das ganze Leben fragen, warum er lustig oder traurig wäre? Er hatte sich seine Braut anders vorgestellt. Er war genau fünf Tage in sie verliebt gewesen. Er wußte nicht, warum sie ihn bereits langweilte. Dabei war sie alles, was man sich wünschen konnte. Groß, elegant, reich und einflußreich.

Mrs. Drury war unelegant, klein und ohne bedeutende Beziehungen – abgesehen von Rauschgiftlieferanten. Und Robin Drury, nur großzügig, wenn es sich um ihn selbst handelte, hielt sie knapp. Aber wenn Mary Ann ihn, Bobo, groß anblickte, geriet er in Trance. Eine kostspielige Geisterbeschwörung, die eine Sache der Vergangenheit werden mußte. Bobos Braut besaß Anlagen zur Eifersucht, was er ungern zur Kenntnis genommen hatte. Aber wer bestand lediglich aus wünschenswerten Eigenschaften? Wenn Gabrielle ihre dunklen Seiten so konsequent verbergen würde, wie er es tat, dann stand vielleicht einer guten Ehe – von

Bobos Mutter als Störfaktor abgesehen – nichts im Wege. Wie wäre es, wenn er Madame nach Haiti verbannte? Natürlich in nettester und respektvollster Weise. Beauregard hatte sich im Außenministerium zu einem Diplomaten entwickelt, dessen angeborene Hinterlist und Liebenswürdigkeit keine ungefährlichen Waffen waren. Wen er haßte, wie beispielsweise Francis Norton oder Walker, den haßte er gründlich und unauffällig. Seine Zukünftige war noch im Dämmerzustand der Illusion. Die Brautzeit ist nicht die Zeit der Entdeckungen.

»Warum bist du so schweigsam, Bobo? Ich würde gern wissen, ob ...« Gabrielle stockte und senkte den Blick wie ein verschüchtertes junges Ding.

»Was möchtest du wissen?«

»Ob ... ob du mich etwas gerne hast?« Ihre Stimme zitterte. Beauregard war einen Augenblick sprachlos, dann sagte er verlegen: »Aber natürlich! Wie kannst du so etwas fragen?« Wo waren Selbstsicherheit, französische Politur, ihr ironisches Gelächter geblieben, das ihr den Ruf scharfer Intelligenz eingetragen hatte? Er starrte sie an. Plötzlich fühlte er, ein sorgloser Don Juan der Antillen, eine schreckliche Verantwortung für sie, weil das arme alte Ding ihn liebte.

Norton wunderte sich über sich selbst, daß er Mary Ann in der Bar »Goldener Kaktus« treffen wollte. Allerdings hatte sie eine Entschuldigung in sein Hotel geschickt. Wer sich für sein Benehmen entschuldigte, konnte bei Norton auf ein milderes Urteil hoffen. Wußte sie es? Vielleicht. Er hatte selten eine Angeklagte gehabt, die zu gleichen Teilen ein Schaf, eine Katze und eine Schlange war. Norton duldete Schafe für kurze Zeit, liebte Katzen und ignorierte Schlangen. Außerdem war Mary Ann eine schlechte Verliererin, aber das hatte sie vor ihm verborgen. Es war das letzte Mal, daß er sie treffen würde. Gestand er sich zu, daß sie ihn magnetisch anziehen konnte. Er gab gar nichts zu. Seine Vernunft und Autorität verboten es. Ihr Durst nach Lob und Anerkennung waren lächerlich. Was konnte man loben bei einer entgleisten Ehefrau, die es mit Robin Drury verdorben hatte? Schade, daß Robin erst nach dem Karneval nach Trinidad kam! In drei Tagen würde es ein Wiedersehen geben, ohne Schafe, Katzen oder Schlangen. Von Mann zu Mann. Ein tadelloses Arrangement, von Norton vorgeschlagen. Drury schlug ihm nie etwas vor, da er, Norton, es besser wußte. Auch in diesem Punkt stimmten die beiden Freunde überein. Beide fanden den Umgang mit Frauen schwieriger als den Aufbau einer erfolgreichen Karriere. Norton brauchte nur an Margaret zu denken, Drury an seine Ehefrau. Norton fand die Vermeidung von Unlust wichtiger als die Gewinnung von Lust. Drury war da nicht seiner Meinung.

Der »Goldene Kaktus« war eine kleine chinesische Bar, nicht weit von der Savannah, die um diese Tageszeit zwischen Nachmittagsglut und Dämmerung beinahe ausgestorben war. Mary Ann war nicht erschienen, was Norton trotz seiner Skepsis in bezug auf weibliche Pünktlichkeit nicht wenig verstimmte. Aber es war nur ein Ärgernis am Rand seines Bewußtseins, denn Mary Ann wirkte nicht auf die Entfernung, weil sie die Phantasie eines Mannes nicht aktivierte. Außerdem entdeckte er in einer Ecke einen Chinesen in einem alten, kostbaren Mandarinmantel. Dr. Lü Si-chan, der ein Neffe seines alten Professors war. Norton war mit der ganzen Gelehrtenfamilie befreundet gewesen und begrüßte »den jungen Dr. Lü« mit gemessener Herzlichkeit.

Der junge Dr. Lü war Ende Vierzig, und seine Korpulenz war auffallender als sein scharfer Geist und seine ärztliche Kunst. Er beherrschte chinesische und westliche Heilungsmethoden und hatte Norton vor Jahren eine schmerzende Schulter weggezaubert. Bis auf die scharfen Augen hinter der Hornbrille wirkte Dr. Lüs volles Gesicht mit dem kleinen Mund und dem Doppelkinn behaglich. Ohne die leicht herabgezogenen Mundwinkel und den prüfenden Blick hinter den Brillengläsern wäre Lü Si-chan in der Tat ein freundlicher, rundlicher Südchinese gewesen. Sein Blick war durchdringend und dabei meditativ – Dr. Lü liebte »I Ching«, das »Buch der Wandlungen«. Wann immer der alte Professor Lü Nortons Verständnis für diese Bibel der Chinesen zu vertiefen suchte, war sein Neffe mit moderner Erläuterung zur Hand gewesen, wenn seine Zeit und seine Privatklinik es erlaubten. Er war auf der Insel geboren. Der alte Professor, der offenbar nie jung gewesen war, hatte den verwaisten Neffen erzogen und beeinflußt. Ein Schulbeispiel der unzertrennbaren chinesischen Familienbande, denn Dr. Lüs Söhne wurden von seinem Onkel wie Enkelsöhne geachtet und behandelt. Dr. Lüs Tochter war jetzt Schwester im »Hospital Lü«, wo auch Walker Patient gewesen war. Er hatte an »Unruhe im Blut«, Schlaflosigkeit und »Wolken im Kopf« gelitten.

Dr. Lü hatte in den USA westliche Medizin studiert und war nun längst wieder auf der Insel in der Isolierung der Chinesen. Ob die Ostinder und Kariben ihn akzeptierten oder nicht, seine Klinik war immer überfüllt, und seine private Praxis blühte.

Er studierte Norton gründlich, aber unauffällig und verbarg seinen leichten Schreck. Sir Francis war zwar immer noch das Ideal- oder Haßbild der englischen Oberklasse, aber um seine grauen Augen lagen dunkle Schatten, eine neue tiefe Falte stand zwischen den farblosen Augenbrauen, und er war grauer geworden. Norton stand unter beständig bekämpftem Schock, weil er offenbar mit seiner neuen Situation auf der Insel nicht ganz fertig wurde. Er hatte keinen Funken Talent zum Outsider, zum Zuschauer, zum »Fußvolk«, wie Drury die Zaunkönige der Kolonialgesellschaft genannt hatte. Norton war zu scharfsinnig, um nicht zu erkennen, daß er in der neuen Republik abgelehnt wurde. Dr. Lüs ruhiges Gesicht verriet sein tiefes Verständnis und seine Sorge für diesen aufrechten, aber starrsinnigen und autoritären Freund.

»Wann geht es nach Hause?« fragte er sanft.

»Nächste Woche. Ich treffe mich noch mit Mr. Drury in Trinidad.«

Dr. Lü nickte zufrieden. Man solle die magische Schildkröte, die unser Haus auf dem Rücken trägt, nicht aus den Augen verlieren. Norton wollte natürlich noch den alten Professor Lü vor der Abreise besuchen und wurde am Tag nach Aschermittwoch in der Villa erwartet.

Gerade als Dr. Lü seinem Freund vorsichtig raten wollte, sich bis zur Abfahrt möglichst im Hotel oder als Gast in der Villa Lü aufzuhalten, erschien Mary Ann in der halbdunklen Bar. Dr. Lü erhob sich sofort und verschwand, bevor Mrs. Drury ihn und Norton in der Ecke gesehen hatte. Sie war kurzsichtig und trug aus Eitelkeit keine Brille.

In diesem Augenblick studierte Drury in Caracas die »Charaktere« von La Bruyère, ohne Schlüsse auf seinen eigenen Charakter zu ziehen. Zu anstrengend, da er überhaupt meistens müde war. War die junge Molly Clarke zu lebhaft für ihn? Drury hatte stets seine Ruhe gebraucht, um im Beruf fit zu sein. Er vertrug nicht die Hälfte der Belastungen, die Norton schaffte. Aber La Bruyère hatte ihn schon in Oxford bezaubert, was Francis kopfschüttelnd beobachtet hatte. Und wenn auch in Caracas oder vielleicht auf Comfort Island kein Jahrhundert zu Ende ging, etwas ging wieder in Drurys Leben am Mardi Gras zu Ende – wie damals die Ehe mit Mary Ann. War es das Idyll mit Molly Clarke? Oder etwa die lebenslängliche Freundschaft mit Francis? Letzteres war beinahe unausdenkbar. Drury hätte es nicht ungern gewußt.

Er klappte das Buch zu und gähnte. Er hätte zu Francis auf die Insel fahren sollen, statt hier mit Molly ... Das Buch fiel zu Boden, und Drury hob es auf, blies angewidert den Staub weg und polierte noch mit einem Tuch den Ledereinband. Die sterbende Schwiegermutter in Camden Town hätte ihre Freude an diesem ordnungsliebenden Schwiegersohn gehabt. Drury war immer mit Büchern liebevoller umgegangen als mit Frauen. Er trank den dritten Whisky und kehrte zu La Bruyère zurück. »Was ist das?« hatte Molly Clarke gefragt.

»Wann gibt es endlich etwas zu essen? Ich warte seit Stunden! Sieh mich nicht so an, Mädchen! Tränen! Oh, mein Gott!«

Molly und er paßten nicht besonders gut zusammen.

Drury dachte wieder an Norton. Er hätte zum Karneval nach Comfort Island fahren sollen. Er hätte es wohl getan, wenn er wegen Molly nicht so müde gewesen wäre. Francis war nie müde, und Drury konnte es ihm nicht erklären. Je älter man wurde, desto schwieriger wurden Erklärungen, die Francis nicht ernst nahm. Er, Drury, nahm sie auch nicht ernst.

So war das. Morgen war Aschermittwoch. Drury hatte nichts dagegen. Er setzte sich an den Schreibtisch und schrieb Francis einen netten, vergnügten Brief. Das konnte er verlangen, wo er sich mit keiner Silbe beklagt hatte, allein den Karneval zu feiern.

Ein tadelloser Mann – Francis! Nicht immer der angenehmste. Aber tadellos. Drury schrieb vier Seiten und adressierte den Brief ans Hotel Fidel Castro in der Residenz.

Norton erhielt diesen Brief nicht. Er traf auch Drury nicht in Trinidad. Aber im Augenblick fragte er Mary Ann, warum sie so verdammt unpünktlich sei. Ein Redestrom ergoß sich zur Erhöhung seines Mißvergnügens. Sie sollte nur ihr Getränk haben, und dann war Schluß. Er hatte Drury nie so gut verstanden. Eine Furie im Kostüm eines englischen Schulmädchens – Faltenrock, weiße Bluse, Schlips, Socken und ein steifer runder Hut. Mary Ann sah unschuldig und provozierend aus, und wenn sie den Mund gehalten hätte, wäre er noch einmal entzückt gewesen. Plötzlich verstummte sie, als ob sie seine Gedanken gelesen hätte, lachte und setzte ihm ihren Schulhut auf. »Mardi Gras, Francis!« Sie verschwanden Arm in Arm an einen entlegenen Flecken in der tropischen Weite. Mary Ann zog ihn spielerisch dorthin. »Kleine Hexe«, flüsterte er nachsichtig. Das Schulmädchen mit artigen blonden Zöpfen und der strengen weißen Bluse war wirklich recht nett. Wie konnte Robin dieses unartige, aber aufreizende »Kind« an die Luft setzen?

»Ich war immer eine schlechte Schülerin.«

»Du bist eine sehr hübsche Schülerin –«

»Kann ich bei dir noch etwas lernen?«

»Durchaus möglich!«

Mitten in der Lektion sagte sie, sie müsse ihn vor Walker warnen. Norton war sofort ernüchtert und schüttelte über diesen Unsinn den Kopf. Aber er fragte sie natürlich, was sie meine.

»Vergiß es.« Sie war sichtlich durch seinen Ton eingeschüchtert und wußte wohl nicht, daß Norton nie etwas vergaß. Sie legte den

Kopf an seine Brust und flüsterte: »Verzeih mir, Francis! Noch einmal! Es ist nichts mit Walker. Ich wollte dich ärgern.«

»Schon gut, kleines Mondkalb!« Er öffnete ihre Bluse.

»Aber Francis! Ich geh doch noch zur Schule.«

»Eben.«

Er zog sie tiefer ins Gebüsch. »Nein, Nein!« Sie zitterte plötzlich, und ihre Augen verdrehten sich etwas. »Komm, Francis! Es ist so dunkel hier!« Sie starrte in das schwarze Gelände. Er stand mit dem Rücken zu den Wiesen und wollte sie tiefer in den Wald ziehen, als sie einen Schrei ausstieß. »Sie kommen, Francis.«

»Wer kommt? Immer mit der Ruhe, Kleine!«

»Die Dämonen!« Panik hatte sie ergriffen. Sie schrie wieder. Nun hörte er Schritte und drehte sich um. Aber es war zu spät. Zwei Männer in roten Kostümen mit schwarzen Nylonmasken waren auf Norton zugelaufen und hatten ihm blitzschnell und brutal die Hände auf dem Rücken gefesselt. Sie hielten ihn in eiserner Umklammerung. Die Masken bedeckten auch ihren Kopf. Nur Augenschlitze und eine Öffnung für den Mund. Mary Ann schrie gellend auf, und sie gaben ihr einen Schlag auf den Mund, daß Blut auf ihre Lippen rieselte.

»Francis! Ich . . . ich bleib bei dir!«

Sie wollte auf ihn zulaufen, wurde aber so heftig zurückgestoßen, daß sie taumelte, hinfiel und weinend aufstand.

»Lauf, Mädchen«, sagte Norton heiser. »So schnell du kannst.« Dann fiel ein Nylonsack über sein Gesicht, und die Dämonen stießen ihn in ein Auto, das durch Büsche versteckt gewesen war.

Wie spät war es? Mary Ann lief durch die Finsternis. Die Lichter der Tropen tauchten auf. Die Nacht war magisch erhellt. Walker mußte schon im Restaurant »Pfeffertopf« sein. Sie fand ein Taxi und konnte vor Schluchzen kaum die Adresse des Lokals nennen.

Walker wartete vor der Tür auf Sir Francis. Die Gäste würden jede Minute kommen.

»Alan!« Mary Ann schrie, daß Walker zusammenfuhr. Er bezahlte das Taxi und rüttelte Mary Ann ziemlich unsanft am Arm.

»Geh nach Haus! Du bist in schlechter Verfassung.« Er sah sie genauer an. Sie war weiß, ihre Lippen bluteten, sie zitterte. Aber es war kein Marihuanarausch. Den kannte er zu genau bei ihr.

»Was ist geschehen?« fragte er nun doch ziemlich besorgt. »Du blutest ja!« Sie hatte sich bei dem Fall auch noch ihr Knie aufgeschlagen. »Haben deine Rauschgiftlieferanten dich verprügelt?«

Sie hatte die Augen geschlossen und zitterte und schwankte. Er setzte sie auf einen Korbsessel in der Halle und schloß ihre Bluse. Walker war so puritanisch wie seine englischen Vorfahren.

»Francis ... ist ... weg«, brachte sie unter Schluchzen heraus.

»Was heißt das?« Er rüttelte sie am Arm.

»In der Savannah«, flüsterte sie. »Gekidnappt.«

»Unsinn!« sagte er. »Bitte sag mir, was geschehen ist!« Er ballte die Fäuste, um Mrs. Drury nicht zu schütteln. Eine entsetzliche Ahnung kroch ihm langsam ins Herz. »Mary Ann«, stammelte er tonlos, »bitte ...«

Aber sie war ohnmächtig geworden. Walker sah sich stumpf und dumpf in der noch leeren Halle des Restaurants um. Er mußte etwas tun, sobald er wußte, was dieses Geschöpf im Schulkleid mit den Blutflecken gesehen hatte. Er wollte einen Kellner bitten, kaltes Wasser zu holen, als Dr. Lü, in heiterer Erwartung des Abschiedsfestes, die Halle betrat. Walker lief auf ihn zu und zeigte auf die ohnmächtige junge Frau. Seine Kehle war wie zugeschnürt. Er hatte Angst, daß er weinen oder schreien mußte.

»Sir Francis ...« sagte er mühsam und schluckte hart. »Er ... er«, Walker schlug die großen Hände vors Gesicht, um die Tränen zu verbergen. »Man hat ... ihn ... entführt! Er ...« Walker zitterte.

»Was ... was ist zu tun, Dr. Lü?«

»Beruhigen Sie sich, Alan!« Der Arzt hob Mary Ann hoch. »Sie ist unter Schock. Ich fahre sie in die Klinik. Sie wird mir sagen, was geschehen ist. Bleiben Sie hier und schicken Sie die

Gäste weg. Warten Sie noch eine Viertelstunde. Dann alarmieren Sie die Polizei.«

Dr. Lüs Besonnenheit war Medizin für Walker. Er reckte sich und murmelte. »Keine Gnade mit diesen Burschen.«

»Erst müssen wir sie haben«, sagte Dr. Lü trocken. Das sprunghafte afrikanische Temperament war ihm wesensfremd. Er war auch nicht ganz so sicher und ruhig, wie er Walker vormachte. Man konnte die Verbrecher finden oder nicht. Norton konnte in diesem Augenblick noch leben oder nicht. Walker half ihm, Mary Ann ins Auto zu bringen. Dr. Lü hielt sehr viel von Walker, wenn Nortons Schützling nicht in Wut geriet. Ein ausgezeichneter, loyaler und umsichtiger Beamter.

Dr. Lü verbot sich auf der kurzen Fahrt in seine Klinik trübe Ahnungen. Er mußte diese junge Blondine vorsichtig behandeln, wenn er etwas erfahren wollte. Aber was wußte sie? Ihr Schock und ihre Wunden waren echt. Sie hatte die Augen aufgeschlagen und wimmerte. Sie brauchte Ruhe, chinesischen Tee und ein geduldiges Ohr. Dr. Lü würde alle drei Erfordernisse liefern, obwohl keine Minute zu verlieren war.

Sowie Mary Ann von seiner Schwester in einem Privatzimmer zu Bett gebracht worden war, telefonierte Dr. Lü mit Walker.

»Ist Sir Francis gekommen, Alan?«

»Nein. Polizei ist bereits in verschiedene Richtungen gefahren. Haben bis jetzt nichts gefunden. Aber wir werden nicht aufgeben, Dr. Lü! Konnte Mrs. Drury etwas mitteilen?«

»Noch nicht. Haben Sie die Gäste weggeschickt?«

»Bis auf Tantchen Samedi und Jack. Der japanische Fotograf, Ishiro oder so ähnlich, war nicht erschienen.«

Das war merkwürdig bei der japanischen Höflichkeit, aber es war im Augenblick die geringste Sorge.

Wo war Sir Francis?

3. Aschermittwoch

Dies irae, dies illaes.

»Hier spricht Walker! Comfort Island. Kann ich bitte mit Mr. Drury sprechen. Sind Sie es, Molly?«

»Alan! Sind Sie wahnsinnig geworden? Robin schläft. Ich kann ihn nicht stören. Es ist sechs Uhr früh. Wissen Sie das?«

»Es ist dringend, Molly! Wecken Sie ihn.«

»Ist etwas passiert?«

»Bitte holen Sie ihn ans Telefon.«

»Hier spricht Drury! Du lieber Himmel, Walker! Ist das etwa ein Karnevalsscherz? Ich schlafe noch, Mann!«

»Hören Sie, Mr. Drury! Sir Francis ist verschwunden.«

»Wie? Was? Was sagten Sie? . . . Aber hören Sie! – Das gibt's doch nur im Kino. Was sagen Sie?«

»Sir Francis wurde gestern gegen Abend auf der Savannah überfallen und irgendwohin verschleppt.« Walker war plötzlich so heiser, daß er flüsterte. »Die Polizei ist alarmiert. Ich stelle eine eigene Suchtruppe auf die Beine. Die Insel muß bis in den Dschungel abgesucht werden.«

»Sie müssen das Foreign Office benachrichtigen.«

»Wird alles in die Wege geleitet. Für wen halten Sie mich, Mr. Drury?«

»Ich bitte sehr um Verzeihung. Im Augenblick hab' ich nicht alle Tassen im Schrank. Hören Sie, Alan! Ich ordne nur hier in Caracas das Notwendigste. Fliege, sobald ich kann, nach Trinidad.«

»Vielen Dank, Mr. Drury! Ich bitte um telegrafische Nachricht und hole Sie vom Flugplatz ab. Bestelle zwei Plätze auf der Fähre nach Comfort Island. Oder soll ich drei Plätze bestellen?«

»Ich komme allein. Übrigens – falls Lösegeld gefordert werden wird, ich stehe für die Hälfte mit meinem Konto bei Drurys, London, ein.«

Walker wollte seinen Ohren nicht trauen. Drury, der um jeden Penny einen Skandal machte und notorisch schäbige Trinkgelder gab, war bereit, ein Vermögen für die Befreiung seines Freundes zu opfern . . . Walker sagte ganz erschüttert, daß sie natürlich sehr bald eine Forderung erwarteten. Er behielt seine Zweifel für sich. In dieser jungen Republik gab es Racheakte von Banditen, die nichts mit Geld zu tun hatten. Falls Norton in solche Hände gefallen war, dann war er nicht mehr unter den Lebenden. Und Walker hatte eine ziemlich schauerliche Sache über einen Schlupfwinkel in den Bergen gehört, wo aus den geraubten Menschen Zombies ohne Gedächtnis wurden. Voodoo? Walker unterdrückte ein Stöhnen und dankte Drury für seine Hilfe. Ja – er würde mit dem Wagen in Trinidad sein.

»Sie meinen doch auch, daß er am Leben ist?« Drurys Stimme schwankte ein wenig in der Anstrengung, seine Qual zu unterdrücken.

»Natürlich, Mr. Drury«, sagte Walker gegen seine düsteren Ahnungen. Er mußte nun nachdenken, scharf und gleichzeitig halluzinatorisch, wer Francis Norton so tödlich gehaßt hatte, daß er ihn zu einem endlosen Aschermittwoch verdammte. Walker glaubte keinen Augenblick an Banditen und Guerillas, nicht in Nortons Fall. Es waren Feinde, die unter ihnen wandelten, mit ihnen beim Karneval getanzt und gesungen hatten. Ein furchtbarer Verdacht brannte auf und verlosch. Nein, das war unmöglich! So konnte keiner sich verstellen. Oder? Walker erhob sich und reckte die Schultern. Was sagte Jason der Prophet in kritischen Situationen? »Zünde eine Kerze an, Mann! Is besser als über Finsternis klagen.«

Walker suchte eine Kerze.

Drury wußte nicht, wie lange er nach dem Telefongespräch den Hörer fest ans Ohr gehalten hatte. Er legte ihn zurück, atmete mühsam, legte seinen Kopf auf die Schreibtischplatte. Dann vergrub er sein Gesicht in den Händen. Als ob er die Wirklichkeit auslöschen könnte! Das hatte er schon als Schuljunge in Eton versucht, und Francis hatte ihm die Hände vom Gesicht gezogen. Immer wieder hatte Francis ihn gezwungen, den Tatsachen ins Gesicht zu sehen. Sonst wäre er nie, was er heute war – eine Autorität in der Bankwelt. Mit glänzenden Chancen in Lateinamerika, sowie er Comfort Island endgültig den Rücken kehrte.

Francis! Oh, mein Gott. Er sah ihn vor sich – schärfer und liebevoller, als er ihn je gesehen hatte. Bedeutete das, daß der Freund nicht mehr lebte? Drury schauerte wie im Fieber. Am liebsten hätte er gebetet, aber er hatte es verlernt. Er erinnerte sich nur, daß der Aschermittwoch der »Tag der Zähren« war.

Es konnte nicht sein. Francis mußte leben. Walker hatte am Telefon halb erstickt geredet.

Francis mit seiner Ordnung! Vielmehr mit seinen Ordnungen, die er unentwegt in eine bereits chaotische Nachkriegswelt gebracht hatte. Er hielt das Unveränderte für unzerstörbar, und vielleicht hatte er recht? Obwohl sie alle in einer sich ständig ändernden Welt lebten. Für Francis hatte es eben noch ewige und unwiderrufliche Werte gegeben.

Drury dachte erschrocken, daß er soeben Francis eine Grabrede gehalten hatte. Das war Blödsinn. Sie würden ihn finden, Walker und er. Und der Suchtrupp, den Walker zusammenstellte, falls kein Lösegeld gefordert wurde. Das wäre oberfaul. Lösegeld machte aus einem Spuk eine geschäftliche Transaktion. Francis war aus moralischen Gründen dagegen. Aber dieses Mal würde er nicht befragt werden. Unmoralisch oder nicht, am Verhandlungstisch gab es keine Leichen.

Drury grübelte. Auch etwas, was Francis beanstandet hatte. Grübeln führte zu Träumerei, und jeder wußte, wo Träumer landeten.

Trotzdem mußte man Dr. Lü um Rat und Tat bitten. Er war nicht nur einer von Nortons besten Freunden auf dieser Insel, sondern trotz seiner mystischen Seitensprünge eminent schlau und hilfreich. Im Gegensatz zu Francis kümmerte Dr. Lü sich mehr um seine Feinde als um seine Freunde. Wie viele Feinde hatte Francis auf Comfort Island? Und wo steckten sie?

Drury setzte sich angewidert zum Briefschreiben nieder. Molly schlief wieder, nachdem Walker angerufen hatte. Eigentlich würden die beiden gut zusammenpassen, dachte Drury. Wenigstens besser als Molly und er. Er hatte ja bereits geahnt, daß es mit ihm und diesem braven kleinen Mädchen zu Ende ging. Mit Riesenschritten, was ihn, Drury, anbetraf. Sie war reizend und naiv – und eine winzige Spur aufdringlich. Und da war Drury beim heiklen Punkt seines Abschieds von Molly angelangt. Nämlich, warum er sie keine Sekunde länger ertrug. Warum ihr Anblick ihn in jenen Zustand heller Wut, mit der Neigung zu Gewaltsamkeiten, versetzen würde, wenn er nicht sofort nach Trinidad und anschließend nach Comfort Island verschwinden würde.

Molly war schuld, daß Francis wahrscheinlich tot war. Nur sie. Sie hatte ihn, Drury, davon abgehalten, den Karneval mit seinem Jugendfreund auf Comfort Island zu verbringen. Mit ihren Liebkosungen, ihren Tränen in ihrer dunklen Abneigung gegen Francis. Diese Abneigung stammte aus den Zeiten, wo Molly auf ihrer Klatschseite Anspielungen auf Margarets »Übersiedelung« nach London gemacht und Norton eine Berichtigung verlangt hatte. Ein Irrtum. Lady Norton machte Erholungsurlaub daheim.

Mrs. Trent siedelte aus Gesundheitsgründen nach London über. Mollys »Dad« hatte immer eine Menge von ihrem Zeug streichen müssen. Aber sie lernte, wurde immer besser. Er, Drury, würde mit einem dem Brief beigefügten Scheck keine weiteren Sorgen um Molly haben müssen. Ihre Reportagen aus Caracas waren schon sehr gut.

Drury schrieb nichts darüber an Molly. Jemandem die ganze Schuld aufzubürden, obgleich Molly ihn veranlaßt hatte, in Caracas zu bleiben, war eine zu leichte und nicht ganz anständige Flucht vor der eigenen Verantwortung. Wann hätte ein Mädel ihn halten können, wenn er eindeutig seinen Plan verfolgt hätte. Er hatte eben gedacht, daß Francis und er bis zu dessen Abflug zusammen sein würden. Trotzdem – er würde Mollys Anblick nicht ertragen können, weil er ihr nachgegeben hatte. Es wäre nie passiert, wenn er . . .

Er versiegelte den Brief, brachte ihn zum Portier und fuhr zum Flughafen. Er verbrachte eine scheußliche Nacht in einem Hotel in der Nähe und bestieg am nächsten Morgen sein Flugzeug nach Trinidad, wo Walker ihn abholen würde.

Er hatte Molly Clarke beinahe vergessen. Wieder dachte er an Norton. Warum erkannte man erst die wahre Bedeutung eines Freundes im eigenen Leben, wenn der Freund plötzlich verschwunden war? Drury dachte, daß Aschermittwoch eigentlich kein bestimmtes Datum haben sollte und warum so wenig Leute ihr Haupt mit Asche bestreuten. Als ob ihre Unterlassungssünden keine Sünden wären! Er hatte es unterlassen, seinen Freund beim Karneval zu schützen. Aber das konnte ihm kaum in den Sinn kommen, denn Francis hatte ihn, Peter Pan, immer beschützt. Drury zog sein Taschentuch, denn zu seinem Entsetzen rannen Tränen aus seinen Augen. Im Flugzeug nach Trinidad! Das hätte Francis sehen sollen!

Walker war auf die Minute pünktlich. Drury sah schrecklich aus. Mitgenommen. Krank. Aber Walker wies Obade in seine Schranken und tat, als ob Drury das blühende Leben wäre. Keine persönlichen Bemerkungen! Nie. Keine Fragen! Und vor allem kein Gewinsel! Das hatte Norton dem Schuljungen Walker-Obade eingebleut, und es saß.

»Irgendwelche Fährten, Alan?«

»Noch nichts Greifbares. Man muß nachdenken. Und auf der Lauer sein. Übrigens, wir essen nachher mit Dr. Lü. Er hat uns in den »Pfeffertopf« eingeladen. Sobald er aus der Klinik kommt. Abends.«

»Gut, gut.«

Aber es war nicht gut. Walkers Wagen jagte zur Fähre nach Comfort Island. Bis jetzt hatte er keine Resultate. Wo steckten Nortons Feinde? Wohin hatten sie ihn verschleppt? Was Walker zu diesem Zeitpunkt nicht ahnte, war die Anwesenheit eines zweiten Opfers im Wagen der Menschenräuber. Ebenfalls mit einer Binde vor den Augen. Ebenfalls ein Karnevalsgast auf Comfort Island, der mit Norton seinem Aschermittwoch entgegenfuhr.

Vielleicht war es genausogut, daß Walker nichts davon wußte.

Endlich, auf der Fähre zur Insel, fragte Drury, ob Walker zufällig wisse, wo Mary Ann sich herumtreibe. Walker sagte es ihm. Das Eulennest mit den Marumbas schien Drury nicht besonders zu gefallen. Mary Ann mußte nach London zurück. Das war nur vernünftig, aber Walker wußte, wie wenig die Vernunft bei Mrs. Drury ausrichtete.

»Was tut meine Frau bei Madame Marumba? Lernt sie Voodoo oder was?«

»Ich weiß es nicht, Mr. Drury. Am besten wäre, Sie machen dort einen Besuch.«

»Schade, daß das Beste meistens das Unangenehmste ist«, sagte Drury.

»Feines Flugwetter«, sagte Walker.

»Nicht zu schlecht«, sagte Drury.

»Gegen Abend wird's allerdings windig«, sagte Walker.

»Dasselbe in Caracas«, sagte Drury.

»Morgen haben Sie vielleicht Segelwetter«, sagte Walker.

»Das wäre famos«, sagte Drury und holte mühsam Luft.

Um diese Stunde, vor den Toren der Residenzstadt, hatte Tantchen Samedi eine Vision auf ihrer Plantage. Jack kochte singend Suppe, als er einen Schrei hörte.

Tantchen Samedi kam gerade aus ihrer Trance und blickte ihren klugen Dummkopf aus geweiteten, wildglänzenden Augen an.

»Sir Francis«, stöhnte sie. Jack legte sie vorsichtig in ihren Liegesessel zurück und wischte ihr die Schweißtropfen von der Stirn. Seine Angst um sie war so groß wie seine Ergebenheit. Er würde ohne Tantchen nicht leben wollen, und sie wußte es. Wenn er sie in seinen mächtigen Armen herumtrug und sie in den Schlaf sang, war er ihr Vater. Wenn er neben ihr kniete, wie jetzt, und sie angstvoll anblickte, war er ihr Sohn – ein kleiner, trostbedürftiger Junge, für den sie verantwortlich war. Er hatte sie übrigens mehr tot als lebendig nach der Nachricht über Nortons Verschwinden aus dem Restaurant nach Haus gebracht. Beide hatten ihre Vision bei ihrem Besuch im Hotel Fidel Castro nicht vergessen. Auch nicht den anonymen Telefonanruf. Beide schwiegen darüber. Norton hatte die Achseln gezuckt. Sir Francis hatte seine Feinde nie ernst genommen – das war seine Art gewesen. Nicht, daß Tantchen ihn nicht in aller Bescheidenheit zu großer, großer Vorsicht ermahnt hätte! Und nun – sie stöhnte leise.

»Mach dich keine Sorge, mon petit.« Tantchen Samedi lächelte, um Jack eine Freude zu machen. »Ich überlebe dir, hörst du?«

»Hoffentlich, ma chérie! Is nix ohne dir, hörst du?« Das hatte Tantchen so oft von ihm gehört, daß sie sich die Antwort schenkte. Die guten Geister von Haiti hatten Jack vor Jahren zu ihr geschickt. Er brachte Reis und Früchte vom Dorfmarkt zu ihr. Sie war zu müde zum Einkaufen gewesen. Er hatte gekocht und gesungen, und abends kam er mit seinem Bündel, Bananen und Melonen und einem kleinen Schwein – Pierrot. Danach waren Monsieur Jacques und Pierrot bei Tantchen Samedi geblieben. Pierrot war lange tot. Und Jack war jetzt halbtot vor Sorge um Tantchen.

Manchmal staunte sie über Jacks Ergebenheit und mußte an ›Inkpot‹ und Miss Pomfret denken und daß dieser afro-karibische Dorfjunge der Tochter des ehemaligen Gouverneurs nun für ein Taschengeld diente und daß Miss Pomfret Inkpots Gesellschaft dem Leben im Herrenhaus ihrer Familie in England vorzog. Und da war Miss Baldwin mit ihrer Dienerin Juwel, die die unglückliche Engländerin selbstlos und ergeben betreute, ihre Perücken wusch und bürstete und abends geduldig zu ihren Füßen hockte, bis Miss Baldwin genug von englischen Liebesromanen hatte. Und das alles in der neuen Republik, wo koloniale Glanzfiguren nur noch am Rand der neuen Freiheit vegetierten. Mit Politik hatte das nichts zu tun, dachte Tantchen Samedi. Auch Jack und sie würden für Sir Francis durch Wasser und Feuer schreiten. »Weißt du, wo er is?« fragte Jack viel später. Sie schüttelte den Kopf. Visionen liefern keine Adressen oder Landkarten mit Wegweisern zum Paradies oder zur Hölle. Sie sind substanzlose, aber auf Wahrheit, Glauben und Menschenkenntnis beruhende Luftgebilde. Obwohl Tantchen auf gutem Fuß mit den Geistern stand, sie äußerten sich nicht in Alltagskreolisch und ließen sich nicht an die

Wand drücken. Im Gegenteil – die Geister erwarteten Demut und Gehorsam, wenn sie nützliche Winke geben sollten, wenn die Wolken sich lichten und das Chaos der Welt von höheren Gesetzen profitieren sollte. So murmelte Tantchen Samedi bei Beginn eines Ausflugs in die Geisterwelt: »Ich habe keinen, der für mich spricht«, und ähnliche, in Haiti übliche Beteuerungen der Demut.

Sie hatte einen Schatten erschaut, und sie wußte, er war Sir Francis – herumirrend in einer Wildnis. Ein zweiter, verschwommener Entwurf von einer männlichen Seele schritt hinter Sir Francis' Schatten. Also war Sir Francis nicht allein? Der Schweiß war Tantchen über ihr trauriges, kleines Gesicht geronnen, bis ihr Aufschrei, ein Urton des Schreckens, ihren guten Jack herbeigeholt hatte. Jack war gegen Visionen, weil sie seiner alten Freundin schadeten. Sie zitterte und bebte, obwohl ihre Veranda und der kleine Wohnraum dahinter vertraut und fröhlich mit Blumen und Früchten waren. Aber auch Jack, in der mythischen Luft von Haiti geboren und aufgewachsen, zweifelte nicht an der Existenz und Wahrheit der Geister und Dämonen.

»Ist . . . Sir Francis . . . in Ordnung?« fragte er zögernd. Er lebte noch. Das war der Sinn der Botschaft aus der anderen Welt. Aber – wo war er? Was tat man ihm an? Wer war der Schatten auf seinen Fersen? Ein Freund? Ein Feind? Baron Samedi persönlich, der einen von Wolken verhüllten Grabstein hinter Francis Norton herschleppte.

Das wußten nur die Dämonen.

DRITTES BUCH

Kolonie der Scheintoten

ERSTES KAPITEL

Begegnung mit Marie Galante

Denn die einen sind im Dunkeln
Und die andern sind im Licht.
Und man sieht nur die im Lichte –
Die im Dunkeln sieht man nicht.

Bert Brecht, »Dreigroschenoper«

Rosalind King, Rechtsanwältin, an Francis Norton, Comfort Island. London, Mayfair, 1964

Ihr letzter Brief kündigt Ihre Rückkehr nach London an. Ich freue mich aufs Wiedersehen. Nach dem karibischen Karneval wird unser altes London Ihnen reichlich eintönig erscheinen, aber es ist eben doch die einzige Stadt, wo wir leben wollen, nicht wahr? Vor allem, wenn der Frühling vor der Tür steht.

Auf Ihren Wunsch habe ich Ihr Haus in Chelsea besucht und fand Miss Finch mitten beim großen Aufräumen und auf Spinnenjagd. Am liebsten hätte sie mich mit Insektenpulver bestäubt. Komische Person. Ich weiß nicht, was ich verbrochen habe. Sie behandelte mich wie eine Angeklagte. Ich war natürlich besonders nett zu Ihrer alten Furie, was ihr zu mißfallen schien. Ich erholte mich auf der King's Road von diesem Besuch. So schnell tu ich Ihnen keinen Gefallen mehr, Francis! Aber Ihr Haus ist wundervoll gepflegt – kein Vergleich mit meinem Chaos in Mayfair, worüber Sie sich immer so amüsieren. Mir gefällt's. Schön, daß Sie bald zurück sein werden! Man sollte es nicht glauben, aber ich vermisse unsere schönen Dinners bei Ihrem Chinesen in Soho. Sie sind natürlich zu beschäftigt mit jungen Karnevalsschönheiten. Und außerdem vermissen Sie nie jemanden. Das liegt nicht in Ihrer Natur, Sie Glückspilz!

Ihre karibischen Freunde scheinen wundervoll zu sein. Ich würde gern Alan Walker und Tantchen Samedi kennenlernen.

Sie sollten mich nicht regelmäßig fragen, wann ich endlich heiraten werde. Ich bin erst achtundzwanzig – wozu die Eile? Im übrigen bin ich gern unabhängig, ohne deswegen nicht an Männer zu denken. Darin müßten Sie eigentlich mit mir übereinstimmen, denn Sie können Schlingpflanzen nicht ertragen. Wenigstens haben Sie es mir häufig versichert.

Gerade jetzt habe ich den schwierigen Fall einer Schlingpflanze aus Kensington, die ihren Verlobten ermorden wollte, weil er vor der Heirat zurückschreckte. Ich soll die junge Närrin verteidigen, stimme aber mit dem schwer verletzten Bräutigam überein. Hoffentlich können Sie mir noch vor der Verhandlung einen Rat geben! Für gewöhnlich befolge ich Ihre Ratschläge, wie Sie wissen. Wenn's auch nicht immer leichtfällt. Ich bin allergisch gegen guten Rat – mache aber im Beruf gewisse Ausnahmen.

Lieber Francis! Hoffentlich gefällt Ihnen Ihre Insel nicht so gut, daß Sie bis zum nächsten Karneval bleiben werden. Ich glaube wirklich, es ist Ihre Insel – ohne jeden Eilmarsch durch eine fremde Kultur. Ich hasse Tourismus genauso wie Sie! Nur fällt mir auf, daß unsere Abneigungen uns enger verbinden als unsere Freuden. Ich hoffe, Sie machen jetzt nicht Ihr furchterregendes Gesicht. Wissen Sie eigentlich, daß man Sie im Old Bailey beinahe liebevoll ›Ivan der Schreckliche‹ nennt?

Falls Sie mir verraten, wann Sie hier eintreffen, hole ich Sie vom Schiff ab.

Norton erhielt diesen Brief nicht. Er lag mit anderen Briefen im Hotel Fidel Castro, bis Walker die Post abholte und aufbewahrte, da er nicht wußte, wo Norton war.

In der Kolonie der Scheintoten war ein Postbote so unbekannt wie der Mann im Mond.

Auf der Fahrt in die nördlichen Wälder hatte Norton anfangs gesagt: »Fahren Sie mich sofort zurück! Der Scherz dauert mir zu lange« – eine Feststellung, die mit Gelächter der Banditen beantwortet wurde. Aber dann sagte eine tiefe Männerstimme: »Es ist kein Scherz, Mister.« Und Norton hinter seiner Augenbinde schätzte den grimmigen Ernst der Situation ab. Er mußte eben auf das Lösegeld warten. Ein zweites Opfer, ebenfalls mit Augenbinde, stöhnte schwach und hoffnungslos.

Norton wußte nur, daß sie aufwärts fuhren. Also in die Wälder, die er kaum kannte. Er war kein Jäger und lehnte Schußwaffen ab. Er war am Meer daheim. Walker war ein Waldmensch – wie seine afrikanischen Freunde. Norton war davon überzeugt, daß Walker die nötigen Maßnahmen treffen und die albernen Kidnapper mühelos verhaften lassen würde. Aber – hatte das etwas zu hohe Gelächter des einen Banditen nicht wie Walkers Lachen geklungen? Norton erstarrte einen Augenblick. Das war unmöglich. War es unmöglich? Norton hatte nie Illusionen genährt. Und augenblicklich glaubte er an nichts. Der Gefangene im Nebensitz stöhnte etwas lauter. Er mußte einen Kolbenstoß in den Rücken erhalten haben. Er schrie auf. »Nicht doch«, murmelte Norton. Man schrie nicht. Unter keinen Umständen. Jetzt war der Mann neben ihm verstummt. War er tot? Man mußte mit allem rechnen. Norton rechnete mit allem – plus einer Naturkatastrophe. Dies war alte, vulkanische Erde mit launenhaften Ausbrüchen. Ein kleines Erdbeben wäre nicht fehl am Platz, denn die Afro-Kariben gerieten schon in Panik, wenn die Zeitungen ein Erdbeben auf einer Nachbarinsel meldeten. Mit diesen Burschen wurde er, Norton, im Handumdrehen fertig. Er plante bereits Strafen – oder zum mindesten drakonische Vorschläge, denn er war ja jetzt Gast hier. Er geriet in bessere Stimmung.

Die beiden Banditen oder Guerillas auf dem Rücksitz sprachen in einem afrikanischen Dialekt miteinander. Einer gab Norton spielerisch einen Kolbenstoß auf die Schulter. Norton sagte in seinem grimmigsten Ton: »Lassen Sie das!«, und der Mann war so verblüfft, daß er tatsächlich diesen geraden, strengen Rücken als Zielscheibe mied. Comfort Island war erst zwei Jahre unabhängig. Die beiden Herren im Rücksitz tranken nun Rum und sangen Calypso. Norton spitzte die Ohren. Amateure oder Berufssänger?

»Alles großer Unsinn«, murmelte der eine Mann im Rücksitz. Meinte er Calypso-Spottlieder, Menschenraub oder was sonst?

»Sauf nicht soviel, Mann«, mahnte sein Kamerad in unverfälschtem kreolischem Tonfall. »Du nich der Mann für 'ne Menge Rum im Bauch. Steigt dich zu Kopf, hörst du?«

Nahm diese Fahrt kein Ende?

Das Auto hielt mit einem Ruck. Sie waren also angelangt. Als Norton und seinem Mitgefangenen die Masken abgerissen wurden, standen sie in einer Lichtung. Ringsherum Wälder und schroffe Berge. Das Tor zu einer alten, verwahrlosten Plantage wurde von einem bewaffneten Aufseher geöffnet. Norton und Mr. Ishiro, der nur einmal einen Schmerzensschrei ausgestoßen hatte – mehr ein tiefes Geheul als ein Schrei – wurden in das mit Mauern und Stacheldraht abgegrenzte Gelände abgeschoben. Norton mußte träumen. Solche uralten, verwahrlosten Plantagen hatte er in seiner Kolonie weder gesehen, noch hatte er diesen nördlichen Dschungel jemals besucht. Regenwald dehnte sich dunkel, undurchdringlich, todbringend hinter der Zuckerrohrplantage aus, die einmal Petite Terre geheißen hatte und in vergangenen Jahrhunderten von einem französischen Aristokraten und seinen mitgebrachten Sklaven bewohnt gewesen war. Die Sklaven waren aus Haiti hierher verpflanzt worden – genau wie der Baron Honoré de Villiers. Und jemand, der Marie Galante geheißen hatte. Norton träumte nicht. Er lernte auf Petite Terre ein Stück Kolonialgeschichte auf die gräßlichste Weise kennen.

Ringsherum standen die Hütten der ehemaligen Sklaven. Im Herrenhaus logierten die Kidnapper. In der Halle hing das verblaßte Gemälde einer eleganten Französin.

Daß Norton mit Ishiro in einer wackligen Sklavenhütte logierte, hätte ihn beinahe amüsiert. Wie konnte man so kindisch sein? Racheakte – und dies war einer – erforderten kalten Verstand, und das war nicht die starke Seite der Kariben. Er machte es sich auf dem harten Lager so bequem, wie es ging, und wünschte Mr. Ishiro eine erträgliche Nacht. Der kleine Mann schien trostlos zu sein.

»Wir können hier nicht bleiben, Sir Francis.«

»Man muß nachdenken, was zu machen ist.«

»Hai«, erwiderte Mr. Ishiro. Diese Silbe bedeutet Ja, kann aber, je nach der Stimmung, auch andere Sachen bedeuten. Er seufzte fast lautlos. Man blickte in Sir Francis hinein wie in einen blinden Spiegel. Hatte er überhaupt Gefühle? War er sein Freund? Und, schrecklicher Verdacht, würde der Engländer ohne ihn, Ishiro-san, fliehen, wenn sich die Möglichkeit durch »Nachdenken« ergab?

In dieser ersten Nacht auf der entlegenen Plantage träumte Mr. Ishiro von einem Samurai-Idol, das keine Ähnlichkeit mit Norton hatte. Dieser träumte einen netten, streng legalen Traum. In seiner Eigenschaft als Richter ersuchte er das Londoner »Home Office«, die Freiheitsstrafen für Menschenräuber zu erhöhen. Im Gegensatz zur Realität stimmte das Home Office mit allen Reformen überein.

Norton erwachte befriedigt und sah sich dann verstimmt in der Hütte um. Seit wann schlief er in seinem Anzug? Und wer war der Grashüpfer, der nach einer Teekanne suchte? Wohin in aller Welt hatte dieser Traum ihn verschlagen?

Es war kein Traum.

Norton war in der Kolonialzeit gelegentlich Gast auf Plantagen auf seiner Insel, in Trinidad oder Grenada gewesen und hatte angenehme Tage dort verlebt. Etwas schläfrig hinter der Zeit ging es damals zu, und natürlich gab es auch nicht mehr die Zeiten, wo ein Sklave eine Hand verlor, wenn er sie gegen seinen Herrn erhob, oder einen Fuß, wenn er zu fliehen versuchte und wieder eingefangen wurde. Hätte Norton in jenen Zeiten gelebt, hätte er sich mit seinen Ideen über persönliche Freiheit unbeliebt gemacht. Die drakonischen Bestrafungen, die Körper und Seele der Sklaven verwundeten, hätten Nortons ehrlichen Abscheu erregt. Wenn er auch nicht immer der Angenehmste war, wie Rechtsanwältin King angedeutet hatte, er war in hohem Maße gerecht und erwartete gleiche Behandlung für alle. Übrigens liebte die junge Anwältin ihn seit einiger Zeit, aber es war ihm wohl nicht aufgefallen. Er dachte selten an Rosalind, sie war zu jung und impulsiv für einen älteren Herrn, der seine Ruhe liebte. Wenigstens hatte er das Rosalind bei einem ihrer Abendessen väterlich angedeutet. Sie war sprachlos gewesen. Schmeichelhaft für ihn, aber Mary Ann aus

Camden Town versprach lebhaftere Zerstreuungen als Miss King aus Belgravia. Ihr Vater war Staatsanwalt und einer von Nortons Berufsfreunden.

Er war nun zwölf Tage ein Gefangener ohne Ziel und Hoffnung auf Flucht, denn ein Blick in den Dschungel hatte ihm die Aussichtslosigkeit eines solchen Unternehmens klargemacht. Das Tor zum Gelände war Tag und Nacht bewacht. Warum waren sie in dieses Freiluftgefängnis geraten. Wann kam endlich das Lösegeld?

Norton und Ishiro trugen bereits Baumwollhemden und Shorts, die im Lagerraum ausgeteilt wurden. Der Aufseher der Hütten war ein riesiger wildblickender Karibe, der aber gutartig, gleichgültig und träge war. Oder Norton hielt ihn dafür.

Marie Galante, ein schöner und mythischer Schatten, lehrte ihn zu spät Furcht und Mitleid.

Norton ahnte nun, er würde hier nicht lebend herauskommen.

Walker war machtlos gegen diese weiten, verschwiegenen Wälder, diesen von mörderischen Kreaturen wimmelnden Dschungel – gegen die Berge, die tückischen Kraterseen, den Geruch von Krankheit, Stumpfsinn und unabwendbarem, geistigem und körperlichem Verfall. Auf Petite Terre herrschten zwei unsichtbare Dämonen – Ereignislosigkeit und Verzweiflung. Hier wünschten die ihrer Freiheit und ihrer eigenen Entschlüsse Beraubten schnelle Erlösung durch den Tod. In Nortons und Ishiros Hütte hatte der letzte Insasse sich umgebracht. An dem »Schandpfahl« im Hinterhof hatte Marie Galante den Hungertod erlitten.

Nun war Norton der letzte, der sich einen vorzeitigen Tod – selbst in seinem Bett in Chelsea – wünschte. Und seine angeborene Widerstandskraft und sein Starrsinn kämpften gegen jedes Symptom einer Todessucht an. In dieser Beziehung war sein japanischer Leidensgefährte keine wünschenswerte Gesellschaft. Mr. Ishiro spielte selbst in glücklichen Zeiten entzückt mit der Vision seiner zeremoniellen Bestattung – in Gegenwart der Shinto-Priester, seiner trostlosen Familie –, die einfältigen Weiber sahen erst jetzt, was sie an ihm gehabt hatten! Und dann ihre täglichen respektvollen Opfer vor dem häuslichen Schrein! Leider war Ishiro-san scharfsinnig und mißtrauisch genug, um sein ehrenvolles Begräbnis daheim ernstlich zu bezweifeln. Er würde auf Petite Terre elend umkommen, während Sir Francis längst ohne ihn entflohen war. Aber wie hätte Ishiro-san mit diesen ellenlangen Beinen Schritt halten können? Er blickte so finster wie Norton in die Zukunft.

Ishiro Taku fühlte, er würde diese unordentliche, staubige und geisterhafte Plantage täglich tiefer verabscheuen. Seine Liebe zu Sauberkeit, Ordnung und künstlerisch verzierten Fischgerichten würde täglich unheilbare Wunden empfangen. Ishiro-san war stets ein Pessimist gewesen und erwartete prinzipiell das Allerschlimmste. So hatte er sich von der Ehe Eintönigkeit versprochen, und die hatte Madame Ishiro geliefert. Treulosigkeit seiner Lieblingsgeisha war für Mr. Ishiro eine Selbstverständlichkeit gewesen, die pünktlich und erwartungsgemäß wie die Kirschblüte und Tod durch Erfrieren eingetroffen war. Letztere Todesart war auf der tropischen Plantage allerdings unwahrscheinlich, aber kein Grund für Mr. Ishiro, seine Lieblingsvision, Erfrierungstod im Norden von Japan, einer Revision zu unterziehen.

Warum war dieser ehrenhafte und höfliche kleine Herr hierher entführt worden? Er hatte auf Comfort Island fotografiert, nur schärfer und besser als jeder Tourist. Mit seiner japanischen Liebe und Begabung zur verräterischen Einzelheit hatte Ishiro einige Elendsquartiere der neuen Republik aufgenommen. Da es nur koloniales Elend und schamlose Armut in der Vergangenheit gegeben hatte, war Ishiro samt seiner kostbaren Kamera niedergeschlagen worden. Dann hatte man ihn in diese unbekannte Gegend verschleppt. Mr. Ishiro fand den düsteren Asphaltsee von Trinidad entzückend im Vergleich zu diesem unheimlichen Versteck, wo sonderbare Gestalten im Dunkel der Nacht Feld- und Gartenarbeit verrichteten. Im Mondlicht hatten die leeren Augen und ausgehöhlten Leichengesichter Mr. Ishiro nicht wenig erschreckt. Er ging in die Hütte zurück und sagte Norton nichts von seiner Entdeckung. Die Phantome hatten ihn an gewisse No-Spiele erinnert, und er wies seinem berühmten Cousin in Kyoto ehrsüchtig die Hauptrolle zu. Wer waren diese Nachtgespenster? Hatte Ishiro sie geträumt, oder würden Norton und er allmählich in diesen Zustand geraten?

Diese Aussicht war so unerfreulich, daß er zur Beruhigung seiner Nerven ein Haiku verfaßte, ein klassisches dreizeiliges Gedicht von so verschwiegener Bedeutung, daß es Norton mühelos in einen Halbschlaf versetzt hätte. Nicht so Mr. Ishiro! Obwohl es sich in seinem Haiku nur um Enten in einem Teich, das Karma einer Mücke und einen Sonnenuntergang am Japanischen Meer handelte, allerdings als Auftakt endloser Nacht, was jedes japanische Schulkind ohne Erklärung verstehen würde. Mr. Ishiro dachte verzeihlicherweise an seinen Untergang auf Petite Terre, obwohl die Plantage seit langer Zeit »The Happy Lodge« hieß. Fraglos eine Übertreibung aus englischen Kolonialzeiten, aber lange vor Nortons Geburt. Da Mr. Ishiro besonders neugierig war, hätte er gern gewußt, wie lange Petite Terre englisch war, was die Besitzer gepflanzt hatten, wie viele freie Arbeiter sie beschäftigten und welche Summen ihr Bankkonto in England aufgewiesen hatte. Auch Nortons Bankkonto interessierte ihn glühend. Sowie seine Steuern und was ihn das Haus in Chelsea kostete. Gekauft? Wann? Oder gemietet? Wie hoch war die Miete? Alles von vitalem Interesse und ein Zeichen von Ishiros neidloser, anteilheischender Freundschaft. Aber ein Seitenblick auf dieses verschlossene englische Gesicht warnte ihn, auch nur nach der Telefonnummer und den Gebühren in diesem London zu fragen. Worüber unterhielt Sir Francis sich mit seinen Engländern, die allesamt genauso gegen Fragen gepanzert waren und Mr. Ishiro verabscheuten. Das stand fest und bedurfte keiner Beweisführung. *Er* glaubte an Instinkt und Intuition, was ihm nicht selten recht gegeben hatte.

So witterte er – eher und bestimmter als Norton –, daß dieser Kidnappingskandal nicht von zwei oder drei Gangstern inszeniert worden war. Es konnten Guerillas aus den Bergen sein, die sich mit Karnevalsmasken getarnt hatten. Oder politische Agitatoren, die es auf ihn, Ishiro Taku, abgesehen hatten, weil er die Wahrheit fotografiert hatte? Oder Leute afrikanischen Ursprungs, die alle Ausländer auf Comfort Island vernichten wollten, wobei ausnahmsweise die Hautfarbe keine Rolle spielte. Ishiro, mit seiner Samurai-Erbschaft, verstand sogar, warum Norton und er nicht einfach erschossen worden waren. Ein schneller Tod war zu gut für Feinde. Er seufzte lautlos und flocht kunstfertig an einer Tatami für Sir Francis. Die zerrissenen dreckigen Strohmatten waren schlimmer als der Tod auf einer herrlichen japanischen, dick gefütterten Matratze. Reisstroh gab es genug, auch Palmenblätter als Sonnenschutz. Mr. Ishiro hatte bereits einen brauchbaren Sonnenschutz für Sir Francis aus Palmenblättern und Bananenstauden konstruiert. Sein flinker Geist und seine kleinen, fleißigen Hände ruhten fast nie – obwohl er sehr müde war und sich mit Selbstmordgedanken trug. Aber nicht, bevor er nicht sechs bis acht Eßschalen aus Kokos gesäubert und zurechtgeschnitzt hatte. Das kleine Messer hatte er aus dem Kochhaus entwendet, als Ma Puwanga, die fröhliche Köchin, zuviel Rum getrunken und schlafend im Küchenhaus lag. Er hatte nie im Leben etwas gestohlen, und die Missetat lastete schwer auf seinem zarten und pedantischen Gewissen. Giri, die moralische Verpflichtung, die das Leben des Japaners unablässig belastet, bedeutete endlose Schwierigkeiten in diesem Fall, da es sich um eine schlampige Afro-Karibin handelte, die außerhalb japanischer Verpflichtungen stand und das Fehlen eines Küchenmessers nicht bemerkt hatte. Er hatte sie scharf beobachtet. Sie machte bei der geringsten Provokation ein Geschrei mit dem jungen Küchenmädchen, das aus einem Walddorf hierher verschlagen worden war. Ma Puwanga, immer lustig und behaglich, erregte übrigens Nortons Mißtrauen. Der Frohsinn mußte eine Maske sein, hinter der sich dunkle Absichten verbargen. In dieser Beziehung erinnerte die primitive Afro-Karibin ihn an Madame Marumba in seiner Villa am Ozean. Die Mutter des Verkehrsministers betrieb Voodoo-Künste. Und was tat »Mutter« Puwanga?

Norton hatte seinen Verdacht dem »Grashüpfer« Ishiro angedeutet und war auf Verständnis gestoßen. Ishiro Taku war so mißtrauisch wie er selbst. Auch diese Köchin und Estelle, das junge Küchenmädchen, stammten aus Haiti, für Mr. Ishiro ohne jeden Grund eine Insel des Abscheus. Er kannte nur die Köchin und die junge Estelle, denn die Nachtgespenster waren nicht ansprechbar. Übrigens hatte Norton diese Zombies längst bemerkt, aber Ishiro nichts gesagt. Ishiro kochte selbst ihren Reis und die Suppen. Er hatte der Köchin seine Uhr geschenkt, die er in der ersten Nacht mit Nortons Uhr vergraben hatte. Auch ihr Geld war in einem alten Blechkasten vergraben – alles in »schlauer« Ordnung! Er kochte, Estelle brachte Norton die Schüsseln mit den Garnierungen Ishiros – und Norton aß. Er war es gewohnt, bedient zu werden, und bezahlte Estelle mit einem Kopfnicken. Sie war jung und schön und demütig wie eine Sklavin vergangener Jahrhunderte und schien Norton so anzubeten, wie Marie Galante den französischen Herrn und Gebieter von Petite Terre angebetet hatte, bis sie einen Blick in seinen Charakter tat. Aber der Baron de Villiers war Herr über achtzig Sklaven und sechs Aufseher gewesen, und Francis Norton aus der Grafschaft Kent, dem Obstgarten Englands, war ein machtloses Opfer unbekannter Kidnapper, das auf dieser entlegenen Plantage einem aufgeschobenen Tod entgegensah.

Kein Lösegeld war eingetroffen. Sonst wäre er frei.

Manchmal kniete Estelle zu seinen Füßen und fragte nach »diesem England«. Wuchsen dort auch Bananen, Zitrusfrüchte, Kakaostauden, Ananas »und ähnliches«? Kochte man dort Kallalu – die karibische Fleischsuppe? Reiskuchen? Gab es Flammenbäume? Er beantwortete diese Fragen mit ungewöhnlicher Geduld, denn er sah die Möglichkeit einer Rettung mit Hilfe dieses Unschuldsengels. Eine Möglichkeit, aber der erste Lichtstrahl. Nur keine unvernünftigen Hoffnungen! Da er sie nie gehegt hatte, begann er nicht jetzt damit. Er mußte unendlich vorsichtig vorgehen, denn dieses fügsame Kind, das ihn an die legendäre Sklavin Marie Galante erinnerte, falls es Inkarnationen gab, durfte nicht kopfscheu gemacht werden. Wozu war er Richter, wenn er nicht Fallstricke legen konnte?

»Wie bist du auf diese Plantage gekommen, mein Kind?«

»Ma Puwanga holte mir. Is Tante.«

Sie waren mit einem geschlossenen Auto hierher gelangt. Estelle wußte nicht, ob es ein langer Weg gewesen war. Sie kamen nachts an. Die Zombies arbeiteten im Obstgarten.

»Was sind Zombies, meine Kleine?«

»Leichen mit etwas Leben, sagt Ma Puwanga. Sind behext oder so.«

»Voodoo?«

»Weiß nich. Sind Zombies. Gibt es Kratersee in dies England?«

Norton spitzte die Ohren.

»Großer-Großer Kratersee nich weit von hier, Sir! Oder nich zu weit, sagt Ma. Is in kleines Tal. Heißt ›Jammertal‹. See heißt ›Kochender See‹, wegen Vulkan. Is Ausflugsort. Wie ›Heißer See‹ auf Dominica.«

»Bist du dort gewesen, Estelle?«

»Einmal. Mit Tante Puwanga.«

»Wie wäre es, wenn wir dahin einen Ausflug machen?«

»Marie Galante« riß die Augen auf. »Wir, Sir?«

»Wenn Mrs. Puwanga zum Markt fährt.«

»Sie bringt mir um, Sir. Aber da is heimlicher Weg von's Küchenhaus, nur – wohin führt der Weg?«

»Dschungel. Schlangen. Wilde Vögel. Nich wie mein Coco –« Coco war ihr zahmer Papagei, der immer auf ihrer Schulter hockte und Norton unangenehm anstarrte. Es war genug für heute. Norton brach das Verhör ab und erzählte dem kindlichen Geschöpf etwas von London. Also da war ein Weg vom Küchenhaus, nur ohne Estelle würden sie ihn nicht finden. Aber die Kleine zitterte vor Angst. Und der Nachtwächter war auch da. Allerdings Meilen vom Küchenhaus entfernt. Man konnte die beiden mit Rumpunsch unschädlich machen, dachte Norton, während er der Kleinen von »Punch und Judy« erzählte und sie laut lachte.

So mußte Marie Galante gelacht haben, bevor sie in den Dschungel floh.

Die Plantage wurde im achtzehnten Jahrhundert von Baron Honoré de Villiers, seiner Ehefrau und seinen Sklaven bewohnt. Die Pflanzungen, vor allem die Zuckerrohrfelder, waren berühmt und brachten Reichtum, den der Baron in Haiti nicht gekannt hatte. Denn dort gehörten die Zuckerrohrfelder und Sklaven seinem Bruder. Er kaufte mit seinem Erbteil Petite Terre, ehemals eine spanische Plantage, und brachte Ehefrau und Sklaven von Haiti mit. Das Gemälde der Baronin hing in der Halle des Herrenhauses – und obwohl es verblaßt und verschwommen war und einige Risse es entwerteten, zeigte das Ölbild eine dunkle, außerordentlich mürrische französische Schönheit im Reisekostüm. So hatte der Baron sie malen lassen, bevor sie für immer nach Frankreich entschwand. Ihr Ehemann hatte längst mit Marie Galante, einer blutjungen, fügsamen Sklavin, Abwechslung vom Eheleben gefunden. Marie Galante, in einem Dorf auf Haiti geboren, war weder herrisch, noch wußte sie alles besser, und sie verlangte weder Kleider aus Paris noch phantasielose eheliche Treue, worauf seine im Kloster erzogene Gattin bestand. Kurzum, es war eine unbehagliche Geschichte gewesen, wie in Pariser Komödien – nur auf einer tropischen Zuckerrohrplantage. Marie Galante hatte weiße Zähne, eine weiße Seele und schwarze, seidige Haut. Der Baron nannte sie ›Kaffeebohne‹ – womit keine Beleidigung verbunden war. ›Kaffeebohne‹ lebte mit Mambo Rosette, ihrer Pflegemutter und Voodoo-Priesterin, in der besten Sklavenhütte und stand dem freundlichen Master zur Verfügung, wann immer er sie ins Herrenhaus befahl. Alle Sklaven waren Zwangs-Katholiken, aber glaubten außerdem an den alten, aus Afrika stammenden Voodoo-Kult. Die Zeremonien um den geweihten Pfahl im Sklavenquartier fanden nachts statt. Das Herrenhaus lag weit genug entfernt. Und wenn der Baron Tanz und Gesang der Sklaven hörte, hatte er nichts dagegen. Er war ein guter Herr und Gebieter – nur etwas jähzornig, wenn die Sklaven ungeschickt oder vergeßlich waren.

An dem Tage, als er Marie Galante verprügelte, weil sie den Zucker in seiner Tasse Kakao vergessen hatte, begann eine Tragödie, die eher dem Mittelalter als dem Zeitalter der Aufklärung entsprang. Der Baron hatte einen ärgerlichen Brief von seiner Ehefrau empfangen, mit der Forderung einer doppelt so großen Apanage für ihr Leben in Paris. Der Baron bekam einen Wutanfall – er verabscheute unnütze Geldausgaben, wie einen standesgemäßen Unterhalt einer abwesenden Ehefrau. Er verprügelte die junge Marie Galante so brutal, daß sie mehrere Tage von Mambo Rosette gesund gepflegt werden mußte. Sie hatte trotz ihrer Demut keinen Sklavengeist und haßte nun ihren Wohltäter, der ihr sogar einige abgetragene Kleider seiner Frau und Metallschmuck für Hals und Handgelenke geschenkt hatte. Nachts entfloh sie in den Dschungel hinter der luxuriösen Plantage. Sie wurde gesehen – ihr weißes Kopftuch war eine Fahne des Verrats – und mühelos eingefangen.

Sie wurde an den Pfahl im Sklavenquartier gebunden, mit eisernen Fußfesseln beschwert und in diesem Zustand dem Hungertod ausgesetzt – eine Bestrafung für entlaufene, undankbare Sklaven. Die Düfte vom Küchenquartier mußten ihr in die Nase gestiegen sein. Henri, ein junger, mitleidiger Feldsklave, brachte ihr einmal Zuckerrohr, aber er wurde verraten und verlor ein Ohr. Einmal gab Mambo Rosette ihr vertrocknetes Cassavabrot. Sie wurde verwarnt. Man fürchtete sie. Der Herr selbst hatte sie zufällig beobachtet. Er hielt nichts von dem Voodoo-Unsinn, war aber vorsichtig bei der Priesterin. Man wußte nicht, ob sie wirklich Zombies »machen« konnten oder nicht. Er hatte keine Absicht, als Scheintoter dem Grab zu entsteigen. Wie Marie Galante.

Sie war gestorben und begraben worden, und zwei Jahre nach ihrem Tod erschien sie mit leerem Gesicht, stumm wie ein Fisch wieder auf der Plantage. Wirklich das Lächerlichste, was der Baron jemals erlebt hatte. Man erkannte sie und erkannte sie nicht. Sie wurde mit den niedrigsten Hausarbeiten und dem Reinigen der Stallungen beschäftigt. Honoré de Villiers hatte sie peitschen und wegjagen lassen. Sie erschien wieder. Denn wenn Zombies auch fast alles vergessen – sie wissen, wo sie lebten und wie sie hießen.

Die Zeit hat nichts daran geändert. Die Sklaven waren oder taten machtlos. Mambo Rosette sollte dieses Gespenst töten. Aber das ging leider nicht. Marie Galante war schon einmal gestorben. Niemand wagte es, sie anzurühren. Sie wohnte mit den Sklaven der heiligen Messe bei. Der Baron verfärbte sich. Er verlor seinen gesunden Appetit. Er schoß nach ihr. Er konnte sie aber nicht treffen, da seine Hand zitterte. Petite Terre – eine der reichsten Plantagen der Insel – ging unter, wie der Baron. Die Chronik berichtet, daß er heulend und halb verhungert durch Felder und Fruchtpflanzungen stolperte, bis ein barmherziger Nachbar ihn nach Frankreich mitnahm. Die Pflanzung ging in englische Hände über. Aber erst im neunzehnten Jahrhundert. Die Zeitgenossen hatten den Besitz gemieden, da sie keine Sklaven beschäftigen konnten, wo Marie Galante, scheintot, vielmehr auf gräßlichste Art lebendig, herumging. Die Voodoo-Sklaven wurden nach Haiti zurückgeschifft oder starben auf Petite Terre.

Jeder auf Comfort Island kannte die Geschichte von Marie Galante. Auch Norton. Er hatte sie in einem verstaubten Buch bei seinem Freund Drury gelesen und den Kopf geschüttelt. Gewiß, Madame Marumba und Tantchen Samedi wußten viel über Voodoo und konnten einige Medizinen zur Heilung verschiedener Leiden herstellen. Oder sie dachten es. Was Norton nicht wußte und die Chronik verschwieg, war die Tatsache, daß bestimmte Pflanzensäfte und Pulver zur Erzeugung des Zombiezustands den rituellen Prozeß beschleunigten und daß jeder auf der ehemaligen Happy Lodge, oder Petite Terre, in Gefahr schwebte. Norton und Ishiro sahen die Zombies des Nachts, wußten aber natürlich nichts über die Erzeugung dieses mysteriösen Zustands.

Norton wäre am liebsten geflohen, wenn er den geheimen Gang beim Küchenhaus hätte entdecken können. Die junge Estelle zitterte vor Angst, aber ohne sie war es nicht zu bewerkstelligen, selbst wenn ihre Tante stundenlang auf dem Markt weilte. Ob Estelle etwas über Voodoo wußte? Sie brachte die Speisen, die Ishiro bereitete. Norton schüttelte sein Mißtrauen ab. Estelle war ein gutes, unwissendes und ergebenes Kind. Er mußte sich mit Ishiro beraten, wie man die Kleine umstimmen könnte. Wußte Norton nicht, daß dies eine der schwierigsten Unternehmungen der Welt ist? Der beträchtliche Starrsinn der Chinesen, Japaner und Ostinder, besonders im Verkehr mit westlichen Menschen, war ein Produkt von Honig und Buttermilch gegen den steinernen Widerstand des Afrikaners, der auf einer Erstarrung des Geistes beruht. Selbst wenn Norton es geahnt hätte, Estelle war zu jung und fügsam für ernsthaften Widerstand. Ishiro war übrigens nicht unbedingt dieser Meinung, konnte Norton aber nichts Gegenteiliges beweisen. Estelle erinnerte ihn an sushi, nämlich an den rohen Fisch, der sich in der Reiskugel verbirgt. Nur fand er sushi bedeutend genießbarer als diese schmeichlerische »Schwarze Kugel«, wie er die Kleine in Gedanken nannte. Da er selbst zur Fülle neigte, mißfiel die mollige Estelle ihm schon aus diesem Grunde. Jetzt nahm er endlich ab, aber unter welchen Umständen! Und wenn der sensei, der Herr und Meister, die Nichte der Köchin zur Flucht benutzen wollte, wer könnte ihn tadeln? Erst einmal beschloß Ishiro-san, Estelle unauffällig auf dem Weg vom Küchenhaus zu ihrer Hütte zu beobachten. Falls sie ein Pulver oder eine Flüssigkeit in die Speisen tat, weil sie sich unbeobachtet glaubte, würde Ishiro Taku sich wie ein Zwergtiger auf sie stürzen. Er wußte nichts über Voodoo, da er die Legende der Marie Galante nicht kannte, sondern dachte vernünftigerweise an irgendein Gift, das Estelle eines Tages in die Suppe schütten könnte. Warum nicht? Mr. Ishiro betrachtete Gift als ein angenehm lautloses Mittel zur Beseitigung von Störenfrieden. Und auch die Wasserfolter war praktisch und machte kein Geräusch. Er dachte mit Schaudern an die Steelbands beim Karneval.

Natürlich war das Schweigen auf der Plantage »Happy Lodge« ziemlich schwierig. Leider redete Sir Francis nur das Notwendigste, wenigstens jetzt, nach einem Monat im grünen Kerker. Abgesehen von den Nachtarbeitern hatte Mr. Ishiro nie von Zombies gehört. Waren sie die einzigen »Gäste« auf diesem öden Stück Vergangenheit? Ishiro-san bewachte und beschützte seinen englischen Gefährten im Unglück, wie es seine traditionelle Pflicht war. In Japan beschützten die Kleinen und Unauffälligen seit Urzeiten die Großen und Auffallenden. Denn Norton, der nichts mehr ablehnte, als angenehm oder unangenehm aufzufallen, war für Ishiro »der, zu dem man aufblickt«. Er war zufrieden damit, als japanischer Zwergbaum zu der Nelson-Säule aufzublicken.

Norton wollte Verschiedenes abwarten. Erst einmal das Lösegeld, das jeden Tag eintreffen mußte. Andernfalls mußte man den richtigen Augenblick zur Manipulierung von Marie Galante, vielmehr Estelle, abwarten.

Wieder sagte Ishiro-san ein einziges Wort: »Hai.«

Ich langweile ihn, dachte er in bescheidener Verzweiflung. Sir Francis braucht Shakespeare.

Diese extravagante Annahme stimmte nicht. Norton wäre mit Drury oder Walker sehr zufrieden gewesen.

Ishiro Taku entwarf im Geiste ein passendes Blumenarrangement für Norton, um seine Nerven zu beruhigen. Nortons Nerven schienen nicht gelitten zu haben. Kein Wunder, da er weder Furcht noch Mitleid kannte, dachte Ishiro. Er entwarf stumm und konzentriert ein wahres Blumenwunder für den englischen Samurai. Nicht die vulgäre Farbenfülle dieser karibischen Inseln, sondern eine strenge, einsame Chrysantheme und einige demütige Gräser – ein Symbol seiner und Nortons Kameradschaft.

Das Arrangement befriedigte seine nach Schönheit dürstenden Sinne, aber Ishiro fühlte immer noch einen sonderbaren, brennenden Schmerz. Es mußte unwürdige, lächerliche Eifersucht auf die junge Estelle sein, die anbetend und albern zu Nortons Füßen hockte und versuchte, ihn, Ishiro-san, zu verdrängen. Wenigstens hatte Mr. Ishiro sich bereits in diesen Zustand hineingesteigert, während Norton in Wahrheit weder ihn noch das junge Ding beachtete. Er starrte meistens in Regionen, wohin Ishiro ihm nicht folgen konnte. Heimweh? Ishiro hätte gern Namen, Adressen und Lebensumstände der Glücklichen erfahren, denen Norton offensichtlich seine Gedanken schenkte. Natürlich in diesem England, wohin er eines Tages entfliehen würde, ohne sich von Ishiro-san formell zu verabschieden. Keine Gelegenheit zu zeremoniellen Verbeugungen, was noch schlimmer als Nortons »Verrat« wäre.

Im Augenblick hatte Mr. Ishiro das Blumenarrangement in Gedanken auf einen kostbaren Lacktisch gestellt.

Das Leben auf dieser verlassenen Plantage bekam ihm schlechter als Norton, da er in Japan an fröhliche, regelmäßige Herrenabende in teuren Lokalen gewöhnt war. Von Natur gesellig, und ohne seine geliebte Kamera, war er ziemlich verloren. Warum hatte Norton kein Mitleid mit diesem ihm ergebenen Leidensgefährten? Nur das Schicksal von Marie Galante hatte etwas wie Teilnahme in ihm erregt. Als er die alte Plantagenchronik bei Drury las, war er unbeeindruckt geblieben. Es war alles so lange her und natürlich maßlos übertrieben! Daß diese Plantage tatsächlich Petite Terre gewesen war, hatte Mr. Ishiro herausgeschnüffelt. Für Norton war »The Happy Lodge« unglaubhaft genug gewesen.

Natürlich bedankte er sich höflich für Estelles und Ishiros rührende Bemühungen, ihm die Wartezeit bis zum Eintreffen des Lösegelds erträglicher zu gestalten. Nur glaubte er neuerdings nicht mehr so fest an das Lösegeld. Nicht weil Drury versagt hatte, was einfach nicht in Frage kam, sondern weil man ihn hier langsam verkommen ließ oder wahnsinnig machen wollte, was ebenfalls nicht in Frage kam. Und er war überzeugt davon, daß Ishiro bei ruhiger Überlegung einsehen würde, daß nur die junge Estelle eine Flucht ermöglichen konnte.

Mr. Ishiro besaß einen zu scharfen Verstand, um es nicht einzusehen. Estelle kannte also einen geheimen Ausgang! Nur rechnete Sir Francis nicht mit der Furcht des Mädchens, und Ishiro verstand diese lähmende Furcht vor dieser lustigen Tante und den Nachtgespenstern. Geister jeder Art waren einem Japaner kein Gegenstand des Unglaubens. Viel schrecklicher als Furcht vor Zombies war Ishiros Furcht vor den unbekannten Plänen der Banditen.

Was planten diese Menschenräuber? Sie hatten sich nach der Entführung nicht mehr sehen lassen.

Warum waren Norton und er die einzigen Opfer in dieser grünen Wüste der Verzweiflung? Ishiro Taku zitterte plötzlich. Furcht kroch ihm bis in die Haarwurzeln. Er beschloß gegen jeden Instinkt, freundlich mit Estelle zu sein. Sie konnte nicht umsonst solche Furcht vor ihrer Tante und den Torwächtern haben. Was würde mit Norton und ihm geschehen? Würden sie hier sterben, oder würden sie eines Tages irgendwohin verschleppt werden, wo es nicht einmal dieses eintönige und schmucklose Essen gab? Mr. Ishiro erinnerte sich zur Unzeit sämtlicher Filme in Japan, wo Samurais, und geringere Männer wie er, raffiniert und grauenhaft gefoltert wurden. Er war während des Zweiten Weltkriegs noch ein Schuljunge gewesen und hatte es in Ordnung gefunden, daß die alliierten Gefangenen des kaiserlichen japanischen Weltreichs »unsanft« behandelt worden waren. Er hatte nie darüber nachgedacht. Jetzt waren Norton und er Spielbälle in einem undurchsichtigen afrokaribischen Spiel. Estelle war machtlos, wie Marie Galante es gewesen war. Wiederholte sich Sklaverei in anderer Form im zwanzigsten Jahrhundert? Mr. Ishiro hätte sich nicht gewundert.

Was planten die Banditen?

Zweites Kapitel

Wie schnell wird man vergessen?

> Keine Künste, keine Briefe, keine Gesellschaft und das Schlimmste von allem: beständige Furcht vor einem gewaltsamen Tod. Das Leben eines Mannes ist einsam, kurz, gräßlich und grausam.
>
> Thomas Hobbes

»Erinnern Sie sich noch an Norton?« fragte Staatsanwalt King gegen Ende des Sommers.

»Nicht jemand, den man schnell vergißt«, erwiderte sein Kollege. »Jaja, ich sehe ihn manchmal noch vor mir. Merkwürdiger Mann – sehr gerecht. Nicht der Angenehmste, mein lieber King! Aber korrekt. Solche Leute gibt's heute nicht mehr. Wann starb er eigentlich?«

»Es gab nie eine Todesanzeige. Unglaubliche Angelegenheit. Frühere Kolonie. Es muß da unten drunter und drüber gehn.« Staatsanwalt King schwieg einen Augenblick. Dann sagte er zögernd: »Meine Tochter Rosalind war mit Norton befreundet.«

»Wollte sie ihn heiraten?«

»Soweit ich mich erinnern kann, gehören zwei dazu. Norton lebte ja gut als Witwer. Außerdem viel zu alt für mein Mädel. Aber das ist Schnee vom vorigen Jahr. Schade um ihn.«

»Als er verschwand, regnete es Proteste. Man bewunderte ihn. Ich glaube wirklich, man tat alles, was man machen konnte. Das Foreign Office, der Lord Chief Justice, die gesamten englischen Juristen – aber Norton blieb verschwunden. Um Himmels willen, King! Der Mann war kein Lamm, das man zur Schlachtbank führt. Hatte er Freunde da unten?«

»Sicherlich. Einige bestimmt. Rosalind weiß etwas über Walker, den afrikanischen Sohn vom alten Walker hier in London. Ich glaube, Norton war mit Außenminister Marumba gut bekannt.«

»Wer ist das?«

»Da fragen Sie mich zuviel. Was sich da unten Minister nennt.

Die können alle eine Kleinigkeit von uns lernen. Rosalind wollte übrigens mit Chefredakteur Clarke nach Comfort Island fliegen. Aber er winkte ab. Er sagte ihr am Telefon, das sei nichts für junge Damen. Sie fragte, in welchem Jahrhundert er lebe.«

»Clarke ist erstklassig. Seine Sonntagszeitung auch. Wenigstens kennt er die Insel seit Jahren.«

»Vielleicht wird er etwas herausfinden. Ich meine, wo Norton starb und unter welchen Umständen. Kennen Sie Molly Clarke? Tüchtige junge Journalistin. Papa paßt auf sie auf. Karibisches Feuer.«

»Und Mum?«

»Mollys Mutter ist Lehrerin auf der Insel. Afro-Karibin.«

»Die Leute kannten Norton. Er kam ja erst vor einigen Jahren zurück. Unbegreiflich, warum er nach Comfort Island reiste.«

»Ich sage immer: Kehr *nie* zurück! Wollen wir heute abend zusammen essen? Was mich am Fall Norton gewundert hat: Es wurde nie von Lösegeld gesprochen. Scheint eine private Mordkommission gewesen zu sein. Die böse Mischung: halb politisch, halb persönlich.«

»Wo wollen wir essen?«

Norton lebte immer noch. Auch Ishiro Taku. Er träumte aber nicht mehr von einem zeremoniellen Begräbnis in Tokio. Nach diesen Monaten hätte Norton sogar die japanische Todessehnsucht verstanden. Doch Ishiro sprach weder darüber noch über seine erloschene Hoffnung auf Befreiung. Man ließ sie hier langsam sterben, was grausamer ist als plötzlicher Tod. Beide Männer waren erschreckend mager geworden. Aber sie waren zäh, und eine Diät von Reis, Gemüse und Früchten hat noch niemanden getötet. Die Wölfe, wie Norton die Banditen nannte, waren nicht mehr erschienen. Sie würden nicht mehr kommen. Wozu? Die Zeit besorgte das Geschäft des langsamen Verfalls. Manchmal dachte Norton an Drury und Walker. Und wer ihn so gehaßt hatte, daß er ihn hierher beförderte. Zu spät erkannte er, daß der weise Mann sich mehr um seine Feinde als um seine Freunde kümmert.

Manchmal besuchte Margaret ihn in seinen unruhigen Träumen. Er hatte das merkwürdige Gefühl, daß sie trotz ihrer vielen Nachteile die Plantage gefunden hätte. War es, weil Ehefrauen einen sechsten Sinn entwickeln? Weil sie in jedem Fall helfen, auch wenn die Ehe zerbrochen ist? Er wußte es nicht. Aber Margaret war jetzt lebendiger für ihn, als sie es zu Lebzeiten gewesen war. Er war zu müde, um darüber in Verwunderung zu geraten. Er, der nie, unter keinen Umständen, Müdigkeit verspürt hatte! Er war vor hundert Jahren unverwüstlich gewesen.

Niemand würde von ihrem Ende unterrichtet werden. Die Banditen würden ihren Tod verschweigen, wie sie ihre Existenz in dieser grünen Einöde verschwiegen hatten.

Einmal hatte Margaret gesagt: »Rede mit mir!« Aber er hatte Wichtigeres zu tun gehabt. Selbst Gott konnte die Vergangenheit nicht ändern. Wer hatte das gesagt? Chirurg Bartlett oder Aristoteles? Norton dachte oft an Bartlett, der ihn jetzt als »Streichholzmann« bezeichnet hätte. Wo waren Margaret und er in der Londoner Brautzeit so sorglos gewesen? In Tew . . . Tewkes . . . Tewkesbury. Das wäre unausdenkbar, daß er Ortsnamen vergessen würde. Er wanderte mit Margaret durch den uralten Ort zwischen Malvern Hills und den Cotswolds. Er hatte ihre junge Begeisterung für die historischen Fachwerkhäuser und die Abtei nicht geteilt, weil er schon von Comfort Island besessen war und weil er Enthusiasmus in jedem Fall zu laut fand. Aber Margaret war begeisterungsfähig gewesen, und er hatte ihren Überschwang gebremst. Andererseits war sie starrsinnig gegen das Tropenleben eingenommen gewesen. Norton lächelte fast bei dem Gedanken, daß Kritisieren eine eheliche Todsünde ist. Dennoch – in diesen verspäteten Versuchen, Margaret ihr Recht zu gewähren, wußte er, daß er sie nicht kritisiert, sondern verurteilt hatte.

Er war stets ziemlich zufrieden mit sich gewesen – und diese Selbstkritik, die er als ›Norton versus Norton‹ betrachtete, kam zur Unzeit. Was hatte Professor Lü, sein alter chinesischer Freund, gesagt? »Es ist schwer, verschüttetes Wasser wieder zu sammeln.« Wie ging es wohl dem alten Herrn und seiner Familie?

Einen Augenblick war Norton im Hause der Familie Lü. Hatten sie ihn bereits vergessen? Warum sollten sie alle paar Monate einmal an ihn denken? Er hatte nie ihr Leben geteilt oder teilen können. Wie er nie das Leben und die Gedankengänge von Ishiro Taku teilen könnte. Sein japanischer Gefährte versuchte weiter, ihm gelegentlich eine kleine Freude zu machen. Aber leider war »der gute kleine Mann« ziemlich eintönig. Wie die junge, ergebene Estelle, mit der Norton sich so sehr langweilte. Er wußte, er hätte sie nicht langweilig gefunden, oder wenigstens nur halb so öde, wenn er mit ihr geschlafen hätte. Aber wo? Unter Aufsicht? Oder Lebensgefahr? Außerdem verspürte er nicht das geringste Lustgefühl. So fing wohl das Absterben an, sagte er sich grimmig. Er fand es tragisch und komisch. Wie die Tatsache, daß Ishiros Sprechweise ihn nicht wenig irritierte. Der Gute sprach zu schnell, und dann grollte und rollte seine Stimme plötzlich im tiefsten Baß, und Norton konnte zwischen diesem Gurren und Murren den Sinn der langen Rede nicht erfassen. Sprachen alle Japaner so dumpf-donnernd, wenn sie ins Erzählen gerieten? Und waren völlig nebensächliche Einzelheiten es wert, sie in jedem Sinn erschöpfend zu schildern? Ah! Die japanische Besessenheit im Detail! – Ah so! Norton ermahnte sich zu Geduld und Nachsicht. Diese Ermahnung fiel auf unfruchtbaren Boden, denn er war nie geduldig und nachsichtig gewesen.

Manchmal sehnte er sich nach Gerüchen in englischen Gärten – Thymian, Lavendel, Krokus, Rosmarin –, altmodisch und bezaubernd. Nach einer englischen Speisekammer im Herbst – eingemachte Pflaumen, Apfel-Chutney, Zitronenquark –, Heimat!

Ein Stein kam geflogen. Er wandte den Kopf in der richtigen Sekunde. Er hörte Kichern. Doch nicht etwa Estelle? Unsinn. Alt und jung kicherte hoch und weibisch. Das wurde immer netter. Er starrte den spitzen schweren Stein an. Er mußte in seiner Nähe geschleudert worden sein. Zornesröte stieg ihm ins Gesicht. Verdammtes Pack. Man warf keine Steine aus dem Hinterhalt. Wie Norton an seinem eigenen Sittenkodex festhielt, war lachhaft oder heroisch. Mr. Ishiro betrachtete ihn besorgt aus einem Augenwinkel. Wenn Sir Francis nur einmal donnern, brüllen oder aufheulen würde, wäre viel gewonnen. Aber was gewonnen wäre, wußte Ishiro nicht.

In seiner eigenen Weise hielt auch Ishiro starrsinnig und heroisch an der Heimat fest. Jetzt mußten sie bald das Laternenfest feiern. Oder war es schon gefeiert worden? In Gedanken lud er Sir Francis dazu ein. Sie erlebten gemeinsam, wie die kleinen mit Opfergaben und brennenden Kerzen beladenen Papierboote den Fluß entlangfuhren. Mondlicht. Selbst Sir Francis war angenehm von der japanischen Poesie beeindruckt. Herbst! Die Trauben hängen schwer und saftig an den Gittern.

»Zu Ende das Wandern.

Mein Traum, auf dürrer Heide, irrt umher.«

Matsuo Baschos letztes Haiku! Mr. Ishiro fühlte einen Weinkrampf nahen und flüchtete in die Hütte. Man weinte nicht vor Sir Francis. Ishiro Taku machte sich umsonst Sorgen. Als Norton ihn zur Hütte rennen sah, vermutete er, Ishiro hätte Durchfall. Kein Wunder bei dem Zeug, das sie Tag für Tag, wegen Vitaminzufuhr, aßen. In ihrer Weise waren sie so scheintot wie die Zombies, dachte Norton. Wozu Vitamine? Wozu sich an die verlorene Heimat erinnern? Wozu, zum Donnerwetter, warten, bis man sie ermordete? Wann immer seine Gedanken in diese Richtung gerieten, erinnerte er sich sofort an Drury, Walker, Margaret. Manchmal sah er die Plantage durch einen Schleier, entweder ließen seine Augen nach, was wohl der Fall war, oder diese Wildnis verschwamm eben von Zeit zu Zeit. Er hoffte, daß seine Freunde sich noch schwach an ihn erinnerten. Auch Mary Ann, die so berükkend und dann wieder so erloschen blicken konnte. Sonderbar, daß Margaret viel wirklicher war als Adams erste Frau! Aber Mary Ann war immer eine Sirene gewesen, besonders im Mondlicht. In der Kolonie der Scheintoten brauchte selbst Norton bei allem Rationalismus ein praktisches Phantom wie eine Ehefrau.

Warum dachte er immer wieder an Marie Galante? Oder verwechselte er jene unglückliche, kindliche Sklavin mit Estelle? Waren sie Inkarnationen derselben karibischen »Anima« – eine

Traumfigur, die, wirklich und unwirklich, Rettung oder Verderben bringen konnte? Verderben? Estelle tat ihr Bestes. Norton schüttelte den Kopf. Nur sie konnte sie retten, ob sie es wußte oder nicht. Es genügte, daß er es wußte. Er stellte immer wieder vorsichtige, aber gezielte Fragen, erhielt aber bis jetzt vage und angstvolle Auskünfte. »Tante sehr-sehr mißtrauisch mit Estelle.« »Warum?« Kopfschütteln. »Weiß nich.« Norton hätte die dumme kleine Person am liebsten geschüttelt. Aber damit wäre alles endgültig verdorben gewesen. Estelle *mußte* sie eines Abends durch den geheimen Gang beim Küchenhaus ins Freie führen. Dieser Plan hatte sich in Nortons Kopf festgesetzt. Marie Galante hätte sich besser, tapferer benommen. Norton wußte es und behielt es für sich. Sie ging den Japaner nichts an.

Wer ihm prophezeit hätte, daß ein Mann von seiner trainierten Intelligenz täglich um ihren Verlust zittern würde, hätte ein mitleidiges Lächeln geerntet. Und wenn er im Old Bailey einen Angeklagten auf der Armesünderbank gehabt hätte, der mit einer toten Ehefrau und einer gefolterten Sklavin aus Haiti lebte, den hätte Norton ohne Zögern reif fürs Irrenhaus erklärt. Aber obwohl er von der schleichenden Furcht vor geistigem Tod und einem fremden, zehrenden Mitleid mit Marie Galante belästigt wurde, arbeitete sein Verstand scharf und unablässig. Vielleicht, weil er mehr davon besaß als der Durchschnitt oder weil er ihn unablässig übte, wie die Gartenarbeit mit Ishiro in glühender Sonne. Er mußte diese Flucht gegen tausend Widerstände organisieren. Er oder niemand. Ishiro würde mitmachen und in vieler Hinsicht nützlich sein, aber soweit Norton ihn beurteilen konnte, besaß er wenig oder keine Initiative. Er lebte anscheinend mit und von traditionellen, frühzeitig erworbenen Werten einer an Gefolgschaft gewöhnten Nation. Oder Ishiro war ein für Gruppenentscheidungen trainierter Mann, der keinen Anlaß zur Entwicklung einer »Persona«, oder wenigstens einer individuellen Persönlichkeit, sah. Oder er war eben ein Japaner, und Norton beurteilte seine Tugenden und Schwächen nach westlichen Standpunkten. Daß Ishiro, ergeben und schlau wie drei Füchse, ihm diese Gedanken vom Gesicht ablas und milde belächelte, ahnte der englische Samurai nicht. Und woher sollte Norton wissen, daß ein edler Japaner rückhaltlos bewundern will, ohne jemals Bewunderung für die eigene bescheidene Person zu wünschen oder gar zu erwarten?

Wie konnte man in diesem Niemandsland dem Stumpfsinn entgehen? Trotz einer wachsenden Erschöpfung stellte Norton sich nach der Gartenarbeit Denkaufgaben, oder er führte Debatten mit sich selbst, wenn die Dämmerung die Plantage in einen Ort drohender Gefahr verwandelte.

Ob er am Rand einer rationalen Existenz lebte oder nicht, Norton hatte nun die Zeit, um über Ursprung und Folgen historischer Krisen nachzudenken. Hatte wohlmeinendes politisches Patriarchat den Unternehmungsgeist der Afro-Kariben gelähmt? War es wirklich so närrisch, daß diese junge Republik zwischen Trinidad und Grenada ihre eigenen Fehler machen wollte? Ihre eigenen Ernten ernten, anstatt für Piraten aus dem Westen zu arbeiten? War nicht das Schlagwort »Schwarz ist schön« so richtig oder irrig wie die Überzeugung von der automatischen Schönheit einer weißen Haut? Alles was recht war, er, Norton, hatte niemals Rassenpolitik befürwortet oder betrieben, aber die Trennung von weiß und schwarz, der Abgrund zwischen hoher Berufschance und Hintergrund-Existenz war auch in »seiner Musterkolonie« evident gewesen. Idee und Praxis des Kolonialsystems, die Norton eingeleuchtet hatten, waren fragwürdig geworden. Und er fragte sich in der Dämmerung, warum er um Himmels willen nach Comfort Island zurückgekehrt war. Und warum jene ersten Kolonialväter aus Spanien, Frankreich, England, den Niederlanden hochmütig westliche Leitbilder in fremde, aus Afrika und Indo-Amerika stammende Kulturen verpflanzt hatten. Es war bei der Gründung der Kolonien nicht nur finanzielle Ausbeutung fruchtbarer karibischer Erde gewesen. Die Pioniere des Westens hegten die Überzeugung, daß sie wirklich eine höhere Menschengattung im Vergleich mit den Ureinwohnern, ihren schwarzen Sklaven und ostindischen Kontrakt-Kulis darstellten. Auch Admiral Norton war dieser Meinung gewesen, und sein Nachkomme Francis, ein

Mann der modernen Zeit, war umgänglicher und demokratischer mit Walker und seiner afro-karibischen Sippe umgegangen. Aber hatte er, Norton, in jenen goldenen Jahren britischer Kolonialmacht Alan Walker als gleichberechtigt angesehen und behandelt? Ja oder nein? Trotz der Nachtkühle wischte Norton sich den Schweiß von der Stirn. Die Zombies huschten im Garten und auf den Feldern umher – sie sangen nie. Scheintote haben keine Lieder.

Einmal war ein Wesen dicht an Norton vor seiner Hütte herangetreten und hatte ihn wortlos aus leeren Augen angestarrt. Dieser furchtlose Mann war unmerklich zurückgewichen. Damals hatte er den ersten Angstschauer auf seinem Rücken verspürt. Hatte Margaret nicht behauptet, daß Furchtlosigkeit einem Mangel an Phantasie entspringt? Natürlich hatte sie es behauptet und erwartete Nortons Entschuldigung, daß er kein Angsthase war. Entweder entwickelte Norton jetzt Phantasie, oder er empfand Lebensangst und Todesfurcht. Für den Unterschied hätte er gern einen Whisky in sich hineingeschüttet.

Ob die junge Estelle tatsächlich langweilig war oder nicht, wenigstens hatte sie nichts an ihm auszusetzen. Norton haßte das Nörgeln und Kritisieren weiblicher Besserwisser. In diesem Punkt war er genau wie andere Männer. Auch Walker hatte bis jetzt nicht geheiratet, weil alle seine jungen Damen ihn beständig umkrempeln, verbessern und afrikanischer machen wollten. Das hatte er Norton beim Karneval verraten. Vor hundert Jahren. Ob Walker ihn nun doch vergessen hatte?

Ishiro und Estelle brachten die einzige warme Mahlzeit des Tages mit etwas Grünem verziert und einer einzigen Flammenblüte neben Nortons Eßnapf. Wenn Mr. Ishiro diese ungehobelte Estelle mit seiner Lieblingsgeisha verglich, hätte er am liebsten – nach dem Essen – Selbstmord begangen. Aber er hatte nicht einmal das zeremonielle Rüstzeug zu einem formellen Akt von Harakiri, wie die *gaijins*, die Ausländer, den feierlichen Vorgang des *seppuku* nannten. Auch Sir Francis hatte ihn einmal nach Harakiri gefragt. Und Ishiro-san hatte von einer Rüge abgesehen, denn schließlich war selbst Norton nur ein Ausländer. Daheim, in Tokio, hatte Ishiro Taku einen ererbten Dolch zum Aufschlitzen. Hier machte nichts diese Art des Umbringens ehrenvoll und befriedigend, nicht für den Selbstmörder und nicht für seine Familie.

Mr. Ishiro bezeichnete dieses Gefängnis als Herberge. Diese Bezeichnung entsprang nicht einem Mangel an Beobachtungsgabe, sondern der eingewurzelten japanischen Abneigung, das Kind beim rechten Namen zu nennen. Estelle fungierte als Kellnerin, obwohl sie aus reiner Freundlichkeit das Essen unter japanischer Aufsicht hin und her trug. Wann würde Taku-san den tödlichen Dschungel als ›Ausflugsort‹ bezeichnen? Norton schüttelte den Kopf. Unter anderen Umständen hätte Norton diese Schönfärberei sogar belustigend gefunden. Er verstand nicht die japanische Bemühung, dem rauhen Klima der Wirklichkeit sanften Gegenwind entgegenzusenden. Norton hatte das Leben noch vor einigen Monaten nicht nur erträglich, sondern sogar vergnüglich gefunden. Diese Ansicht war Mr. Ishiro absolut fremd wie auch die Abneigung des Westens, persönlichen Ehrgeiz und streng private Wünsche ohne Zögern dem Allgemeinwohl zu opfern. Den letzten Platz in der Reihe einzunehmen, wenn man, durchaus verdient, an führender Stelle stehen kann. Dieses Genie für das Glück im Winkel, das Ishiros Moral bewundernswert, für Norton aber ziemlich unerträglich machte, erklärte seinen Dienstwillen und seinen Hunger, sich für Norton aufzuopfern, falls dieser es ihm eines Tages erlauben sollte. Falls großes Unglück viele Leidensgenossen einander näherbringt, so brachte das Schicksal diese beiden Männer nur weiter auseinander. Ishiro wußte genau, wie ungeduldig er den englischen Samurai machte, aber er beschützte und betreute ihn starrsinnig weiter. Jetzt war er soweit, für Norton zu sterben, falls dieser dadurch die Freiheit erlangen konnte. Aber er sah ein, daß heroische Träumerei keine neue Schlafmatten flechten konnte. Würde Nortons Kälte ihm eines Tages das Herz brechen? Ishiro Taku hatte längst erkannt, daß Sir Francis nicht der Angenehmste war. Auch die Samurai-Heldenfiguren der japanischen Geschichte und Legende hatten sich selten durch Liebenswürdigkeit ausgezeichnet. In Ordnung. Noch etwas Wassersuppe, Sir Francis?

Sie löffelten lustlos den dünnen Brei und aßen grüne Bananen und Brotfrucht. Norton schluckte den sogenannten Reis mit unbewegter Miene. Um Himmels willen nicht das Fleisch zerkleinern oder mischen, wie man es in Japan und China tat, um einen verdaulichen Effekt zu erzeugen! Taku-san blickte so angewidert, als ob Norton in der Tat eine Scheibe Roastbeef in Angriff nähme. Er selbst weilte in Gedanken mit seinem Chef und zwei Assistenten der Fotofirma in einem Restaurant in Shimbashi, wo sie sich mit den Geishas vergnügten und sich jederzeit an dem sashimi-Fisch vergiften konnten. Aber nach diesem Ausflug ins Nachtleben von Tokio kehrte Mr. Ishiro in Gedanken zur Hausmannskost seiner Frau zurück und fragte barsch, wann er endlich seine Soba-Nudeln bekäme. Norton hätte ihn nicht wiedererkannt. Aber damit mußte man bei japanischen Männern rechnen. Sie haben mehrere Arten von Umgangsformen. Vielleicht wäre Nortons Anwesenheit beim Laternenfest nicht ganz so bezaubernd verlaufen wie Taku-san es sich ausmalte. Er wäre empört über das Benehmen der meisten Ehemänner gegen ihre Frauen gewesen. Nur die Geishas hatten Ishiro Taku in Schach gehalten.

Nicht, daß Norton es so genau wissen wollte! Das einzige, was er wissen wollte, war die Stunde seiner Rettung. Natürlich auch Ishiros Befreiung. Hoffentlich würde der Kleine lange Beine machen, wenn es endlich soweit sein würde.

Es war soweit.

Ein Mann und eine Frau – groß, dürr, ernsthaft – bewegten sich langsam zum Küchenhaus. Die exotischen Gestalten in dieser afrikanischen Welt trugen große, breitrandige Strohhüte und waren mit kunstvoll geflochtenen Körben beladen. Norton hatte solche Gestalten beim Karneval gesehen – nur dort waren es verkleidete Stadtmenschen gewesen. Diese indianischen Kariben, Nachkommen der kriegerischen ›schwarzen Kariben‹, waren eine aussterbende Gruppe in den Antillen, keine Krieger oder Jäger mehr, sondern Farmer und Arbeiter in Fabriken oder beim Straßenbau. Ihre langen braunen Gesichter mit den kleinen dunklen Augen waren wie Masken aus der karibischen Schöpfungsgeschichte. Norton starrte sie aus der Entfernung an, und ein Plan nahm Form in seinem Gehirn an.

Er mußte handeln. Jetzt oder nie! Er winkte Ishiro und flüsterte mit ihm, während die beiden Indianer auf Estelle zuschritten und sie mit feierlichem Ernst begrüßten. Sie stellten ihre Körbe mit Reis, Yam-Früchten und Gewürzen – alles Produkte ihrer Mini-Farm in einem benachbarten Bergdorf – wie Spielzeug-Soldaten in einer Reihe auf und begannen mit Estelle eine beinahe angeregte Unterhaltung über die Preise ihrer Waren. Sie sprachen die kreolische Mundart der Gegend, denn sie lebten inmitten der afro-karibischen Welt, bewahrten aber ihre Sitten, Legenden, Lieder und ihren Umgang mit den Geistern der Luft und der Erde.

Der Torwächter träumte mit dem Rücken zum Küchenhaus. Der junge Wächter war weggelaufen. Hier passierte nie etwas. Der Rum hatte den Alten schläfrig gemacht. Aber *wie* schläfrig? Vorsicht war in jedem Fall angebracht. Norton dachte nicht daran, sich auf einer plötzlichen Flucht einen Pfeil oder eine Kugel in den Rücken jagen zu lassen. Sein Plan war raffinierter.

Ishiro Taku war dagegen, würde aber mitmachen, was Norton plante. Er hatte nie Indianer gesehen und mißbilligte ihre Aufmachung. Dabei trug der Mann die übliche Tracht der Feldarbeiter, nur hingen ihm seine glatten schwarzen Haare unordentlich ums Gesicht und endeten in einem Zopf unter dem Strohhut. Außerdem trug der Fremde ein scheußliches Amulett am Handgelenk. Wenigstens Mr. Ishiro fand es scheußlich und furchterregend, was der Indio-Karibe wahrscheinlich von japanischen No-Masken gedacht hätte. Übrigens leuchteten die Augen dieses Letzten der Urbewohner vor Intelligenz oder Schönheit, während die Frau steinerne Gleichgültigkeit zeigte. Auch sie trug das gleiche Amulett am Handgelenk. Es war ein magischer Schutz gegen böse Geister – eine geschlossene Faust mit dem Daumen zwischen Zeige- und Mittelfinger wie in einen Schraubstock eingeklemmt. Beide trugen dieses Amulett Tag und Nacht, und Ishiros ästhetischer Abscheu würde eine ererbte Sitte nicht ändern. Übrigens hieß der Mann Diego. Er war wortkarg – außer wenn er bei Stammesfesten Legenden erzählte, tanzte oder nach der Belustigung seine Frau, Amira, züchtigte. Er gehörte zu der fleißigen, mürrischen Sorte und liebte seine Kinder, denen er bei ihrer Geburt ein Indigo-Kreuz als Schutz gegen neidische Geister und afro-karibische Besucher auf die Stirn gemalt hatte. Norton erschreckte die beiden, aber sie packten nur ihr Amulett fester und murmelten eine wohlerzogene Begrüßung. Wenigstens hielt Norton die leise, lächelnde Beschwörung für eine Höflichkeit der Indio-Kariben. Den ›Inselzwerg‹ ignorierten sie, als ob Mr. Ishiro ein Wurm oder ein Zwergkäfer wäre. Zwerge brachten Unglück. Fast alles in der Erscheinungswelt brachte Unglück, und Diego und Amira führten unter bescheidenen Umständen ein kompliziertes Leben, denn das Ritual ihres Stammes war unnachsichtig, und die Geister waren rachsüchtig, auch wenn man es nicht äußern durfte. Sie betrachteten den weißen Häuptling in tiefem Schweigen. Was führte er im Schilde?

Im Augenblick scherzte und lachte Norton mit Estelle, was Amira beunruhigte. Obwohl sie nicht wußte, was es in dieser Welt zu lachen gäbe und was seine Heiterkeit den weißen Mann kostete. Sein Herz klopfte wie ein Hammer, und der Schweiß rann ihm in die Augen. Er wischte ihn ungeduldig ab. Bald würde er im Hotel Fidel Castro sein Bad genießen, und Ishiro würde in einem eleganten Badehaus wie ein Hummer sieden.

Amira betrachtete den bleichen Dämon mit wachsender Furcht. Sie schauerte trotz der Mittagsglut zusammen und versteckte ihr Handgelenk mit dem Amulett in ihrem formlosen Kittel, über dem sie einen weiten bunten Rock oder Unterrock trug. So kleideten sich auch ihre Mutter und Großmutter, zu denen sie mit den Kindern zurückkehren würde, falls ihr rauher illegitimer »Ehepartner« sie weiter vernachlässigen und züchtigen würde. Amiras Stamm lebte praktisch im Matriarchat. Sie wußte es nicht. Wenn der weiße Häuptling Geld oder Schmuck geben würde, wollte

Amira ihren Anteil mit in ihr Dorf nehmen. Die schwarzen Kariben lebten nicht in Gütergemeinschaft. Alles, was Amira pflanzte und verkaufte, wurde genau abgerechnet. Norton hätte gestaunt, wie modern diese hinterwäldlerische Indianerwirtschaft war.

Die Konferenz mit Estelle war beendet. Das Mädchen hatte einen Papierfetzen und Bleistift hervorgeholt, und Norton hatte Walker die Plantage genannt – auch, daß »Petite Terre« durch die Legende der Marie Galante bekannt geworden war und daß diese Pflanzung im nördlichen Dschungel seit englischer Kolonialzeit »Happy Lodge«, »Glückliche Jagdhütte« hieß. Wie Norton die Information, von Estelle in saubere Bananenblätter verpackt und verschnürt, in einige knappe Sätze gebracht hatte, war ein Meisterstück.

Es war geschafft. Estelle steckte noch eine Blüte zwischen die Bananenblätter, und das Päckchen hätte jeden Detektiv getäuscht. Es lag bereits zwischen anderen Bananenblättern und Mangokernen in einem der von Diego geflochtenen Körbe mit dem doppelten Boden für Abrechnungen, Geld und Wertgegenstände, die kein Indio-Karibe zur Schau trägt wie die einfältigen, prunksüchtigen Afrikaner, deren kindliches Zutrauen zu freundlichen Unbekannten Diego ein Rätsel war. Selbstverständlich gab es genug vorsichtige, mißtrauische Afro-Kariben, besonders in der Residenz, aber es gab keinen vertrauensseligen Kariben in den Antillen. Sie hatten die Arawaks – ebenfalls Ureinwohner und ihre besten Feinde – oft genug überlistet.

Norton fragte Diego, ob er die Residenzstadt schon einmal besucht habe. Estelle wiederholte jede Frage in der kreolischen Mundart. Norton sprach Pidgin-Englisch – wie früher oft im Gerichtssaal, und so langsam und deutlich, daß Diego es manchmal verstand.

Amira packte das Amulett unter ihrem Über- oder Unterrock fester.

Yes, Sir! Diego war zweimal in der Residenz gewesen. Zu einem Frage-und-Antwort-Spiel, wie er ein Interview mit dem entschwundenen Chefredakteur Clarke nannte. »Mister Clarke nun in dieses England. Dann noch einmal zum Karneval – für eine geographische Zeitschrift von Honduras. All right.« Es war geschafft. Diego hatte Stammesfreunde, die ihn zu Mr. Obade-Walker führen konnten, aber ...

Norton hatte darauf gewartet. Er zog sein ausgegrabenes Geld in der alten feinen Ledertasche hervor, und, o Wonne, das goldene Feuerzeug für Diego, dessen Augen aufblitzten wie eine Feuerkerze beim Karneval.

»Schnell, schnell«, murmelte Estelle ängstlich. Die Indios sollten mit ihren Körben fortgehen, bevor der Wächter oder die Tante womöglich einen Verdacht schöpften, wenn sie Norton im Küchenhaus antrafen. Das wäre nicht auszudenken.

»Alles, alles recht heimlich«, schärfte Estelle der verschüchterten Amira ein. »Maul halten, hörst du?« Selbst Ishiro lächelte in Bewunderung über Nortons Husarenstück. Wider jede Erwartung hatte Sir Francis diese ›eigensinnigen Wilden‹, wie Ishiro die Indios nannte, gefügig gemacht. Estelle hatte sich für Diegos Ehrlichkeit verbürgt – die Rachegeister würden ihn sonst zerfleischen, seine Ernte ruinieren und ihn in den Dschungel treiben. Aber Diego, der mit Recht Estelles Vertrautheit mit seinen Geistern bezweifelte, war ein ehrlicher Bursche. Er nahm nichts ohne Gegenleistung. Er hatte seinen Stolz. Er war richtig. Norton hatte es nur hoffen können, denn er war mißtrauisch wie zehn Indio-Kariben. Es schien in Ordnung zu gehen.

Ishiro schlich immer noch unauffällig um das Paar herum, wie ein Samurai mit seinen beiden Schwertern. Aber im Notfall genügte seine Karatetechnik. Obwohl klein und zart von Körperbau, konnte Taku-san mit Händen und Füßen seine Feinde umlegen. Er witterte überall Feinde, die seinen Untergang planten.

»Haben Sie etwas verloren?« fragte Norton gereizt, und Taku-san machte sich so unsichtbar wie möglich. Er dachte etwas verbittert, daß Höflichkeit noch niemandem geschadet hatte, sah aber ein, daß Sir Francis seine nervöse Spannung fast so virtuos wie ein Japaner verbarg.

Norton regulierte seine Atmung mit gewohnter grimmiger

Energie und trat an Diego heran, um ihm nun endlich das Geld und sein goldenes Feuerzeug zu überreichen. Alles in Ordnung.

Nichts war in Ordnung. Der Indio-Karibe wich mit einem gellenden Schrei vor Norton zurück, packte Amira am Handgelenk und entfloh ohne Abschied, ohne Botschaft, ohne Nortons Feuerzeug.

Was war geschehen?

Norton war unwissentlich auf Diegos Schatten getreten. Das bedeutete Tod und Verderben für die Nachkommen, erklärte Estelle. Große Tränen liefen ihr übers Gesicht, und ihre Stimme zitterte.

Die Indio-Kariben hatten sich nur durch Geheul und sofortige Flucht retten können. Vielleicht würde Diego an diesem Abend bei einer Zeremonie in Anwesenheit des gesamten Stammes die Katastrophe abwenden können. Vielleicht nicht. Vielleicht würde der Schatten, der zu einem schwarzen Kariben gehörte wie Drurys Bank Ltd. zu Robin Drury, sich vor Diego verstecken, ihn zum Narren halten und quälen, bis der Tod Diegos Qualen beenden würde.

Norton hörte sich das höflich an und sagte Estelle, sie sollte nicht weinen. Es würde ein anderes Mal klappen. Aber weder er noch Ishiro und schon gar nicht das trostlose junge Mädchen glaubten an eine zweite Chance. Das war so unwahrscheinlich wie Nortons Übersiedelung ins leere Herrenhaus, wo man niemandem auf den Fuß oder auf seinen Schatten treten konnte.

Äußerlich unbewegt, Ishiro-san zwölf Schritte hinter ihm, ging Norton verzweifelt zum Sklavenquartier zurück. Ishiro verzog sich in die Büsche, um sich auszuweinen. Sein Herz blutete für den englischen Samurai. Ishiro hatte leider geahnt, daß schwarze Kariben so nützlich waren wie ein zerbrochener Reistopf. Das erinnerte ihn an die Abendmahlzeit, die er vorbereiten mußte. Er trocknete seine Tränen mit pedantischer Sorgfalt und schlich zur Hütte. Bald würde es dunkeln. Bald würden die Zombies zur Nachtschicht erscheinen. Bald würde dieser Nachmittag zu Ende gehen.

Norton saß auf seiner Kiste und ließ seiner Angst keinen Raum. Es war keine Furcht vor dem Tod, es war Furcht, was das Leben ihm hier antun würde. Dann dachte er wieder an Ishiro und Estelle, die so unglücklich über das ›Pech‹ waren. Norton gestattete sich nicht, die Ereignisse des Nachmittags als ›Unglück‹ oder gar als ›Tragödie‹ zu bezeichnen. Falls er, seiner Gewohnheit gemäß, eine Lehre aus seinem Pech ziehen wollte, dann war es die Erkenntnis, daß das magische Weltbild der schwarzen Kariben keine Ähnlichkeit mit dem Rationalismus der westlichen Welt hatte. Er hatte nie an sentimentale Weltverbrüderung geglaubt – wohl aber an respektvolle Anerkennung nationaler und rassischer Unterschiede. Und da er nun den Respekt vor dem abergläubischen Indio-Kariben verloren hatte, und damit seine Vorliebe für das Leben in den Antillen, bestaunte er verdüstert seinen fatalen Entschluß, nach Comfort Island zurückzukehren.

Alle seine Erwartungen waren zerronnen. Der tröstliche Wahn war verflogen, und Margaret hatte es besser gewußt. Ihm blieb nur noch der Mut zur Enttäuschung und die Überzeugung, daß er so bald wie möglich für sich und Ishiro eine Chance zur Flucht entdecken mußte.

Da war der gute kleine Bursche und blickte ihn verstört, aber mit der Besorgnis einer Gluckhenne an.

»Was gibt's zu essen, mein Freund? Ich habe Appetit auf frische Langusten – hahaha!«

Ishiro Taku hatte sich nicht getäuscht. Sir Francis war im Geiste ein Samurai. Aber Norton erinnerte sich nur an die Sprichwörter der Hölle: »Ein Übermaß an Kummer bewirkt Gelächter.«

Nachts träumte Norton nach längerer Zeit von Freunden, die ihn natürlich längst vergessen hatten. Genau gesagt, er schwamm mit Drury im Ozean. Wo war Mary Ann? Oder gehörte sie an einen anderen Strand? Sie hatte ihn sofort vergessen. Er wußte es im Traum.

Drittes Kapitel

Strindberg auf Comfort Island

Ehe – ein Gefängnis zu zweien.

Peter Hille

Miss Vera Broom, London, an Mary Ann Drury, Comfort Island

Camden Town, 1964

Ich weiß es, Mary Ann! Niemand kann Dir gleichgültiger sein als Deine Tante in London. Bin ich Dir nicht mehr fein genug? Hast Du Camden Town vergessen? Aber Du warst immer ekelhaft zu Deinen Liebsten und Nächsten, und wenn das nicht stimmt, soll ich tot umfallen, Amen. – Gewiß, Deine Mum wurde mit den Jahren immer schwieriger. Kurz vor ihrem Tod – Gott hab' sie selig! – soff sie. Wahrscheinlich weil Du ihr nie schriebst und sie nie auf die Insel eingeladen hast. Nach den Fotos zu urteilen, besitzt Mr. Drury ein ganz tolles Wohnschloß. Dazu noch im »Glücklichen Tal«. Und 'ne Mutter ist 'ne Mutter, selbst wenn sie so komisch wie Deine Mum war.

Übrigens wohne ich jetzt in Deinem Elternhaus, weil ich meinen Verlobten nicht heiraten konnte. Er war verheiratet. Aus. Kein Witwer, wie er mir sagte. Männer. Seine Alte rückte ihm hier auf den Hals und beschoß ihn mit meiner Teekanne. Dabei sprang sie in kleine Stücke – ich meine die Kanne. Ich schickte ihm die Rechnung für eine neue. Wo wäre ich ohne meinen Tee? Da ich von meinem alten lieben Herrn sein ganzes Geld erbte – seine Familie tobte, war aber machtlos –, habe ich Euer Badezimmer malen lassen. Und die Badewanne. In den letzten Jahren benutzte deine Mum die Badewanne als Rumpelkammer: zerlöcherte Töpfe und zerrissene Fußmatten und so was. Die Dusche ist auch in Ordnung jetzt. So bin ich eben. Habe alles selbst berappt. Verdienen tust Du es nicht. Und schließlich ist es *Dein* Haus. Mir vererbte Deine Mum eine ihrer Strickjacken, ich mußte laut lachen.

Hoffentlich bist Du glücklich mit Deinem lustigen Mr. Drury. Wie er mit Dir glücklich sein kann, ist mir allerdings ein Rätsel. Spiel ihm keine Streiche, wie Du es mit Deiner Mum und der alten Miss Wattle machtest! Du warst ein verkommener Teenager, alles was recht ist. Immer auf wilden Spaß aus. Genußsucht frißt das Glück, sagte Miss Wattle immer. Heute weiß ich, was sie meinte. Ein neidisches Biest war sie wohl – aber gewitzt. 'ne echte Londoner Sorte. Hing an Deiner Mum, konnte aber Deine Gran nicht riechen.

Deine Großmutter liebte Dich, aber Du warst kein bißchen nett zu ihr, als sie im Sterben lag und nach Dir fragte. Immer wieder fragte Gran, und schließlich schleifte ich Dich ins Hospital. Von allein gingst du nicht mal zu Deiner Gran! Du bist 'ne komische Sorte. Hoffentlich hat Dein Mann es noch nicht gemerkt. Täte mir leid.

Dein lieber Dad sagte immer: »Aus meiner Tochter wird nichts Gutes«, und er wußte leider, was er sagte, Dein Dad! Leicht hatte er es nicht mit Deiner Mum. Sie wollte, daß er ihr jeden Freitag die Lohntüte aushändigte, aber er war freier Elektriker, und das paßte ihr nicht. Und sie mißgönnte ihm sein Bier und seine Zigaretten und alles. Schwamm drüber.

Gestern dachte ich an Deine Hochzeit. Hier ist nicht so'n Leben und Betrieb wie in Soho, und da denkt man zuviel nach. Du sahst süß und unschuldig wie'n Weihnachtsengel am Christbaum aus. Dein Dad schmückte immer Euren Baum, auch wenn er später mit seiner Flossie im Pub feierte. Sie war ja ordinär, diese Flossie, aber gut mit Deinem Dad, das muß man ihr lassen. Wo die wohl heute Gin säuft? Geht uns nichts an. Dein Dad war goldrichtig. Später, nach Deiner Hochzeit, begrüßte ich ihn immer in seinem Wohnschuppen, wenn ich an meinem Dienstag Deine saure Mum besuchte. Auch nach Grans Tod – ich bin eben so dußlig. Na, Dein Dad und ich hatten dann Tee in seinem ›Haus‹ – alles selbst gebaut, mit Elektroherd und Teekessel und so weiter. Großartig. Da hatten wir dann Tee, wie es sich gehört. Fisch und Chips und Heidelbeertörtchen, Dein Dad hatte ja so 'nen süßen Zahn, beides von mir spendiert, und dazu seinen prima Tee und Toast, Butter, Marmelade und alles bestens. Und wir lachten so laut, wie wir wollten. Aber manchmal war er ernst, Dein Dad, und sagte, ich soll das leichte Leben aufgeben und was ein Prachtmädel wie ich bei den alten reichen Knackern in Soho verloren hätte. Wenn ich heulte, tröstete er mich. Hättest Du es mit ihm verstanden, dumme Pute, Du hättest keinen besseren Vater haben können! Aber ich will nicht in ein verstopftes Horn blasen. Vielen Dank. Wir lasen in der Sonntagszeitung über Euren Freund Norton. Er sah ja auf dem Foto aus, als ob er 'nen Besenstiel verschluckt hätte, aber den Kidnapping-Trick hat er doch nicht verdient. Dein Mann hat ihn wohl indessen gefunden. Oder noch nicht? Bei Deiner Hochzeit glänzte Sir Francis durch Abwesenheit, und dabei feierten wir im Hotel, und Dein Dad hatte tief in die Tasche gegriffen – wohl, weil er Dich los wurde. Du schlugst ja öfters über die Stränge, doch wir merkten es immer zu spät. Aber natürlich machtest Du die Glanzheirat von Camden, und jeder war sprachlos über Mr. Drury. Dabei war er so einfach und lustig, als ob er und seine Sippe und wir zusammen Schafe gehütet hätten. Seine Eltern waren in Hongkong und feierten wohl mit ihresgleichen. Aber Mr. Drury war prima. »Robin und Vera«, sagte er. »Wir sind nun verwandt, junge Dame.« Als ob sein Dad kein Landjunker wäre und seine Mum aus dem Landadel, mit der Nase in der Luft. Und alle Drurys angenehm mit der Bank verschwägert und versippt. Du, ich weiß noch heute nicht, wie Robin Drury es anstellte, sich wie unsereiner zu geben und zu amüsieren, er war nie in Camden Town gewesen. Vielleicht lernen sie das in ihren Schulen? Selbst Dein Dad, Arbeiterpartei und alles, war begeistert von Mr. Drury. Er fuhr ihn sogar in seinen Wohnschuppen und erklärte ihm elektrische Tricks und so. Und daß Dein Dad seinen Kram vorzeigte und erklärte, war in Camden wie 'ne Ordensverleihung im Palast. Selbst Deine essigsaure Mum lächelte Deinen Mann zum Schluß buchstäblich an.

Er war so sicher. Und in ruhiger Weise elegant. Aber sei vorsichtig mit ihm, Mary Ann! Er kann plötzlich auskühlen und wird ein Eiszapfen. Ich fühlte es. Und ich kenne Männer, weil ich sie nicht auf die allerangenehmste Weise erlebte. Grüße ihn schön von mir. Wahrscheinlich hätte er mich längst eingeladen, um mal wieder richtig zu lachen, aber Du kleine Hexe hast es natürlich nicht gewollt. Ich nehme es Dir nicht krumm. Du hast zuviel von Deiner Mum mitgekriegt. Was ich noch sagen will: falls es eines Tages mit Mr. Drury und Dir nicht mehr klappen sollte, Dein Zimmer, neu tapeziert, ist immer zu Deiner Verfügung. Ob Du mir schreibst oder nicht. Aber schreib schon endlich 'ne Ansichtskarte, altes Scheusal!

Deine liebende Tante
Vera Broom

Mary Ann zerriß diesen Brief, ließ die Fetzen in alle Winde flattern und behandelte Drury weder freundlich noch vorsichtig. Dazu war sie zu verstört und zerfahren. Norton war wohl tot. Und Leute, die sie so wenig wie Robin Drury angingen, lebten immer noch und machten ihr das Leben in seinem Haus nicht gerade leicht. Entweder übersah er sie, oder er war erschreckend heftig oder überschüttete sie mit tonloser Ironie. Eine Herumtreiberin. Eine sexuelle Niete. Eine langweilige, geistlose, freche, aber feige Person, die »nicht seine Sprache sprach«. Kurzum, sie war jetzt alles, was Ehefrauen in der Phase der Entzauberung für einen Mann darstellen.

»Ich habe dich etwas gefragt. Kannst du nicht antworten?«

Mary Ann schwieg, weil ihr Schweigen ihn rasend machte. Die Übersiedelung vom Hotel Fidel Castro zum ›Glücklichen Tal‹ war kein Erfolg. Aber wohin sollte sie vor Drury fliehen, wenn die Marumbas das Gartenhaus angeblich ›für andere Gäste‹ brauchten? Zurück nach Camden Town? Niemals. Mit Tante Vera als Moralpredigerin?

Es war zum Lachen. Niemand war so tugendhaft wie eine ehemalige Hure, dachte sie. Aber Vera hatte wenigstens geerbt, während Drury wahrscheinlich sein Vermögen einem Heim für alternde Krokodile vermachen würde. Es gab keine Gerechtigkeit auf dieser Welt. Drury hatte monatelang mit dieser Molly Clarke in Venezuela gelebt. Er hatte kein Recht, ihr irgendwelche Liebhaber vorzuwerfen. Und dabei wußte er nichts über den Karnevalsrausch mit Francis, der allerdings so schlimm geendet hatte. Walker mußte ihm etwas über Beauregard Marumba und sie erzählt haben. Walker war ihr Feind, und sie wußte es. Er war fast so hassenswert wie Robin, der sie jetzt so miserabel behandelte und sich schweigend überlegte, wohin er sie abschieben konnte. Ob er sie vergiften würde? Zu riskant für ihn. Seine harte Stimme riß sie aus ihren Spekulationen.

»Was hattest du mit Nortons Entführung zu tun?«

»Nichts.«

»Warum warf Madame Marumba dich aus Nortons Haus heraus?«

»Es war nicht Nortons Haus. Ich habe keine Ahnung, was sie plötzlich gegen mich hatte.«

»Das weißt du ja nie, du einfältiges Geschöpf! Du stößt alle Leute vor den Kopf und weißt von nichts. Warum verhörte dich die Polizei nach Nortons Verschwinden?«

»Sie verhörten alle, die ihn kannten.«

»Aber du warst die letzte, die mit ihm zusammen war.«

Wer hatte ihm das gesagt? Sie brauchte nicht zu fragen. Walker hatte ihm natürlich einige Schauergeschichten erzählt. Alles Lügen. Sie sagte ruhig und verzweifelt: »Es war Karneval. Du warst natürlich mit deiner Hure in Caracas. Laß mich in Ruhe, Robin! Ich trauere um Norton wie wir alle.«

»Das soll ich dir glauben? Du konntest ihn nicht ausstehen, und er hatte nie eine dümmere Sekretärin beschäftigt.«

»Das war in der goldenen Kolonialzeit«, sagte sie nicht ohne Hohn. Der Hohn traf, und er hätte sie am liebsten erwürgt. Leider hatte man es nicht. Francis hätte es nicht gebilligt. Drury haßte sie. War Haß eine Funktion des Temperaments oder der Drüsen? Jetzt konnte er nicht darüber nachdenken. Seine innere Unruhe stieg mit jedem Monat, jedem Tag, jeder Stunde, die keine Nachricht über Nortons Leben oder Tod brachte. Welche neue Taktik würde Resultate zeitigen? Sein Kopf war leer. Wenn er so weitermachte, würde er ein Magengeschwür bekommen, hatte Bartlett ihm vorgestern gesagt. Auch Bartlett und seine Operationsschwester waren auf der Insel, für den Fall, daß Norton ihn brauchen sollte. Bartlett blieb und wurde täglich schweigsamer. Er arbeitete natürlich in seiner ehemaligen Klinik und auch im neuen »Volks-Krankenhaus«, in einer idyllischen Bucht.

Es war das ehemalige Palais eines englischen Wirtschaftspolitikers mit seiner Familie gewesen. Familie! Er, Drury, hatte nicht einmal Kinder von dieser faulen Person. Es hatte keinen Zweck, Mary Ann weiter zu fragen. Entweder belog sie ihn, oder, was eher stimmen könnte, sie wußte nichts. Wie immer.

Er starrte sie an. Ihre Gleichgültigkeit gegen Freunde und Feinde war unnatürlich, dachte er plötzlich. Eine Mangelkrankheit des Gefühls. Wieso war ihm das nicht früher aufgefallen? War ihr Müßiggang schuld? Er wußte es nicht. Er wußte nur, diese zarte, blonde Nymphe war seine Feindin. Und er hätte jetzt eine Frau gebraucht, die ihn verstanden und aufgeheitert hätte. Wie Vera Broom, die auch nicht mehr schrieb. Sollte er an sie schreiben, ob sie ihre Nichte aufnehmen würde? Was sollte sie davon denken? Nach endlosen Schweigepausen?

Mary Ann richtete ihren leeren Kristallblick auf ihn. »Laß mich in Ruh und verschwinde endlich.«

»Wie Norton?«

»Gegen dich war er buchstäblich entzückend. Hochnäsig wie ihr alle, aber wenigstens höflich. Und spendierte etwas.«

»Halte den Mund«, schrie er. »Sonst . . .«

»Sonst?« Lachte sie, oder hörte er das Gelächter der Furien? Er drehte ihr den Rücken zu. Eine Depression, tiefer und schwärzer als üblich, senkte sich auf ihn. Wie eine Wolke oder eine gewichtslose Bürde. Er mußte sich zusammenreißen. Bartlett hatte recht. Alle hatten recht. Er mußte sich Aktivität bewahren. Depressionen untergruben jede Initiative. Wer wußte es besser als Drury? Francis hatte stets gegen Robins »Launen« angekämpft, weil er ihn so genau kannte und wußte, daß es keine Launen, sondern überempfindliche und überforderte Nerven waren. Francis hatte dem Jüngeren erst einmal das »Wimmern« in der Schule abgewöhnt. Aber er hatte Robin trotzdem getröstet. Ihm Mut und Entschlußkraft eingeflößt. Sehr ruhig. Mit kaum erhobener Stimme, aber hochgezogenen, farblosen Augenbrauen. Später, als Studenten in Oxford, gab es keinen besseren Freund. Einer, der jeden Dank abgelehnt hatte.

Drury gönnte seiner Frau keinen Blick mehr und stürzte zum Auto.

Er fuhr zu Walker. Dieser ehrliche und hilfsbereite Bursche war Drurys letzte Hoffnung. Es mußte Walker etwas einfallen.

Die erste Ahnung einer Fährte zur Gewißheit. Denn nun war es soweit, daß sie das Beste und das Schlimmste wissen mußten. Nur nicht diese Ungewißheit!

Mary Ann blickte ihm ausdruckslos nach. Sie brauchte ihr Rauschgift, sonst würde sie in dieser Tropenluft, mit den Sternen über ihrem dumpfen Kopf, zur Salzsäule erstarren. Sie hatte Norton schon vergessen. Und an ihren Mann wurde sie nur erinnert, wenn sie ihn sah. Was nicht allzu oft vorkam.

Sie lag mit offenen, flimmernden Augen auf ihrer Veranda. Wer hatte noch gesagt, daß die Flucht in den Rausch geistige Faulheit sei. Faulheit zu leben und zu erleben. Norton hatte das gesagt, als er ihr im Gartenhaus das Marihuana weggenommen hatte.

Welches Gartenhaus? Wo? Wer war Norton? Freund? Feind? Lebender Leichnam? Liebhaber, Hasser, Richter über Heilige und Huren? Sie träumte wilde und abnorme Träume. Sie hatte nie einen Brief aus Camden Town bekommen. Würde ihn daher nicht beantworten. Dort wurde das Fest des Vergessens nicht gefeiert. Sie stöhnte. Im Traum stand sie vor einem Tisch mit verdeckten Schüsseln. Sie verspürte Heißhunger, konnte aber die Deckel nicht von den Schüsseln heben. Verdammt. Marihuana gab nicht immer bezaubernde Träume. In der Ecke von Mary Anns luxuriösem Schlafzimmer hockte eine schlaue, bucklige Hexe und schrie: »So dünn der Pfannkuchen auch ist, er hat immer zwei Seiten.« Mary Ann wußte, es war Miss Wattle, seit langem tot, aber plötzlich zu gräßlichem Leben auf Comfort Island erwacht. Miss Wattle lachte heiser, und Mrs. Drury schrie im Alptraum nach Norton. Er solle sofort kommen und Miss Wattle vertreiben.

Sie erwachte schwindlig und schweißbedeckt. Sie war in ihrem Zimmer – allein und erschreckt. Miss Wattle war in ihr Camden-Grab zurückgesaust. Und Norton war tot. Sie hatte nur Drury, und den hatte sie auch nicht. Ihre Welt schrumpfte vor ihren Augen – wie in einem Zerrspiegel. Sie würde nie wieder in die Sonne sehen. Oder Norton. So ekelhaft er manchmal gewesen war, er hatte sie beruhigt, wenn die Welt entweder zusammenschnurrte, bis sie selbst nur ein Punkt im Äther war, oder sich so ausdehnte, daß sie Drurys Palais nicht wiederfinden konnte.

Sie setzte sich zitternd in den großen Korbsessel auf ihrer Veranda. Ein schwacher Mond beschien dieses tropische Paradies. Die Fächerpalmen wiegten sich im Wind. Sie wollte nicht wieder einschlafen und . . . Sie weinte. Um sich. Dann fiel ihr ein, daß sie genauso gut lachen könnte.

Drury fuhr im Eiltempo zu Walker. Er beachtete die geliebte Landschaft mit keinem Blick. Seine Augenbrauen waren zusammengezogen, die Lippen ein Strich in seinem verzerrten Gesicht. Er besaß kein Talent zum Hassen, es fiel ihm schwer und vergiftete seine Seele.

Sein letzter Rest an Duldsamkeit mit dieser Ehefrau war aufgebraucht. Seine Ohren dröhnten. Er hatte das Gefühl, er hätte nur noch Wasser statt Blut in den Adern. Wieviel angenehmer war die junge Molly Clarke gewesen. Außerdem hatte sie, wie für ihre Generation üblich, ihr eigenes Geld als Journalistin verdient, die mehr konnte, als Gesellschaftsklatsch servieren. Mary Ann blieb eine Drohne. Molly war ohne Berechnung, ohne Lügen, ohne Rauschgift gewesen, trotzdem verspürte er keinen Wunsch nach einer Versöhnung mit Champagner und ihren Tränen. Leider lebte Drury in der Wirklichkeit. Es hatte ihn schließlich Mühe gekostet, fest in Drurys Bank zu stehen. Ohne Francis hätte er es kaum geschafft.

Wieder dachte er daran, wie Norton ihn vor dieser Heirat gewarnt hatte. Nicht um ihm seinen Spaß zu verderben, sondern weil er den lieben Robin so genau kannte. »Der Kleine« sah die Leute nicht, wie sie wirklich waren, weder in grüner Jugend noch später. Mary Anns blonde Schönheit hatte Drury veranlaßt, eine zarte Seele dahinter zu vermuten. Sie war eine Baumnymphe mit einem Bankbuch und Stroh im Hirn. Wenigstens sah Drury sie jetzt so, im Stadium endgültiger und tödlicher Entzauberung. Ob sie so dick wie ihre Tante Vera werden würde? Er würde nach London fliegen und mit ihr sprechen, sowie sie Francis gefunden hatten. Mary Ann könnte wohnen, wo sie wollte.

Warum vermutete er, daß Molly Clarke in seine Arme fallen würde? Weil er sich ein Bild von ihr gemacht hatte: demütig, blind verliebt, glühend-zärtlich. Vielleicht war es genausogut, daß er Molly Clarke nicht in London erlebte. Sie war jetzt kurz angebunden, ehrgeizig und wurde stündlich englischer. Nur bewahrte ihr gutes afrikanisches Gedächtnis sie davor, zu vergessen oder zu vergeben, was Drury ihr zum Karneval in Venezuela angetan hatte. Sie war nicht rachsüchtig. Sie hatte ihn einfach aus ihrem Adreßbuch gestrichen. Sie hatte ihrem Vater keine Einzelheiten erzählt. Schweigen war Gold, und Reden war Blech. Nichts durfte ihre neue ernste Heiterkeit erschüttern. Sie wußte, sie hatte Drury diesen Reifeprozeß zu verdanken. Aber sie hatte gezahlt. Ob Drury sich über die neue Molly gewundert hätte? Er beschloß, sie bei der Zeitung ihres Vaters anzurufen, wenn er seine Frau in London nach Camden Town verbannen würde. Falls Francis ihm diese Mühe nicht abnehmen würde. Dazu mußte Norton erst einmal leben und gefunden werden.

Drury hielt den Wagen an und schloß erschöpft die Augen. Ihn dürstete nach einem starken Whisky, aber er fuhr diesen großen, schnellen Wagen und mußte aufpassen. Nach Richmond Hill, wo Walker nun Bartletts große Villa mit Mutter und Onkel bewohnte, waren es noch zwanzig Minuten Fahrt, wenn man vorsichtig den ansteigenden Weg zwischen dem dichten Grün nahm und die Landstraße verließ. Die alten Baracken von Richmond Hill waren noch in Kolonialzeiten zu Krankenhäusern, einem Armenhaus und einer Station für Geisteskranke umgebaut worden. Bartlett hatte die jungen afrikanischen Kollegen noch angelernt und eingeführt und war auch jetzt bei jedem seiner Besuche auf der Insel in engem Kontakt mit ihnen. Es geht also, dachte Drury. Aber wer hatte Francis so gehaßt, daß er ihn entführt und wahrscheinlich ermordet hatte? Oder – wer hatte den Auftrag gegeben? Hätten die Banditen ihn nur in den großen Teich geworfen, den man von Richmond Hill sehen konnte! Da hätte er geruht zwischen Kakao-Plantagen, in einem Frischwasserteich, umgeben von Flammenbäumen, tropischen Früchten, Friedenspalmen. Drury wischte sich wie ein Schuljunge mit dem Handrücken die Tränen ab.

In Eton hatte die Freundschaft zwischen Norton und Drury begonnen. Beide aus Kent, beide von Haus aus privilegiert. Sie fuhren in den Schulferien immer noch mit Nanny Coxley in das alte Seebad »Margate«, weil die Elternpaare große Reisen machten und die Kinderfrau besser mit Francis umgehen konnte. Nanny Coxley hatte ihn von der Wiege an betreut – durch dick und dünn, Feuer und Wasser, in stummem Gefecht mit den Eltern und den Kindergärtnerinnen. Sie betrachtete den kleinen, empfindsamen Robin Drury als unerwünschtes Anhängsel und zeigte es ihm. Aber da war Francis sechs Jahre alt und gab Nanny zurück, was er an mürrischer Unfreundlichkeit von ihr wegen Robin, dem ›Wimmerer‹, empfing. Kein Zweifel, Francis war schon als kleiner Junge nicht der Angenehmste, aber er gefiel seiner Nanny, und sie gefiel ihm. Eine wahre Furie. Robin zitterte vor ihr. Damals waren Nortons Beschützerinstinkte erwacht. Und wie er, Jahre später, ›den lustigsten Junggesellen der Inseln‹ unauffällig bewachte und beriet, so hatte er den Ehemann Drury beruhigt und beraten. Man konnte eben Robin – einen glänzenden Bankfachmann – nicht seinem Privatleben überlassen, hatte Norton einmal seinem Freund Bartlett erklärt. Bartlett hatte den Kopf geschüttelt.

Jetzt dachte Drury oft an die Ferien in Margate, wo sie und die Welt jung und frisch gewesen waren. Sie wohnten natürlich mit Nanny im feinsten Hotel, das sie als Margate-Fischertochter nie betreten hatte. Aber auch jetzt verbrachten sie und die Kinder einen Teil der Zeit in Coxleys Fischladen im alten Teil der historisch berühmten Stadt am Meer. Beide Jungen waren schlau genug, den Eltern nicht zu erzählen, daß sie später einen Fischladen in Margate eröffnen wollten.

Selbst die herrschsüchtige Nanny war in Coxleys Laden guter Laune und schikanierte Robin nur ganz heimlich. Sie hielt ihn allen Ernstes für einen armen Verwandten der Nortons, und niemand war abstoßender gegen solche Pechvögel als Gladys Coxley. Sie erhielt den Schock ihres Lebens, als Robins Mutter sie einmal zum Tee einlud, um ihr für ihre Mühen mit »dem Kleinen« zu danken. Robin sei schwierig, sagte seine Mutter, und Nanny sagte unerschrocken, er müsse sich sein Wimmern und Winseln abgewöhnen und sich ein Beispiel an »ihrem« Francis nehmen, den Lady Drury nicht ausstehen konnte. Aber natürlich gab sie diesem Drachen im steifen Hut recht. Dann sagte sie lachend, Robin würde sich wohl das Wimmern abgewöhnen, wenn er später ein nettes Mädchen treffen würde. Nanny preßte ihre Lippen mißbilligend zusammen; was gab es da zu lachen? Ein nettes Mädchen in Margate hatte Nanny ihren Zukünftigen mit ihrem verdammten Gelächter ausgespannt.

Ihre Abneigung gegen Robin blieb, denn Nanny Coxley blieb ihren Abneigungen treu. Der Kleine mochte eine Wimmertante sein, aber er war schlauer, als Nanny ihm zutraute. Er operierte schon im zarten Alter aus dem Hinterhalt. Nicht um anzugreifen, sondern um sich zu verteidigen. Womit konnte er Nanny einen Schreck einjagen?

Als sie zu dritt wieder einmal die »Muschelgrotte«, das Entzücken großer und kleiner Kinder, besuchten, hielt Robin sich etwas abseits von Nanny und Francis, der alles über die Entstehung und Färbung von Muscheln wissen wollte, lernbegierig und ziemlich altklug. Aber Nannys Günstlinge konnten alles sein – tüchtige Fischer, Gutsbesitzer oder ihr Francis –, keine Frage war Nanny zuviel, und wenn sie etwas nicht wußte, erfand sie plausible Antworten.

Robin blieb auffällig hinter dem glücklichen, ungleichen Paar zurück, Francis betrachtete seine liebe Nanny als eine verbesserte

Ausgabe seiner Mutter. Robin versteckte sich dann in einem Seitengang. Nanny hatte nur ein Auge für ihre Günstlinge und dachte, die Wimmertante schlendere hinter ihnen her, wie üblich. Der Kleine konnte noch nicht so schnell laufen. Übrigens empfand Francis Nannys Verhalten gegen den vierjährigen Robin als »nicht ganz gerecht«, und aus diesen Ferien im alten Margate mußte seine Sorge um ihn stammen. Daß sein vereinsamtes Knabenherz den zärtlichen kleinen Dachs liebte, gestand er sich nicht ein. Er erfuhr nie von Drury, daß dieser sich als höchstes Glück auf dieser Welt gewünscht hatte, einen einzigen Tag Nannys Günstling zu sein.

Erst einmal lief er nun allein und angstvoll in der Muschelgrotte von Margate herum, ein Kindergartenknirps, der vergessen hatte, wo man hinausging. Sein erster Alptraum, der ihn jahrelang heimsuchen sollte. Die Muschelgrotte in Cliftonville war mit den »Margate-Höhlen« eine Sensation, um 1708 entdeckt und nun die Schreckenskammer eines ratlosen, schüchternen und zum Weinen geneigten Kindes. Die Grotte bestand aus mehreren Gängen, die mit kunstvollen Muschelkompositionen geschmückt waren, und Robin, anstatt nach Francis zu rufen, setzte sich leise schluchzend vor den Muschel-Buddha, weil man nicht laut schrie.

Als Francis zum zweiten Mal fragte, wo Robin sei, sagte Nanny: »Er trödelt wieder hinterher.« Sie war dessen so sicher, daß sie sich nicht einmal umdrehte.

Wenn der siebenjährige Francis einmal etwas wie Panik fühlte, war es jetzt. »Er ist weg«, sagte er heiser und schluckte krampfhaft, um nicht loszuplärren.

»Unsinn!« Aber nun war auch Nanny unruhig, obwohl sie lieber gestorben wäre, als es zu zeigen. Sie mußten alle Gänge absuchen.

Francis rief: »Robin! Wo bist du?«

War er den Hügel hinuntergelaufen? Das hätten sie gesehen. Hatte man ihn gestohlen? Francis murmelte: »Wir müssen ganz ruhig sein«, das war altklug, aber korrekt. Und Nanny sagte: »Recht so, Jungchen!« Sie liefen Hand in Hand die Gänge entlang.

Robins leises, wohlerzogenes Schluchzen war verstummt. Er war vor Kummer eingeschlafen, ein Selbstschutz. Einmal im Leben trug Nanny ihn in ihren Armen aus der Muschelgrotte, aber da schlief er. Einmal war Francis ›Nummer 2‹, was ihm durchaus recht war. Er kümmerte sich schon damals nicht darum, was man von ihm dachte.

Vor einigen Jahren, bei ihrem letzten Urlaub daheim, waren Norton und Drury nach Margate gefahren – nur zum Spaß. Es war aber nicht spaßig, sondern wehmütig und überflüssig gewesen. Zwei Männer in mittleren Jahren – auf der Suche nach ihrer Kindheit. Sie hatten Nanny Blumen aufs Grab gelegt, den alten Fischerladen der Coxleys gesucht, der ein bescheidener Supermarkt geworden war, und waren nach dem Lunch im Hotel nochmals über die alten Gassen und Plätze am Hafen gewandert – schweigend, jeder in seine Gedanken vertieft, aber, wie immer, in perfektem innerem Einverständnis.

Und nun fuhr Drury, auf der vergeblichen Suche nach Francis, zu Walker. Vielleicht war dem etwas eingefallen? Wo man die Suche beginnen könnte. Wen die Polizei verhören sollte. Drury schüttelte den Kopf. Schleichwege könnten immer noch zum Ziel führen. Die Polizei würde Alarm blasen, und alles wäre verloren, die Kidnapper über alle Berge. Später, mit Norton tot oder lebendig, würde die Polizei natürlich den trüben und schrecklichen Rest besorgen. Drury schloß einen Augenblick die Augen. Er fuhr weiter. Er hatte wieder dieses komische, sinkende Gefühl in der Magengrube, und er wischte sich mit seinem Taschentuch die schweißigen Handflächen. Er hätte nicht an Margate denken sollen. Nicht jetzt. Er hatte Mary Ann so gründlich vergessen wie sie ihn.

Walker erwartete ihn am Gartentor. Falls er erregter war als üblich, verbarg er es so geschickt wie Drury oder Norton. Walker wußte, wie man das Spiel mit englischen Partnern spielt. Übrigens sah Drury so krank aus, daß er doch fragte, ob er in Ordnung sei.

»Tadellos, mein lieber Walker! Wie geht's selbst?«

»Ich kann nicht klagen.«

Auch nicht wahr, dachte Drury nachsichtig. Aber allein Walkers Anwesenheit, sein stummes Verständnis taten Drury gut. Und sie teilten dieselben Sorgen. Denn daß Walker ehrlich an Norton hing – darüber gab es keinen Zweifel. Trotz allem spürten beide Männer eine trennende Wand – englische und afrokaribische Kultur. Norton und Drury trugen mehr oder weniger den Stempel des Patriarchats: Respekt vor den Vätern, die Oberherrschaft der Vernunft, Disziplin der Gefühle und ›Gott beschütze die Monarchie‹.

Walker war eindeutig im Matriarchat karibisch-afrikanischer Prägung aufgewachsen. Von machtvollen und doch demütigen Müttern hatten sie die Kraft des Ertragens, glühende Emotion, die Neigung zur Aufopferung für ihre Sippe und Familie gelernt. So ehrlich Walker die Schattenseiten seiner Mutter erkannte und beklagte, er wäre ohne Zögern für Mamma durch Sturmfluten und Feuerwolken geschritten, etwas, was man beim besten Willen weder von Norton noch von Drury erwarten konnte. Aber die Verbindung zwischen allen dreien hatte Revolution und die Bildung einer Republik überdauert, denn von beiden Seiten durchbrachen guter Wille und tiefes Wohlwollen die soziologische Trennungswand. Alle drei Männer wünschten keine sentimentale Verbrüderung, die so häufig in Enttäuschung, Widerwillen und Abneigung endet. Im Gegenteil. Die nüchterne Anerkennung nationaler und rassischer Unterschiede hatte nach Jahren der Unsicherheit, von Walkers Seite, Harmonie erzeugt. Ja, Norton hatte etwas wie Vaterstolz gefühlt, daß Walker es so weit gebracht hatte und sein geistiges englisches Erbe zum Vorteil des jungen Staatswesens klug und diskret einsetzte.

Walker stand groß und still zwischen Flammenbäumen und Blüten, deren goldgelbe Pracht Drury unangenehm an seine Frau erinnerten. Er lebte jetzt im Nebel an einem kahlen Strand. »Sagt, wie ging das zu ...« hatte ein Dichter der Tang-Periode gefragt. Wie Drury hatte er keine Antwort gefunden. Drury glaubte nicht, daß er herausfinden konnte, was den alten Chinesen entgangen war.

»Ich weiß noch nicht, wo und wen man suchen kann«, sagte Walker beim Whisky.

»Es muß Ihnen etwas einfallen, Alan!« Drury fand Walker verändert. Unruhiger oder angespannter? Er fragte, was mit ihm los sei.

»Ich kann nicht darüber sprechen.«

»Mir können Sie alles sagen, Alan.«

Walker starrte vor sich hin. Die »neue« Fährte war jene Fährte, die er vor vielen Wochen nicht verfolgt hatte. Bis jetzt sah er diese Fährte nur mit dem ›Dritten Auge‹ – dem Auge der gestaltlosen Wahrnehmung. Falls diese Fährte zum Ziel führen sollte, würde es ein Erdbeben auf der Insel geben. Und dunklen Gesang ... Jetzt zu sprechen, könnte alles verderben.

»Sie müssen verstehen«, murmelte er und sah Drury voll an. Nortons Freund hatte sich zurückgelehnt. Er war fahl im Gesicht. Aber er war weder tot noch ohnmächtig. Wie vor Jahrzehnten in der Muschelgrotte von Margate war Robin Drury durch den unerträglichen Druck des Kummers eingeschlafen.

Walker deckte ihn mit Mammas reich bestickter Sofadecke zu, schob vorsichtig einen Sessel unter Drurys lange Beine, löschte das Licht und ging in sein Arbeitszimmer im ersten Stock der Villa. Er horchte noch einmal ins Empfangszimmer hinunter. Alles war ruhig. Er hatte den schlafenden Drury schon einige Male erlebt. Kurz nach Nortons Verschwinden war er in demselben Lehnsessel eingeschlafen. Drury würde wie üblich nach zwei Stunden erwachen und Hunger haben. Das würde gegen neun Uhr abends sein. Dann würde er die Nacht bei Walker in Bartletts ehemaligem Arbeitszimmer auf dessen Schlafcouch verbringen. Nichts hatte sich in diesem Raum geändert. Zu Walkers stummer Freude hatte Mr. Bartlett das letzte Mal in seinem alten Zimmer geschlafen. Jetzt schlief er wegen einer schwierigen Operation in der Klinik. Auch Drury liebte Bartletts Höhle und würde dort eine friedliche Nacht verbringen. Das Bett war immer frisch bezogen. Dafür sorgte Mamma.

Walker wählte eine bestimmte Telefonnummer und hörte das

Läuten. Endlich meldete sich eine Stimme. Walker verfolgte die Fährte mit ruhiger Stimme, unterdrückte ein Zittern, das seinen mächtigen Körper durchlief. Wenn er sich täuschte? Das könnte einen Skandal in hohen Kreisen verursachen. Es war ja nur eine Fährte. Sie konnte zu den Menschenräubern führen, oder Walker würde seine schwer errungene Karriere zerstören. Er war bereit, sie für Norton aufs Spiel zu setzen.

»Morgen früh um zehn Uhr in meinem Büro«, sagte er leise, aber bestimmt. »Amt für Tourismus. Nein, es wird niemand außer mir anwesend sein. Ich werde auf dem Korridor warten. Es ist streng vertraulich. Nur eine Anfrage. *Wie* bitte?«

Er lauschte. Seine dichten Augenbrauen zogen sich drohend zusammen. »Es tut mir leid, aber ich bestehe auf dieser Zusammenkunft. Also gut. Morgen früh um zehn.«

Er legte den Hörer wieder auf die Gabel. Dann bestellte er übers Haustelefon ein leichtes Abendessen für Drury und sich. Er ging ins Empfangszimmer zurück, entzündete ein mattes Deckenlicht und betrachtete Robin Drury in seinem unruhigen Schlaf.

Ein seltsamer Ausdruck zeigte sich auf Walkers großem dunklem Gesicht. Seine tiefen, glänzenden Augen blickten in die Vergangenheit. Norton. Seine Geburtstagsfeiern in der Kolonie. Die unsentimentale Erziehung eines vaterlosen Jungen. Disziplin. Latein. Ein seltenes Lächeln, wenn Walker ein gutes Schulzeugnis vorlegen konnte. Das Lächeln hatte Walkers Jugend mindestens eine Woche lang erhellt. »Gut, mein Junge! Mach nur so weiter.« »Danke, Sir Francis! Aber soviel Arbeiten macht mir keinen Spaß.« Norton erklärte, Spaß sei nicht der Zweck der Übung. Und hier sei eine kleine Belohnung für das Zeugnis.

Walker saß einen Augenblick unbeweglich in seinem Sessel. Er räusperte sich, denn etwas schien in seiner Kehle zu stecken. Dann kehrten seine Gedanken in die Gegenwart zurück. Hatte er Furcht vor dem Wagnis? War diese Fährte ein unverzeihlicher Irrtum?

Morgen früh um zehn würde er mehr wissen.

Viertes Kapitel

Mein weißer Großvater – mein schwarzer Großvater

Wenn Gnade Mörder schont,
verübet sie Mord.

Shakespeare

Für gewöhnlich hat der Mensch einen Kopf, eine Seele und ein Vaterland. Da Walker zwei Köpfe, zwei Seelen und ein Mutterland hatte, litt er oft an Schlaflosigkeit, weil er so viel mit sich und seinen Vorfahren zu tun hatte. Oh, diese Nacht, die Drury in Bartletts Zimmer einen ruhigen Schlaf bescherte! Aber an Drury konnte Walker jetzt nicht denken, denn die Unterredung um zehn Uhr morgens stand ihm bevor. Falls sie positiv verlaufen sollte, was Walker plötzlich bezweifelte, würden er und die Hilfskolonne Francis Norton finden können. Im entgegengesetzten Fall würde Walker politisch, privat und finanziell im Abgrund der Republik Comfort Island versinken. Natürlich würde er seine arglose Mutter und Jason den Propheten mitreißen. Wohin sollten sie gehen, wo leben und wovon? Walker behielt wenig von seinem großen Gehalt, Mamma wußte nicht, was vernünftige Sparsamkeit war, und Onkel Jason, der mit Walkers Berufung ins Ministerium seine Plantagenarbeit aufgegeben hatte, verdiente ein Taschengeld von Landsleuten, die von ihm ihre Zukunft erfahren wollten. Kurzum, anstatt zu schlafen, betrachtete Walker nun das Drama seiner bedrohten Existenz. Aber kein Selbstmitleid kam in diese Überlegungen. Nur Furcht. Nicht für seine Person oder Onkel Jason, der sowieso ein Philosoph eigener Prägung war. Was würde seine gute, naive Mutter sagen, wenn sie durch seinen Irrtum ...? Er sprang auf. Er mußte Mamma im Morgengrauen berichten, was er wegen Norton aufs Spiel setzte. Sie war Frühaufsteherin. Um sechs Uhr morgens würde er mit ihr sprechen müssen. Kleine Mamma, dachte er, und sein Herz zog sich zusammen. War er ein karibischer Don Ouijote? Nein. Er mußte versuchen, Norton zu retten. Seine innere Stimme befahl es ihm. Afrikas innere Stimmen waren vernehmlicher als alles andere. Er konnte die Unterredung morgen früh um acht, sogar um neun Uhr noch absagen. »Ein Irrtum. Ich bitte sehr um Verzeihung!« Aus. Nicht eine Sekunde dachte Walker im Ernst an diesen Ausweg.

Er setzte sich im Schlafrock an seinen Schreibtisch und ignorierte die Uhrzeit. Zwei Uhr nachts, und er hatte kein Auge zugetan. Aber er war noch jung, und er konnte sich Kraft befehlen, wenn er sie brauchte. Das war seine einzige Hoffnung, Körperkraft und Seelenkraft. Ihn schauerte. Ein unbestimmtes Grauen hatte seinen mächtigen Körper gepackt. Nackte Angst vor der Zukunft, die er vielleicht ratlos und freundlos bewältigen sollte. Er war jetzt so gründlich überzeugt, daß alles schiefgehen würde, daß alte, längst vergessene Ängste ihn plagten. Vielmehr die Ur-Angst, die in jedem, dessen Vorfahren Sklaven gewesen waren, steckte und die ihren Mann im ungeeigneten Augenblick wie ein Tiger ansprang. Sie hatte sich seit Walkers Aufstieg im afro-karibischen Raum in den Tiefen seines Unterbewußtseins versteckt. Aber jetzt bedeckte Furcht seine feine, hohe Stirn mit Schweißtropfen und schnürte ihm den Atem ab. Er war zu intelligent, um die Folgen eines »Irrtums« nicht vorauszusehen. Nicht nur, daß er bestimmte Personen von Einfluß unverzeihlich kränken würde, er würde Schande über die internationale Beziehung bringen. Dafür gab es in keiner jungen Republik Nachsicht oder Vergebung.

Walker saß einen Augenblick wie versteinert am Schreibtisch. Er hatte diese Fährte schon vor Wochen gewittert. Er mußte einen Grund gehabt haben, daß er diese Fährte nicht verfolgt hatte. Walker schloß einen Augenblick die Augen und murmelte ein Stoßgebet. Dann wischte er sich den Schweiß von der Stirn und suchte im Schreibtisch nach einem Brief von der englischen Anwältin Rosalind King, die in ihrer Besorgnis um Norton irgendeinen Rat gegeben hatte, den Walker nicht beachtet hatte. Er fand statt des Briefes sein altes Tagebuch, das er in der Nacht seiner Berufung ins

Ministerium mit einer Analyse seiner Vorfahren begonnen hatte. »Mein weißer Großvater – mein schwarzer Großvater« hatte er diesen Versuch einer Synthese seines eigenen Wesens genannt. Kein Zweifel, Großvater Walker in Hertfordshire, der sein eigenes Stück Land bearbeitet hatte und dessen Vorname Alan auf seinen Enkel auf Comfort Island überging, war ein unabhängiger, furchtloser, abgehärteter und harter Mann gewesen, dessen Aussprüche von seinem Stadtmenschen-Sohn, Alans Vater, so oft zitiert wurden, daß der junge Alan es aufgeschrieben hatte. »Ehrlich währt am längsten.« »Spare in der Zeit, so hast du in der Not.« Dagegen war nichts einzuwenden. Großvater Obade, auf dessen Knien der junge Walker die Weisheit Afrikas vernommen und halb verstanden hatte, war Gefühlsmensch mit mystischen Neigungen und einer romantischen Liebe zum nie gesehenen Afrika gewesen. Er war schon auf der Insel geboren. Er hatte Chinyelu geheißen, nicht Robert oder Frank oder Alan. Und wenn Walkers Mutter diesen Vornamen erwähnte, hatte es wie Musik geklungen. Chinyelu Obade hatte auch Musik gemacht und war in seiner Jugend ein großer Tänzer gewesen. Diese beiden Großväter hatten nie zusammengepaßt.

Walker las, was er beinahe auswendig wußte. Kein Zweifel, er hatte seinen scharfen, logischen Verstand, seine Korrektheit im Beruf und sein Mißtrauen gegen Unbekannte vom alten Mr. Walker geerbt. Aber sein Temperament, seine Empfindungen, sein warmes Mitgefühl mit allen Mühseligen und Beladenen stammte von Chinyelu Obade. Sein weißer Großvater hatte gesagt: »Ich habe einen hohen Zaun um mein Grundstück errichtet, damit ich in Frieden mit meinen Nachbarn leben kann.«

Walkers schwarzer Großvater hatte gesagt: »Gott gab mir zwei Arme, damit ich meinen Nachbarn ans Herz drücken kann.«

Walker verschloß sein Tagebuch im Schreibtisch. Er hatte die Ellbogen auf die Schreibtischplatte gestützt und sein Gesicht in seinen großen, tüchtigen Händen vergraben. Überschätzte er das Glück, jetzt zur Oberklasse zu gehören? Großvater Obade hatte kurz vor seinem Tod Erfolg als Schaum auf den Wellen bezeichnet. Wenn die Welle stieg, glänzte der Schaum. Wenn sie im Meer versank, versank der Schaum mit ihr. Aber Walker hatte das Leben vor sich. Der Schaum entzückte ihn. Die Frachtschiffe des Schicksals bargen Schätze, die er noch nicht gehoben hatte. Und er wollte alles aufs Spiel setzen für einen Mann, der ihm im Innersten fremd geblieben war? Walker hatte Norton und Drury nie richtig verstanden. »Darauf kommt es nicht an«, sagte er laut. Wie viele einsame Leute sprach er oft vernehmlich mit sich selbst.

»Es ist meine Pflicht«, sagte er noch lauter, als ob er an moralischer Schwerhörigkeit litte.

Sein Blick fiel auf das Aquarell, das sein Vater zurückgelassen hatte, da er seine Heimstätte auf der Suche nach seiner Jugend besuchen würde. Das alte Farmhaus in Hertfordshire, wo die Walkers begonnen hatten. Alan hatte es nicht besucht, da er sich unter dem Einfluß seiner Mutter entschloß, in Trinidad zu studieren. Auf Nortons Kosten.

Walker starrte das verblichene Bild an. Das Leben seiner englischen Vorfahren war einfach und unproblematisch gewesen, da sie wußten, wo sie hingehörten und, bis auf Alans Vater, daheim geblieben waren. Hatte Walker ihn und Mama nicht mitgenommen, weil sie dort nicht hingehörten und unglücklich sein würden? Vielleicht hatte sein Vater es überlegt, vielleicht nicht. In keinem Fall hatte er Alans Mutter gefragt, ob sie und der Junge mit ihm nach England ziehen möchten. Die Heimstätte der Walkers war solide gebaut. Ein großer Hund bewachte das Haustor. Alan Walker betrachtete die verblichenen roten Ziegel des Hauses, die Ecke des Obstgartens, das alles beherrschende Grün. Er spürte die Stille, die das alte, bescheidene Bild ausstrahlte. Es war Frühherbst auf dem Land, eine kühle, erfrischende Luft, die Walker nie geatmet hatte. Auch Sir Francis und Mr. Drury stammten vom Land – allerdings gab es dort Herrenhäuser und wenig Familienleben. Ein Vetter von Walkers Vater lebte und arbeitete heute auf dieser historischen Farm. Walker erinnerte sich, daß sein Vater dort immer noch sein Knabenzimmer hatte.

Walker wandte den Blick ab. Die »mittlere Zone«, »mittleres Klima«, wie sein Vater seine Heimat genannt hatte, tat ihm nie sehr gut, weil er einerseits dorthin gehörte und andererseits nicht leben konnte, wo tropische Pracht der Natur wenig bekannt war und, so fühlte Walker, nicht gerade geschätzt wurde. Und in ihm war die Saat der Unrast.

Drei Uhr nachts. Nahm diese Qual kein Ende? Walker war in einer Spannung, die seinen mächtigen Körper schüttelte und die er nicht beherrschen konnte. Aber es war wohl nicht einfach, *alles* morgen aufs Spiel zu setzen, wenn man schweigen und die Karriere retten konnte. Falls die Furchtsamen tapferer sind als die Kühnen, dann war Walker in dieser Nacht ein Held. Aber er mußte seine Mutter endlich darauf vorbereiten, daß er eventuell verhaftet werden würde, statt zum Mittagessen zu erscheinen. Er hätte lieber mit seinem Onkel Jason gesprochen, aber das hätte seine Mutter nicht verziehen. Dies war eine Angelegenheit zwischen Glanz und Elend und zwischen Mutter und Sohn. Sie wußte es, und er wußte es auch.

Jemand klopfte leise an die Tür. Walker schrie in Panik »herein«, als ob die Häscher ihm bereits auf den Fersen wären. Hatte er Verfolgungswahn? Eine Halluzination? Es konnte nicht sein. Aber da stand seine Mutter mit einer Thermoskanne voll Milch und mit Honig in der Tür. Ihr kindliches, fröhliches Gesicht wirkte ernst, als ob sie ahnte, daß etwas Schreckliches bevorstand.

»Trink, Söhnlein«, sagte sie ruhig. »Tut dich gut, hörst du?«

»Aber Mamma! Warum schläfst du nicht?«

»Weil du nich schläfst«, sagte sie so einfach, daß ihm die Kehle eng wurde. Sie stellte die Kanne auf den Ecktisch neben Walkers gepolsterten Sessel. Er trank. Sie stand hinter ihm, mit den kleinen verarbeiteten Händen auf seinen Schultern.

»Was quält dir, Abiku?« So nannte sie ihn in seltenen Augenblicken. Geistersohn. Sohn ihres Geistes und ihres Blutes.

Er sprang auf, setzte seine Mutter vorsichtig in den Sessel, kniete vor ihr nieder und legte seinen müden, schmerzenden Kopf in ihren Schoß, wie er es als kleiner Junge getan hatte. Sie strich ihm leicht übers Haar. Er holte einen Sessel, der fast zu zerbrechlich für ihn war, und erzählte ihr seinen Rettungsplan. Er hatte Geschrei erwartet. Hellen afrikanischen Zorn. Lautes Weinen. Eine Redeflut, die seinen Entschluß, Norton zu suchen und zu finden, wegschwemmen sollte. Alles, was seine Mutter tat, wenn ihr etwas nicht paßte – etwas Häusliches oder Alans Besucher oder herzhaftes Streiten mit Jason dem Propheten. Mamma war ziemlich cholerisch und nahm Kleinigkeiten ernsthaft übel. Was würde sie jetzt sagen? Ihr Zorn war laut und resonant – ein afrikanisches Veilchen war sie nie gewesen. Aber sie sagte ruhig, daß sie Norton leider nicht ausstehen könne. Zu englisch für ihren Geschmack. Sie zögerte einen Augenblick, als ob sie Walkers Widerspruch erwartete. Dann brummte sie: »Du mußt natürlich gehen und ihm suchen, Sohn! Norton-Mann hat's um dir verdient. Is so und bleibt so.«

Sie öffnete die Tür und war verschwunden.

Als Walkers Mutter schon längst wieder tobte und schimpfte, dachte er mit Staunen und Stolz an ihren großen Augenblick, der seine Finsternis mit Glanz erfüllt hatte. Im Augenblick atmete er tief und befreit und schlief dann ruhig, bis der Wecker schrillte. Er rührte sein Frühstück nicht an, sondern raste ins Ministerium.

Er war eine Viertelstunde zu früh im »Amt für Tourismus« und wartete im Korridor auf den Besuch, der alles retten oder vernichten würde. Er hörte Schritte. Es war soweit.

Die Unterredung dauerte eine Viertelstunde.

Walker hatte sich nicht getäuscht.

Danach ging alles so schnell wie in einem Trickfilm, den er als Knabe bestaunt hatte. Zu jener Zeit, als er sich einmal eine Gesichtshälfte weiß angemalt und Mamma in helle Wut versetzt hatte. Sein Vater war zwei Monate vorher verschwunden. Hätte er ihn mit einer weißen Gesichtshälfte nach London mitgenommen? Heute wäre es »A. Z. Walker-Obade« gewesen, der abgelehnt hätte. Hatte er an nichts Wichtigeres zu denken? Walker gab sich einen Ruck. Er mußte sich jetzt so scharf konzentrieren, wie Sir Francis es von ihm erwarten durfte. Er wußte endlich, daß Norton in die nördlichen Berge verschleppt worden war. Auf die ehemalige französische Plantage »Petite Terre«. Walker war nie in diesen Bergen und Regenwäldern gewesen. Ob Norton noch lebte? Er mußte leben. Walker fand sogar noch Zeit zu einem Stoßgebet.

Danach organisierte er kühl und energisch die lange vorbereitete Rettungsaktion. Zum Schluß telefonierte er mit dem Chirurgen Bartlett, wie sie es verabredet hatten.

»Haben Sie mit Ihrer Mutter gesprochen, Alan?«

»Sie hat mit mir gesprochen«, sagte Walker demütig.

»Sie läßt mich gehen.«

Bartlett dachte: Das ewige Matriarchat. Laut sagte er:

»Ich erwarte Drury in etwa zehn Minuten. Zum Morgenkaffee. Ich werde ihm sagen, daß wir uns alle in einer Stunde an der Trafalgar-Bucht treffen.«

»Vielen Dank, Mr. Bartlett! Habe soeben Dr. Lü benachrichtigt. Er bringt eine Krankenschwester mit.«

»Gut. Ich bringe natürlich Hawkins mit. Meine Operationsschwester.«

Natürlich, dachte Walker. Wo wäre Bartlett ohne Schwester Hawkins hingefahren? Aber sie würden jede geschulte Kraft und Hilfe brauchen, falls sie Norton überhaupt . . .

Walker schluckte die Angst hinunter und sagte, daß er sofort Polizeimajor John Brutus Rubadi benachrichtigt hätte. Auch der Major würde mit seiner Kolonne in einer Stunde an der Trafalgar-Bucht sein. Ein entlegener Fleck, wo man kein Aufsehen erregte. Sie würden bewaffnet sein. Ja, Major Rubadi kannte die Plantage. Er hatte Familie in einem Dorf im Bergland. Er würde mit seiner Truppe voranfahren – alle anderen sollten in vorsichtigen Abständen folgen. Man mußte den Abstand einhalten. Man mußte die Landstraße in die Berge vermeiden und auf Seitenwegen fahren. Ja! Der Major kannte die Seitenwege. Norton war ihm noch aus den letzten Kolonialzeiten bekannt, er schätzte ihn.

Bartlett hatte die Mutter des Majors erfolgreich operiert und hielt übrigens große Stücke auf John Brutus Rubadi.

Sie fuhren langsam in drei Gruppen. Voran die Polizei in Zivil. Dann Walker, Dr. Lü und die beiden Krankenschwestern. Den Abschluß bildeten Bartlett, Robin Drury und Bartletts zwei Sanitäter, die überall »Bartletts Jungen« hießen. Zwei junge, stämmige Afrokariben, die Menschen und Lasten schleppen konnten. Bartletts Jungen hatten eine zusammenlegbare Tragbahre, Luftkissen und weitere Gegenstände für Erste Hilfe im Auto verstaut. Sie waren unbeschwert und machten doch ernste Mienen. Die beiden brachten Früchte und Rum, sobald Mr. Bartlett auf der Insel erschien. Wenn er nicht so trübe Ahnungen genährt hätte, dann hätte er sich über ihre ernsten Mienen belustigt.

In den Autos herrschte Schweigen. Die innere Spannung verbot Gespräche. Walker hatte seinem Onkel Jason im Amt nur gesagt, er mache einen Ausflug und käme nicht zum Essen. Der Prophet hatte verstanden. Es war zu gefährlich, auch nur die geringste Einzelheit über diese Expedition zu erwähnen. Auch das Gespräch mit seinem Onkel hatte Walker vorher verabredet. Falls es schiefgegangen wäre, hätte Walker seinem Onkel gesagt, er wisse nicht, wann er von einer »Dienstreise« – ins Gefängnis – zurückkäme.

Niemand ahnte etwas von Nortons japanischem Leidensgefährten. Niemand hatte ein Wort mit Ishiro Taku beim Karneval gesprochen. Eine kurze Notiz über das Verschwinden des japanischen Fotografen war zwar in den Inselzeitungen erschienen – auch in Trinidad –, aber die Nachricht über Norton in großen Schlagzeilen hatte die »Kleinen Nachrichten« überschattet. Nur Ishiros Familie in Japan und seine Freunde in der »Residenz« waren wie versteinert. Seine Frau war immer noch auf Comfort Island. Sie wartete verzweifelt auf seine Rückkehr.

Walker wußte nicht, wie lange sie schon gefahren waren. Er bemerkte nur, daß die Gegend immer bergiger und menschenleerer wurde und daß sie einmal einen Kratersee in der Ferne schimmern sahen. Hin und wieder ertönten Signale des Dschungels. Die Bäume wurden immer gewaltiger. Doch Walker spürte nicht die majestätische Wildnis. Seine Kehle war ausgedörrt. Aber sie fuhren weiter bergauf. Jetzt waren Farnkraut und Gräser spitz wie

Dolche. Dunkel und undurchdringlich dehnte sich der Busch am Horizont aus – ein mythischer Spuk aus den Urzeiten der Inseln. Hilferufe würden ohne Echo bleiben. Oder sie würden vom Kreischen der wilden Vögel übertönt werden. Walker riß sich zusammen. Es würde schwierig sein, die Plantage ohne Blutvergießen zu verlassen, aber man würde Norton retten. Koste es, was es wolle. Er war auf Schlimmes gefaßt – nur nicht auf die Katastrophe, die sie auf der Plantage erwartete.

Die Pflanzung war ausgestorben. Sie standen im Hof vor dem leeren »Großen Haus«, das die Sklavenbesitzer bewohnt hatten, obwohl sie sich sagten, daß Norton nicht im Herrenhaus gewohnt haben konnte. Nicht einmal die Zombies schliefen nach der Nachtarbeit in ihren Holzhütten. Hatte jemand Walker oder den Polizeimajor belauscht? Das war unwahrscheinlich. Nichts war innerhalb von vier Wänden besprochen worden. Sie hatten sich in Parks und Restaurants mit beschriebenen Zetteln verständigt und alle Zettel nach dem Treffen verbrannt.

Die beiden Ärzte bestanden auf kurzer Rast. Alle tranken Milch mit Honig aus ihren Thermosflaschen – das alte Rezept des Buddha, das Dr. Lü außer Tee und Kaffee vorgeschlagen hatte. Major Rubadi hatte seine Leute um sich versammelt. Sie begannen eine gründliche Suche. Bartlett und Lü deponierten mit Bartletts Jungen die Arzneimittel auf dem langen Tisch in der Halle des Herrenhauses. Sie betteten Robin Drury auf der mitgebrachten Pritsche für Norton – er war vor Entsetzen eingeschlafen. Sie ließen ihn ruhen. In zwei Stunden wollte man den Dschungelrand absuchen. Alle brauchten eine Ruhepause – bis auf Walker. Walker stand stumm und innerlich angespannt vor dem Marterpfahl der Sklavin Marie Galante und lauschte seinen Stimmen mit gesenktem Kopf, die langen, geschickten Hände auf dem Rücken verschränkt. Die beiden Ärzte glaubten, daß Walker sich entspanne. Der Polizeimajor legte aber den Finger auf die Lippen, als seine Suchkolonne an Walker vorbeischritt. Er war Afro-Karibe. Er sorgte dafür, daß niemand Walkers Insichgekehrtsein störte. Eine kleine Regenwolke öffnete sich, aber Walker hätte nicht gemerkt, wenn es Blutstropfen geregnet hätte. In jeder Krise fragte er sich, wie der alte Mr. Walker oder Großvater Obade gehandelt hätten. Er hatte diese Aktion in gutem, englischem Stil geplant. Jetzt aber mußte Intuition seine Schritte lenken. Erleuchtung auf afrikanisch, der Blick hinter die Kulisse der Realität.

Wenn Walker auch weiterhin keine Ahnung hatte, wohin man Norton lebend oder tot verschleppt hatte, ging er ins Küchenhaus. Dorthin, wo Norton jenem Indianer auf den Schatten getreten war. Die Polizei suchte erst einmal das weite, abgezäunte Gelände ab. Später sollten die Räumlichkeiten nach einer eventuellen Botschaft von Norton Millimeter um Millimeter abgesucht werden. Auch der kleine, verwüstete Kolonialfriedhof – am Ende der Pflanzung. Und die anschließende Ecke, die der Friedhof für Sklaven gewesen war. Er reichte bis zum Dschungel. Die englischen Nachfolger der französischen Herren hatten den »Sklavenfriedhof« beibehalten.

Walker blickte sich im Küchenhaus um. Er schlich wie ein Fuchs herum. Alles sprach von überstürzter Flucht. Schmutz, zerbrochene Teeschalen. Verfaultes Gemüse. Es war noch nicht zerfallen – die Kidnapper und ihre häuslichen Helfer konnten noch nicht lange das Feld geräumt haben. Sie waren in der Tat erst vor wenigen Tagen abgewandert. Den geheimen Gang zur Landstraße, hinter der doppelten Tür, fand er nicht. Das gelang später dem Polizeimajor mit seinem trainierten Blick. Aber es war noch nicht dazu gekommen. Der Major hatte dem Marterpfahl, der Norton so tief beeindruckt hatte, nur einen halben Blick geschenkt. Solange Sir Francis dort nicht angebunden war, rührten ihn französisch-koloniale Strafmethoden nicht. Was ihn anging, war die Flucht der Menschenräuber. Jemand mußte sie gewarnt haben. Jemand von seiner Truppe oder in Walkers Diensträumen. Er würde den oder die Verräter jagen, bis er sie einfing. Auch er hatte seine Methoden. Bestechung hatte, wie alles andere, ihre zwei Seiten. Kleine Bestechungen brachten kleine Aufschlüsse, große brachten die Informationen, die man benötigte. Das würde später erledigt werden. Die wichtigste Information, wo Norton versteckt worden war, hatte Walker-Obade sowieso geliefert. Auch der Major glaubte, daß die Plantage Anfang und wahrscheinliches Ende des Verbrechens bedeutete. Später würden sie die Gegend von oben bis unten durchkämmen. Und wenn sie nur Nortons Leiche finden würden. Der Friedhof mußte aufgegraben werden. Morgen.

Walker hatte die Hütten der Zombies hinter sich gelassen und schritt auf Nortons und Ishiros Hütte zu. Dort sah es ordentlich, beinahe wohnlich aus. Zwei Pritschen waren mit Reisstrohmatten belegt. Warum zwei? Hatte Norton mit einem anderen Briten hier gehaust? Ein kleiner, niedriger, selbstgezimmerter Tisch. Ein Fenstervorhang, ebenfalls aus Reisstroh geflochten. Zwei saubere Eßschalen mit Holzlöffeln.

Die Ordnung sah nach Norton aus. Die Reisstrohmatten nicht. Wo hatte Walker solche Matten zum Verkauf gesehen? Er konnte sich nicht erinnern. Es war keine karibische Arbeit. Er kannte die afrikanischen Muster seit seiner Kindheit. Heftige Unruhe hatte ihn gepackt, während er die Matten anstarrte. Er stand wie angewurzelt in der Hütte. Was hatte er hier noch zu suchen, wo alles zu Ende war? »Ich renne durch leere Wälder«, hatte ein afrikanischer Poet bei einem Besuch auf Comfort Island gesagt. Mußte er, Walker-Obade, hierher pilgern, um tödliche, unwiderrufliche Leere zu finden? Aber er bezweifelte keinen Augenblick, daß er hier in Nortons letztem Schlafraum war. Bei diesem Gedanken brannten seine Augen. Er schritt zu der längeren Pritsche und schüttelte geistesabwesend die saubere Reisstrohmatte.

Da! Auf der Unterseite der Matte lag ein in einen Schlips eingewickelter Papierfetzen. Das Schlipsende war mit einem Bambusstäbchen an der Matte befestigt. Sehr einfach und raffiniert. Es sah nicht nach dem ungeduldigen Norton aus. Maßarbeit. Aber der Zettel war von Sir Francis. Walker wischte sich den kalten Schweiß von der Stirn. Einen Augenblick verschwamm alles vor seinem Blick. Er steckte den Schlips mit zitternden Händen in seine Hosentasche. Ein Talisman, den er nie verlieren würde. Diesen blau und grau gestreiften Schlips hatte Norton beim Karneval zu seinem grauen Leinenanzug getragen. Er erinnerte Walker damals und jetzt, in dieser Minute, an seine Jugend. Als er als junger Sekretär bei Sir Francis oft zerstreut gewesen war und dieser seine Botschaften an ihn mit einem alten Schlips umwickelt hatte, damit der junge Mann seine Wünsche und Aufträge sofort auf dem Schreibtisch entdeckte.

Jetzt war die Botschaft im Schlips zusammengerollt, und der Finder wurde gebeten, sie an Mr. Alan Walker-Obade, Außenministerium, Amt für Tourismus auf Dominica, Comfort Island, weiterzuleiten. »Wir flohen in den Busch. Geheimer Gang. Küchenhaus. Sie wollten uns verschleppen. Wir wollen versuchen ...« Die letzten Worte konnte Walker nicht entziffern. Sie mußten in hektischer Eile geschrieben worden sein. Dann das große, schwungvolle N ...

Walker stieß einen Schrei aus. An ihn, Walker und Obade, hatte Sir Francis die Botschaft schicken wollen, weder an Bartlett noch an Drury. Ob Walker vergaß, daß Drury meistens in Venezuela und Bartlett in London war, spielte in diesem Augenblick keine Rolle. Der Londoner Schlips hatte stärker gehalten als alte Schulschlipse, Eisenketten oder Blutsbande.

Walker rief nach Major Rubadi, Bartlett, Dr. Lü und Drury. Irgendeiner mußte kommen; niemand hatte die Plantage bis jetzt verlassen. Der Polizeimajor betrachtete die Botschaft so kühl und lange, bis er am Rand, wo das Papier gebrochen war, das Datum entdeckte. Wenn es Ironie des Schicksals gab, so war sie hier in dieser Hütte. Die Botschaft war vor vier Tagen in rasender Hast gekritzelt worden. Möglicherweise ohne Hoffnung. Aber Norton war stets auf korrekte Berichte und Zeitangabe bedacht gewesen. Diese lebenslange Gewohnheit war stärker als Furcht vor Verschleppung und Tod gewesen.

Major Rubadi organisierte die Suche am Rand des Dschungels. Norton mußte versucht haben, das nächste Dorf zu erreichen. Die Verfolger mußten ihm auf den Fersen gewesen sein, sonst hätte er die Landstraße zum nächsten Dorf benutzt und längst Nachricht in die Residenz Dominica geschickt.

Nach zwei Stunden Ruhepause und einer improvisierten Mahlzeit mit dem mitgebrachten Proviant für mehrere Tage stellte Major Rubadi die Suchaktion auf die Beine. Sie gingen wieder in Gruppen, waren aber mit Lautsprechern, Buschmessern und starken Taschenlampen versehen. Sie hatten die Marschroute: Am Rand des Busches bleiben. In Reichweite. Signale geben, wenn man auf etwas stieß. Eine Fährte. Oder ein Körper. Oder irgendein Rest von Nahrungsmitteln, vielleicht Fußspuren, Blut.

»Wir gehen«, sagte Major Rubadi.

Walker fand Zeit für ein Stoßgebet aus seiner Kindheit. Bartletts Jungen hatten eine zweite zusammenlegbare Trage aus dem Sanitätsauto gezaubert, nachdem sie die beiden Pritschen in Nortons Hütte gesehen hatten. Bartlett nickte ihnen befriedigt zu. Seine Jungen waren richtig.

Die Sonne stand hoch am Himmel. Sie konnten noch mehrere Stunden suchen und morgen in die nächsten Dörfer fahren. Aber niemand glaubte, daß Norton das geschafft hatte. In diesen vier Tagen hätte er längst Nachricht gegeben oder wäre in der Residenz aufgetaucht.

»Alle und alles bereit?« fragte Major Rubadi.

Sie gingen durch den Gang am Küchenhaus in die dichte, grüne Wildnis. Sie hofften gegen jede Hoffnung. Nur so konnte man suchen und finden.

»Daß ihr mir nicht kreuz und quer davonrennt, Jungs«, sagte Bartlett und drohte ihnen mit dem langen Finger.

»Werden wir Sir Francis finden, Sir?«

»Ich weiß es nicht.«

Bartletts Jungen starrten ihn sprachlos an. Er wußte doch alles.

»Vorwärts, Boys«, sagte Bartlett.

Beide machten sich Sorgen um ihren Herrn und Meister. Er sah ganz grau aus und lachte kein bißchen. Die jungen Leute waren böse auf Sir Francis. Mußte er Mr. Bartlett soviel Mühe und Sorgen machen!

»Sind Sie ganz in Ordnung, Sir?« fragten sie schüchtern.

»Natürlich bin ich all right.« Es klang brummig. Aber Bartlett lächelte ihnen zu und klopfte ihnen väterlich auf die Schultern.

»Vorwärts, marsch«, sagte er munter. Seine Jungen sollten keine Trübsal blasen. Wer weiß, was ihnen noch blühte.

Fünftes Kapitel

Furcht und Mitleid

> Denn für dieses Leben
> ist der Mensch nicht schlau genug.
>
> Bertolt Brecht

Wer entdeckt zur rechten Zeit den Abgrund, der sich plötzlich zu seinen Füßen auftut? Wer erkennt zur rechten Zeit, daß sich eines Tages alles ändert, besonders wenn ein Tag wie der gestrige oder der morgige Tag verläuft? Vielleicht Jason der Prophet und in jedem Fall Tantchen Samedi. An dem Morgen, als sich Nortons Schicksal entschied, starb sie vor Schreck über diese Vision. Als Norton und Ishiro die Plantage verließen, brachte der treue und trostlose Jack ihre Leiche nach Haiti zurück, wo sie in Heimaterde ruhen würde. Deswegen konnte Jack sich nicht an Walkers Rettungsaktion beteiligen. Er war schon auf Haiti, als Walker, die Freunde und die Polizei nach »Petite Terre« fuhren.

Norton wußte weder das eine noch das andere. Und von Ishiros Anwesenheit in der Kolonie der Scheintoten hatte niemand eine Ahnung. In einer frühen Vision hatte Tantchen Samedi einen kleinen Schatten hinter Norton herschleichen sehen. Was die Proportionen der Körper anbelangt, war es eine korrekte Vision gewesen. Aber Ishiro beschützte Norton in mancher Beziehung, wie in Japan die Kleinen und Unscheinbaren immer die Großen und Glänzenden beschützt haben. Gelegentlich vor Feinden, noch öfter vor sich selbst. Norton wollte immer noch lieber auf dieser elenden Plantage leben als dem Elend durch den Freitod entgehen. Aber er kannte nicht die Wonne buddhistischer Auslöschung. Mr. Ishiro sah es ein. Er selbst konnte sich nichts Besseres vorstellen als zeremoniellen Selbstmord zu zweien. Mr. Ishiro würde langsam, mit unendlicher Geduld Sir Francis überzeugen, obwohl dieser noch schwerer von etwas Wünschenswertem zu überzeugen war als Madame Ishiro. Nortons kleiner Schattenmann wußte genau, was diese überschätzte Liebe zum Leben war: lustig maskierte Verzweiflung. Sir Francis hatte sauer auf die Neuigkeit reagiert. Alles Unsinn. Der vernünftige Mann versuchte, sein Leben unter Vermeidung von Schmerzen zu genießen. Mr. Ishiro hatte diese Theorie als materialistischen Irrtum abgelehnt. Nur in einem Punkt stimmten sie überein: diese Plantage lieferte nicht die leiseste Freude. Und diese »Kellnerin« Estelle, die Norton umschmeichelte, fiel Mr. Ishiro täglich mehr auf die Nerven. Er traute ihr nicht über den Weg. Aber wem traute dieser mißtrauische kleine Herr – außer Sir Francis? Dieser sprach beinahe zu deutlich die Wahrheit – Mr. Ishiro vermißte in Nortons Aussprüchen etwas japanische Verhüllung. Daß der englische Samurai fast keine Verbeugung erwiderte, und wenn, nicht tief genug und ohne die vorgeschriebenen Wiederholungen, damit hatte Ishiro Taku sich längst abgefunden. Sein Talent zur Resignation war so angeboren wie sein Talent, Tatbestände geschickt und anmutig zu verhüllen. Aber einen Tatbestand konnte selbst Mr. Ishiro nicht länger verhüllen: die geehrte Morgenlaune von Sir Francis verschlechterte sich täglich. Offen gestanden, Norton war jetzt unausstehlich. Aber Mr. Ishiro hätte sich lieber in siedendem Kokosöl braten lassen, als irgend etwas offen zuzugeben.

Er suchte verzweifelt nach einem Gesprächsstoff und konnte keinen finden. Warum runzelte Sir Francis die Stirn? Was hatte er, Ishiro Taku, nun wieder verbrochen? Er seufzte unhörbar. Er versuchte, Tag für Tag Sir Francis eine kleine Freude zu bereiten oder ihn angenehm, also unpersönlich, zu unterhalten. Als er vorgestern über das Wetter sprechen wollte, ein beliebter englischer Gesprächsstoff, wie man ihm in Tokio versichert hatte, da hatte Sir Francis die Augenbrauen in gelangweilter Duldung hochgezogen und beinahe unhörbar »Oh, mein Gott!« gemurmelt. Mr. Ishiros sagenhafte Geduld mußte gerissen sein, denn er hatte so starr wie ein Zombie geblickt und plötzlich wie ein überkochender Wasserkessel gezischt. Norton hatte sich sofort entschuldigt. »Sorry. Ich bin nicht ganz ich selbst.« Aber der Haken war, daß er durchaus er selbst war. Unduldsam, hochmütig, ohne Mitleid für den treuen Gefährten. Aber Ishiro-san hatte ihn ohne ein Wort in seine Schranken gewiesen. Und wenn Norton etwas wußte, dann wußte er, wenn er ein Spiel verloren hatte. Er versicherte Mr. Ishiro, wie sehr er dessen Hilfsbereitschaft schätze, nur gingen die Nerven manchmal durch. »Kein Wunder«, murmelte Norton und blickte über Ishiro hinweg auf eine Fächerpalme. »Beachten Sie mich nicht!« Dies war ein Vorschlag ohne praktischen Wert. Es war unmöglich, Norton zu übersehen.

»Hai«, sagte Mr. Ishiro. Das hieß dieses Mal, daß er mit Nortons Vorschlag hundertprozentig übereinstimmte, ihn aber weiter auf japanische Weise erfreuen würde. Auch wenn sein Samurai-Blut kochte und zischte. Er bewunderte und verehrte Sir Francis, ob der es verdiente oder nicht.

Mr. Ishiro rückte seine Ersatzbrille zurecht, seine gute Brille hatten die Kidnapper zertreten, und sagte ärgerlich: »Fledermaus kommt angeschwirrt.« Er nannte Estelle Fledermaus, weil er diese Nachtgeschöpfe nicht ausstehen konnte und er das Mädchen verschiedentlich bei seinen nächtlichen Rundgängen getroffen hatte. Er versteckte sich sofort hinter einem Busch, während Sir Francis in der Hütte den Schlaf der Ungerechten schlief.

Weder Ishiros mysteriöse »Stimmen« noch Nortons Scharfblick verkündete ihnen die apokalyptische Nachricht, die Estelle ihnen keuchend und laut schluchzend brachte. Ob Norton seinen Ohren traute oder nicht, ob Ishiro sein sicheres Ende ins Auge faßte oder auf Auswege sann – beide mußten die Plantage so schnell wie möglich verlassen. Sie sollten nun irgendwohin verschleppt werden, wohin die Polizei nicht kommen würde oder konnte. Zwischen schroffen Felsen und Wäldern wollten die Menschenräuber sie aussetzen. Ihr Spitzel bei der Polizei hatte sie darüber informiert. Vor einer halben Stunde. Estelles Tante war auf dem Markt. Der Torwächter schlief seinen Rausch aus, mit dem Rücken zum Küchenhaus und dem geheimen Gang zur Landstraße. Nur konnten sie sich nicht auf der Landstraße zeigen, ein japanischer Zwergbaum neben der Nelson-Säule.

Sie mußten am Dschungelrand einen Weg ins nächste Dorf finden. Im Küchenhaus hatte Estelle in fieberhafter Hast Proviant für zwei Tage vorbereitet – das Nötigste. Und zwei Flaschen mit grünem Tee. Nur schnell weg, bevor die Tante zurückkam und der Wächter seinen Rumpunsch ausgeschlafen hatte! Sie zogen nur ihre Strümpfe und Schuhe an – wegen der Schlangen, der Insekten und der spitzen Gräser. Norton schrieb schnell noch eine Botschaft an Walker, und Ishiro knüpfte den Zettel in Nortons Reisstrohmatte, während Estelle im Küchenhaus die vollen Reisbündel zusammenband. Sie gruben ihr Geld und die Wertsachen aus. Beide Männer hatten keine Klage, keinen Schrei des Entsetzens geäußert. Beide dachten, schlimmer als auf »Petite Terre« könnte es ihnen nirgends ergehen.

Sie irrten sich.

Sie schlichen zu Estelle ins Küchenhaus. Vorbei an den schlafenden Zombies, am Torwächter, am Marterpfahl der Sklavin Marie Galante.

Plötzlich sagte Ishiro, Sir Francis solle allein gehen.

Kurze Beine könnten nicht schnell genug fliehen. Er wolle Sir Francis auf der Flucht nicht im Weg stehen. Norton erwiderte in seinem unangenehmsten Ton, daß Mr. Ishiro seinen Unsinn für sich behalten möge. Sie gingen beide oder keiner. Sei das klar?

»Hai.« Ishiro Taku war selten so glücklich gewesen.

Estelle stand schon am Eingang des geheimen Ganges. Sie weinte. »Husch«, sagte Norton wie zu einem trostsuchenden Kind. »Du bist mein gutes Mädchen.« Strahlendes Lächeln. Mr. Ishiro betrachtete mit Abscheu ihre schmutzigen, zerrissenen Sandalen. Der gespaltene Nagel ihrer plumpen, großen Zehe verursachte ihm Magenkrämpfe. Oder war es uneingestandene Furcht, daß die Flucht mißlingen würde? Er machte sich sogar schweigend Vorwürfe, daß er Estelle nicht so dankbar war, wie sie es verdiente, und daß sein altes Mißtrauen gegen sie immer noch bestand. Er schalt sich einen elenden, unwürdigen Empfänger unverdienter Wohltaten. Es war erstaunlich, wieviel anklägerische Adjektive Mr. Ishiro in dieser Situation einfielen. Vielleicht war es seine lebenslange Kenntnis der No-Dramen, wo der Held in größter Lebensgefahr Zeit für endlose Gesänge und Tanzschritte aufbringt.

Estelle sprach nur mit Norton, während sie den geheimen Gang ins Freie entlang liefen. Ishiro hatte stets das afro-karibische Englisch hochmütig belächelt. Er selbst sprach überkorrektes Schulbuch-Englisch – gelegentlich mit Betonungen und Wendungen eigener Erfindung. Aber Norton verstand ihn aufs Wort. Er hatte in der Kolonne und im Old Bailey Erfahrungen mit »Übersee-Englisch« gemacht.

Estelle zitterte weiter. Sie hatte den Torwächter und ihre Tante belauscht. Verschleppung. In der langen und blutigen Vergangenheit dieser Sonneninseln gab es solche Fälle. Hungertod zwischen Felsblöcken. Angriffe wilder Affen. Panther. Schlangen. Vögel, deren riesige, harte Flügel einen Mann totschlagen konnten. Ein grünes Labyrinth der unbesiegten Wildheit; der Rache der Tiere gegen die Menschen. Eine Realität für Afro-Kariben. Eine Legende für Norton und Ishiro-san. Zu diesen Gefahren gesellten sich Wirbelstürme und Erdbeben. Keine Empfehlung für Touristen, die natürlich nicht durch geheime Gänge in die Wildnis geführt wurden. Sie lebten in Luxushotels an freundlichen tropischen Küsten. Sie schwammen, segelten, tanzten im Mondlicht und feierten den Karneval. Wie Norton es jahrelang getan hatte.

Aber man sollte nie zurückkehren.

Sie hatten die leere Landstraße erreicht, die damals die schwarzen Kariben ins nächste Dorf geführt hatte. Wie weit war es? Eine Stunde? Zwei Stunden? Norton war geneigt, es zu riskieren, falls Ishiro mitmachen wollte. Ja. Auch Ishiro sah das rettende Dorf vor seinem geistigen Auge. Mit ihrem Geld konnten sie dort nachts Unterkunft finden. Oder sofort Transport zur nächsten Polizeistation.

»Nein, nein, Sir!« schrie Estelle so laut, daß Norton ihr den Mund zuhielt. »Zu gefahrenreich, Sir! Hier is Weg für Ihnen! Immer gradeaus, hören Sie! Dann kommt Lichtung. Dann schmaler Waldweg ins Dorf. Nur schnell weg von diese Straße!«

Sie hatte recht. Jede Marktfrau konnte sie auf der Landstraße sehen und sogar in aller Unschuld verraten. Ausländer waren selbst im Kolonial-Inselreich ein Gegenstand der Neugierde und müßiger Kommentare gewesen.

Schneller, geflüsterter Abschied. Norton bedankte sich stockheiser. Ishiro machte die Abschiedsverbeugungen, die er beim Verlassen der Plantage ausnahmsweise unterlassen hatte. Im letzten Augenblick gab Norton dem zitternden Mädchen die goldenen Manschettenknöpfe von Großvater Norton. Die Uhr behielt er. Sie war von frühen Vorfahren nach und nach an ihn vererbt worden, altmodisch, schweres Gold, mit einem modernen Werk. Diese Uhr sollte mit ihm leben oder sterben. Im Deckel war das Familienwappen »Nicht klagen. Ertragen!« Die Nortons hatten immer gewußt, wovon sie sprachen. Die Propheten von Kent.

Norton und Ishiro blickten Estelle nach und sagten kein Wort. Es gab nichts zu sagen. Vielleicht war das Schicksal ein Raubvogel, der seine Schwingen lautlos und fürchterlich ausbreitete? Wenigstens hatte Ishiro eine entsprechende Vision, während Norton sich, wie öfters, einen Mangel an Freundlichkeit gegen die treue kleine Schwarze vorwarf. Sie hatte allerhand riskiert. Er hatte sich bedankt wie für eine Tasse Tee. So war er nun eben. Als Margaret ihn verließ, hatte sie wohl gewußt, was sie tat. Aber dies war nicht der Augenblick, an sie zu denken. Das konnte er im nächsten Dorf tun.

Ishiro hatte sich von seiner Vision erholt und deutete mit der Hand auf den Weg am Rand des Dschungels, der fast parallel zur Landstraße lief. Er entschuldigte sich höflich, der herrschenden Ansicht widersprechen zu müssen, aber dieser Weg führe direkt ins Dorf.

»Ich vermute, Estelle kennt die Wege etwas genauer«, erwiderte Norton in seinem Spezialton für lästige Zeugen, die einen klaren Tatbestand verwirren. Der Ton verfehlte nie seine Wirkung. Sie machten sich mit ihrem Bündel und Ishiros fein geflochtenem, bedecktem Eßkorb auf den Weg, der in den undurchdringlichen Dschungel zu führen schien.

»Wenn wir zur Lichtung kommen, sehen wir schon den Weg ins Dorf«, sagte Norton ziemlich freundlich. Er fand selbst, daß Ishiro seinen Ton nicht verdiente. Dieser nickte und tat sein Bestes, mit Nortons langen Schritten mitzuhalten. Das war nicht ganz einfach mit dem Tragekorb. Allerdings war der Korb fest zugedeckt und verschnürt. Eine lange Schlinge hatte Ishiro auch noch angebracht. So zog er den Korb wie einen kleinen Hund hinter sich her, um mit Sir Francis Schritt zu halten. Trotzdem hielt dieser plötzlich inne, um zu fragen, wo zum Teufel Ishiro bliebe.

»Na endlich!« Norton betrachtete stirnrunzelnd den erschöpften »kleinen Mann«, und wunderte sich, wie jemand so schnell schlappmachen konnte. Aber einmal ahnte er nicht, daß Ishiro gelegentlich an Herzbeschwerden litt, und dann war Norton immer mit Drury gewandert, der zwar nicht seine eiserne Energie, aber wenigstens lange Beine hatte.

»Setzen wir uns einen Augenblick«, schlug Norton vor und erntete einen vor Dankbarkeit leuchtenden Blick. Er fühlte sich ganz komisch unter diesem tiefen wunderbar sprechenden Blick. Etwas rührte sich in Nortons erstarrtem Herzen. War es etwa Mitleid mit diesem feinen, anspruchslosen Mann aus einer anderen Welt, der zu seinem Unglück einen Narren an ihm gefressen hatte? Ausgeschlossen. Selbst Drury, der wie eine Klette an ihm hing, bemerkte gelegentlich, daß der liebe Francis nicht wisse, was Mitleid sei.

Sie gingen weiter ins Dickicht hinein. Wo war die Lichtung? Es wurde langsam Zeit, daß sie sich auftat.

Als Estelle das Küchenhaus betrat, trank der Torwächter Rum mit Tee.

»Englandmann und Inselzwerg weg?« fragte er scharf.

Estelle kicherte. »Zeigte Bohnenstange aus dies' England den falschen Weg! Der wird nich mehr sagen: ›Tu dies, tu jenes.‹«

»Haben sie dich alles geglaubt?«

»Inselzwerg mißtraulich, Englandmann alles geglaubt.«

»Trink dein' Rum-Tee und halte Maul fest – fest zu, hörst du?«

»Ja. Ja.«

»Was gab Englandmann dich als Lohngeschenk für Hilfe?«

»Nix.«

»Nimm Beine in Hand, hörst du? Wir müssen weg. Vertraulichkeitsmann sagt, Polizei riecht rum un rum. Zombies kommen mit.«

»Wozu?«

»Sind unsere Leute«, sagte der Torwächter. »Außerdem Zombies recht rachsüchtig. Rufen Obeah-Mann und so weiter.« Der Gedanke an den Zauberer der Wälder machte ihn wütend. »Raus mit dich! Pack Kram zusammen. Sonst zerbrech' ich dich Knochen, hörst du?«

»Laß mir zufrieden.«

»Dann liegst du hier. Kannst dir nich rühren. Wie Englandmann und Inselzwerg.« Er packte sie brutal an den Armen. »Gib mich, was er dich gab.«

Sie lieferte zitternd die goldenen Manschettenknöpfe von Großvater Norton ab. Er hielt sie prüfend ans Licht. »Kolonieteufel alles und jedes von uns hier gestohlen. Geschieht Norton-Mann recht, daß er auf diese freie Insel verreckt.«

Auf der Suche nach der Lichtung gerieten Norton und Ishiro tiefer in das grüne Labyrinth. Sie hatten die sandige holperige Landstraße weit hinter sich gelassen. Nur Riesenfarne, Ameisen, hohe Bäume, Insekten, fliehende, flimmernde kleine Schlangen, die Schreie der Vögel. Gräßliche Schlingpflanzen. Hohe Palmen, die die Sicht versperrten. Welche Sicht? Der Boden war schwammig von Giftmorcheln und Blättern. Auch Norton kam nur Schritt für Schritt weiter. Wohin? Pampasgras. Bambusgitter. Wohin irrten sie jetzt? Einen Augenblick stand Norton stockstill. Ishiro blickte zartfühlend einem Vogel nach. Er wußte, was kam, und wollte es nicht hören. Denn Sir Francis war leider kein Japaner, der eine persönliche Niederlage möglichst nicht eingesteht und traditionelle Verschleierungskünste anwendet, um sein »Gesicht« zu wahren.

»Ich habe mich geirrt, Ishiro«, sagte Norton grimmig. »Sie hatten recht! Das Mädel hat ...« Er brach ab. Dann sagte er, sie müßten versuchen, den Weg zur Landstraße wiederzufinden.

»Hai«, murmelte Ishiro Taku. Es hieß: *Den* Weg finden wir nie wieder. Und so war es.

Sie bauten ein Nachtlager unter einem Tropenbaum mit flimmernden Blüten, der Norton in normalen Zeiten entzückt hätte. Auch »die Flamme der Wälder«, die man in die Residenz verpflanzt hatte, ließ ihn gleichgültig. Würden sie diese Nacht überleben? Würden Tiere aus dem Dickicht heranschleichen und sie zerreißen? Aber Ishiro machte ein Feuer aus Zweigen und Hölzern. Er hatte mehrere Schachteln Streichhölzer aus der Vorratskammer mitgenommen. Er bewachte das Feuer abwechselnd mit Norton, der in der Zwischenzeit fest schlief, etwas, was Ishiro schon seit Jahren nicht mehr getan hatte. Er dachte an seine Lieblingsgeisha und was sie ihm wohl im Dschungel vorgesungen hätte. Ein bißchen zu alt für ihn; aber mit Anmut und Talent gesegnet. Ein Stück Poesie im lärmenden, luftverpesteten, nach technischen Wundern dürstenden Tokio. Mr. Ishiro besaß bei allem praktischen Geschick und seiner Zauberei mit der Kamera den alten japanischen Durst nach Poesie in vorgeschriebener, zart andeutender Form. Er war überzeugt, er würde seine Geisha nicht wiedersehen, weil er in der Falle, die diese Estelle gestellt hatte, umkommen würde. Er erinnerte sich an sein Mißtrauen, während er in das spärlich flackernde Feuer starrte. Sein Instinkt, scharf und uralt, hatte ihm die Wahrheit über Estelle zugeflüstert. Aber wer nicht hatte hören wollen, oder zu spät, war Sir Francis. Was Mr. Ishiro am meisten am Urwald der Kariben abstieß, war dieses tropische Wuchern der Pflanzen und Farben. Norton hätte sich gewundert, wie man in dieser Situation dem Ideal der Kargheit überhaupt einen Gedanken schenken konnte. Was nützte es ihnen, daß in einem japanischen Teeraum eine Blüte und ein einziger Grashalm vulgäre, tödliche Überfülle besiegten? Ishiro fühlte sich wie ein Fisch auf dem Trockenen, dessen Kehle ein messerscharfer Halm jeden Augenblick durchschneiden konnte.

»Was können wir tun, Sir Francis?«

Norton sagte zum ersten Mal in seinem Leben, daß er es nicht wisse. Hätte Margaret ihre Freude gehabt? Nein. Nicht Margaret. Auch jetzt dachte Norton wieder, daß sie ihn irgendwo aufgestöbert und gerettet hätte. Gefiel ihm das? Besänftigte dieser Gedanke seinen beherrschten, aber abgrundtiefen Groll? Nicht einmal gegen das Mädchen, das sie in die Falle lockte, richtete sich dieser Groll in seiner ganzen Stärke. Norton raste gegen sich selbst, weil er nicht schlau genug für dieses Pack gewesen war. Daß er, kurz gesagt, nicht immun gegen weibliche Bewunderung war, nicht einmal gegen die Heuchelei von Estelle oder von Mary Ann? Er starrte regungslos ins Feuer. Wer war Mary Ann? Ein Luftbild – entzückend und ohne Substanz.

Ein Waldweg sah wie der andere aus. Sie wußten nicht, daß sie immer noch am Rand des Regenwaldes herumirrten, aber doch schon zu tief für den Weg ins Freie. Was sie am dritten Tag, wo der Proviant knapp geworden war und alle Waldfrüchte ihnen giftig erschienen, ins Auge faßten, war der langsame Hungertod. Noch zwei, drei Tage, und sie würden Gras und Giftpilze essen. Beide fanden, daß sie nicht daran denken sollten, was ihnen geschehen würde, wenn sie keine grünen Bananen hätten. Daß Ishiro sich den Tod wünschte, war klar, aber Norton wollte immer noch leben. Eine Tatsache, die Ishiros Fassungsvermögen überstieg. Norton fand wilde Mangos. Die Lebenskraft selbst schien sich gegen den Hungertod aufzulehnen. Wie lange?

Sie gerieten an eine verfallene Hütte, ein Zeichen, daß Männer bis hierher gedrungen waren und haltgemacht hatten. Die Hütte enthielt keine gefüllte Speisekammer, und die Holzwände wackelten, aber das Dach, das Ursymbol des Schutzes, war noch da. Also war es ein Haus. Also würden Menschen kommen und sie auf die Landstraße der Lebenden zurückbringen.

Niemand kam. Sie machten wieder ihr Lagerfeuer und teilten die letzten Vorräte ein. Den Rest in den Reisbeuteln. Den Tee in den Flaschen. Ishiros linke Hand umklammerte seine winzige Netsuke-Statue. Eine kunstvoll geschnitzte Elfenbeinfigurine der japanischen Göttin der Barmherzigkeit. Vor seinen Augen flirrte ein Vogel mit einem Gefieder aus Goldasche. Oder war es ein Traumvogel, der das Ende seiner Erdenwanderung bedeutete? Er schloß die Augen. Sein Herz führte einen wilden Tanz auf. Aber er erhob sich mühsam, um Holz und trockene Zweige für das Nachtfeuer zu sammeln. Sir Francis mußte beschützt werden. Mr. Ishiro versuchte, das Kreischen der wilden Affen zu überhören. Er versetzte sich nach Kyoto und genoß ein No-Drama. Mit seinem Cousin in der Hauptrolle. Dort änderte sich nichts.

»Ich betrachte die Sterne
durch das Gitter der Zweige –
der einsame Weidenbaum«

Miura Chora (1729–1780)

Die knappe Aussage aus dem achtzehnten Jahrhundert, ihre Wahrheit und Schönheit, trieb ihm Tränen der Sehnsucht in die Augen. Wohin hatte er sich verirrt? Er flüsterte »Weidenbaum« ...

»Sagten Sie etwas?« fragte Norton, den der nächtliche Lärm im Wald geweckt hatte. Ishiro antwortete nicht. Er war zu weit fort.

Norton schloß die Augen. Nicht einmal das Lagerfeuer machte ihm Spaß. Wie oft hatten Drury und er bei ihren Wanderungen daheim »Lagerfeuer« angezündet! Das lag lange zurück. Wo das Universum der Nortons unter ihrer Kontrolle gewesen war. Wo niemand sich böse Späße mit ihnen erlaubt hätte.

Norton hatte sich noch immer nicht ob seiner Gutgläubigkeit beruhigt. Es paßte nicht zu ihm. Er war von Natur nicht ganz so mißtrauisch wie Ishiro-san, aber es reichte. Hatte sein Verstand auf der Plantage gelitten? Sofort rief sich Norton ausgewählte Texte von Plutarch ins Gedächtnis zurück. Das klappte noch. Ein Sieg über Lethargie, Verzweiflung und Furcht. Furcht? Wie er es als Knabe daheim gelernt hatte, tat Norton sein Bestes, Gott zu fürchten – aber damit hatte es sich. Obwohl er in seinem Beruf Furcht vor Menschen hätte lernen können – ihre Grausamkeit gegeneinander, ihre Lust am Zerstören, ihr mörderischer Haß und ihr Durst nach Rache – nichts hatte ihn erschreckt und zur Weltflucht veranlaßt. Auch was er auf »Petite Terre« am eigenen Leib erlebte, hatte ihm keine Furcht eingeflößt. Mit Hilfe von Ishiro – Gott segne ihn – hatten sie eine Form des Überlebens gefunden. Er warf einen zweiten Blick auf seinen Gefährten. Endlich schlief Ishiro. Sie waren beide schon am hellichten Tag müde. »Morgen suchen wir den Weg zur Landstraße«, sagte Norton immer noch. Und Ishiro nickte. Beide wußten, daß sie zu müde zum Suchen waren. Und heute abend würden sie den letzten Reis brüderlich teilen. Der Kleine sah Norton immer angstvoll an, ob denn auch die karge Kost genug wäre. »Reichlich, mein lieber Ishiro! Ich kann den Reis nicht aufessen. Und Sie haben so gut wie nichts gegessen.« Aber Ishiro nahm nie mehr, als er sich selbst zugeteilt hatte.

Norton blickte angewidert ins Dickicht. Jangala, Wüste, hieß der Dschungel in Sanskrit. Die Burschen wußten, wovon sie sprachen, auch wenn er, Norton, auf chinesisches Gedankengut abonniert gewesen war. Gewesen? Natürlich. Genau das! Sie verhungerten hier mit englischem und japanischem Anstand. Den Weg zur Landstraße würden sie nicht mehr suchen. Nicht in diesem Lauseleben.

Norton war ehrlich verblüfft, daß er immer noch leben wollte. Daß ein winziger, aber hartnäckiger Hoffnungsfunke in ihm flakkerte. Es war nur vernünftig, den Tatsachen ins Auge zu sehen. Und wer liebte die Vernunft so ausschließlich und dauerhaft wie Norton? Wer rezitierte Plutarch in dieser feuchten Affenhitze? Er beklagte sich doch nicht etwa? Er wischte sich den Schweiß von der hohen Stirn. Wenn er nur nicht so müde wäre! Und er hatte Drury, der nicht viel aushielt, aber tapfer mitgemacht hatte, bei jeder Wanderung in Kent gebeten, sich nicht so anzustellen. Mit derselben Berechtigung hätte er einen zu Tode verwundeten Samurai bitten können, sich nicht so anzustellen. Oder Ishiro-san, der sich vor Erschöpfung nicht rührte. Bescheiden, wie er war, atmete er so lautlos, daß Norton es nicht hören konnte. Er sah auf die ererbte Uhr. Endlose Zeit bis zum Feuermachen und zum letzten Reis!

Er streckte sich der Länge nach auf seinem Regenmantel neben Ishiro aus und schloß die Augen, da es nichts mehr zu tun gab. Nicht einmal den Weg aus dem Dickicht konnte man finden! Es mußte einen geben – sie waren doch auf einem Weg hier hineingeraten. Doch er hatte Angst, die Hütte mit dem Dach über seinem Kopf zu verfehlen. Aber jetzt wußte er, wie es gewesen sein mußte, als man Marie Galante mit anderen afrikanischen Sklaven von Haiti nach »Petite Terre« verschleppt hatte. Das Leben war eigentlich sehr einfach, dachte Norton. Der Mensch brauchte nicht viel. Oxford hatte sein Leben kompliziert. Später die Probleme und praktischen Lebensregeln einer englischen Kolonie. – London! Das Old Bailey. Rosalind King. Sie tauchte auf und verschwand – wie Mary Ann. Nur Margaret besuchte ihn jetzt zweimal täglich. Er führte lange Gespräche mit ihr. Sie hatte wirklich eine ganze Menge zu sagen, wenn man ihr endlich einmal zuhörte.

Gestern hatte Margaret ihn sogar beruhigt, als er ihr sagte, das Kreischen, der höllische Lärm der Vögel sei ohrenbetäubender als die Steelbands beim Karneval. Aber vom Karneval wollte er nie wieder reden. Alles Sex und Brutalität. Harmlose Touristen wie Norton wurden entführt. Skandalös. Was meinst du, Margaret? Warum fragte er? Sie hatte ihm oft genug geraten, lange vor ihrer Unabhängigkeitsperiode, die Insel zu verlassen. Beinahe unvorstellbar, aber Margaret war schlauer als er gewesen.

Am Anfang waren sie glücklich gewesen. Was war schiefgegangen? War die Ehe ein Labyrinth wie der Dschungel? Oder hatte er nur Appetit und keine Liebe gefühlt? Appetit vergeht, Liebe besteht. Blödsinn! Liebe vergeht, und Appetit treibt einen Mann zu einer Mary Ann. Jetzt wußte er es im Schlaf. Oder war es ein Dämmerschlaf, aus dem er mit wildem Hunger erwachte? Er aß nicht ohne Ishiro, und er würde ihn nicht wecken, wo er endlich fest schlief. Norton wollte den Kleinen jetzt rücksichtsvoller behandeln. Wenn es auch Mühe machen würde, da er, leider, nicht der Rücksichtsvollste war. Charakter oder Egoismus von der erworbenen Sorte? Er hätte gern darüber nachgedacht, wenn der Hunger nicht eine scheußliche schwebende Leere in seinem Kopf geschaffen hätte. Am liebsten hätte er Ishiro geweckt, um eine Teemahlzeit mit der Hälfte der Rationen einzulegen, aber er wollte ja rücksichtsvoll sein. Verdammt schwierig, immer nur an andere zu denken! Immer? Es wäre praktisch das erste Mal, daß er auf den Kleinen Rücksicht nehmen wollte. Wenn er nicht so schwindlig im Oberstübchen gewesen wäre, hätte Norton über sich selber gelacht. Lachen strengte an. Idiotisch, aber so war es. In jedem Fall sah Norton wegen seiner guten Vorsätze grimmiger aus denn je. Er war wohl wirklich nicht der Angenehmste. Er sah es sogar ein.

Wie lange waren sie jetzt eigentlich in dieser Hütte? Zwei Tage? Drei Wochen? Sechs Jahre? Sie sollten längst in der Residenz sein und mit Walker das polizeiliche und juristische Nachspiel besprechen. Das heißt, er, Norton, würde es tun. Ishiro würde mit dem nächsten Flugzeug, in Begleitung seiner Gattin, sofort nach Tokio zurückfliegen. Norton hatte Madame Ishiro am Jour Ouvert in dem japanischen Festzug hinter ihrem Mann marschieren sehen, konnte sich aber nicht entsinnen, wie sie aussah. Nicht, daß das seine Sorge war. Hauptsache, der Kleine würde seine Gattin erkennen. Er, Norton, würde mit Walker, Drury und dem Chirurgen Bartlett feiern. Vor allem vernünftig essen. An einem anderen Tag ein Essen in der Villa Lü. Es war dunkel vor seinen Augen. Aber eben hatte er doch noch Flammenblüten und Pampasgras in greller Sonne gesehen. Und eine kleine Schlange, die harmlos sein sollte. Wo war die Schlange? Verschwunden oder in seinem Schuh? Ob Ishiro ihnen Schlangen »zum Tee« braten könnte? Dazu mußte er erst wieder aufwachen. Mit üblichem Starrsinn würde Norton ihn nicht wecken. Es hatte Zeit . . .

Alles hatte Zeit. Oder war es zu spät für irgend etwas? Zu spät für Liebe, Rücksicht, Reue und was man alles bedachte, wenn es ans Sterben ging? Plötzlich saß Norton unter einem Immortellenbaum, in dessen Schatten junge Kakaopflanzen standen. Das war doch Bartletts Anwesen. Nein, Walker wohnte dort. Walker, dachte Norton verschwommen. Den kannte ich doch. Lange her. Oder? Mein guter Junge. Treu wie Gold. Oder wie Ishiro. Immer noch schlafend? Norton sah sich benommen in der Hütte um. Das Dach war auch noch da. Wenn nun ein Panther... aufs Dach kroch... und... Es lief Norton eiskalt den Rücken hinunter. Nackte Furcht. Der Panther würde kein Mitleid mit ihnen haben. Er erhob sich schwankend, um Ishiro unter den Immortellenbaum zu betten, denn dorthin konnte der Panther nicht folgen. Norton wußte nicht, warum, aber so war es. Die Afro-Kariben nannten den Baum »Mamma« wegen seines Schutzes. Mamma, Mutter, Mutter Gottes. Norton war zurückgesunken. Er murmelte: »Bete für uns Sünder jetzt und... in der Stunde... unseres Todes...«

War es Zufall, Glück, ein mystischer Fingerzeig? Walker fand den Weg zur Hütte. Sie wollten umkehren. Der Major hielt die Suche für fruchtlos. Drury wirkte wie ein lebender Leichnam, der in der Kolonie der Scheintoten nicht aufgefallen wäre. Er verbarg seine Panik so vollkommen, daß Mr. Ishiro entzückt gewesen wäre. Bartlett und seine Jungen wollten morgen mit Dr. Lü weitersuchen. Sie taten ihr Bestes. Walker tat noch mehr. Er suchte weiter. Der Polizeimajor sah ihn erstaunt an. Der Bursche war doch sonst so vernünftig. Nach einem Blick auf das Walker-Obade-Gesicht ging der Major hinter Nortons »gutem Jungen« her. Sie sollten alle hier warten. Der Major hatte eine Polizeisirene und zwei junge Sergeanten bei sich. Niemand ging allein in die Wildnis, wenn Major Rubadi mit von der Partie war.

»Ich würde rechts abzweigen«, sagte der Major. »Die Pfade zwischen dem Gebüsch sehen alle gleich aus, aber...«

Walker sagte tonlos: »Ich gehe *hier* weiter.«

Sie gingen wortlos hinter ihm her. Rubadi hatte nicht die Absicht, einen wertvollen Staatsbeamten wie Walker zu verlieren. Und vielleicht würde er schlafwandlerisch auf Norton stoßen? Der Major wußte allerhand über Ahnungen, auch wenn er diese Methode der Suche im Polizeidienst schwach bewertete. Man hatte sich zu oft geirrt. Noch eine halbe Stunde. Dann würde er zum Rückmarsch blasen. Er packte die Sirene fester. Er fühlte sich ausgelaugt wie eine Meermuschel an einem öden Strand. Er hätte gerne einen Schluck von »Großmutters Punsch« getrunken. Aber er rührte seine Wanderflasche nicht an. Einmal würde er sie vielleicht noch brauchen, und dann stieg diese Mischung von Rum, wildem Honig, Zitronensaft und zerstoßener Muskatnuß zu Kopf.

Am Waldrand schritten Frauen in bunten Kopftüchern in die Richtung des Dorfes. Sie trugen ihre mit Marktprodukten gefüllten Körbe, ohne sie festzuhalten, auf den Köpfen. In den Händen hatten sie prallgefüllte Beutel. Drang ihr leiser Gesang, ihr Loblied in den Dschungel? Sie erfreuten sich in jeder Weise einer vollkommenen Balance. Hörte Major Rubadi den afrikanischen Frauenchor, oder glaubte er nur Gesang zu hören? Er kämpfte mit einem Gefühl der Unwirklichkeit. Würde Chaos über sie alle hereinbrechen? Würden die wilden Affen, die Panther, die Schlangen eine Phalanx bilden wie in blutrünstigen karibischen Legenden?

In diesem Augenblick hörte der Polizeimajor, der Schrecken gewohnt war, ein Geheul, oder war es ein Schrei, der nicht aus menschlicher Kehle zu dringen schien? Und doch hatte Walker ihn ausgestoßen. So laut, so wild, so triumphierend wie die afrikanische Posaune der Unabhängigkeit. Da lag Norton! In einer verfallenen Hütte, und neben ihm lag ein Japaner. Beide schliefen.

Der Major ließ die Sirene heulen. Er trat dicht heran. »Sie schlafen nicht«, sagte er in dunkler Trauer und blickte Walker nicht an. Der schrie durch einen Lautsprecher nach Bartlett und Dr. Lü, die von den beiden Sergeanten geholt wurden. Drury hinterher – wie damals hinter Nanny Coxley und »ihrem« Francis. Er durfte jetzt nicht schlappmachen. Oder einschlafen. Oder seine Ehefrau verabscheuen. Sie hatten Francis gefunden. Alles war gut.

Nichts war gut.

Endlich waren die Ärzte da. Als Drury erschien, kniete Bartlett bereits bei Norton, und Dr. Lü schüttelte den Kopf über Ishiro, der bereits einem Herzschlag erlegen war, als Norton sich noch über den festen Schlaf des Kleinen gefreut hatte.

»Er ist tot«, murmelte Dr. Lü und erhob sich, um Walker am Arm zu packen. Der riesige junge Mann schwankte. Major Rubadi hielt Walker am anderen Arm. Er durfte ihnen jetzt nicht umkippen. Nicht in dieser Minute zwischen Leben und Tod.

Bartlett erhob sich.

»Er lebt noch«, sagte er erstickt. Der Schweiß lief ihm in Strömen übers Gesicht. Major Rubadi putzte Bartletts Brille und gab sie ihm wortlos zurück.

»Wo sind meine Jungen?« fragte Bartlett. Sie standen bereits mit den Tragbahren hinter ihm. Der eine zitterte, und sein Vetter gab ihm einen unsanften Puff. »Hebt sie auf, Jungs«, sagte Bartlett mühsam. Denn Walker kniete neben Norton, hatte seine kalte Hand gepackt und rührte sich nicht. »Komm, komm, Alan«, murmelte Bartlett beinahe sanft. Sie mußten ihn stützen, als er mühsam auf die Beine kam. Dicke Tränen liefen über Walkers großes Gesicht, und er suchte verwirrt und beschämt nach seinem Taschentuch.

Sie betteten Ishiro Taku zuerst auf eine Tragbahre. Er hatte friedlich dagelegen, die kleine, fleißige Hand auf seinem Herzen, das in den letzten Monaten seines Lebens nur für den englischen Samurai geschlagen hatte.

Dr. Lü und Bartlett betteten Norton vorsichtig auf die zweite ausziehbare Bahre. Er hatte eine Belebungsspritze bekommen.

Sie fuhren zu Bartletts ehemaliger Klinik, wo die beiden Krankenschwestern warteten. Schwester Hawkins, die nie eine Miene verzog, wandte sich ab, als sie Norton wachsbleich und verschmutzt auf der Bahre liegen sah. Schwester Lü holte Madame Ishiro ins Hospital.

Als Norton, frisch gewaschen und gebettet, nach einer Ewigkeit oder – so schien es ihnen – einem Augenblick die Augen aufschlug, standen nur Walker und Drury an seinem Bett. Bartlett und Schwester Hawkins hatten sich mit zwei Assistenzärzten in den Hintergrund des Krankenzimmers verzogen, wo sie Norton im Auge hatten.

»Alan«, flüsterte Norton. »Robin!« Er hatte die Augen wieder geschlossen. Ob er vielleicht glaubte, daß er nach langer Zeit einen glücklichen Traum hatte?

Schwester Hawkins weinte unverhohlen. Sie fragte Bartlett, ob Norton durchkommen würde.

»Wir wollen es hoffen. Bei dieser Konstitution hat er eine Chance.« Bartlett war erschüttert, auch wenn er es nicht zeigte. Er konnte den fast leeren Reisbeutel und die Thermosflasche, die zwischen Norton und Ishiro gelegen hatte, nicht vergessen.

Er ging in ein bestimmtes Zimmer, wo Ishiros Witwe wartete. Eine nicht mehr junge, entsetzte Japanerin im dunklen Kimono, die im ersten Stadium des langen Kummers war. Die Tränen liefen ihr über ihr verstörtes Gesicht. Sie erhob sich mühsam und verbeugte sich wiederholt.

Dr. Lü drückte sie aber in den Sessel zurück.

»Nicht weinen«, sagte er fest. »Ishiro Taku lebt.«

Nach kurzer Ruhe rüstete Schwester Hawkins sich mit Bartlett, Schwester Lü und zwei Ärzten zur abwechselnden Nachtwache an Nortons Lager. Bartlett hatte Schwester Hawkins Nachtruhe empfohlen, obwohl er sie dringend brauchte. Sie kämpften seit Jahren zusammen um das Leben der Patienten. Schwester Hawkins und Nachtruhe? Nichts hätte ihr ihre Energie so schnell zurückgeben können wie der Vorschlag, diese Nacht eine Ersatzschwester einzustellen. Da Bartlett es wußte, hatte er es vorgeschlagen. Sie würden beide jetzt einige Stunden ruhen, da die Lü-Familie und ihre Assistenten Norton wie Luchse bewachten.

Norton überlebte die Nacht. Er überlebte die folgenden Tage und Nächte, behütet und bewacht – mit Walker und Drury an seiner Seite. Er wurde noch künstlich ernährt. Bartlett verlängerte seinen Aufenthalt, bis Norton fähig sein würde, die lange, erholsame Schiffsreise nach England anzutreten. In etwa drei Monaten. Walker war der Held des Tages, in den Zeitungen und im Ministerium. Er hatte die Ehre und das Touristengeschäft der jungen Republik gerettet.

Wer sollte Norton, der beständig nach Ishiro fragte, die traurige Wahrheit mitteilen? Sein Lebensretter Alan, sein Kindheitsfreund Drury oder sein lieber, vorsichtiger Freund Bartlett? Hatten sie vergessen, daß man Norton nicht viel mitzuteilen brauchte, weil er das meiste, krank oder gesund, selbst herausfand? Als es ihm langsam »ganz vernünftig« ging und Bartlett zum ersten Mal »ziemlich zufrieden«, also wirklich glücklich über seine Fortschritte war, sagte Norton unvermittelt zu sich selbst: »Ishiro ist tot«, und wandte sein Gesicht zur Wand, wo er einen kleinen chinesischen Teppich mit den »Acht Unsterblichen« betrachtete. Er war nun zur Erholung in der Villa Lü, wo man ihn als geehrten Freund der Familie hegte und pflegte. Walker hatte seine Sachen und die Korrespondenz gebracht. Norton las einen Brief von Rosalind King, als Bartlett einen Brief aus Tokio von Ishiros Familie erhielt. Formelle Danksagung und die Beschreibung des prachtvollen »geehrten« Begräbnisses. Bartlett schloß das Schreiben in seinem Schreibtisch ein. Sollte er sagen, Ishiro sei längst daheim, was durchaus der Wahrheit entsprach? Francis machte Fortschritte, und Bartlett vermutete wegen des Reisbeutels und der Flasche mit dem letzten Tee zwischen ihnen, daß diese beiden ungleichen Männer Freunde geworden waren.

Später konnte Bartlett sich nicht mehr entsinnen, wie die Unterhaltung auf Mr. Ishiro gekommen war. »Er ist tot«, wiederholte Norton steinern und wandte sich endgültig zur Wand. Bartlett hatte das Zimmer ohne ein Wort verlassen. Was gab es da zu sagen? Abends las Dr. Lü seinem Freund Norton einen kurzen Absatz aus dem »Buch der Wandlungen« vor. Aber diesen Abend lag Norton mit geschlossenen Augen da und schien, wie Drury, vor Kummer zu schlafen.

Dr. Lü verließ das schöne, ruhige Zimmer auf Zehenspitzen. Die magische Schildkröte, das taoistische Symbol des Mißgeschicks, hatte sich heute abend ins »Erholungszimmer« von Sir Francis eingeschlichen. Man mußte warten, bis sie verschwinden würde. Trotzdem brachte Dr. Lü seinem Gast zwei Stunden später einen Pflanzensaft, der eine gute Nachtruhe bewirken würde. Gegen seine Gewohnheit trank Norton den Saft ohne Widerstand. Glaubte er nun endlich an chinesische Heiltränke, die die Familie Lü und das ganze chinesische Volk am Leben erhielten? Dr. Lü zuckte die Schultern in uralter Resignation. Langnasen blieben Langnasen. Hauptsache, Sir Francis hatte den heilsamen Saft getrunken. Übrigens kannte die Familie Lü Japaner nur vom Ansehen, und der Arzt wunderte sich schweigend, was Sir Francis an Ishiro-san gefunden haben konnte, daß er ihn unmißverständlich betrauerte. Aber das war seine Sache. Es ging Dr. Lü nichts an. Übrigens hatte Norton einen Schlaf simuliert, da er sich mit Ishiro Taku an diesem Abend unterhalten wollte. Über die vielen ungesagten Dinge. Warum hatte er, Norton, so viele Stunden auf der Plantage, unfreundlich wie er war, geschwiegen, wo er gewußt hatte, daß der Kleine unglücklich darüber war? Warum nicht ein einziges Mal gelächelt und freundlicher gedankt, wenn Ishiro den Frühstücksbrei mit seinen verzweifelten Verzierungen anbot? Norton unterdrückte ein Stöhnen. Zu spät. Eines Tages, in einer bis jetzt nebelhaften Zukunft, würde er Madame Ishiro in Tokio besuchen und als Strafe für seine Unfreundlichkeit auf »Petite Terre« ein No-Drama in Kyoto, mit oder ohne den berühmten Cousin, vom Anfang bis zum Ende erdulden.

Nach zwei Monaten hatte sich Norton so weit erholt, daß Mr. Bartlett die geplante Schiffsreise in Betracht zog. Nortons Freunde hatten viel zur schnellen Genesung beigetragen. Und nun war Außenminister Marumba formell in Begleitung von Walker und einem hohen afro-karibischen Beamten in der Villa Lü erschienen, um Sir Francis sein Bedauern über den Vorfall und seine Freude über seine Errettung durch Mr. Obade auszudrücken. Walker verzog keine Miene, als Minister Marumba bedauerte, die Kidnapper immer noch nicht gefunden zu haben. Nur Walker kannte sie, und er hatte in jener Unterredung in seinem Büro Straffreiheit zugesichert, wenn er erfuhr, wohin man Sir Francis verschleppt hatte. Im übrigen wußte Walker, daß Marumba um so glücklicher war, je weniger die Öffentlichkeit über den Skandal erfuhr. Marumba wünschte nichts sehnlicher als Nortons Abschied von Comfort Island. Walker würde den ersten Orden des jungen Staates erhalten, aber Sir Francis brauchte nicht unbedingt dabeizusein. Er versteckte seine alte Antipathie gegen Norton unter dem neuen staatsmännischen Lack. Er machte seine Sache gut. Das mußte Norton ihm lassen. Doch konnte er Beauregard Marumba entbehren.

Er dachte viel an Ishiro und warum man leuchtende Güte, verbunden mit Bescheidenheit und Frohsinn, nicht zur rechten Zeit erkennt und belohnt? Und warum dachte er, daß Freunde ewig leben und zur Stelle sind, wenn man sie braucht? Norton beschloß, mit Walker und Drury vorsichtiger zu sein. Vielleicht mitleidiger? Auch wenn Walker jetzt einen Gipfel nach dem anderen erklomm. Aber Drury? Er vermißte doch nicht etwa seine Frau? Er hatte seine Absicht, sie zu ihrer Tante nach London abzuschieben, während Nortons Abwesenheit durchgeführt. Ein Beamter von Drurys Bank in Venezuela hatte Mary Ann bei Vera Broom in Camden Town abgeliefert. Ob Drury etwas über Nortons Beziehung mit seiner Frau wußte? Das war Vergangenheit, hatte keine Bedeutung. Norton würde nicht den beliebten Fehler begehen, den Ehemann aufzuklären. Je mehr Zeit verging, desto empfehlenswerter wurde die Politik des Schweigens. Vielleicht war Robin wieder überarbeitet? Oder wollte er schlafen? Aber wenn er Norton besuchte, war kaum etwas von einer Entfremdung zu spüren. Sehr viel später, als er längst wieder in London lebte und arbeitete, erfuhr Norton auf einem Nachtspaziergang Dinge, die niemand in der Villa Lü, nicht einmal Walker, erwähnt hatte. Er fand langsam zu sich selbst zurück. Dieser Prozeß durfte keinerlei Störung erleiden. Nortons Freunde staunten weiter über seine beherrschte Trauer um diesen unbekannten Japaner. Es war nicht Nortons Art, sich einem Fremden zuzuwenden. Aber auf der Plantage hatten besondere Umstände geherrscht, und vielleicht war dieser Ishiro Taku ein besonderer Mann gewesen?

Über den fatalen Aschermittwoch wurde in der Villa Lü nicht gesprochen. Auch nicht über Tantchen Samedis Tod und Jacks Rückkehr nach Haiti. Jack schrieb Norton einen rührenden Brief auf französisch über Tantchen Samedi, die immer an »Sir Francis« gedacht hatte. Von sich schrieb Jack nichts. Er mußte wohl schweigend mit seinem Verlust fertig werden. Wenn einer das verstand, dann war es »Sir Francis«. Er war nicht sentimental. Er kannte sich und wußte, daß er unter normalen Umständen den kleinen Japaner übersehen oder sofort nach Ablieferung der Fotos vergessen hätte. Auch diese nüchterne Erkenntnis änderte nichts an Nortons Gefühl eines unwiederbringlichen Verlusts. Er, der das Leben größtenteils »nett« gefunden hatte, entdeckte – ganz privat – den tragischen Sinn: eine versandete Ehe, sinnlose Abenteuer, einen toten kleinen Sohn, einen japanischen Freund, den er lieb- und mitleidlos behandelt hatte. Die Nacht der Seele.

Als Norton später in London erfuhr, wer bei seiner Entführung entscheidend mitgewirkt hatte, wollte er es nicht glauben. Doch nicht jemand, mit dem er jahrelang bekannt und befreundet gewesen war? Gab es das? Drury, der ihm auf Walkers Wunsch endlich die Tatsachen auf einem Nachtspaziergang mitteilte, nickte. Es gab alles – auch das Unmögliche. Wie konnte man sich so in einem Menschen täuschen? Man konnte es eben. War Nortons Erinnerungsfahrt nach Comfort Island nur ein langer Aschermittwoch gewesen?

Epilog

Nachtgespräch in Soho

> Wie man ist, so liebt man. In der Liebe ist uns der verläßlichste Hinweis auf das wahre Wesen eines Menschen gegeben.
>
> José Ortega y Gasset

Norton hatte immer geglaubt, ein gewisser Abstand steigere das Erlebnis tieferer Erkenntnis. Nie hatte er Ishiro Taku so klar gesehen wie nun in London, wo er längst sein Tagwerk wieder aufgenommen hatte. Nicht einmal sein Kindheitsfreund Drury ahnte Nortons Schmerz um diesen feinen Mann. Machte er sich Vorwürfe, daß er »den Kleinen« gelegentlich angefahren und stets unterschätzt hatte, so wie er Margaret erst nach ihrem Tod ganz deutlich sah? War etwas nicht richtig mit ihm? Das hielt Norton trotz Gewissensbissen für ausgeschlossen. Tatsachenmensch, der er war, verirrte er sich nicht im Dschungel der Gefühle, wie Drury es offenbar jetzt tat. Was quälte Robin so intensiv, daß er manchmal geistesabwesend vor sich hinstarrte und Nortons scharfen Blick vermied? Er hatte sich seit der Rettung wundervoll verhalten. Er war täglich in der Villa Lü bei Norton erschienen und hatte schweigend an seinem Bett gesessen, ob Francis nun schlief oder reden wollte. Was ihm an Ishiros psychologischem Scharfblick fehlte, hatte Drury durch kritiklose Ergebenheit ersetzt. Er hatte Francis nie kritisiert und würde nach dem Alpdruck nicht damit beginnen.

Norton wußte nicht, was Robin ihm konsequent verschwieg, und wartete auf den Augenblick, der ihm Aufklärung bringen würde. Ein ungeduldiger Richter hat seinen Beruf verfehlt. Wer wußte es besser als Norton? Er hatte seinerzeit aus Sonny Jones lediglich durch Geduld Aufklärung über dessen Rauschgiftschmuggeleien in London erhalten und ihn zu langer Haft verurteilt. Er hatte den erfolglosen Calypsosänger seit dem Karneval auf Comfort Island nie wiedergesehen. Hatte dieser finstere »Pusher« etwas mit Nortons Entführung zu tun? Man hatte die Kidnapper immer noch nicht gefunden. Walker und der Polizeimajor glaubten, sie seien längst nicht mehr auf der Insel, sondern unter falschem Namen in Grenada oder Venezuela. Es ging Norton nichts mehr an, denn traumatische Leiden waren ihm fremd. Das war wohl eher etwas für Drury.

Sie hatten in ihrem chinesischen Stammlokal in der Gerrard Street gegessen und Reiswein getrunken. Dabei war es Norton wieder einmal aufgefallen, daß Drury nicht eine Silbe über Mary Ann verlauten ließ. War sie noch auf der Insel? Oder hier in London? Norton erinnerte sich zwar genau ihrer Pastell-Schönheit und ihrer Launenhaftigkeit, auch ihres Entsetzens bei dem Überfall im Karneval, aber Ishiro-san hatte Erinnerungen an Mary Ann verdrängt. Jetzt bewertete Norton seine einstige Leidenschaft für sie als vorübergehende Krankheit. Ein Erlebnis am Rand seiner Existenz. Dagegen verband ihn mit Rosalind King, der jungen Anwältin, berufliches und auch privates Interesse. Ein erfreuliches Mädchen. *Normal!* Mary Ann, was immer sie war oder vorgab, war eine Art Luftgebilde. Im Gegensatz zu ihrem Ehemann hatte Norton sie nicht langweilig gefunden. Berückend, empörend oder was du willst. Aber nicht langweilig, solange es gedauert hatte.

Er musterte seinen Kindheitsfreund verstohlen, aber sehr aufmerksam. Was in aller Welt war Robin passiert? Seine beherrschte, aber unmißverständliche innere Unruhe, oder war es ein Tumult?, teilte sich Norton mit. Drury rauchte zu hastig, hüstelte nervös und wäre am liebsten wieder einmal eingeschlafen, um drohenden Unannehmlichkeiten zu entgehen. Das hatte Robin vor ewigen Zeiten schon in Margate getan.

Er ist gealtert, dachte Norton erstaunt und erschreckt. Peter Pan und altern? Aber den einen packt das Alter früher, den anderen später an den Schultern.

Komisch, dachte Drury. Man denkt, man ist immer derselbe Narr, und dabei verändert man sich fortwährend. Manchmal erkenne ich mich nicht wieder. Ich war doch einmal der fröhlichste Junggeselle auf den Inseln. Nur Francis bleibt sich gleich.

Das stimmte nicht ganz. Norton hatte unterdessen in El Caribe seine Katharsis erlebt. Er hatte Ishiro Taku getroffen. Aber er sorgte dafür, daß nicht einmal sein lieber Robin etwas davon ahnte.

»Nach Walkers Besuch fahre ich nach Japan«, sagte Norton. Eine formelle Einladung der Familie Ishiro war bereits in Chelsea eingetroffen. Madame Ishiro hatte ihn damals vor ihrer Rückkehr nach Tokio in der Villa Lü besucht. Sie hatten nur von »dem Kleinen« gesprochen und waren nun Freunde auf Distanz. Der älteste Sohn der Familie würde dann mit Norton nach Chelsea und später in eine englische Schule kommen. Tja. Norton hatte Drury nichts darüber gesagt, daß er den jungen Ishiro nach England bringen würde. Robin hatte seinen Vater nie getroffen. Und es war immer noch ein wunder Punkt Drurys, daß er Francis beim Karneval auf Comfort Island allein gelassen hatte und in Caracas geblieben war. Wäre die Katastrophe nie passiert, wenn er auf der Insel geblieben wäre? Wieso war Drury davon überzeugt, daß er den Menschenraub verhindert hätte? Das gehörte zu den Problemen, die Drury in Nachtgesprächen mit Norton vermied. Aber heute abend hatte er sich vorgenommen, gegen seine Neigung die Karten auf den Tisch zu legen. Der Spaziergang näherte sich seinem Ende, und Drury hatte immer noch nicht den Tisch gefunden . . .

Vielleicht war Sohos nächtliches Farbenspiel ungeeignet für peinliche Bekenntnisse? Wenigstens bezeichnete Drury als peinlich, was er Norton eröffnen mußte. Es war ungeheuerlich, unglaubhaft und scheußlich melodramatisch, es konnte diese lebenslange Freundschaft zerstören. Dieser Gedanke hatte Drury immer wieder von seinen Eröffnungen abgehalten.

Er blickte sich benommen in der Greek Street um. Wenn Norton nun zum Soho Square marschieren würde, war die Gelegenheit verpaßt. Dort endete für Norton ein netter Abend mit Drury, und seine Erlebnisse auf Comfort Island hatten nichts an seinen Gewohnheiten geändert.

Robin Drury war kein Feigling, aber auch kein geeigneter Überbringer böser Neuigkeiten. Er wischte sich den Schweiß von der Stirn, obwohl es ein kühler Abend war. Soho war noch in vollem Nachtbetrieb, eine ewig überraschende Verwandlung von einem soliden, etwas schäbigen Wohn- und Einkaufsviertel in eine kosmopolitische und kostspielige Phantasmagorie.

Spielkeller, Speisehäuser, Bars, Sex-Läden, Heroin-Schlupfwinkel, irisierende Spiegelbilder in Dean Street, Frith Street, Greek Street. Akteure und Statisten aus allen Kontinenten – überall und nur hier zu Haus. Der Soho-Geruch von Schweiß, Parfum, Staub, kochendem Espresso. Seidene Mädchen in Pullis, indischen Saris, chinesischen Brokaten. Eva und die Äpfel. Granny Smith, Golden Delicious, Granatäpfel, Symboläpfel. Alles, alles! Der Mythos erotischer Abenteuer, der dieses heruntergekommene Viertel in endloser und profitabler Bewegung hält.

Viele Erzähler unbiblischer Geschichten. Ein Eckfenster ins Chaos. Mädchen blond und zauberhaft wie die junge Mary Ann, die Drurys Leben kompliziert und beschattet hatte, seitdem sie ihren ersten Besuch als Nortons künftige Sekretärin in Drurys Hotel gemacht hatte.

Da schlenderte Mary Ann durchs flimmernde Soho! Drury schloß einen Moment angewidert die Augen. Er durfte jetzt nicht schlafen. »Mary Ann« verschwand in einem engen Haus mit einem einzigen erleuchteten Fenster. Sie trug eine Katze in den Armen und einen kleinen Krug Milch. Also nicht Mary Ann. Der war es immer egal gewesen, ob eine Kreatur verdurstete oder nicht. Ich hasse sie, dachte Drury und war erstaunt, daß er überhaupt noch Haß aufbrachte. Sie war doch tot. Wenigstens für ihn und Norton. Übrigens hatte sie ihm während Nortons Gefangenschaft auf Petite Terre gesagt, der heilige Francis sei besser im Bett als er, Drury. Natürlich hatte Drury diese Eröffnung ohne Vergnügen gehört und unbeantwortet gelassen. Vielleicht hatte Norton mit ihr beim Karneval geschlafen – vielleicht nicht.

Drury schnappte nach Luft, als ob er zuviel Staub aus der Steinzeit geschluckt hätte. Norton fragte, ob er nicht ganz auf der Höhe sei. Sollten sie schon jetzt zur Shaftesburn Avenue zurückgehen, wo das Auto wartete? Eine frühe Nacht für sie beide? War wirklich nett von Francis. Direkt fürsorglich. Früher hätte er gebrummt, Robin solle die Beine in die Hand nehmen und nicht wieder im Stehen schlafen. Drury hatte in Nortons kühlem Auge etwas aufblitzen sehen. Es konnte doch nicht Mitleid mit dem totenblassen Freund sein? Francis hatte nie gewußt, was Mitleid war.

»Du siehst ausgekotzt aus«, sagte Norton mit gewohnter Liebenswürdigkeit. »Du brauchst einen starken Kaffee, mein Junge!«

Drury nickte. Natürlich brauchte er einen Kaffee, und natürlich mußte er an der nächsten Espressobar mit der Sprache herausrükken. Ob Norton doch ahnte, was kommen würde? Ausgeschlossen. Drury fühlte einen Schmerz am Herzen, als ob die Vergangenheit dort ihre Spuren hinterlassen hätte.

Auf dem Weg zur Kaffeebar passierten sie Wardour Street. Dort war die ehemalige Wohnung von Vera Broom, Mary Anns tadelloser Tante. Norton nahm die Information ohne Interesse entgegen. Tadellose Tanten interessierten ihn nicht.

Die kleine Kaffeestube war fast leer. Da war nur die Theke mit der Inhaberin, die ihren berühmten Kaffee servierte, und drei Personen in einer Ecke, eine schlaue, mürrische Frau in mittleren Jahren, ihre fette Tochter und eine aufgeputzte Zwergin. Echtes Soho-Material für Journalisten oder Maler, dachte Norton. Er kannte die Kuppelmutter mit ihren Töchtern aus dem Old Bailey. Auch sie hatte Richter Norton erkannt und verschwand auf die Straße. Die Zwergin warf ihm eine Kußhand zu, die Norton übersah, obwohl die Dreistigkeit dieser winzigen Soho-Pflanze ihn amüsierte.

Bis auf eine Afro-Karibin, die sich an der Bar leise mit der englischen Besitzerin unterhielt, waren sie allein. Bis der nächste Schub aus den Restaurants anrücken würde.

»Was willst du mir eigentlich seit Wochen sagen, Robin?« eröffnete Norton das freundschaftliche Verhör. »Schleich nicht weiter um den heißen Brei herum. Ich bin Kummer gewöhnt.«

Drury saß da wie eine Wachsfigur aus Madame Tussaud's Kabinett.

»Darf ich noch meinen Kaffee in Ruhe trinken?«

»Mein lieber Robin. Ich kann warten.«

Er kann alles, dachte Drury. Und bevor Norton ihn fragen konnte, ob seine schlechte Laune mit seiner Frau zusammenhinge, sagte Drury heiser: »Francis! Ich ... du ... Ich meine ...«

»Ja?«

»Ich habe dir monatelang etwas verschwiegen.«

»So?«

»Zuerst warst du zu krank. Ich meine in der Villa Lü. Und später –«

»Vielleicht war es später nicht mehr wichtig? Höre, Robin! Wir sind ziemlich alte Freunde. Du bist mir keine Aufklärung über irgend etwas schuldig. Noch etwas Kaffee?«

Nortons Ruhe tat wieder einmal ihre Wirkung. Drury blickte ihn dankbar wie in ihren Knabenzeiten an. Er stürzte die zweite Tasse starken Kaffee herunter. Dann sprach er. Die beiden Frauen an der Theke waren mit sich beschäftigt und dachten nicht daran, Gäste zu belauschen. Es machte sich nicht bezahlt. Es gab zu viele trübe Wasser und Geheimnisse in Soho.

Aber vielleicht war Soho, das Sündenviertel der Themsestadt, doch der richtige Platz für Drurys Bericht, denn hier konzentrierten sich Irrtum und Verbrechen auf engem Raum und fanden mehr Erbarmen und Vergebung als anderswo in London. Mehr Verständnis und Hilfe. Auch jene Zwergin, die Norton eine Kußhand zugeworfen hatte, besaß ein weites Herz für Zufallssünder, Taschendiebe, Huren und Verbrecher. Und Norton, der zuerst ungläubig lauschte und in seine leere Kaffeetasse starrte, weil er Drury einfach nicht ansehen konnte, fand es nicht leicht, nach Drurys Bericht in den Alltag zurückzukehren. Noch schwerer fand er es, Mitleid aufzubringen. Beinahe unmöglich. Aber nur beinahe! Da saß sein Freund niedergedrückt, endgültig verstummt. Er war nicht imstande, das zerbrochene Porzellan aufzusammeln und mühsam zu kitten. Das mußte Norton tun, falls er es tun würde.

Drurys trübe Geschichte reichte ziemlich weit in die Vergangenheit auf Comfort Island zurück und war eine unverdauliche Mischung aus Rachedurst, einer Rauschgifttragödie und Mary Anns Charakter.

War es zu glauben?

Norton hatte also die Tatsache zu verarbeiten, daß Mary Ann Drury eine Hauptrolle bei seiner Entführung in den Norden der Insel gespielt hatte. – Eine Frau, die er in den Armen gehalten und nachsichtig beschützt hatte! Aber sie hatte ihr Rauschgift stärker benötigt als ihn, und die Bande der Händler und Entführer versorgten sie nur mit dem tödlichen Drogenstoff, wenn sie ihr Norton beim Karneval ausliefern würde. Sie sollte mit ihm in einer bestimmten finsteren Gegend der Wildnis tanzen, fern von Musik und menschlicher Hilfe. Dort wollten sie Norton packen und verschleppen. Nicht töten, schon gar nicht sofort, sondern ihn langsam in der Öde geistig und körperlich vernichten. Ein diabolischer Racheplan, ausgeheckt von dem verkrachten Calypsosänger und Rauschgifthändler Sonny Jones, der seinem sonnigen Namen wenig Ehre machte. Ob sie Mary Ann weisgemacht hatten, es sei ein Scherz, und Norton würde schnell wieder im Festgelände auftauchen, oder ob sie sich diese Rechtfertigung ausgedacht hatte, war Norton gleichgültig. Ihre Sucht hatte sie dahin gebracht, ihn in den Tod zu schicken.

So sah es aus. So war es. Die klassische Verhaltensweise dieser Sklaven einer flüchtigen Fata Morgana. So konnte man es bezeichnen – in Schlagzeilen und im Film. Norton nannte die Sucht nach Rauschgift einen bedauernswerten Mangel an Selbstkontrolle. Wie er Mary Anns Verbrechen sonst noch bezeichnete, behielt er für sich. Er mußte alles tun, daß Drury ihm nicht vor seiner Kaffeetasse zusammenbrach. Armer, zerrütteter Peter Pan! Immer noch der alte, hilflose Robin, für den – mit Ausnahme großer, geplanter Bankgeschäfte, das Leben so leicht »zuviel« war. Seine einzige Schuld in dieser grimmigen Angelegenheit war nur, daß er Mary Ann gegen Nortons Rat geheiratet hatte. Das war kein Grund für einen Vernunftsmenschen wie Norton, diesen alten Freund zu verdammen. Mitleid mit Drury – echtes Mit-Fühlen, das einem verdammt an die Nieren ging, dämpfte Nortons kalte Stimme.

»Es ist in Ordnung, Robin«, sagte er mühsam. »Es hat nichts mit dir und mir zu tun.«

Drury blickte ihn nur an. Er konnte keinen Ton hervorbringen.

Später, in seiner schönen ruhigen »Ersatzwohnung« im Dorchester, erfuhr Norton Einzelheiten. Er fragte nicht danach. Ein Strom von Informationen brach aus Drury heraus, weil er so lange geschwiegen hatte. Norton war unerwartet milde und freundlich, fand Drury zum eigenen Erstaunen. Also nur noch dies und das, Francis! Dann wollen wir nie wieder über die Sache sprechen! Also: Nach Nortons Rettung, als er noch halb bewußtlos in Bartletts Klinik lag, war Vera Broom auf Drurys Telegramm hin nach Comfort Island geflogen und hatte ihre Nichte nach Camden Town transportiert. Nach Walkers Bericht, den er Drury unter vier Augen in seinem Privathaus gab, mußte sofort gehandelt werden. Denn falls die Kidnapper geschnappt werden würden, würde Mary Ann schwer verurteilt werden. Vera Broom brachte sie halbtot in Bartletts Londoner Klinik. Von dort in ein Entziehungsheim in Wiltshire. Drury war einmal, Vera zuliebe, dort gewesen. Ein Gespenst hatte ihn sinnlos angelächelt. Das Gift hatte sie so zerstört, daß Mary Ann wahrscheinlich in ein Heim für Geisteskranke überführt werden würde. Anfangs hatte sie gefragt, was sie getan hätte, wo sie wäre und warum alle Leute so unfreundlich zu ihr wären. Manchmal verfiel sie in ein Delirium von Gelächter und Weinkrämpfen. Ihre Tante besuchte sie zweimal die Woche. Drury zahlte alles, solange er das Gespenst nicht zu sehen brauchte. Er konnte nicht helfen. Niemand konnte helfen.

Drury schwieg erschöpft. Norton sagte: »Keine erfreuliche Geschichte.« Es war die Untertreibung des Jahrhunderts.

Als Drury ruhig eingeschlafen war, fuhr Norton nach Chelsea zurück.

Miss Finch plättete um Mitternacht die Gardinen für Walkers

Zimmer und fragte Norton, ob der neue Botschafter von »da unten« mit »Exzellenz« angeredet werden müsse. Und was er gerne zu essen wünsche. Er aß gern Reis. »Fragen Sie ihn, wenn er da ist, Miss Finch! Übrigens: Miss King kommt übermorgen zum Dinner.«

»Wieder gekochter Lachs, Sir Francis?«

»Wie Sie meinen, Miss Finch! Gute Nacht.«

Die Haushälterin starrte ihm nach. Miss King war zu jung für ihn. Und falls Sir Francis sie heiraten würde – was wußte man bei Männern? –, würde Miss King, Gottlob!, im Gericht arbeiten und ihr nicht in die Kochtöpfe spucken. So nannte Miss Finchs »Mum« eine unerwünschte Einmischung in den Küchenbereich. Miss Finch war gerüstet. Gesetzt den Fall, Sir Francis brachte eine Ehefrau hier an, dann würde »Finchie« ihre Küche bis zum letzten Kochlöffel verteidigen. Und an ihren neuen Elektroherd und an ihr Eingemachtes kam sowieso niemand heran.

Norton saß lange nach Mitternacht noch in seinem großen Sessel und befahl sich Ruhe. Auf einem Seitentisch wartete Plutarch, der ihm in der Verbannung gute Dienste geleistet hatte. Auf Drurys Nachttisch hatte Norton stirnrunzelnd Lord Byron entdeckt. Der hatte Robin noch gefehlt. Warum nicht gleich Milton? Aber sie hatten ja ihr Paradies wegen einer Überzahl an Schlangen und Raubvögeln verlassen. Für immer. Wenigstens die Gärten Eden am Atlantik und am Karibischen Meer.

Norton betrachtete eine vergrößerte Fotografie, die Madame Ishiro kürzlich geschickt hatte. Der Kleine im korrekten Leinenanzug, mit Hornbrille und einem amerikanischen, extravagant gemusterten Schlips. Never mind, dachte Norton. Ishiros Blick. Er drang einem ins Herz, selbst vom Foto, falls Norton eben doch eins haben sollte.

Er öffnete ein Erkerfenster und atmete die Nachtluft ein. Freute er sich auf Tokio? Ja und nein. Er wohnte natürlich als Gast der Familie in einem der großen, berühmten Hotels in Tokio, aber die Familie Ishiro hatte bescheiden und zartfühlend angefragt, ob er die letzte Woche, wenn die Kirschblüte beginnen würde, in ihrem kleinen Gästepavillon in ihrem Garten wohnen wolle. Eine Ehre und Freude für alle Ishiros in Tokio und Kyoto! Der große No-Spieler würde auch seine miserable Aufwartung machen. Und eine Galavorstellung in Kyoto geben.

Norton wußte, daß es alles nicht leicht sein würde. Aber er hatte die ernsthafte Absicht, sich in ein Lamm zu verwandeln. Endlose Verbeugungen im Stehen und Sitzen, rohe Fischhappen in kalten Reiskugeln und die Mahlzeiten in japanischer Gesellschaft auf einem Sitzkissen einnehmen, während eine überschminkte Geisha ihm mit Gesang, Tanz und ihren Bemerkungen eine klassische Vorstellung gab. Es hätte Drury gefallen. Norton hatte stets, etwas mißbilligend, gewußt, was Robin gefiel. Damals, als sie beide noch jung und lustig waren. Miss Brown aus Camden Town! Wie Walker die Einzelheiten seiner Entführung an jenem Morgen im Amt für Tourismus aus ihr herausgezogen hatte – jeder Untersuchungsrichter konnte sich ein Beispiel daran nehmen. Sanfte Drohung – aber unmißverständliche Drohung. Gute Arbeit, mein Junge!

Hätte Walker Estelle durchschaut? Vielleicht, da er sich wohl besser auf afrikanische Maskenspiele verstand. Norton schüttelte immer noch den Kopf über sich, weil er Ishiros instinktives Mißtrauen gegen dieses Mädchen nicht beachtet hatte. Heute wußte er, daß auch die Szene mit den schwarzen Kariben ein boshafter Spaß gewesen war. Ob er dem Mann in den Schatten getreten war oder nicht, seine Botschaft hätte niemals Walker in der Residenz erreicht. Die ganze Szene war ein anderes, raffiniertes Beispiel feindseliger, demagogisch aufgepeitschter Phantasie gewesen. Ein Haß gegen gestürzte Kolonialgötter, die Estelle nie etwas zuleide getan hatten. Für sie war die koloniale Vergangenheit dieser tropischen Republik ein Mythos – langlebig und engstirnig wie alle politischen Mythen. In jedem Fall war seine Erfahrung auf Petite Terre bei allem Terror und ständiger Lebensgefahr lehrreich gewesen – wenn auch nur für ihn selbst. Er sprach mit niemandem darüber. Außer mit Walker. Bei seiner Ankunft in London hatte

Norton die Horden der Reporter in seiner gewohnten liebenswürdigen Art weggescheucht.

»Ich war verreist und bin heimgekehrt. Das ist alles. Guten Tag!« Die lange Seereise mit Bartlett und Schwester Hawkins hatte ihn gestärkt und beruhigt. Eines Tages hatte er auf hoher See die ältliche Tochter des ehemaligen Gouverneurs der Insel entdeckt, die in Gesellschaft ihrer treuen schwarzen Dienerin ihr Leben in einem kleinen Hotel vor den Toren der Residenz hatte beschließen wollen. Miss Pomfret, grauhaarig und stachlig, fuhr nun »zu ihren Leuten« zurück. Ihre Dienerin Juwel war im Hotel Curtis, das mittlerweile geschlossen hatte, ermordet worden, während Miss Pomfret auf ihrer Veranda ihren Mittagsreis aß. Juwel war vom Markt zurückgekehrt und überfallen worden. Miss Pomfret hatte sie auf dem englischen Friedhof mit den Tröstungen der Kirche begraben lassen. Falls Juwel Familie gehabt hatte, war sie nie erwähnt worden. Miss Pomfret war ihr Leben gewesen und war nun ihr frühzeitiger Tod geworden.

Bartlett und Norton hatten diesen Epilog zur Kolonialzeit schweigend angehört. Schwester Hawkins mußte sich in dieser Nacht auch um Miss Pomfret, die »Eiserne Jungfrau« der ehemaligen Kolonie, kümmern.

Nortons Gedanken kehrten zu seiner Reise nach Japan zurück. Wo sollte er auf einem Sitzkissen seine langen Beine unter dem niedrigen Tisch lassen? Es würde sich herausstellen. Schwieriger: Wie sollte er es anstellen, beständig liebenswürdig zu lächeln? Dies war kein Talent der Familie Norton. Auch Admiral Norton, der Comfort Island entdeckt hatte, blickte grimmig aus seinem Goldrahmen auf seinen Nachkommen Francis herab . . . Es würde nicht einfach sein, ein No-Drama von Anfang bis zu Ende anzusehen. Aber Norton hatte es sich vorgenommen und würde es selbstverständlich durchführen. Wenn nur Ishiro Taku hätte dabeisein können! Sein glückstrahlendes Gesicht hätte alles erleichtert. Aber er *würde* dabei sein, hatte Madame Ishiro in ihren Briefen versichert.

Norton betrachtete noch mal das Foto aus Tokio.

»Zufrieden, mein Kleiner?«

Hatte jemand »Hai!« geflüstert?

Norton stellte das Bild auf den runden Tisch neben seinem Sessel zurück. Er würde sein Bestes tun, um den Kleinen in guter Erinnerung zu behalten. Du lieber Himmel! Ishiro-san hatte nie etwas von ihm erwartet. Er war auf Petite Terre mit einer Haltung zufrieden gewesen, die Norton heute als »Brosamen der Dankbarkeit« bezeichnete. Das sollte anders werden. In Japan und überhaupt.

Vielleicht würde selbst Margaret nicht unzufrieden mit ihm sein.